越境する革命

『吼えろ、中国!』と東アジアの左翼芸術運動

村田裕和・越野 剛・田村容子・和田 崇〔編〕

The Revolution across Borders: “Roar, China!” and Leftist Art Movements in East Asia

森話社

［装幀図版］
（カバー表1）「新築地劇団　第一八回公演　一九三一年一月一日～一五日（プログラム）」（個人蔵）
（カバー表4）『演劇新聞』一九三一年六月三日より
（表紙）同右
（扉）『演劇新聞』一九三一年二月一五日より

越境する革命——『吼えろ、中国！』と東アジアの左翼芸術運動　目次

咆哮する東アジア　はじめに　村田裕和　7

I　東アジアを翻案する——セルゲイ・トレチャコフという回路

［第1章］セルゲイ・トレチャコフと中国　政治と芸術の革命　越野　剛　23
［第2章］ロシア極東のトレチャコフと「トゥヴォルチェストヴォ」　スティーブン・リー／田村　太・越野　剛　訳　39
［第3章］咆吼のこだま　『吼えろ、中国！』とその中国・台湾での翻案　鄢　定嘉／深瀧雄太・越野　剛　訳　61
［第4章］犠牲者プロパガンダに抗して　ソ連における中国表象とセルゲイ・トレチャコフ　亀田真澄　83

II　終わりなき演出——文化越境者《メディア》としての村山知義・千田是也

［第1章］ネオ・ダダの都から転換の都市へ　村山知義が描いたベルリン　西岡あかね　103
［第2章］中国プロレタリア演劇におけるモダニズムと村山知義　築地小劇場から上海芸術劇社、木人戯社へ　中村みどり　121
［第3章］村山知義と在日朝鮮人プロレタリア演劇運動　韓　然善　139

［第4章］編み合わせのアダプテーション　千田是也と戦間期の日独アジプロ演劇　萩原　健　157

Ⅲ　境界／抑圧を描く——ジェンダー・セクシュアリティ・労働

［第1章］プロレタリア文学に描かれた「子殺し」　平林たい子「夜風」を中心に　鳥木圭太　171
［第2章］社会的再生産を可視化する　宮本百合子「乳房」と女性による左翼運動　飯田祐子　187
［第3章］ハウスキーパー問題論　湯浅克衛「焰の記録」　ヘザー・ボーウェン＝ストライク　205
［第4章］恋愛から同志愛へ　満洲国女性作家・但娣の文学　羽田朝子　219

Ⅳ　植民地・被占領地の文化実践——韓国・台湾・中国・満洲

［第1章］リアリズム文学のモダニズム的読解について　廉想渉と金南天の場合　朴　宣榮／李　珠姫　訳　237
［第2章］米と綿、そして移動する無産者たち　姜敬愛『人間問題』に見る一九三〇年代植民地朝鮮の経済と労働者階級の形成　李　珠姫　253
［第3章］語らぬ少女の語るもの　楊振声「搶親」と『独立評論』　杉村安幾子　275
［第4章］一九三〇年代の台湾文壇に交差する二つの前衛　楊逵と風車詩社　陳　允元／田村容子　訳　291
［第5章］日中戦争期の被占領地域における演劇　『華文大阪毎日』掲載記事にみる日中演劇交渉　田村容子　309

V 翻訳《アダプテーション》・翻案《アダプテーション》の政治学——文化移転の諸相

[第1章] 受け継がれる浮浪者の気勢　小林多喜二の初期作品にみるゴーリキーの影響　ブルナ・ルカーシュ　327
[第2章] 日米プロレタリア文学の往来　ナップ系メディアと雑誌『ニュー・マッセズ』を中心に　和田　崇　345
[第3章] 新築地劇団と劇団築地小劇場　『母』『吼えろ支那』『西部戦線異状なし』の競演と継承　村田裕和　365
[第4章] 一九五〇年代ルーマニアにおける日本文学　大田洋子著「どこまで」の場合　ホルカ・イリナ　383

左翼芸術・文化運動年表（一九一六〜一九四〇）　村田裕和（編）　401

［凡例］引用文等の旧字は、原則として現行の字体に改めた。一部の固有名詞などの表記は各論者の判断にまかせている。また、引用文中の〔　〕は引用者による注記である。

咆吼する東アジア――はじめに

村田裕和

本書は、一九二〇～三〇年代の東アジアにおいて展開された左翼芸術運動について、人物の移動や作品の翻訳・翻案などの観点から多角的に分析を試みるものである。

「左翼芸術運動」とは、共産党や左派労働組合などから直接的・間接的な影響を受けつつ、芸術や文化の力によって革命の実現を後押ししようとする芸術家たちの運動である。ここではプロレタリア文化運動や反戦・反ファシズムを掲げる人民戦線的な芸術運動をも広く「左翼芸術運動」と捉えた上で、本書のねらいを述べることとする。

戦間期の左翼芸術運動

一九一七年のロシア革命は、人類史上初めて共産主義思想にもとづく労働者国家を成立させ、芸術や文化の領域をも巻き込みながら巨大なうねりとなって世界各地に波及した。革命運動のエネルギーは、未来派・表現主義・ダダなどヨーロッパを中心に広がっていた前衛芸術の潮流と結び付き、渾然一体となって〈革命の芸術〉へと方向付けられて、大衆を巻き込みながら怒濤のような芸術・文化運動を生み出した。その伝播・拡散は、おおむね第一次世界大戦の終わりから第二次世界大戦の始まりまで、すなわち「戦間期」に生起した。ただし、戦中・戦後の連続性もまた重要な論点であることはいうまでもない。本書のいくつかの論考は、そうした中長期的な射程をもって左翼芸術運動を考察している。

十月革命後のロシアでは、それまでのブルジョア文化に替わって新たなプロレタリアートの文化を確立しようとする「プロレトクリト」の運動が開始された。プロレトクリトは教条的な集団主義や旧来の芸術一切を否定する思想——多くの誤解とともにそのように受け取られた——が批判を受けて急速に力を失ったものの、国内外に蒔かれた最初の左翼芸術運動の種となった。

プロレトクリトと並行して、マヤコフスキー、ブリーク、トレチャコフ、シクロフスキー、ロトチェンコ、ステパーノヴァ、エイゼンシュテイン、クレショフ、ジガ・ヴェルトフ、タトリンなど未来派・構成主義・フォルマリズムの芸術家・思想家たちが、今日「ロシア・アヴァンギャルド」と呼ばれる芸術運動を生み出した。その中には、トレチャコフやエイゼンシュテインのように、プロレトクリトの実践に携わった経験を持つ者たちもいた。

マヤコフスキーらは、教育人民委員会のイゾ（造形芸術局）の機関誌として『コミューンの芸術』（一九一八～一九年）を創刊し、一九一九年一月に結成された〈共産＝未来主義者〉たちのグループ「コム＝フト」の声明や規約を同誌に発表した。また、その後、マヤコフスキーらが創刊した『レフ（芸術左翼戦線）』（一九二三～二五年）は、革命芸術とアヴァンギャルドの結合を象徴する雑誌となった。

しかし、こうしたアヴァンギャルド芸術が革命の公式アートに認定されることはなかった。一九二四年にレーニンが死去し、スターリンがヘゲモニー（指導権）を確立する中で、前衛芸術家たちを含むあらゆる芸術家・文化人たちは党の支配下に置かれた職業団体の統制を受けるようになってその自由を失う。さらに、一九三〇年代後半になるとメイエルホリドやトレチャコフのように大粛清の嵐の中で命を落とす者さえ出てくることになる。以後、共産主義諸国における文芸は、「社会主義リアリズム」一色となり、この言葉は多くの芸術家に嫌悪すべき左翼公式主義の象徴と受け止められることとなった。

国や地域によって状況は大きく異なるとはいえ、革命運動・階級闘争と密接な関係にあった左翼芸術運動は、常に共産党やコミンテルン、あるいはそれらの意を体した組織・人物による政治的干渉にさらされた。あるいはまた、国家からのより露骨で悪質な抑圧・暴力を免れなかった。こうした諸条件のもとで、左翼芸術運動は反戦・反植民地主義・反ファシズムの思想を共有し、国際的連帯を信条とする芸術運動として相互に影響を与え合いつつ、各地域で独自の展開を見せた。

ヨーロッパでは、一九一九年にドイツでいち早くプロレタリア文化同盟が結成され、「プロレトクルト」の運動が開始された。この運動を支持したのが、写真家ジョン・ハートフィールド、諷刺画家ジョージ・グロス、プロレタリア演劇のエルヴィーン・ピスカートアらである。村山知義や千田是也ら多くの日本人がドイツに渡り、現地での経験を日本にもたらしたことは本書第Ⅱ部第1章および第4章に詳しい。フランスでは、一九一九年にアンリ・バルビュスのクラルテ運動が始まった。バルビュスやロマン・ロランに影響を受けた小牧近江が日本に帰国後創刊したのが『種蒔く人』（一九二一～二三年）である。一九二七年には、アンドレ・ブルトン、ルイ・アラゴンらシュルレアリストが共産党に入党するなど、前衛芸術と革命運動の接近が見られた。

一九三〇年代なかばになると、ナチスなどのファシズム勢力が台頭する中、フランスやスペインを中心に人民戦線運動が大きな潮流となった。ドイツ・イタリア・スペインなどは左派勢力が活発であったが、ナチスによるジェノサイドが進行する中で、多くの芸術家たちが亡命を余儀なくされた。

一方、東アジアでは、西洋列強および日本による植民地主義的野心が地域の不安定化に拍車をかけており、「反帝国主義」「反植民地主義」は左翼芸術運動の主要なスローガンとなっていた。日本の植民地であった台湾や朝鮮半島はもとより、大陸中国においても日本のプロレタリア文化運動（左翼芸術運動）が大きな影響力を持っていた。これらの地域では、日本国内と同様に、労働者が結束して階級闘争に邁進し、資本家を打倒することが欧米の帝国主義諸国を排除することにつながると認識されていた。「万国の労働者」の結束を前にして、「民族」はむしろ排除すべき障壁のはずだったからである。

しかし、日本の左翼芸術団体が、中国語や韓国語の学習を芸術家に促したり、現地に出かけていって活動に従事したりするような方針を採用することはなく、階級闘争の優先は、植民地主義的不均衡の温存と表裏一体であった。中野重治の詩「雨の降る品川駅」（『改造』一九二九年二月）が、国外退去させられた朝鮮人同志に向けて日本のプロレタリアートの「前だて後だて」と呼びかけたことは、日本の革命運動に内在する植民地主義の問題として今日に至るまで議論の対象となっている。

満洲事変以降、日本国内（内地）では弾圧が苛酷さを増し、一九三四年から三五年にかけて組織的な運動体はすべて崩壊する。満洲国の成立によって実質的に東北部を日本に支配され、一九三五年には日本の傀儡政府である華北政権が樹立された中国では、〈抗日〉の機運が急速に高まった。従来、日本のプロレタリア文化運動の影響を強く受け、階級闘争によって帝国主義の打倒をめざしていた芸術家たち――国民党の民族主義的な文化政策に反対していた人々――も、一九三五年になると「国防文学」などのスローガンをめぐって激しい議論を交わすことになる。この論争には晩年の魯迅も主要人物のひとりとして加わっている。階級闘争と国際連帯を重視する革命運動が後退し、抗日民族統一戦線の結成をめざす流れが形成されていく中で、中国における左翼芸術運動は「抗日救亡」の文化運動へと変質していったのである。

『吼えろ、中国！』と東アジア

こうした左翼芸術運動の一筋縄では捉えられない多面性を象徴する作品が、セルゲイ・トレチャコフの戯曲『吼えろ、中国！』である。

『吼えろ、中国！』は、一九二六年一月二三日にモスクワのメイエルホリド劇場で上演され、たちまち大きな反響を捲き起こした。以後、この戯曲は同劇場の主要レパートリーとなるとともに、国境を越えてヨーロッパやアメリカでも上演された。これ以前にトレチャコフは、同じタイトルの長詩を『レフ』第五号（一九二四年）に発表していた（松原明・大石雅彦編『ロシア・アヴァンギャルド7　レフ　芸術左翼戦線』国書刊行会、一九九〇年所収）。この詩は、本書第I部第2章で言及されているように、〈事実〉や〈記録〉にもとづいて中国の現実を表現する手法においては戯曲版と共通しているものの、詩と戯曲では取り扱われている題材はまったく異なっている。長詩では日常の生活風景が取り上げられていたが、戯曲版では、一九二四年六月一九日に中国四川省万県（現、重慶市万州区）で実際に起きた事件が題材とされていた。作品全体の傾向も、反帝国主義・反植民地主義の宣伝扇動劇《アジプロ》としての色彩が濃い作品になっている（第I部第3章参照）。

　初演時の演出はメイエルホリドの弟子のヴァシーリー・フョードロフであったが、実際にはメイエルホリドがかなり手を加えていたことが後に明らかになったという（エドワード・ブローニン著、浦雅春・伊藤愉訳『メイエルホリド　演劇の革命』水声社、二〇〇八年、二八一頁）。この『吼えろ、中国！』の舞台は、当時モスクワに滞在していた日本人の芸術家や文化人たちの多くが観劇した。

　一九二八年に、市川左団次一座がモスクワ公演でソ連を訪れた際、メイエルホリド劇場での上演台本が日本に持ち帰られた。これを翻訳して「吼えろ支那」のタイトルで雑誌『舞台戯曲』創刊号（一九二九年九月）に発表したのが、左団次一座の「座長秘書」として随行していた大隈俊雄である。大隈の日本語訳は、一九二九年八月三一日〜九月四日に本郷座でおこなわれた劇団築地小劇場の旗挙げ公演用の台本として使用され、その後の新築地劇団などの上演でも使用された。日本では初演を含めて計六回の公演（巡演を含む）が確認されている（第V部第3章参照）。

　この日本初演および大隈訳の台本が起点となって、中国国内でも『吼えろ、中国！』が繰り返し上演された。

その上演史は星名宏修《ほしなひろのぶ》「中国・台湾における「吼えろ中国」上演史――反帝国主義の記憶とその変容」（『日本東洋文化論集』第三号、二〇〇七年一〇月）に詳しい。またその後、邱坤良の大著『人民難道没錯嗎？――「怒吼吧、中国！」・特列季亜科夫与梅耶荷徳』（二〇一三年）が刊行され、東アジアを含む世界的な伝播の様相がより詳細に明らかにされた。これらの先行研究によれば、最初の中国語訳は、陳勺水が大隈訳から重訳した「発吼罷、中国！」（『楽群』一九二九年一〇月）である。一九三〇年五月には、葉沈による重訳「吶喊呀、中国！」が『大衆文芸』に発表された。葉沈および『大衆文芸』の編集責任者であった陶晶孫は、日本で村山知義などからプロレタリア演劇を学んだ経験を持っていた（第Ⅱ部第2章参照）。

その後、中国では広東戯劇研究所によって一九三〇年六月二三日・二四日に上演され、さらに上海戯劇協社が一九三三年九月一八～二〇日まで、満洲事変二周年を記念して上演した。他にも、南京や上海で上演が計画もしくは実際に上演されたという。これらの舞台では、オリジナルの反帝国主義劇が「抗日」劇へとアレンジされた。魯迅らが「国防文学」を議論した一九三五年よりもかなり早い時期のことである。

トレチャコフは、一九一八～二〇年にかけて、シベリア出兵期のウラジオストクに滞在し、同地で発刊された未来派雑誌『創造』（一九二〇～二一年）に関わるなどした。同じグループの画家ダヴィド・ブルリュークとヴィクトール・パリモフは、一九二〇年に日本に初めてロシア未来派の絵画を伝えた人物として知られている。トレチャコフはその後、極東共和国の首都チタでの一時的な活動を経て一九二四年に北京大学に着任した。そして、そこで得たさまざまな経験や見聞を元に『吼えろ、中国！』や『デン・シーフア』などを著すことになる。『吼えろ、中国！』は、ロシア革命後のモスクワ・極東ロシア・東アジアを文字通り「越境」しながら創作したトレチャコフによって生み出され、その作品そのものが国境を越えて世界各地へと伝播する中で、イデオロギー的境界さえ越境しながらアレンジされていったのである。

本書第Ⅰ部第3章でも詳しく述べられているように、『吼えろ、中国！』は、その後、中華民国国民政府（汪精衛政権＝日本の傀儡政権）の支配地域である上海や南京で上演された。ここでは「抗日」が消え、「反英米帝国主義」に「反共」を加えるアレンジがなされ、大東亜共栄圏のプロパガンダ劇へと改変された。上演は日本が実効支配した中国の各地で行われた。一方、植民地支配下の台湾では、プロレタリア作家の楊逵《ようき》（第Ⅳ部第4章参照）を中心とする台中芸能奉公隊が、一九四三年一〇月六日・七日を皮切りに新たにアレンジされた『吼えろ支那』を台中や台北で上演した。この舞台もまた日本の国策プロパガンダに沿った内容であったが、楊逵本人の動機や意図については今日までさまざまな見解が示されている。

本書の特徴

『吼えろ、中国！』のように国家・言語・ジャンルの境界を越えて異なる文化圏・文化領域へと人や作品が移動する時、そこにはどのような力が働き、どのような事態が発生するのだろうか。近年、文芸作品やメディア・コンテンツのアダプテーション（脚色・翻案）に関する研究が盛んであるが、宣伝扇動《アジプロ》のために影響力のある作品をいち早く供給する必要があった左翼芸術運動においてはアダプテーションの事例に事欠かない。特に、本書のいくつかの論考が扱っているように、文学から演劇への転換は枚挙にいとまがない。

ただし、事例の数が問題なのではない。左翼芸術の創造の現場では、さまざまなグループや諸団体の内部で、あるいは異なる集団の間で、芸術家たちが協働し相互に触発し合うような営みが繰り返された。異なるジャンルの芸術家同士の交流も日常的に行われていた。「生活建設の芸術」を掲げた『レフ』のグループが、文学・演劇・美術・映画のみならず、建築・衣服・家具・食器などに芸術実践の場を広げ、さまざまな場面で複数の芸術家が協力し合って制作／製作が行われたことに象徴されるように、革命芸術における「越境」は、単なる形式の模倣や作品の機械的な翻訳に終始するものではない。そこには、イメージや理念の共有・交換があったはずであり、それらの拡散・伝播、あるいは転用・転倒のプロセスこそが左翼芸術運動の根幹を成していたのである。

もちろん、イメージや理念の交換・転用が、常に良き芸術を生み出すとは限らない。左翼芸術運動に関わる論点は多岐にわたるが、特に東アジアにおいて越境や文化移転を問題にする際に重要となるのが、植民地宗主国と被植民地との非対称的な関係性である。その上、民衆の生活に深く浸透した封建的イデオロギーやジェンダー規範がアダプテーションに及ぼす効果にも注意をはらう必要がある。

本書は、前半の二つの部においてトレチャコフ・村山知義・千田是也を取り上げて、アヴァンギャルドとプロレタリアートの芸術・文化を接続する試みが、西洋と東洋を往還する運動の中から立ち上がるさまを考察するが、そこに私たちは東アジアに向けられた——あるいは東アジア内部で交叉する——重層的なまなざしを発見するだろう。また、後半の三つの部では、ジェンダーと労働、被植民地・被占領地におけるモダニズムとリアリズム、翻訳・翻案とプロパガンダをめぐって多様な議論が展開されている。各部の議論は他の部とも呼応し、前半の二つの部ともゆるやかにつながっている。

「左翼芸術運動」に類する語彙は「革命芸術運動」「プロレタリア文化運動」など多様である。同じ表現であっても、国や地域によってその意味するところが大きく異なる場合もある。本書ではこうした語義について統一的な見解を示すことを目的とはしていない。むしろそのような「意味の揺れ」そのものが、左翼芸術運動の多様性や問題の複雑さを表すものであると考えるからである。換言すれば、左翼芸術運動とは、イデオロギー・言語・表現の絶えざる〈越境・移転〉を発生させる表象領域の運動そのものであり、また、それによって生じた「差異の体系」（文化領域）の名でもあるだろう。したがって、名称そのものよりも重要なことは、運動を推進した人物たちや表象（作品）内の人物たちの移動、イデオロギーや作品の翻訳・翻案・ジャンル越境など、さまざまなレベルで行われた〈越境・移転〉について——あるいはその失敗や不可能性をも含めて——具体的に考察し、その実態を明らかにすることである。本書に収められた各論考は、ジェンダー・植民地主義・プロパガンダなど、左翼芸術運動を考える上で重要な複数の論点を交叉させつつ「文化移転」の様相を分析している。

各章の概略

第Ⅰ部「東アジアを翻案する——セルゲイ・トレチャコフという回路」では、ロシア・アヴァンギャルドを代表する詩人・作家で、モスクワ、ウラジオストク、北京を往還する中で創作をおこなったセルゲイ・トレチャコフを取り上げ、その多面的な文学的営みを明らかにする。

第1章「セルゲイ・トレチャコフと中国——政治と芸術の革命」（越野剛）は、一九二七年に刊行されたトレチャコフの『中国《ジュンゴー》』を分析している。『中国』は、トレチャコフが一九二四年から二五年にかけて北京に滞在する中で見聞した事物や出来事を記した紀行文的テクストである。伝統的な中国文化のもつ強烈なまでのエネルギーに吸い寄せられながらも、トレチャコフはそれらを徹底して〈記述〉することを通して、ステレオタイプな中国表象を異化し、政治的・芸術的前衛の手法へと接続しようと試みていた。

第2章「ロシア極東におけるトレチャコフと「トゥヴォルチェストヴォ」」（スティーブン・リー）は、干渉戦争（シベリア出兵）さなかの一九一八年から二〇年にかけてウラジオストクに滞在し、雑誌『創造《トゥヴォルチェストヴォ》』の創刊に関わったトレチャコフの前衛詩に焦点を当てる。トレチャコフは中国語風のペンネームを使い、日本軍の司令官を嘲笑するような前衛詩を書いた。また、日本語風にアレンジしたロシア語で占領軍を批判した。トレチャコフの前衛詩は、エキゾチシズムを回避しつつ音の異化効果によって文化的越境を試みる実験であった。

第3章「咆吼のこだま——『吼えろ、中国』とその中国・台湾での翻案」（鄒定嘉）は、中国における『吼えろ、中国！』の翻訳と翻案について、権力・イデオロギー・後援者（スポンサー）の観点から分析する。一九二九年から一九四九年まで、中国で出版された九つのテクストは、オリジナルと同じ九幕構成を維持した左翼演劇と、汪精衛政権のもとで公認された反帝国主義演劇に大別することができる。プロパガンダ・アジテーションの演劇が、異なるイデオロギーの影響の下で、さまざまに文脈を変幻させて上演されたことを明らかにする。

第4章「犠牲者プロパガンダに抗して──ソ連における中国表象とセルゲイ・トレチャコフ」（亀田真澄）は、トレチャコフが北京大学時代の教え子から聞き取った「自伝インタビュー」形式のテクスト『デン・シーフア』（一九三〇年）について考察している。『デン・シーフア』は、共産主義的な教養小説の構えを見せながらも、複数化する語りによってしだいに語り手の当事者性すら疑われる状況へと展開する。ソ連が全体主義へと向かい始める中で、トレチャコフのテクストは他者を「犠牲者」として表象することの暴力性に異議を申し立てている。

＊

第Ⅱ部「終わりなき演出──文化越境者《メディア》としての村山知義・千田是也」では、アヴァンギャルドからプロレタリア芸術への移行をはたし、プロレタリア演劇の担い手として東アジア諸地域に多大な影響を与えた村山知義と、ドイツ滞在中に現地の左翼芸術運動にコミットした千田是也の文化越境者・文化媒介者としての側面に焦点を当てる。

第1章「ネオ・ダダの都から転換の都市へ──村山知義が描いたベルリン」（西岡あかね）は、一九二〇年代に書かれた村山知義の複数のテクストにおけるベルリン・イメージの変遷を分析している。インテリの階級的没落の表現としてアヴァンギャルドを肯定的に捉えていた村山は、プロレタリア芸術運動に関わる中で自身の記憶を上書きするかのようにベルリンの都市イメージを塗りかえ、アヴァンギャルドとの決別をはたす。しかし、そうしたイメージの変遷そのものが、逆説的にアヴァンギャルドとプロレタリア芸術の連続性を証明していよう。

第2章「中国プロレタリア演劇におけるモダニズムと村山知義──築地小劇場から上海芸術劇社、木人戯社へ」（中村みどり）は、中国現代演劇のルーツの一つとして日本の新劇およびプロレタリア演劇運動を捉え、その移行プロセスについて、中国初のプロレタリア演劇団体である上海芸術劇社と人形劇団木人戯社に着目し分析している。本章では特に、日中の掛橋となった村山知義と、その村山作品の翻訳を手がけた演劇家・陶晶孫の活動に注目し、舞台公演にいたる具体的なやりとりや、『西部戦線異状なし』の演出の実態を明らかにする。

第3章「村山知義と在日朝鮮人プロレタリア演劇運動」（韓然善）は、在日朝鮮人の演劇運動において村山知義の果たした役割や関与の姿勢を論じている。村山は、東京朝鮮語劇団（後の三・一劇場）の演出や舞台装置を担当するなど積極的に朝鮮語劇の普及に関わった。しかし、そこには同時に朝鮮人を指導すべき他者としてまなざすような視線が混在していた。プロレタリア文化運動における植民地問題という難問《アポリア》を体現する存在としての村山に光を当てる。

第4章「編み合わせのアダプテーション――千田是也と戦間期の日独アジプロ演劇」（萩原健）は、千田是也のベルリンでの演劇活動と日本帰国後のメザマシ隊における演劇活動について取り上げ、日独の宣伝扇動演劇《アジプロ》における演出の連続性やアダプテーションの重層性について分析している。千田が日本に伝えた〈ドイツ演劇〉にはあらかじめ歌舞伎の手法などが採り入れられており、千田が関わったアジプロ演劇におけるアダプテーションが単純に原典とその脚色といった関係性で捉えることができないものであると結論づけられている。

*

第Ⅲ部「境界／抑圧を描く――ジェンダー・セクシュアリティ・労働」では、階級と民族、セクシュアリティと労働、左翼運動と抗日運動など、重層的に張り巡らされた分断線のはざまで、抑圧装置そのものとしての（複数の）境界と向き合わざるをえなかった女性作家たちや、テクストに描かれた女性たちの生に焦点を当てる。

第1章「プロレタリア文学に描かれた「子殺し」――平林たい子「夜風」を中心に」（鳥木圭太）は、平林たい子の短篇「夜風」（一九二八年）を取り上げ、同作に描かれた「子殺し」のモチーフについて考察する。出戻りの女性「お仙」は日雇い男との間の子を身ごもり、自身の兄や弟に虐げられながら家の土間で子を産みその子を殺す。資本と母性イデオロギーの結合体によって抑圧され、「嫁」「母」となることでしか農村の「家」で生きていく道がない女性。その「子殺し」を描くことにはいかなる実践的・批判的意味があるのだろうか。

第2章「社会的再生産を可視化する――宮本百合子「乳房」と女性による左翼運動」（飯田祐子）は、宮本百合子の短篇「乳房」（一九三五年）について、社会的再生産の領域を扱いつつ女性の左翼運動を可視化した作品として分析する。無産者託児所で働く「ひろ子」は、保育を巡るさまざまな課題に加え、争議の応援や獄中の夫に対する救援活動など、多重化した〈ケア〉の世界を生きている。無産者託児所の空間を社会的再生産の領域として捉えることで、テクストが周縁化された女性の左翼運動を重層的に描き出していることを明らかにする。

第3章「ハウスキーパー問題論――湯浅克衛「焔の記録」」（ヘザー・ボーウェン＝ストライク）は、湯浅克衛の短篇「焔の記録」（一九三五年）を取り上げ、同時代の家制度や恋愛結婚イデオロギーの問題、あるいは革命運動における「愛情の問題」や「ハウスキーパー問題」に対する一つの応答として同作を読み解いている。「愛情の問題」は、反共産主義的宣伝によって恥ずべきものとして取り扱われてきた。しかし、「焔の記録」は革命運動における性的搾取を批判する一方で、愛と欲望をみずからのものとして感じとる女性を描いた作品でもあった。

第4章「恋愛から同志愛へ――満洲国女性作家・但娣の文学」（羽田朝子）は、満洲出身の作家但娣《ダンディー》の文学について考察する。但娣は、若い頃にプロレタリア文学などを読んで成長し、日本に留学後、下層階級の人々や日本の支配に翻弄される人々を描いた。そこでは恋愛が女性主人公の希望や憧憬の対象として理想化された。その後、作家自身の失恋を経て作品のモチーフは同志愛へと変化するが、恋愛イデオロギー批判は十分に展開されなかった。「恋愛」が左翼（抗日）作家たちの間で依然として強固に機能していた可能性がある。

＊

第Ⅳ部「植民地・被占領地の文化実践――韓国・台湾・中国・満洲」では、日本による植民地支配や軍事的占領を受けた地域における芸術・文化・メディアの実態に迫る。第1章・第2章は植民地朝鮮（韓国語）の文学、第3章以降は台湾・満洲を含む中国語圏の文学や演劇をテーマにした論考で構成されている。

第1章「リアリズム文学のモダニズム的読解について——廉想渉と金南天の場合」（朴宣榮）は、植民地朝鮮のプロレタリア作家・廉想渉《ヨムサンソプ》と金南天《キムナムチョン》の作品を、モダニズムの枠組《レンズ》みを援用することによって読解する。廉の「標本室の青蛙」（一九二一年）や金の「緑星堂」（一九三九年）では、私小説的一人称語りから三人称語りへの変調や、視点人物の脱中心化、ストーリーの断片化など、一般にリアリズムとは見なしがたい手法が使用されていた。これらプロレタリアン・モダニズムの方法論は植民地朝鮮の現実と結びついていた。

第2章「米と綿、そして移動する無産者たち——姜敬愛『人間問題』に見る一九三〇年代植民地朝鮮の経済と労働者階級の形成」（李珠姫）は、姜敬愛《カンギョンエ》の『人間問題』（一九三四年）を取り上げ、農村出身のソンビとチョッチェが階級意識に目覚めていく過程を、植民地的・資本主義的収奪の文脈に重ね合わせつつ分析する。ソンビの死をもって終わるこの物語は、異性愛的結合の失敗を描くメロドラマであり、その意味で家父長制的異性愛の限界を含みつつも、植民地的搾取の構造と労働者の連帯が生まれる基盤を浮き彫りにした小説であると論じている。

第3章「語らぬ少女の語るもの——楊振声「搶親」と『独立評論』」（杉村安幾子）は、山東半島出身で五四運動にも参加した経験のある作家・楊振声の短篇「搶親」（一九三二年）を、その発表媒体である雑誌『独立評論』の言説空間に置き直すことによって新たな解釈を試みる論考である。「搶親」の声なき少女の姿には植民地支配によって蚕食される中国——とりわけ楊振声の出身地山東省——の姿が暗喩的に重ねられている。本作は、一九四〇年代の抗日文学への過渡的様相を示す作品として位置づけられる。

第4章「一九三〇年代の台湾文壇に交差する二つの前衛——楊逵と風車詩社」（陳允元）は、小説「新聞配達夫」（一九三四年）で知られる台湾の左翼作家・楊逵と、モダニズム文学グループ「風車詩社」の詩人たち——楊熾昌や李張瑞——に注目し、一九三〇年代の台湾文壇における二つの「前衛」の相互交渉の実態を明らかにする。両者の主張や文学的手法は同じではないものの、植民地台湾の現実が両者の表現の根底にはあった。両者は、ともに相対するグループの手法を取り入れてみずからの路線を微調整することで台湾新文学の発展に寄与したのである。

第5章「日中戦争期の被占領地域における演劇――『華文大阪毎日』掲載記事にみる日中演劇交渉」(田村容子)は、一九三八年一月に創刊された中国語雑誌『華文大阪毎日』の演劇関係記事を分析している。同誌は、日本で編集され満洲や華北を中心に販売されていたが、その記事内容は華中・華南・台湾にまで広く及んでいた。本章では特に、一九三九年に募集・発表された脚本作品に典型的にみられる家族の崩壊や父の不在といったモチーフが、被占領地域におけるある種の「屈折」をはらんだ隠喩的表現として読みうる可能性を提示している。

＊

第Ⅴ部「翻訳・翻案《アダプテーション》の政治学――文化移転の諸相」は、複数の地域・ジャンル・文化領域の間で共有されたさまざまなテクストや実践(パフォーマンス)に注目する。第Ⅰ部～第Ⅳ部と呼応しながらさらに議論の枠組みを拡張する論考によって構成されている。

第1章「受け継がれる浮浪者の気勢――小林多喜二の初期作品にみるゴーリキーの影響」(ブルナ・ルカーシュ)は、一九〇〇年代から三〇年代にかけて盛んに受容されたゴーリキー作品、とりわけ初期の〈浮浪者もの〉が日本のプロレタリア文学にもたらした影響について分析する。葉山嘉樹や小林多喜二の初期作品には〈浮浪者もの〉が色濃く投影されており、その影響の射程は転向期の作品、葉山嘉樹『流旅の人々』(一九三九年)にまで及ぶ。反逆精神の象徴としてのゴーリキー的浮浪者像の系譜とその変容を論じる。

第2章「日米プロレタリア文学の往来――ナップ系メディアと雑誌『ニュー・マッセズ』を中心に」(和田崇)は、一九二〇年代以降の日本のプロレタリア文学運動の中で積極的に紹介されてきたアメリカの作家アプトン・シンクレアとマイケル・ゴールドに着目し、これらの作家への関心の移り変わりと、文戦派・ナップ派のヘゲモニー闘争の過程との相関性を論じる。また、ゴールドの属したジョン・リード・クラブとナップ派との交流について、それぞれの機関誌に掲載された翻訳作品などを比較分析することでその実態を具体的に明らかにする。

第3章「新築地劇団と劇団築地小劇場――『母』『吼えろ支那』『西部戦線異状なし』の競演と継承」（村田裕和）は、一九二九年に結成された新築地劇団と劇団築地小劇場について、その競演演目『母』『吼えろ支那』『西部戦線異状なし』を取り上げ、台本・出演者・検閲などに着目しつつ、脚色・翻案の実態を分析する。さまざまな要因が重なって一九二九～三〇年頃の脚色・翻案全盛期がもたらされたものの、プロットの政治主義的な指導と支配の試みが、この連続するアダプテーションの時代に終止符を打つことになる。

第4章「一九五〇年代ルーマニアにおける日本文学――大田洋子著「どこまで」の場合」（ホルカ・イリナ）は、戦後のルーマニアで出版された日本文学――特に大田洋子「どこまで」（一九五二年）――を取り上げて、その翻訳に働くイデオロギーの力学について分析する。戦後、強大なソビエト政権の影響下に置かれたルーマニアにおいて、大田洋子の原爆を扱ったテクストは反米プロパガンダの文脈で日本のプロレタリア文学などと並行して輸入され、「意訳」によって社会主義イデオロギーに適合化されていたことを明らかにする。

刊行の経緯と謝辞

本書は二〇二二年七月三〇日・三一日に立命館大学衣笠キャンパスで開催された国際シンポジウム「吼えろアジア――東アジアのプロレタリア文学・芸術とその文化移転　1920―30年代」（立命館大学国際言語文化研究所後援）を元としている。五つのセッションで計一五名の発表と質疑応答が行われた。これに各セッションの司会者やシンポジウム企画者の論考を加え、全五部・二一章に増補したものが本書である。

シンポジウムは当初二〇二一年に開催する予定であったが、準備を開始する直前に新型コロナウイルス感染症の流行が始まり延期を余儀なくされた。結果的に一年遅れで第六波と第七波の谷間でかろうじて開催することができた。対面とオンラインのハイブリッド形式でおこない、さらに会場内とオンライン視聴者に向けて日英同時通訳を実施した。アメリカ在住のヘザー・ボーウェン＝ストライク氏と朴宣榮氏は複雑化した入国手続きをクリアして対面で参加してくださった。その他の海外在住の登壇者も現地時間が深夜であるにもかかわらず長時間の議論に参加してくださった。

シンポジウムの開催と本書の刊行にご協力くださった以下の方々に感謝申し上げる。

立命館大学国際言語文化研究所、中川成美氏、中村唯史氏、張文聰氏、内藤由直氏、鴨川都美氏、ナージャ・マレー氏、深瀧雄太氏、田村太氏、池田啓悟氏、岩本知恵氏、ボヴァ・エリオ氏、金昇渊氏、栗山雄佑氏、中井祐希氏、宮田絵里氏、森祐香里氏。

本研究はＪＳＰＳ科研費 18H00621「プロレタリア文化運動研究：地方・メディア・パフォーマンス」（代表村田裕和）、19H01248「社会主義文化のグローバルな伝播と越境：「東」の公式文化と「西」の左翼文化」（代表越野剛）、19K13053「戦前期日本プロレタリア文学の国際連帯に関する研究：ドイツとアメリカを中心に」（代表和田崇）の助成を受けた。

越野　剛

セルゲイ・トレチャコフと中国

政治と芸術の革命

辛亥革命（一九一一年）、五・四運動（一九一九年）に続き、一九二〇年代の中国の革命運動と反植民地闘争は世界の左翼知識人の関心を引いた。そうしたなか当時唯一の社会主義国だったソ連でももちろん、中国の状況が世界革命の動向と結びついて頻繁に議論された。マヤコフスキーは「中国から手を引け」（一九二四年）で列強に侵略される中国に連帯を呼びかける。フセヴォロド・イヴァノフの小説『装甲列車一四―六九号』（一九二〇～二一年）には、赤軍に参加してロシア革命後の内戦を戦う中国人兵士が登場する。アンドレイ・プラトーノフの短編小説『フロー』（一九三七年）のヒロインの夫は忠実な共産主義者で、中国での革命に参加することを夢見ている。[1] セルゲイ・トレチャコフ（一八九二～一九三七）はロシア・アヴァンギャルドの詩人、劇作家、理論家として活躍した。一九二〇年代から三〇年代にかけてのソ連の文化人の中でトレチャコフは最も中国に関心を寄せたひとりだった。本章では革命初期のソ連文学の中国表象におけるトレチャコフの位置づけを、政治と芸術の革命という観点から考えたい。トレチャコフという人物の重要性はこれまでも認識されていたが、資料が分散して入手しにくかったこともあり、本格的な研究は近年始まったばかりである。[2] ここでは主としてルポルタージュ文学『中国《ジュンゴー》』（一九二七、三〇年）を取り上げる。[3]

　トレチャコフは現ラトヴィア共和国のクルディーガ市に生まれる。ロシア革命後、一九一九年に極東のウラジオストクで未来派のグループ「創造《トウヴォルチエストヴォ》」に参加した（この時代のトレチャコフについては本書第I部第2章のスティーブン・リーの論考を参照）。一九二〇年にウラジオストックが日本によって占領されると家族と共に中国に逃亡、天津、北京、ハルビンで暮らし、一九二一～二二年には日本とソ連の間に緩衝国家として作られた極東共和国（チタ）で文部副大臣の地位についた。

一九二四年から二五年までトレチャコフは北京大学に派遣され、ロシア文学を教えた。その体験をもとにしたのが本章で取り上げる『中国』である。ソ連に帰国後の一九二六年には、メイエルホリド劇場でトレチャコフの戯曲『吼えろ、中国！』が上演されて成功を収める（この作品および東アジアでの受容については第I部第3章の鄒定嘉の論考を参照）。物語はトレチャコフが北京大学に就任してすぐの一九二四年六月、長江上流の港町万県《ワンシャン》で実際に起きた出来事をもとにしている。水死したイギリス商人に対する報復として、イギリス艦船の艦長が中国人労働者の処刑を要求したという事件だ。『吼えろ、中国！』はニュース記事をもとにした「生きた新聞」の上演やアジプロ演劇というトレチャコフ自身が積極的に関わってきた演劇ジャンルに近い。

一九三〇～三一年にドイツ、オーストリアなどを訪れ、ブレヒト、ピスカトール、ハートフィールドなどと交流、ナチ・ドイツで焚書にあった人々という意味で『同じ焚火の人々』（一九三六年）という本を出している。とりわけブレヒトと親しくなり、『母』（ゴーリキーの小説の翻案）、『屠殺場の聖ヨアンナ』などの彼の戯曲をロシア語に翻訳している。一九三七年の大テロルの際に逮捕、処刑された。

トレチャコフはフィクションを排して文学を新聞の形式に近づけようとする「事実（ファクト）の文学」を主張し、実際にルポルタージュ的な作品を書いている。作者の主観やフィクションの要素を排除して、文学を新聞に近づけることをうたい、トルストイのような古典的なジャンルの形式を受け継ぐリアリズムの路線と対立した。その実践として、一人の作家の個性に依存しない集団創作が目指された。作家の役割とは、ファクトの素材である人間たちをひとつの作品に組織するところにある。中国人学生の生い立ちから革命運動に参加するようになるまでを描いた『デン・シーフア』（一九三〇年）は、トレチャコフが北京で教えていた学生の一人との共作である（この作品については第I部第4章の亀田真澄の論考を参照）。ソ連（モスクワ中山大学）に留学することになった学生に時間をかけたインタビューを行っている。学生本人が一人称で語るという形式やインタビューの手法は、人類学者の参与観察[4]、あるいはオーラルヒストリーに近いものと考えられる[5]。

本章で取り上げる『中国』は、作家が一九二四年春にモスクワを出発して、ハルビン、大連、天津を経由して北京に向かうところから始まる。北京の都市の様々な社会層の人々の暮らしを描き、また一九二五年三月の孫文の北京到着とその死、同年五月三〇日の上海事件[6]をきっかけにして起きた大規模なストライキやデモンストレーションの場面がクライマックスになり、北京を去ってモスクワに向かうところで終わる。一九二七年に初版が出るが、この年の四月には上海クーデターによって中国共産党員が弾圧され、それまでの国共合作政策が破綻を迎える。それまで国民党と共産党の双方を支援していたソ連のコミンテルンも方針を変えざるをえなくなる。トレチャコフの『中国』には国民党の政治家に好意的な描写があったため、一九三〇年に出た第二版ではこの点を大幅に補足・修正している。

1　主体としての事物

『中国』はあからさまに実験的な手法が用いられているわけではないが、文体にはアヴァンギャルドの痕跡がみられる。例えば、都市や機械をテーマにした未来派の詩は、しばしば事物を主体として描いた。ロシア語で人間ではなく物が主語になること自体はおかしくないが、それを意識的・効果的に用いることで、「もの」が革命を引き起こす主体のように描かれる。「ファクトの文学」においては、「事物の伝記」という名前で工場で生産される製品を主人公として描いたルポルタージュが、しばしば写真を添えて制作された。

『中国』の終盤でトレチャコフが北京での勤務を終え、陸路で帰国する途上の張家口にはソ連から輸入された木綿製品の山があった。

ながめる。触る。光に当てる。この木綿の斥候兵たちに向かって、背筋をのばして「同志のあいさつ」を叫びたい気持ちだ。油圧プレスされた包みたちは、中国全土のボイコットの中で色あせつつあるイギリスと日本の商標のついた更紗という敵に立ち向かい、荒れ地を匍匐しながら突破してきたのだから。

柄模様の木綿の網目を眼によって愛撫し、なめまわし、一年半の不在の間に、私の知らないこの新しい模様を描き出した脳と手が何を装填され、何によって動かされているのかを探った。(7)　（三二四）

思いがけず故郷を思い出させるものに出会った感動は、商品の造形と質感を自分の五感によって確かめることで表現される。トレチャコフは木綿をながめ、触り、光に透かしてみる。彼がソ連を離れていた間に新しく考案されたとおぼしき布地の模様を「眼によって愛撫し、なめまわし」ながら、そのデザインを創り出したソ連の人々の脳や手の動きを読み取ろうとするのだ。この場面ではさらに、商品の流通が植民地支配への抵抗と闘争という政治的な文脈に結び付けられる。イギリスや日本などの帝国主義国とそれに抗するソ連とのそれぞれのイメージが、中国に輸出される商品に託され、さらにそれらが戦場の「敵」や「斥候兵」に喩えられている。トレチャコフが事物であるソ連の木綿製品に対して「同志のあいさつ」を送ろうとするのが示唆的だ。

2　エキゾチズム批判

トレチャコフは中国趣味《シノワズリ》的なエキゾチズムの眼差しには常に批判的だ。それは「ファクトの文学」のフィクションを排除しようとする身振りに呼応している。第一章の「中国を愛すること」はその点できわめて論争的だ。前近代のヨーロッパ人であれば同じように前近代の中国を文化や社会をそのようなものとして正しく理解することができたかもしれない。しかし現代の「中国愛好者」が、多少の遅れはあるとしてもやはり近代化の変容を遂げつつある中国の中に、依然としてエキゾチックな伝統文化だけを見ようとするのは間違っている。

今日、アジア大陸の東で成就しつつある大変動の反響は、一般人たちの間で中国の「流行」を生み出した。その流行が、象牙製の偶像となって飾り棚にもぐりこみ、玉糸で刺しゅうした「七賢人」や扇となって壁に貼りつき、中華風の茶碗や銀製の水きせるとなって棚に並び、優雅な文官《マンダリン》、魅惑的な妓女、賢い神官や芸術家が出てくる小説となってショーウィンドーの中で開かれ、『ブロンズの偶像』『チュウ・ユンウェイ』『白墨の輪』などの皇女やら竜やら短剣の暗殺者だらけの芝居となって劇場の舞台によじ登る。そしてついには『赤いけしの花』となって花開くのだ。そこにはベッドルーム的な中国趣味に妨げられて『りんご《ヤブロチコ》』のタップダンスはほとんど耳に届かない。（八）

トレチャコフは中国を舞台にした自作の戯曲『吼えろ、中国！』と同じ時期にソ連で上演されていた作品を列挙している。[8]『ブロンズの偶像』（初演一九二六年）はロシア語詩人ゲオルギイ・パヴロフ作の戯曲。『チュウ・ユンウェイ』はドイツの作家ユリウス・ベルステルの戯曲『好色なチュウ氏 Der lasterhafte Herr Tschu』（一九二二年）を翻訳したもの。『白墨の輪』は元代の歌劇『灰闌記』[9]をもとにしたドイツの作家クラブントの翻案作品だ。ドイツ語のタイトルは『白墨の輪 Der Kreidekreis』（初演一九二五年）だが、そのロシア語版は主人公の名前をとって『張海棠《チャンハイタン》』という題になっているはずである。

いずれもステレオタイプな中国趣味に充ち溢れた作品だったが、トレチャコフが最もライバル視するのが『吼えろ、中国！』と同様に中国の港町を舞台にしたバレエ『赤いけしの花』（初演一九二七年）だ。港の支配者であるイギリス人、苦力《クーリー》など地元の労働者たちとその仲間の踊り子タオ・ホア、搾取される民衆に同情的なソ連の船長と水夫たちの間でドラマが展開する。レインゴリト・グリエールの作曲、ミハイル・クリルコの台本により、ロシア革命一〇周年を記念して、現代的な主題を扱う作品として創作された。しばしばソ連で最初の革命をテーマにしたバレエ作品とされる。しかしバレエというジャンルの制約と慣習から、踊りや衣装、舞台装置などがどうしても色濃く東洋趣味を映し出すことにもなった。とりわけ主人公のタオ・ホアがアヘンを吸引して夢幻的な世界にさまよいこむ場面は、[10]ディヴェルティスマンという本筋とは関係のない多彩なダンスを披露する古典的なバレエの見せ場となっている。トレチャコフが唯一評価しているのはソ連の革命精神を伝えるエネルギッシュな水夫たちの踊り「ヤブロチコ」だが、それは全体として過剰にエキゾチックな演出の陰に隠れてしまっているという。[11]灰色の現実と比べれば、カラフルな空想のほうが観客を喜ばせるというのがオリエンタルな舞台芸術を好む者の理屈だとしたら、トレチャコフは同じ現実の中に、同時代の中国の中に何百万人もの労働者や学生が植民地解放に立ちあがり、運動家が抗議集会で切り落とした自分の指を用いて紙の上に「命をかけて国を救う」と大書するような光景を見る。「現実が幻想よりも灰色なのではなく、幻想のほうが現実よりも灰色なのである」(一〇、二九七)。

『吼えろ、中国!』は日本や中国でも盛んに翻訳・上演されて成功を収めたが、[12]『赤いけしの花』は幻想的場面がアヘンの吸引によって引き起こされるといった設定が問題となり、中国では受け入れられなかった。[13]勝本清一郎は一九二九年にモスクワのメイエルホリド劇場とボリショイ劇場で両方の上演を見ており、前者の『吼えろ、中国!』を「前衛性」と「大衆性」を融合させた新しいリアリズム芸術として高く評価するのに対して、『赤いけしの花』は「無駄な装飾が多過ぎる」という伝統的なバレエの形式と、水夫や労働者のプロレタリア・ソビエト的な主題とが奇妙に結びついた「過渡期に於ける甚だ不細工な鵺のような作品」になってしまっているという。[14]ただし、スターリン期の一九三〇年代に確立した美的規範はメイエルホリドやトレチャコフの前衛性を好まず、伝統的・古典的な形式と社会主義的なイデオロギーを組み合わせた『赤いけしの花』のほうが社会主義リアリズムの模範として長くソ連の舞台に残ることになった。

3 伝統と新時代

ロトチェンコ等の構成主義者が参加した『ソ連邦建設』（一九三〇年創刊）を代表とする写真雑誌では、革命による社会の変化を新旧のイメージによって対比させる構図がよく用いられた。例えばブリヤート人の自治共和国における社会主義建設の成果を示すため、寺院での祈禱と読み書きの学習という、どちらも集団の行為を撮影した二枚の写真が頁の上下に配置される。[15]トレチャコフの『中国』でも、エキゾチズムの源泉となるような旧時代の事物や風習が、変容しつつある新しい中国のイメージと対比させて語られる。学術に携わる研究者のあるべき姿を示す事例では、「衒学的な書物を四〇年間も学んで七万の漢字を覚えたという学問のペテン師」という旧時代の遺物に代わるのが、「ブンゼンバーナーの青い炎がシューシューと音を立てる実験室に向かって大学の階段を駆け上る」ような「潑剌として血気盛んなスポーツマンたち」（九）とされている。

伝統的な文化や社会制度は革命によって否定され、新しい時代にふさわしい変化を遂げるものとされる。しかしトレチャコフの異文化への好奇心は、単なる否定の対象にしては不可解なほどに詳細で、エスノグラフィの分厚い記述に近づいていく箇所が見られる。

炭屋の家ではこうなっている。助手や弟子たちが石炭小屋を回って、石炭の欠片や粉を集め、ヨーロッパ人や金持ちの中国人の家の釜炊きから暖炉のごみを買い取る。ぼろを着てやせ細ったごみ収集人が、ごみの集積所や捨て穴から集めた石炭の残りかすを持ってくる。これらの固まりはすべて粉になるまで打ち砕き、粘土と混ぜ合わせ、水分を加え、じゃがいもくらいの大きさの団子状に丸める。それから青黒いイモ団子を胡同《フートン》の中庭にきれいに広げて北京の白い太陽の下で乾かす。そして安い燃料を求めて主婦やヤギのような足

の禿げ頭の老婆がやってくるというわけだ。（四八）

ここでのトレチャコフの記述は、前近代的な過去の残滓を未来のあるべきイメージに対比させているだけではない。ひとつには過去と未来という時間軸による変化の観点が、中国という場を選んだことによって非ヨーロッパとヨーロッパという空間軸の対比にスライドしたことを指摘できる。ただし、それだけではトレチャコフが批判していたはずのエキゾチシズムの愛好者の眼差しに接近しているようにも見える。伝統家屋の中庭に炭団子が並ぶ奇妙な光景を描写するだけであれば両者の間に本質的な差異はないだろう。しかし、炭屋の商売が細部にいたるまで観察されることにより、外国の植民者や富裕な中国人の家庭が排出するゴミに貧困層が依存するという搾取と分断の経済システムが暴露されている。ミクロな事物を眼差す民族誌的な異文化への関心が、トレチャコフをかろうじて異国情緒の愛好者から切り離しているのだ。

4　伝統演劇と異文化の距離

『中国』では伝統的な劇場（京劇）の記述にかなりの頁が割かれている。同時代のヨーロッパの演劇と比較しながら、トレチャコフの評価はここでも時間軸と空間軸の間で揺れている。長い歴史を有する中国の演劇は、すでに数百年前に形式的には完成の極致に達しており、それ以降は現在にいたるまでほとんど変化していないという。俳優たちが身にまとう古い中国の意匠をほどこした上衣や珍妙な帽子は、観客たちの多くが着ている満洲服とはまったく異なっている。舞台から聴こえてくる口上や歌のテクストもはるか昔の文章語であり、現代の中国人にとってはしばしば理解するのが困難である。したがって俳優の中には前もって「これから自分が何を言ったり、ふるまったり、歌ったりするのか」（一二六）を現代の中国語で説明してから、演技や歌唱を始める者もいる。

伝統劇では新作が作られることは少なく、観客の多くは上演される芝居を何度も見ているため、内容には関心を示さない。何よりも評価されるのは、歌唱の技巧やアクロバットのような演技である。辛亥革命により皇帝は存在しなくなった一方で、政治を支配する将軍たちの横暴に都市民は苦しんでいるはずだ。しかし舞台の上では公明正大な皇帝が民衆に語りかけ、偉業を誇る将軍は喝采を浴びる。ヨーロッパの近代演劇の手法を導入して新しい時代のテーマを扱う試みは困難に直面している。数百の役柄を暗唱できるような俳優のギルド的な組織、舞台衣装を製作する産業システム、俳優になるための修業の制度などを改変しなくてはいけないだけでなく、何よりもまず旧時代の趣味に強く染まった観客を作り変える必要がある。変化のない伝統文化に固執する劇場は「美的なアルコールの屋台、美的なアヘン吸引所」（一四〇）にすら喩えられ、そこから脱却する不可能性が示唆されている。トレチャコフの考えによれば、伝統演劇に取ってかわるのはむしろ映画になる可能性が高いという。

しかしその一方で『中国』では伝統劇の作法や劇場の構造について細部にいたるまで熱心に記述されていることも確かだ。トレチャコフは、北京を中心とする中国北部の伝統的な劇場文化が女性を排除したり、女性の観劇を制限したりしていることを批判し、観客席に女性の場所を設けようとする要求や男女混成の劇団の活躍といった新しい時代の動きを好意的に紹介している。その一方で劇場の差別的なジェンダー規範が女形という特殊な形式を生み出したことにも触れられている。女形の代表的な俳優、梅蘭芳はロシア・ソ連のオペラ歌手レオニード・ソビノフに比べられ、彼の衣装や身振りは同時代の中国人女性のモードに大きな影響を与えているという(16)（一三三―一三四）。

男性が女性の役を演じたり、日常とは異なる衣装や言語を用いるのは、舞台の空間に限定された約束事であり、観客は予めそうした劇場の規範を知っておく必要がある。トレチャコフは演劇の改革や近代化を妨げるような旧弊を容赦なく断罪する一方、ヨーロッパの演劇とは異質な中国の舞台上の約束事には強い関心を抱いた。

> 中国の劇場とは約束事の《ウスローヴヌイ》劇場である。それは教会の礼拝のように、観客に対して特別な記号、シンボルの体系によって作用する。それらを知らなければ舞台上で起きていることを読み取ることができないし、登場人物の集まりの中でどこが肝心なところなのか分からないこともありえる。約束事の手法は観客が出来事を理解するのを助ける一方で、写実的な装飾や小道具という重荷から劇場を解放もしてくれる。劇場のシンボルの基礎は広大で複雑なものだが、どの中国人もその「劇場文法《テアグラモタ》」をそらで覚えているのだ。（一二二）

伝統演劇と宗教儀礼の類似が指摘されているのも興味深いが、ここでは外国人であるトレチャコフにとって見慣れない約束事のせいで、舞台上の出来事がきわめて異質なものに見えることが重要である。フォルマリズムの異化効果の論を思い起こさせる。もちろんこれが異様に見えるのは語り手が中国文化の外部に位置する観察者だからであり、文化の内部にいる観客にとっては効率よく自動化され、陳腐なほどに分かりやすい演出にすぎないかもしれない。ある文化の外部に立つ者に対して、文化の約束事は一種の異化効果を発揮し、文化の内側からは見えなくなっている約束事や形式をむき出しに可視化する。この後の頁でも、鞭を手に持つ身振りは馬に乗っている様子を示すとか、顔を青く塗るメーキャップは異国人を示すといった芝居の約束事がくわしく紹介されている。

『中国』の演劇に関する章の最後に記述されるのは、上海で起きた五・三〇事件に呼応して、天安門広場で行われた学生たちの政治的な演劇である。トレチャコフがロシア文学を教えていた学生も参加していたようだ。

> むしろで作った背景幕の両側が舞台への出口になっており、その後ろに演者が寄せ集まっている。背景には手製のプラカードがかけてある。けがをしたり殺されたりした人を放り出して、イギリスの銃口から逃げる群衆を描いている。時として劇の進行に合わせて、舞台裏から監督の手が出て、言葉を書いたプラカード

を幕の上に吊り下げる。工場主がロックアウトに合意とか、非常事態宣言とか、射撃の命令などだ。イギリス人、日本人、インド人のような敵役、そしてまた労働者の役を演じる人たちは、メーキャップをして、それに合った衣装を身につけている。しかしそれだけなく、演者の背中にはそれが誰なのかを路上の観客に示すように、書き込みのある布切れの札がついていた。

〔略〕観客の眼差しが落ち着いて、握りしめた拳がゆるむのを待たずに、腕に喪章を巻いた学生が舞台の前面に飛び出してくる。弁士の司会役だ。彼は群衆に向かって憤怒と悲嘆の言葉を投げかけ、両手の身振りだけでなく、まるで痙攣したかのように全身を震わせながら、見たばかりのものを説明することによって観客の脳髄に叩きこもうとする。このような解説と扇動の弁でもって、ひとつのエピソードが終わるごとに登場し、時には劇の進行中に割り込むことさえあるのだ。（一四六―一四七）

芝居の内容は上海での事件を再現したもので、日本人の工場経営者に賃上げを請願しに来た中国人労働者が日本兵に殺される（五月一五日に紡績業の内外綿株式会社第八工場で起きた発砲事件、工員の顧正紅が死亡）。その仲間の労働者に学生たちが合流して殺害された労働者の報復のために団結を呼びかけるスローガンが観客に向かって叫ばれる。そこに日本人とイギリス人、それにインド人の兵隊が登場して学生と労働者に弾圧を加える（五月三〇日に実施された大規模デモ、八名死亡、負傷者多数）。終幕では劇団員一同が舞台に出て、闘争のスローガンが「観客の拍手と歓声が沸騰するほど熱せられた大釜」に投げこまれた（一四七）。

興味深いのは、この演劇が行なわれる前日にトレチャコフが自分の学生に対してアジプロ演劇の手法について教える場面があるのだが、天安門広場での見事な学生劇を鑑賞した後では、「私は彼にとっくの昔に発見されていたアメリカを見つけてやったことになる」（一四五）と回想していることだ。彼が直接関与しなくても、すでに政治的な演劇の手法についての意識を学生は共有していた。トレチャコフは労働者の観客に直接訴えるような手法に「青シャツ隊」のアジプロ演劇との類似を認めてはいるが、それよりもむしろ中国の伝統演劇の約束事の手法との連続性を見出している。古い主題を反復するだけに見える伝統文化の中から、時代の変化に対応した新しい芸術が生み出される。それは芸術の革命と同時に政治の革命を目指すものでもあった。

結語

同時代の作家にしばしば観察される中国趣味を排除しようとしたトレチャコフも、圧倒的な異質な文化に対する冒険者的な関心やオリエンタリズムの想像力から完全に自由だったわけではない。しかし人類学者のように対象の関係の網目の中に長期間にわたって入りこみ、分厚い記述を行うことで創り出した『中国』のテクストは独自の価値を持っている。とりわけ時間軸と空間軸の二つの距離を組み合わせて「いま・ここ」の場を測る試みは、異文化を立体的に描き出している。だからこそ、中国文化の観察からイメージや素材だけをもらってくるのではなく、政治的・芸術的な前衛の手法を見出すことができた。東と西をまたぐ長い旅を経由して、トレチャコフはもうひとつの異文化であるドイツの前衛芸術ともつながっている。ヨーロッパとアジアの間にいるロシア人という媒介者の位置づけこそが重要なのかもしれない。

（1）Alexander Lukin, *The Bear Watches the Dragon: Russia's Perceptions of China and the Evolution of Russian-Chinese Relations Since the Eighteenth Century* (Routledge, 2003), Chap. 2; *Краснoярова А. А.* «Китайский текст» русской литературы. Дисс. на соискание ученой степени кандидата филологических наук. Пермь, 2019. С. 67-93.

（2）旅という観点からトレチャコフの作品をまとめた以下の資料がとりわけ興味深い。*Татьяна Хофман, Сюзанна Штретлинг (сост.)*, Сергей Третьяков: От Пекина до Праги. Путевая проза 1925-1937 годов. СПб., 2020. 作家の義娘の証言などの貴重な情報

を含む評伝も出ている。Robert Leach, *Sergei Tretyakov: A Revolutionary Writer in Stalin's Russia* (Glagoslav Publications, 2021)

（3）以下のような先行研究がある。Mark Gamsa, "Sergei Tret'akov's Chzhungo: Reportage from China in the 1920s," *Russian Literature* 103-105 (2019), pp. 145-157; Tatjana Hofmann, "The Theatrical Observation in Sergei M. Tret'akov's Chzhungo," *Russian Literature* 103-105 (2019), pp. 159-181. 後者の Hofmann は演劇の記述に着目しており、本論と重なる視点も多い。

（4）*Татьяна Хофман, Сюзанна Штретлинг*, Сергей Третьяков: писатель как путешественник. // Сергей Третьяков: От Пекина до Праги（前掲注 2）C. 11-12.

（5）スヴェトラーナ・アレクシエーヴィチもまた小さな普通の人々の語る声を素材として作品を構成する。トレチャコフが描き出そうとしたのが社会主義の来るべき未来だったのに対して、アレクシエーヴィチの『セカンドハンドの時代』（二〇一三年）は社会主義の失敗した過去であるという違いはある。

（6）一九二五年五月に上海の日系資本工場で中国人労働者が殺されたことをきっかけに中国全土で五・三〇運動といわれる大規模な抗議運動が起きて、北京に滞在中のトレチャコフも目撃している（後述）。

（7）*Третьяков С. М.* Чжунго: очерки о Китае. 2-е дополненное издание. М.-Л.: Госиздат, 1930. 以下、頁数は（）内に漢数字で示す。

（8）Edward Tyerman, *Internationalist Aesthetics: China and Soviet Culture* (N.Y.: Columbia UP, 2022), Chap. 2.

（9）後にブレヒトが舞台をグルジア（ジョージア）に移した翻案作品『コーカサスの白墨の輪』（一九四四年）を創作することになる。

（10）ロシアの中国研究の泰斗ヴァシリイ・アレクセエフ（1881-1951）が一九二〇年代に翻訳した『聊斎志異』の一連の出版が、『赤いけしの花』の幻想的場面の想像力の源泉のひとつになったともいわれる。

（11）トレチャコフが念頭においているのはモスクワのボリショイ劇場における初演版だが、一九二九年にレニングラードのキーロフ劇場で上演されたヴァージョンでは、自動車や高層ビルなど中国の近代化を強調するような舞台が演出されている。梶彩子「ソヴィエト・バレエ『赤いけし』再考——「革命バレエ」の運命」（『スラヴ文化研究』第一五号、二〇一七年）九一頁。

（12）『吼えろ、中国！』は日本語訳を経由して、一九三〇年に広東で中国語版の上演が行われた。太平洋戦争中の一九四二〜四四年にかけて日本占領下の上海、北京、台湾などで、社会主義的な要素を薄めて、反英米のプロパガンダ色を強調したバージョンが上演されたが、観客の多くは「抗日」的な意味を読み取ったという。星名宏修「中国・台湾における「吼えろ中国」上演史——反帝国主義の記憶とその変容」(『日本東洋文化論集』第三号、一九九七年)二三～五八頁。本書第I部第3章の鄒定嘉、第II部第2章の中村みどり、第IV部第5章の田村容子も中国・台湾における受容を分析している。

(13) 後に中国側の要請もあって一九五七年の改変版ではアヘン吸引の場面はなくなり、タイトルも『赤い花』に改名された。*Галенович Ю. М.* Сталин и Мао. Два вождя. М., 2009. С. 431-440. それでも作品が中国で受容されることはなかったが、太平洋戦争中の一九四三～四五年にかけてのアメリカで、戦時下の状況を反映して敵役のイギリス人を日本人に改変したバージョンが上演された。前掲(注11)梶彩子「ソヴィエト・バレエ『赤いけし』再考」九六～九七頁。

(14) 勝本清一郎『赤色戦線を行く』(新潮社、一九三一年)一七四～一九一頁。

(15) 亀田真澄『国家建設のイコノグラフィー——ソ連とユーゴの五か年計画プロパガンダ』(成文社、二〇一四年)一〇一頁。

(16) ここでは梅蘭芳の演技は旧時代の宮廷文化やブルジョア階級の趣味を志向するものとされ、必ずしも肯定的には見られていない。ただし一九三五年に梅蘭芳がモスクワで公演した際にはエイゼンシュテインと二人で会い、またドイツからロシアを訪れたブレヒトに紹介してもいる。*Татьяна Хофман, Денис Иоффе, Ханс Гюнтер,* Сергей Третьяков: эстетика политического документализма и продуктивизма. Введение. *Russian Literature* 103-105 (2019), p.7.

ロシア極東のトレチャコフと「トゥヴォルチェストヴォ」

スティーブン・リー／田村　太・越野　剛　訳

1　序——トレチャコフのアンチ・エキゾチシズム

多くの研究者が近年示したように、セルゲイ・トレチャコフ（一八九二～一九三七）の作品は、ソヴィエト連邦と東アジアをつなぐ鍵であり、そしてソヴィエト・アヴァンギャルドが西洋の帝国主義者やアジアへのエキゾチックな見方に挑戦した実例を提示している。もちろん、トレチャコフはファクトグラフィアや事実の文学として知られている未来派の手法を明確に述べた中心的人物であった。この手法は、フィクションよりルポルタージュを、ファンタジーよりリアリティを重視するものであり、それゆえ彼の反エキゾチシズム的な意図に十分に役立つものであった。『エスニック・アヴァンギャルド』（二〇一五年）において、私は中国に関するトレチャコフの著作、とりわけ彼の詩と戯曲『吼えろ、中国！』を用いて、非西欧の人々と諸文化を描写する手段としてのファクトグラフィアの可能性を説明した。一九二四年に刊行された彼の詩の序文では次のように述べられている。「中国との最初の出会いは、正確に言えば北京の或る通りであった……。この長詩の骨格は、北京の街角を回り歩く職人や物売りの「音の看板」である。露天商の呼び声や様々な楽器の音色がそれだ」。そこで彼はイメージや語彙だけでなく、これらの音に関する断片的な索引を付している。

包丁の研ぎ屋は細長のパイプで存在感を出し、研ぐ音は戦いの合図のようだ。

水運びの手押し車の車軸はロジンで擦ると、特徴的な軋む音を発する……。

人力車——二輪の運搬車——に乗る客は宙に浮いた恰好で座り、車夫が梶棒を放せば、客は後ろ向きに頭を地面に叩きつけることになる。

肥やし屋は、長い柄のついた特殊な柄杓で北京の通りや胡同《フトウン》（裏通り）から僅かの肥やしも集めていく。肥やし屋は背負った桶や籠の中に、肥やしを器用に肩ごしに投げ入れていく。

青——中国人の服装の基本色。

黄土——黄色の土。中国の土壌を形成し、モンゴルから東トルキスタンへ風に乗って運ばれてくる。

駕籠——椅子籠。中国の富裕層の移動手段。

銅《コッパー》と文《ケシュ》（訳注1）——中国の硬貨。銅はコペイカの三分の一、文は銅の一〇分の一。

「ツバ」——下がれ！　失せろ！

「赤毛の悪魔」——中国でのヨーロッパ人のあだ名。

「柿」——甘いトマトに似ている果実。(1)


ここでは、短文や文の断片に示されている、一見すると無作為な細部のモンタージュが目につくが、その狙いは北京の通りを歩いた時の体験を表現することにある。客観性を強調するために、トレチャコフは装飾性を最小限に抑えている。「戦いの合図のようだ」という直喩が一度だけ使用されており、「赤毛の悪魔」という言及を除くと、明確なアジテーション的な内容は見当たらない。

この詩自体も同じような特徴を持っているけれども、断片性がより強調されている。例えば、「壁」と題された第一部を見てみよう。

У Китая много тяжелых стен
Цапают небо зубами за кожу.
Китай устал.
    Китаю постель -
Меж стен пустыня постлала ложе.
Желтый лесс -
Земляное сало,
Чтобы колес
Грохоталь не брyцала.
Жирный лесс
Родит рис.
Водоемных колес
Взмах вверх,
Взмах вниз. -
И зеленый рисовый мех
Растет.
Рис, питай
Китай
Арба, катай
Китай

中国の幾多の重い壁は
その歯で大空の皮膚を咬んでいる
中国は疲れている
　中国に寝床だ——
壁と壁の間に荒野は床を敷きつめた
黄土は——
土の脂肉だ
車の軋みは
高鳴ることはないだろう
脂ぎる沃土は
稲を生む
ため池の水車は
ばたんと上になったり
下になったり——
そして緑の稲の毛皮が
伸びていく
稲よ　育め
中国を
牛車よ　運べ
中国を[2]

この詩は、アウトサイダーが都会に向かうなかで、中国の万里の長城、砂漠、田畑を旅するところから始まる。胸壁が空を咬む歯になっているが、トレチャコフは直ちにこのメタファー、すなわち、外国人を排除しようとする恐ろしい龍としての万里の長城を放棄する。このエキゾチックな比喩への応答として、彼は、ため池の車輪や牛車の動き、そして稲のゆっくりとした生長といった、ありふれた農作業の光景を示している。このように、ここでトレチャコフは芸術的な媒介を超えて、中国の姿を直に喚起しようとしている。彼は、自らを大地に置き、牛車で到着し、通りを歩くことによって、自身と読者の間にある障壁を取り払おうと試みるのだ。事実の寄せ集め《アサンブラージュ》を通して、この新しい場を理解できるものにしようと熱心に努めるトレチャコフの姿が見いだされる。

だが、もちろんトレチャコフは芸術的媒介を完全には克服できておらず、彼の中国の表象に問題を見いだす者もいる。例として、拙著で明らかにしているように、一九二六年にメイエルホリド劇場で初演された演劇『吼えろ、中国！』において、トレチャコフは異なる演技スタイルを指定することで、西洋人と中国人のキャラクターの違いを強調している。「誇張、様式化、異化」を通して演技されることになった西洋人の役は、メイエルホリドの「ビオメハニカ」の革新性を考えると、メイエルホリド劇場では簡単に実現できたことであった。これと正反対に、トレチャコフは中国人キャラクターに「自然主義的で、落ち着いた、心に強く訴えるような」演技スタイルで演じることを求めた。要するに、もっと「共感を呼ぶような」スタイルであり、それはメイエルホリドやアヴァンギャルドとは何の関係のないものであった。要するに、トレチャコフの演技指導が示唆するのは、中国人は時代遅れのスタイルで表現されるしかなかったということだ。その非エキゾチシズム性にもかかわらず、一連のキャラクターはある意味で過去にとどまっていた、ちょうどコミンテルンがソヴィエト・スタイルの革命にとって、中国自体をまだあまりにも「後進的」であると見なしたように(3)。この問題は次のような事実でさらに悪化する。すなわち、モスクワで中国人の役が非アジア人の役者によって演じられて、演劇を黄色人種版ミンストレル・ショーの一例として解釈することを可能にさせたのである。事実、ロバート・クレインは、中国人のキャラクターたちをステレオタイプへと格下げする「屠殺されたロシア語」を台本で使ったことを非難している。もっと最近だと、エドワード・タイアマンの主張によれば、西洋人キャラクターと交流する際に、中国人キャラクターが使うブロークンなロシア語は、実は「ロシア・中国間の国境で発達した接触言語、中国のピジン・ロシア語」を忠実に反映しており、その一方で、中国人キャラクターが仲間内だけでいるときに用いる簡潔なロシア語は、トレチャコフ側の原始主義というより、むしろ「普遍的なプロレタリアートのイディオム」を表現している。だが、それにもかかわらず、カテリーナ・クラークがバイオ・インタビュー『デン・シーフア』（一九三〇年）に関する論考で指摘しているように、中国に関する正確な知識を提供するという、トレチャコフのプロジェクトそのものが植民地的な意味合いを潜伏させていた。「ちょうど植民地の力関係に、未加工の物質を抽出する者たちとそれを加工する者たちの間に区別が存在するように、トレチャコフのアプローチには、被インタビュアー――自らの生に関する未加工の情報を提供する者――と、その情報から物語を構築する創造的個人の「作者」の間に、ヒエラルキー的区別が存在しているのだ(4)」。

要するに、トレチャコフの作品を、アジアに対するヨーロッパ中心主義からの脱却として、どの程度まで見ることができるかについては、研究者間で意見が一致していないのである。本章での私の目標は、トレチャコフとアジアとの最初の出会い、とりわけロシアの国内戦時のウラジオストクへの滞在に注意を向けることにより、彼とアジアとの関係に新たな光を当てることにある。一般的に、中国への彼の関心は、一九二四年から一九二五年にかけて、北京大学でロシア語を教えるために滞在した一年半の間におのずと芽生えたものと見なされている。だが、その数年前に、彼はウラジオストクでアジア人たちに出会っている。当時のウラジオストクは、極めて多種多様で、コスモポリタン的な場であり、街の中心には大きなチャイナタウンがあり、朝鮮人コミュニティーが十分に定着し、そして外国の遠征軍がいくつも駐屯しており、その最大のものは日本であった。一九一八年一二月に彼が当地に着いた時、この地域でのソヴィエトの支配は崩壊しており、ウラジオストクは、歴史家のジョン・ステファンが述べたように、「地方のロシア、条約港の上海、そしてアメリカの西部地方《ワイルド・ウエスト》、これらのユニークな混淆という独自の世界」になっていた。[5] モスクワから妻と娘と一緒にこの街へやって来たトレチャコフは、ソヴィエトと未来派に親しんでおり、世相戯評《フェリエトン》(訳注2)の記事のライターとして、また文化イベントの組織者・演者として、糊口をしのいでいた。彼は「共産主義文化」を掲げる月刊誌『創　造《トゥヴォルチェストヴォ》』と未来派グループの共同創設者の一人であった。一九二〇年六月に刊行を開始したこの雑誌には、現地で書かれた詩やエッセー、マヤコフスキー（一八九三〜一九三〇）やフレーブニコフ（一八八五〜一九二二）のようなモスクワの作品、そしてソヴィエトの新聞からの政治的な抜粋が混ざり合っている。四月に赤軍パルチザンへの日本軍の攻撃があってから、当地はあまりにも危険であるように思われ、その年の末に彼はウラジオストクを発った（この点については後で詳しく触れる）。彼は中国に渡り、天津・北京・ハルビンを経由して、一九二一年四月にチタに到着し、現地で、短命に終わった極東共和国の教育省の官僚として勤務することになった。この共和国は、外国の遠征軍に譲歩するために、ボリシェヴィキが考案した緩衝国である。一九二二年にトレチャコフはモスクワに帰還したが、それはロシア極東からの日本軍の撤退と同年のことであった。これらの地域はその後すぐにソヴィエト・ロシアに吸収されている。[6]

したがって、トレチャコフはウラジオストクに一九一八年末から一九二〇年末にわたって、およそ二年間滞在したのであり、そしてアジアやアジア人に関するウラジオストク時代の彼の著作において見いだされるのは、トレチャコフが非ヨーロッパ系の諸言語、とくに日本の短歌の異化効果の可能性に惹かれており、それはある意味で、のちに彼がとても激しく抵抗しようとすることになる、まさにあの西洋のエキゾチシズムと共鳴していたということだ。とはいえ、アジアおよびアジア的な形式への彼の関心は純粋に政治的なものであり、他者へのフェティシズムに基づくものでは全くないように思われる。それに加えて、中国語や日本語を用いるときでさえ、彼はアジア人やアジアそれ自体を描写しないことを意図的に選択している。要するに、民族誌的な精確さを通して文化的障壁を克服しようという気が少しもないように思われる点において、このトレチャコフは『吼えろ、中国！』のトレチャコフとは全くの別人である。しかしながら、ウラジオストク時代の著作のおかげで、私はトレチャコフをもっと信頼するようになった。というのも、それらの著作が明らかにしているように、この作家がアジアに惹かれたのはアジアそのもののためではなく、あるいはモダニズム的な実験の手段としてでもなく、政治的に進歩的な目的を促進するためだからである。

2 人参のトレチャコフ

彼がのちに中国に関心を寄せることを考慮すると、トレチャコフのウラジオストク時代の経歴で大変興味深い点は、彼がアジア人のペンネームを使っていたことだ。彼のフェリエトン作品の大半はしばしば「ジェン・シェン Жень-Шень」と署名されているが、これは高麗人参を示す中国語の「人蔘 rensen」をロシア語にしたものである。[7] このペンネームで行なわれた人種的交差は、非西洋の人々と諸文化を芸術的実験の手段として用いた西洋のモダニストの傾向を彷彿とさせる。例えば、一九二〇年代初頭のアメリカにおいて、T・S・エリオット（一八八八〜一九六五）とエズラ・パウンド（一八八五〜一九七二）は、オールド・ポッサムとブレア・ラビットというニックネームを使ってアフリカ系アメリカ人を装い、黒人訛りのコミカルな声で互いに文通している。研究者のマイケル・ノースが論じているように、彼らの狙いは人種的交差を通してモダニズム的な破壊、形式上の革新、伝統への反抗を強めることにあった。[8]

エリオットとパウンドによる人種の仮装のように、トレチャコフのフェリエトン作品はコミカルな性質を持っている。しかしながら、トレチャコフ本人がジェン・シェンというニックネームを使っていたのは、人種的交差の実験というより、むしろ自分の正体を隠す必要があったからである。彼の文章はウラジオストクに滞在中のほとんどの時期に当地を支配していた様々な反ボリシェヴィキ勢力をよく揶揄していたので、身元を隠すことは必須だった。(9) このように、エリオットとパウンドのような人物とは正反対に、人種的交差は創造的なコミカルな遊び以上に、政治的有効性を発揮した。例えば、彼のフェリエトン中の詩の一つに、日本の遠征軍の指揮官・大井成元《しげもと》（一八六二〜一九五一）の名前——詩では「大井大将」と呼ばれている——から、「遠吠《ヴォーイ》えを聞け／大井《オーイ》大将！」（Слушай вой, / Генерал Оой!）のように、一連の韻を踏んだ嘲笑的な作品がある。その後の詩行でも以下のような押韻が続く。

- Стой! (ストーイ)　止まれ！
- Кто такой? (タコーイ)　何者だ？
-Шапку долой! (ダローイ)　帽子を取れ！
- Гимн пой! (ポーイ)　国歌を歌え！
- Сквозь строй! (ストローイ)　隊列を組め！
- Нагайками крой! (クローイ)　短鞭でやれ！
- Яму рой!.. (ローイ)　穴を掘れ！

Все кончается на «ой». (オーイ)　全て「オーイ」で終わっている。

Со святыми упокой. (ウパコーイ)　聖者と一緒に安息しろ。
Не в первой... (ペルヴォーイ)　初めてじゃないぜ……

Мерзавцев долой!（ダローイ）
Тропкой лесной（レスノーイ）
Шалаши строй!（ストローイ）
Винтовка со мной.（サムノーイ）
Земли родной（ラドノーイ）
Не замай чужой!..（チュジョーイ）

クズめ、消え失せろ！
森の径に
破屋を建てろ！
小銃は俺がもつ。
故郷の土地に
他人のものに触るな！

Тоже кончается на «ой».（オーイ）

これも「オーイ」で終わっている。(10)

大井を守護者と見なす白系ロシア人に対抗して書きながら、トレチャコフは軍隊式命令と暴力の断片的な場面のモンタージュを指揮官の名前と結びつけている。彼は、一九二一年一月に大井の後任として着任した立花小一郎（一八六一〜一九二九）の名前でも同じようなことをしている。「タチバナ匪賊団《タチバンディティ》」（訳注3）というフェリエトン作品では、彼は日本の子どもたちに向けて、ロシア極東で彼らの父たちが行なった「遊戯」について、とりわけ、日本の支援を受けていた白衛軍が行なった暴力について書いている。(11)

こういった日本人の名前の言葉遊びには恐らく嘲笑の意味があるが、それでも日本人を日本人として嘲笑していないのは驚くべきことである。彼らが人種的に異なる点はトレチャコフにとって重要ではないようだ。「タチバナ匪賊団」には侍に言及している箇所があるが、そこを除けばこの詩の内容には明らかに日本的といえるところがない。ウラジオストク時代のうち最も興味深い作品にも似たところがある。それは日本の短歌を用いた実験である。ウラジオストク滞在時のことを書いた一九二七年の『新レフ』掲載の「文の銃剣 Штык строк」という題の論考の中にそうした詩が記述されており、短歌の五行が五音節と七音節を相互に交替するという説明がある。

使用した言葉の半分が辞書から引用した日本語だと彼は付言している。日本語の音を損なわないように、Lの使用が避けられているのは、本人の主張によれば、日本語はこの音を知らないからであるという。[12] 一九二七年の論考では、ロシア語と日本語を組み合わせて書かれた元の詩とそれを純粋なロシア語に翻訳したものを並置することにより、隠れた政治的意味を推進するために、どのように彼が短歌と日本語を使っていたかを明らかにしている。取り上げられている三つの詩について、オリジナルの詩、トレチャコフのロシア語訳、そして私の訳を並置してみよう[13](訳注4)［表①］。ここで再びトレチャコフの主張によれば、掲載された詩（上段）の言葉の半分は日本の言語であるという。一九二七年の彼の論考ではこう補足されている。「日本人はこの詩を読んだ際、〈音は日本語だけど、意味が分からない〉と言った。白衛軍の彼らの友達がこの短歌を解読するまでに数日を要した」[14]。翻訳にあるように、第一の詩は日本軍の占領に対する咆哮であり、「叫べ」の反復はトレチャコフがのちに『吼えろ、中国！』において吼えることを先取りしている。第二の詩はウラジオストクで発行されていた親日派の日本語ロシア語新聞に狙いを定めたものだ。メドヴェージェフとは、おそらく社会革命党の政治活動家アレクサンドル・メドヴェージェフ（一八八〇～一九二八）を指しており、彼は一九二〇年にウラジオストクでボリシェヴィキとの戦略的な提携に参加している。[15] 第三の詩のテーマは、白衛軍が街の闇市のコキン・カフェで取引していたシベリアのルーブルが暴落したことである。一行目と四行目では、この詩は、馬を駆る時と同じような命令を使って、ルーブルの下落を駆り立てているように思われるが、結局それは破滅に終わる。要するに、トレチャコフが日本の詩の形式と日本語を使っている理由は、日本人の読者が気づくことのできないような反体制的メッセージを作品内に密輸するためであったのだ。まさに傷口に塩を塗るというわけだ。つまり、日本人と彼らを歓迎した白系ロシア人を攻撃するだけでなく、日本の言葉と詩を模倣して、恐らくは嘲笑することで、それをやってのけるのだ。

もし、このような技巧の短歌が西ヨーロッパで書かれていたとしたら、私たちはもっと問題視しなくてはいけ

1. “Оку па дзия” オク　パ　ジヤ	1. “Оккупация”	1「占領」
Ходзя ина вон. ホジャ　イナ　ヴン。	Хозяина вон	支配者は失せろ
Ори, Оривы кину オリ、オリヰ　キヌ。	Ори ори выкину	叫べ 叫べ 俺は捨てるぜ
Ато похаре. アト　ポハレ。	А то по харе	そして面《つら》に
Дзао корокуку сим ザオ　コポクク　シン	За окорок укусим	もも肉に咬みつくぜ
Поту рим ипо гоним. ポツ　リン　イポ　ゴニン。	Потурим и погоним.	蹴散らして失せてもらうぜ
2. “Владиво-Ниппо” ウラジヲ　ニッポ	2. “Владиво-Ниппо”	2「浦塩日報」
Владиво Ниппо! ウラジヲ　ニッポ！	Владиво Ниппо!	浦塩日報！
Мо тай, мо тай ядзи ком! モ　タイ、モ　タイ　ヤジ　コン！	Мотай, мотай языком!	言葉で揺さぶれ揺さぶれ！
Натебе иену! ナテベ　イエヌ！	На тебе иену!	お前に円を！
Уморико мунис та! ウモリコ　ムニス　タ！	Умори коммуниста!	殺せコミュニストを！
Побо риме дведе ва! ポボ　リメ　ドヱデ　ワ！	Побори Медведева!	倒せメドヴェージェフを！
3. [untitled]	3. [untitled]	3　無題
Кати! Кати! Но!! カチ！　カチ！ノ!!	Кати! Кати! Но!!	おい押して行け！　押して!!
Руб уко кината ет ルブ　ウコ　キナタ　エト	Рубль у Кокина тает.	ルーブルはコキンで消える
Яма вы рита. ヤマ　ヰ　リタ。	Яма вырыта.	穴は掘られた
Христ таради похо ди! フリスト　タラジ　ポホ　ジ！	Христа ради походи!	キリストのために歩け！
Кайся, кайся, иди от. カイシャ、カイシャ、イジ　オト。	Кайся, кайся, идиот.	懺悔、懺悔せよ、馬鹿者

表①

なかったと思われる。これらの詩は本質的にヨーロッパ中心主義であり、ショーヴィニズムに見えたであろう。だが、日本の占領下にあったウラジオストクで書かれたトレチャコフの短歌は、反帝国主義を名乗る資格がある。

ここで本論に戻ろう。トレチャコフが日本語を用いる際に目立つ特徴は、芸術的ないしモダニズム的な実験という点ではなく、政治的ラディカリズムに役立つことを意図していた点にある。これに対して、トレチャコフの仕事仲間であり、ソヴィエトのアヴァンギャルド芸術家であるセルゲイ・エイゼンシュテイン（一八九八〜一九四八）のエッセーに注目してみよう。一九二〇年代から一九四〇年代にかけて、彼は中国と日本の文化の視覚的・非合理的基盤と考えていたものに関するエッセーをいくつか書いている。例えば、彼が賛美するのは、様々なイメージの衝突を通して、中国語の表意文字が意味を創り出す方法である。つまり、「原始的な思考プロセス」の生産であり、彼の主張によれば、それはモンタージュについての自分の考えを先取りしているという。一九二九年のエッセー「映画の原理と表意文字」ではさらに進んで、高揚感を伴った様々なイメージをもたらす「モンタージュ句」として、日本の俳句と短歌を紹介している。歌舞伎の演技スタイルを論じた後、エイゼンシュテインは、日本の映画製作者は西洋的な自然主義の「海綿のような無形性」を乗り越えるために、これらの伝統的な封建的形式を活用すべきであると結論づけている。[16] トレチャコフとは違って、エイゼンシュテインのエッセーから明らかなことは、彼が決して自然主義的なやり方で演じられるアジア人の役を求めなかっただろうということだ。

よく知られている例がメキシコを題材とする未完に終わった映画であろう。だが、エイゼンシュテインが非西洋的な諸文化を価値付けたことには、称賛すべき多くの点があるとはいえ、この価値付けはもちろんのことながら「エキゾチック」な他者にインスピレーションを求めた西洋の著作家たちの枠内に、エイゼンシュテインをきっぱりと位置付けてもいるのだ。例えば、パブロ・ピカソ（一八八一〜一九七三）がそのキュビズム作品でアフリカの仮面を用いたのがよく知られている。またエズラ・パウンドは、エイゼンシュテインのように、中国語の表意文字を視覚的で、かつ本質的にメタファー的性質を持つものと見なしていた(17)。

多くの研究者が強調しているように、非西洋の諸文化からモダニズム的なインスピレーションを採掘する試みには、つねに帝国主義的な底流がある。視覚的な美学に力点を置くこの伝統を踏まえると、私がトレチャコフの短歌詩に関して評価するのは、短歌や日本の言語の視覚的・美的な潜在可能性に関して、彼が関心を向けなかったように思えることだ。例えば、一九二七年の論考では、辞書から引用した日本語をまったく訳そうとしていない。それらの言葉の意味は副次的なものであって、真に重要なのは音であり、隠れたロシア語の単語を発音させるそれらの能力である。実際のところ、この詩自体は感嘆符や命令や間投詞で満ちており、非常に騒がしいものである。こうした全てが示唆することは、エイゼンシュテインやパウンドのような、日本の詩作品における静的・視覚的な美を前景化する試みから意識的に逸脱することである。イメージよりも音に焦点を合わせることには、日本の言語をロシアの言語と同じような歴史的側面に置くというメリットがあった。すなわち、日本語は、いくらか理想化された近代以前の過去に限定されているのではなく、現在におけるコミカルな言語接触という、互いに異化し合う二言語の接触手段として機能している。繰り返すが、日本人はこれらの詩を読んでも、音は理解するが意味は分からない。同じように、次のことが想像できる。ロシア人の読者はこの詩を数回読んだ後、おそらく鉛筆を使って、単語の間にスペースを入れることで、意味は理解するだろうが、日本語として聞こえるように間隔を空けられているロシア語の単語の音は分からないだろう。意味の解読に成功し、正確な翻訳にこぎ着けたとしても、読者は依然として風変わりなロシア語の詩作品に直面することになる。例えば、支配者を追い出すくだりの二行の途中に、「叫べ 叫べ」という奇妙な命令の間投詞が置かれている。そして、為替取引と馬に浴びせられる命令の間の唐突な交替もそうだ。このように、一連の詩の聴覚面の強調は複数の機能を果たしている。まず、詩に超意味言語《ザーウミ》を思わせる実験的性質を与える。次いで、そのおかげでトレチャコフは、すでに見たように、より視覚面を強調する傾向にあったモダニズム的なエキゾチシズムを回避できる。最後に言うまでもなく、その後の『吼えろ、中国!』の咆哮を先取りする。

3　一九二〇年四月の事件についての『創造』

もちろん、トレチャコフのウラジオストク時代の詩の全てが音を強調しているわけではない。しかしながら、この時期の彼の詩が視覚面を強調するようなときでも、人種的な違いは描写から抜け落ちている――たとえ人種が重要な場を占めると期待される場合であろうとも。ここで私が念頭に置いているのは一九二〇年四月四~五日の事件[訳注5]に関するトレチャコフの詩である。このとき日本軍の部隊がウラジオストクや同じ地域内の複数の都市でコミュニストと疑われた人々を攻撃し、数千人の死傷者が出る結果となった[18]。事件を目撃した未来派作家、『創造』メンバーのニコライ・アセーエフ(一八八九~一九六三)の談によれば、この襲撃の口実はコミュニストたちが朝鮮反乱の計画に関与しているというものであった[19]。一九二七年の論考「文の銃剣」でトレチャコフは、虐殺事件における朝鮮人の中心的・悲劇的な役割を主張し、こう書いている。「朝鮮人の革命組織は粉砕され、彼らは朝鮮人を衆人環視の中で駅の格子の鉄棒に素足を乗せたまま」拷問した[20]。しかしながら、興味深いことに、この数日間にトレチャコフが受けた、主として視覚的な印象を表現した「一九二〇年四月四~五日」という題の詩の中で、この場面が描写された際に朝鮮人への言及はないのだ。実際のところ、この詩はトレチャコフが非ロシア人の面前で自らのロシア人アイデンティティを主張することから始まる。

4-5 Апреля 1920 г.　　一九二〇年四月四~五日

Смотрю весёлые лица чужих.　　僕が見るのは異人たちの朗らかな顔。

Россия – до дна мне одна родна ты!
Я спокоен. Я видел зрачков ножи
И ощупал сердец разрывные гранаты.

Гвоздили, рёбра домов чеша;
Думали – гочкис чавкает стёкла,
А это только моя душа
В ливне стрельбы кровотечью намокла.

В помоях тумана мгла помогла
Гильопулетиномёт обратить в мясорубку,
И каждая пуля щипком рвала
Из сердца цветы и всё, что хрупко.

А утром мясо раненых стен
Рычало, как рупор плаката – ОТЧАЯНЬЕ!
А на крупе толпы гарцовало молчание,
Толпу зажав железом колен.

ロシアよ 僕には君がどこまでも親しい！
僕は穏やか。僕が目にしたのはナイフの瞳
感じたのは心の炸裂弾。

建物の肋骨を掻きむしりながら、打擲された。
ホチキス銃が硝子をむさぼり食うと思われたが、
ただ僕の魂だけが
砲撃の豪雨のなかで流血に濡れた。

かすみ立つ汚水のなかで煙霧は
機関銃を肉挽き機に変え、
鉛玉一つひとつが裂くように
花と壊れやすいもの全てを心から摘み取る。

朝、傷ついた壁の肉は
ポスターの拡声器みたいに吠えていた　絶望！
だが群衆の臀《しり》を乗りこなしたのは沈黙、
群衆を膝の鉄もて締め付けて。[21]

聴覚面を強調したトレチャコフの短歌詩とは対照的に、これらの詩行は明らかに視覚的なメタファーで特徴づけられている。最も目立つのは、硝子を食い散らす肉挽き機としてのホチキス機関銃だ。一方、この詩は眼をナイフにたとえることで、視覚自体が武器であるという考えを明示している。ここでは音よりも視覚が効果を発揮しているようだ。詩の音自体はどちらかというと慣習的なものであり、規則的なＡＢＡＢとＡＢＢＡの押韻に特徴づけられている。詩の内容は、傷ついた壁の絶望的な唸り声にもかかわらず、はっきりと音に出すことの失敗、つまり沈黙のまま読者を置き去りにする。事実、この詩は終わりの方で「沈黙は顔にぴしゃりと鳴る平手打ち／だが眼差しは銃剣だ」と結んでいる。

けれども、トレチャコフがこの場面の視覚的印象をとらえようと取り組んでいるにもかかわらず、この詩は彼のロシア人アイデンティティを主張するよりほかに、人種について一切の言及がなされていない。すなわち、私たちがふつう肌の色という視覚的な言葉で人種について考えるとするなら、これは注目すべき省略といえる。後年のトレチャコフ自身の評価によれば、四月の事件の核心は朝鮮人への拷問にあったというが、この事実は私が前に引用した詩の最終行において、それとなく暗示されているにすぎない。ここに見られる鉄の膝で締め付けられている沈黙した群衆については、二つのイメージとして読むことができる。すなわち、比喩的なイメージ（鉄の両膝に挟まれたかのように群衆を締め付ける沈黙）として、あるいは一九二七年の論考でトレチャコフが述べたように、鉄棒による朝鮮人の拷問に言及する文字通りのイメージとして。『創造』の同人たちが四月の事件に関して詩を書く際に朝鮮人に言及していることを考慮すると、この人種の省略はいっそう際立つものになる。例えば、アセーエフはこう書いている。「蒼ざめた朝鮮人たちはどこに連れ去られるのだろう／永遠の安らぎを歌う眼差しと共に」(22)。クジマ・ジャーフというペンネームのもう一人の作家（セルゲイ・アリモフ）は、一九二〇年八月号の『創造』に「十字架にかけられた朝鮮」という題の詩を発表した。作品は「朝鮮人女性――悲しみの白鳥たち」に捧げられている。そういうわけで、感傷的なポートレートとして、朝鮮人、朝鮮半島の風景、四月四～五日に朝鮮人が耐え忍んだ拷問が描写される。以下で見るように、日本軍の攻撃と個々の囚人の扱いも含まれている。

Ему затянули веревками руки,
И ноги босые на кромке решетки
Кормили железо в безмолвной муке.
Лицо побелело, как парус лодки.
Один, среди многих солдат со штыками,
Надломленный вихрем подснежник апреля.
Японский солдат напевает : “камио”.
Пленные шепчут: "будет расстрелян".
Старуха-корейка поднесла пряник.
Иссохшие пальцы дрожат у рта.
Опять, как в истлевшем давно христиане
Корейцы распинаются везде без креста.
На каждом холмике—Голгофы знаки.
Кореец, связанный, головой поник.
Если-б умел, наверно-б заплакал
Истерически вздрагивающий винтовки штык!...

彼の両手は縄で締め付けられて
むき出しの両足は格子の端に乗せられ
無言の苦しみの中で鉄を喰わされていた。
顔は小舟の帆のように白くなった。
銃剣を持つ数多の兵士の直中で
つむじ風に倒される一本の四月の待雪草。
日本の兵隊は口ずさむ「カミオ」
囚われ人は囁き合う「これから銃殺刑だ」
朝鮮人の老婆は焼菓子を勧める。
干からびた指が口元で震える。
再び、遠い昔に朽ちたキリスト教のように
朝鮮人は至る所で十字架もなく磔になる。
どの小丘の上にもゴルゴダの徴あり。
縛られた朝鮮人はうなだれる。
できることなら、きっと泣き叫んだろう
ヒステリックに身震いする銃剣となって！[23]

トレチャコフに比べると、この詩のクオリティは不足しており、「小舟の帆のように白くなった」のような安易な直喩と陳腐なキリスト教のイメージに依存している。不足しているのはトレチャコフにおける感覚的な乱雑さと、音と視覚の緊張関係についての自己認識である。その代わりに、詩人はロシアの読者から同情を引き出せるように、朝鮮人の捕虜の視点に立っているが、結局それは朝鮮人たちを苦悩の光景に限定してしまう。彼らは憐れみをかけられる単なる犠牲者にすぎないというわけだ。文化越境的な詩の試みとしては、これはあまりにも安易すぎるようである。

これと対照的に、トレチャコフが認めているのは、拷問の視覚的スペクタクルから声をつくることはできないということだ。つまり、彼はサバルタンの代弁者を務めようとしていないのである。その代わりに、彼の提示する苦悩のイメージは、もっと普遍的な共鳴力を持っている。ここにいるのは拷問をうけて沈黙する朝鮮人の群衆ではなく、ただの群衆である。このように、ウラジオストクのトレチャコフは、アジアの諸主体に敬意を込めて距離を置き続けた点において、エイゼンシュテインやパウンドのような人たちと違っていたように、『創造』の同人仲間とも異なっていた。彼はアジアの諸言語の異化をもたらす音に魅了されたが、それはモダニズム的なフェティシズムを完全に回避するようなやり方であった。ウラジオストクの未来派の仲間たちと自分をはっきりと区別するようなやり方で、彼はアジアおよびアジア人の視覚的スペクタクルを作り出すことを避けたのである。

4　結論——音を介した越境

私が主張したいのは、彼のウラジオストク時代の著作を読んでいると、ヨーロッパ中心主義的なアジア観を回避した人物として、トレチャコフをもっと評価したいという思いに駆られるということだ。だが、これはおそらく束の間のことだったかもしれない。ロシア人の研究者アレクセイ・コスィフとパーヴェル・アルセーニエフが示すように、一九二一年の中国旅行の際、トレチャコフはアジアのエキゾチックなイメージの魔力の虜になってしまった。そのことは「夜。北京」という詩によく表されており、この作品を一九二四年の詩『吼えろ、中国！』のエキゾチックなプロトタイプとして読むことができるだろう。ここでも同じように都市の音や光景をとらえる試みがなされているが、その手法には「象形文字」や「龍」のようなディテールが含まれている[24]。以上の全てから、トレチャコフが文化的媒介者として最も優れているのは、音に焦点を合わせた場合だという暫定的な結論が導かれる。すなわち、相互的な異化効果をもたらすため、異なる諸文化と諸言語の異なる音を使うような場合、あるいはイメージを音に変えたり、沈黙を破るために絶望のイメージを使ったりすることの困難さを省察するような場合のことである。もちろん、沈黙を咆哮に取り替えようとする彼のプロジェクトは、まもなく中国に関する彼の作品の鍵となる。いまや問題はこうだ。スペクタクルに陥りがちなイメージよりも、文化の境界を横断し、世界革命の夢を伝える媒体として、特に多くの実りをもたらす何かが音にはあるのだろうか。トレチャコフ自身は一九二二年に『ヤスヌィシ』という一冊の本として発表した極東詩集の序文の中で、その返答の身振りを示している。トレチャコフの要約によれば、詩の知覚とは「受動的な魂に韻律と気分の魔法をかけて、その襟首をつかみ、不思議の国に引っ張るような夢想ではなく」、むしろ「素材を繰り返し克服し、言葉に対して詩人が構造的にアプローチする手法を会得することである[25]」。要するに、生涯のこの時期においてトレチャコフが強いこだわりを向けていたのは、言葉の構造や素材としての言語そのものであり、彼の短歌詩の中で遭遇する実験的・異化的な音が示しているような、言語の抽象的理解である。文化の境界を横断し、そして西洋のモダニズムにおいてあまりにもよく見られるような、エキゾチックにされた非西洋人の住む不思議の国から遠く離れたところへ私たちを導く力を持っているのは、言語の構造そのものなのである。

（1）*Третьяков* С. М. Рычи, Китай! М.: Огонек, 1926. С. 3-4.

（2）*Третьяков.* Рычи, Китай! С. 5. これ以降の翻訳は私（スティーブン・リー）によるものである（訳注：リーによる英訳をもとに日本語訳を行なった）。

（3）Steven S. Lee, *The Ethnic Avant-Garde: Minority Cultures and World Revolution* (New York: Columbia UP, 2015), pp. 83-108.

（4）Robert Crane, "Between Factography and Ethnography," in Kiki Gounaridou, ed., *Text and Presentation* (Jefferson, N.C.: McFarland, 2010), pp. 48-50; Edward Tyerman, *Internationalist Aesthetics: China and Early Soviet Culture* (New York: Columbia UP, 2022), pp. 104-5; Katerina Clark, "Boris Pilniak and Sergei Tretiakov as Soviet Envoys to China and Japan and Forgers of New, Post-Imperial Narratives (1924–1926)," *Cross-Currents* 28 (2018), p. 42.

（5）John Stephan, *The Russian Far East: A History* (Stanford: Stanford UP, 1994), p. 132.

（6）トレチャコフの初期の伝記については以下を参照した。Tyerman, *Internationalist Aesthetics*, pp. 21-22; *Косых А. Арсеньев П.* Китайское путешествие С. Третьякова: поэтический захват действительности на пути к литературе факта // Транслит, № 10-11, 2012. С. 15. ウラジオストクの歴史家ボリス・アヴグストフスキーのアーカイブも参照。Общество изучения Амурского края, ф. 18, оп. 1, дел. 84, л. 15, 98.

（7）ウラジオストク時代のトレチャコフの経歴を概観する上で非常に有益なものとして、当地での彼の作品のコミカルでファクトグラフィ的な基礎を強調している次の論考を参照。*Кириллова Е.О.* «Бульбулим вместе, по строфе на брата»: фельетоны Н. Асеева и С. Третьякова в дальневосточной периодике начала 1920-х годов // Россия и АТР. 2019. № 4. С.55-80.

（8）Michael North, *The Dialect of Modernism: Race, Language, and Twentieth-Century Literature* (New York: Oxford UP 1998), pp. 77-99.

（9）当時のロシア極東におけるフェリエトンの政治的な使用については以下を参照。*Кириллова.* «Бульбулим вместе, по строфе на брата». С. 56-57.

（10）*Третьяков С. М.* Штык строк // Новый ЛЕФ, №8–9, 1927. С. 61.

（11）*Третьяков.* Штык строк. С. 64. 大井と立花についての詩の概要は以下を参照。*Кириллова.* «Бульбулим вместе, по строфе на брата». С. 60–61.

（12）*Третьяков.* Штык строк. С. 58–59.

（13）*Третьяков.* Штык строк. С. 58-59. キリロヴァも原詩とトレチャコフの翻訳を全て記載している。*Кириллова.* «Бульбулим вместе, по строфе на брата». С. 59–60.

（14）*Третьяков.* Штык строк. С. 59.

（15）Stephan, *The Russian Far East*, pp. 138-39.（前注5参照）

（16）Sergei Eisenstein, *Film Form: Essays in Film Theory, trans. Jay Leyda* (New York: Harcourt, 1949), pp. 28-44.

（17）パウンドと中国について詳しくは以下を参照。Josephine Park, *Apparitions of Asia: Modernist Form and Asian American Poetics* (New York: Oxford UP, 2008), pp. 23-56.

（18）Stephan, *The Russian Far East*, pp. 145–46.

（19）Общество изучения Амурского края, ф. 18, оп. 1, дел. 84, л. 95.

（20）*Третьяков.* Штык строк. С.56.

（21）*Третьяков С. М.* Ясныш. Чита: Птач, 1922. С. 14–15.

（22）Общество изучения Амурского края, ф. 18, оп. 1, дел. 84, л. 95.

（23）*Жах, Кузьма (Альмов С. Я.)* Корея на кресте // Творчество, №3, Август 1920. С. 13-14.

（24）*Косых А. Арсеньев П.* Китайское путешествие. С. 14–20.（前注6参照）

（25）*Третьяков.* Ясныш. С. 3.

（訳注1）ケシュは一文通貨の英語での通称であるcashのこと。銅《コッパー》は一〇文の通貨を指す。

（訳注2）フェリエトンは新聞の雑報論から発達したジャンルでエッセーに似ている。時事ニュース、噂話、文芸批評などの様々な話題がユーモアを交えて自由に語られる。

（訳注3）「タチバンディティ Тачибандиты」は「立花」と「匪賊団《バンディティ》」を組み合わせた言葉遊び。

（訳注4）カタカナ表記は読者の便宜のために付した。「オク」「キヌ」「アト」「ヤマ」など日本語に聞こえる部分もあり、音節数もほぼ五七五七七になっている。ただし「ムニス」「フリスト」のように日本語にはないような閉音節が使われており、「ウラジヲ」はLの文字が含まれている。

（訳注5）ウラジオストク内の朝鮮人が居住する新韓村で、住民がボリシェヴィキ側に通じていることを疑う日本軍によって行なわれた民間人の虐殺（新韓村事件）。当時、浦塩派遣軍司令官は大井成元《しげもと》陸軍中将であった。

鄭 定嘉／深瀧雄太・越野 剛 訳

咆吼のこだま

『吼えろ、中国！』とその中国・台湾での翻案

二〇一五年一一月六日、『吼えろ、中国!』がワルシャワのポフシェフヌィ劇場で上演された。インタビューの中で、演出家パヴェウ・ウィサクは、トレチャコフの台本が一九二四年六月一九日に中国の万県《ワンシャン》で起こった実際の事件に基づいたものだと説明した。アメリカ人実業家の事故死を口実として、イギリスが中国で行った軍事的弾圧と搾取を描き出すという筋書きで、英米の入植者の悪行と植民地における文化的摩擦を批判している。戯曲の設定は現代の時間と空間からは遠く離れてはいるが、その意図するところは「圧迫者/被圧迫者」という不平等な権力構造、またそれらの間の衝突が二一世紀にもなお広範に存在しているということだ。政治と武力闘争、そして資本主義による労働者の搾取が原因で生じる難民は、今もなお進行中の問題なのである。

ポーランドの演出家の「古い台本の現代的な解釈」は、いかにしてアジテーション演劇が関心を獲得し、様々な文化的コンテクストの中で心の琴線に触れるのかという問題を提起した。『吼えろ、中国!』が、そのストーリーの舞台となっている中国で強い関心を引いたのは間違いない。台本は何度か翻訳/リライトされ、かつて日本の植民地であった台湾はもちろん、上海、南京、北京、その他の諸都市でも上演された。中国文化圏における台本の翻訳と上演史は、社会的・政治的な情勢と密接に関わっている。日本、中国、台湾における『吼えろ、中国!』の上演史に関する研究は比較的豊富にあるが、台本翻訳に関する研究は相対的に乏しい。

本章の目的は、翻訳史研究のアプローチを採用することである。ベルギーの学者アンドレ・ルフェーヴルの重要な諸概念、「操作 manipulation」「リライト rewriting」「後援 patronage」に加え、イスラエルの文化記号学者イタマール・イーヴン=ゾウハーの「文学のポリシステム」の理論をも使用して、筆者が探求するのは、社会システム（イデオロギー、後援）と文学システム（翻訳者とテクスト）の相互作用が、『吼えろ、中国！』の台本翻訳に与えた影響の様相についてである。

1　はじめに

一九二三年にソ連が成立して以来、作家、ジャーナリスト、写真家、演出家は、国境地域のすみずみを探検し始め、テクスト、写真、映画、また革新的で半ば実験的な美学的技術を創り出した。それらは一九二〇～三〇年代のジャーナリストと作家の活動にとって決定的なものであった。ウラジーミル・マヤコフスキー、ミハイル・プリーシヴィン、ボリス・ピリニャーク、コンスタンチン・パウストフスキーやその他の作家たちは、旅行の産物として数多くの記事、物語、エッセー、フェリエトン（第I部第2章の訳注2参照）、パンフレットを創作した。書くことと旅すること――「空間的実践」（ミシェル・ド・セルトー）の間には多くの相互作用がある。アヴァンギャルド作家のセルゲイ・トレチャコフ（一八九二～一九三七）は、空間的実践の流行の中でも際立った存在である。彼は美学上の課題を政治的・社会的なそれと結びつけながら、自らを旅する研究者かつ旅する開拓者と見なした。

トレチャコフの空間的実践は中国で始まった。一九二一年の初め、ウラジオストックからチタへ旅行する際に、彼は中国を経由した。彼は北京と天津を旅行し、中国人学生による抵抗運動を目撃した。一九二二年の夏、トレチャコフは新聞『トリブーナ』に協力し、再び中国を訪れたが、前回ほど長くは滞在しなかった。一九二四年二月、彼は三度目となる中国にやってきて、一年半の間、北京大学でロシア語とロシア文学の教師として働いた。この国の政治と中国人の日常生活を理解するために、トレチャコフは自分の最初のカメラを持って町中を歩き、「日常生活《ブィト》」を探した。彼はまた学生デモにも参加した。

中国への旅はトレチャコフの創造的実験にインスピレーションを与えた。彼は中国の「映画調査」を行おうとした。彼のプロジェクトに含まれていたのは、冒険映画、中国の笑劇《ファルス》に基づく滑稽映画、調査旅行における共同制作のニュース映画、中国に関する一〇本のレクチャー映画シリーズ、そして中国における革命運動についての映画『中国《ジュンゴー》』だった。[1] こうしたマルチメディア上の実験と比べると、中国関係のトレチャコフの文学作品のほうが知名度が高い。このアヴァンギャルド作家は、ジャンル、主題、文章技巧において、革新的である。彼の作品には、長い物語詩『吼えろ、中国！』、それと同名の戯曲、旅行記『中国《ジュンゴー》』、そしてインタビュー方式で書かれた新しいタイプの伝記的小説『デン・シーフア』がある。[2] 上記作品の内では戯曲『吼えろ、中国！』が最も広く知られている。

トレチャコフは『吼えろ、中国！』を「記事劇」と呼んだ。つまり、同時代の世界についての政治的メッセージを伝える目的で、実際の歴史的事件を「記録に基づき」劇場で再演するもの、という意味だ。[3] 戯曲は「新聞記事の事実」を翻案したものである。一九二四年六月、四川省の万県で、アメリカ人実業家エドウィン・ホーリーはある中国人の船頭と論争になり、予期せず亡くなった。これを受けて、イギリス戦艦コクチェイファー（訳注：コフキコガネムシ）の艦長は、市の役人がホーリーの葬列に参加することを要求し、またその船頭を処刑すべきと主張した。その船頭が見つからなかったため、艦長は他の二人の中国人を処刑せよ、さもなくば街全体が爆破されるだろうと伝えた。結果として、二人の罪なき中国人が死に追いやられた。

文化的他者の観点から、トレチャコフは中国で得た経験をもとに、『吼えろ、中国！』の台本を書いた。当時のロシアの観客にとって、この作品は、近隣の国が英米の入植者と資本主義の実業家によって圧迫されていることを描いたものであり、苦しむ大衆への同情を呼び起こした。そこには作家の立場からの「政治的な正しさ」の配慮が見られる。[4] 台本が様々な国の中で流通するとき、上演する土地の政治的および社会的な情勢により、「地域化《ローカリゼーション》」の現象が自然と発生する。当該の台本が中国と台湾に広まると、それは新たな変化を引き起こすことにもなった。

『吼えろ、中国!』は一九二〇年代後半の中国で、強い関心を引いた。その台本は何度か翻訳/リライトされ、中国と台湾で上演された。この論文では、翻訳史の研究アプローチの採用を目指す。イタマール・イーヴン=ゾウハーの理論とアンドレ・ルフェーヴルの概念を用いて、筆者は、いかにして社会システムと文学システムの相互作用が、『吼えろ、中国!』の台本翻訳に影響を与えたのかを探求し、この枠組みを通して中国と台湾におけるこの台本の受容を分析する。

2 リライトとしての翻訳——研究のアプローチと方法

ここ半世紀ほどの間、翻訳理論は、伝統的な言語学の等価性 equivalence のパラダイムから発生している。それは、「機能的翻訳理論」と「標的理論《スコポス》」の観点から、元のテクストと翻訳の関係はもちろん、翻訳とその効果にも焦点を当てるよう主張する。一九七〇年代の文化論的転換《カルチユラル・ターン》以来、翻訳研究の焦点は徐々に、翻訳されたテクストから翻訳者へと移ってきた。ギデオン・トゥーリーの「記述的な翻訳研究」(5)とイタマール・イーヴン=ゾウハーの「文学のポリシステム」(6)が試みるのは、翻訳現象を外部の社会的・文化的要因を通じて解釈し、翻訳研究の焦点を、個々人の作品から翻訳のイデオロギーとイデオロギーを形成する全体的な社会・文化システムへと拡大することである。(7)

アンドレ・ルフェーヴルはそのシステム理論を継承し、文学システムを文化システムの一部と見なした。そして「操作」と「リライト」という重要な概念を提起した。彼が強調したのは、「後援」「イデオロギー」「詩学」が、文学システム(翻訳された文学など)とその他のシステム(社会文化的システムなど)の間で相互作用をいかにして形成するかという点であった。(8)

ルフェーヴルの理論によれば、文学システムの変動する状況は二つの主要因に依存する。文学システム内部の「専門家」と、文学システム外部の「後援」である。専門家に含まれるのは、システムの内部でテクストの形式と文化の正当性を統制しようとする翻訳者、批評家、教師である。後援は、人ないしは組織により代表される権力構造のことを指す。権力構造となりうるのは、特定の個人、宗教団体、政党、社会階級、出版社、あるいはマスメディアであり、外側から翻訳活動の成果に影響を与えることができる。後援は、文学システムとその他のシステムの間の関係を調整しつつ、文学の読み、書き、リライトを促進あるいは妨害することができる。加えて、後援者はイデオロギーによる制限、財政的な支援、そして地位の授与という三つのコントロールの要素を通じて、権力を行使する。

翻訳の文化的背景に加えて、ルフェーヴルは、翻訳と政治的・歴史的・経済的・社会的システム間の関係を調べることにも注意を払った。彼は翻訳研究を権力、イデオロギー、後援、詩学と関連付け、文芸批評、伝記、文学史、映画、そして演劇と同様、翻訳もテクストのリライトの一形態だと定義する。意図とは無関係に、すべてのリライトは、イデオロギーと詩学を反映する。それゆえ、翻訳とは実のところ、社会におけるある特定のやり方で文学作品を作ろうとする、翻訳者によるテクストの操作なのである。

さらに筆者は、中国文化圏における『吼えろ、中国！』の翻訳／翻案を通時的なコンテクストのもとに置き、専門家（翻訳家）、イデオロギー（時間的なコンテクストおよび政治的環境）、スポンサー（政府、出版社、コミュニティ・グループ）を分類することによって、様々な版における詩学と内容の差異を比較し、文学システム内部の翻訳活動とシステム外部の社会文化的要因の間の相互作用を探求し、その相互作用が複雑な政治的環境の中で台本の上演にどのように影響を与えたかを議論する。

3　中国文化圏（中国および台湾）における『吼えろ、中国！』の翻訳／翻案

一九二四年八月、トレチャコフは、英、米、仏の帝国主義者が中国人を圧迫するというプロットを通じて、彼自身の帝国主義批判と労働者への同情を反映させつつ、戯曲『吼えろ、中国！』を完成させた。彼は、一九二四年六月一九―二〇日に四川省で発生した「万県事件」を、二四時間内の出来事である「九つの環で構成された事件」（訳注1）として書き直した。この劇がモスクワのメイエルホリド劇場で上演されたとき、三つの舞台が、小型戦艦、河、そして河岸の船という異なる場面を構成した。劇の状況と役者の演技は、完全な時系列順にはなっておらず、舞台上の時間と空間の跳躍を表現し、映画のモンタージュに類似した技巧を示している。例えば、第二の環の終わりで、イギリス人の役人たちは双眼鏡を使って、アメリカ人実業家が中国人の船頭と口論するのを見たが、聴衆は、次の場面までアメリカ人が溺れる様子を見なかった。イギリス人の役人は憤慨し、水を持ってきた中国人の少年を河の中に投げ込んだ。しかし、少年が持ってきた水を入れたカップは、第四の環になるまで持ち去られなかった。プロットの設定と舞台上演は、一九二〇年代のソヴィエト文化サークル内の虐げられる他国への関心と一致し、そして構成主義者によるアヴァンギャルド劇場の美学的原理とも一致していた。

『吼えろ、中国！』は一九二六年一月二三日にメイエルホリド劇場で初演を迎えたが、その元の戯曲は一九三〇年まで出版されなかった。その後、戯曲はロシア内外で台本から翻案／翻訳された。注目すべきなのは、『吼えろ、中国！』の翻訳と上演が、言語、慣習、文化的伝統あるいは政治的環境に基づき、しばしば程度の差はあれ地域の状況に合わせて作り変えられたことである。台本はたいてい、ロシア語テクストから直訳されるのではなく、英語、ドイツ語、日本語といった他の言語の翻訳からの重訳であった。様々な言語の版に依存していたこともあり、その内容は調整され、あるいはリライトされることもあった。ひとつの国の中に『吼えろ、中国！』

の複数の版がある場合もあった。翻訳と翻案は、上演のためにもさらにまた調整されねばならなかった。そういった状況が、一九三〇年代および四〇年代の中国と台湾で発生した(9)。

　一九二〇年代、中国は頻発する戦争と騒動に苦しんだ。外面的には、外国諸勢力によって分割され、不平等条約に拘束されていた。内部では、軍閥と民衆の困難に直面していた。この頃、中国人劇作家は万県事件のことを知らなかったかもしれず、『吼えろ、中国!』がすでにモスクワで上演されていたことも知らなかった。築地小劇場と新築地劇団が『吼えろ、中国!』を東京で上演(10)して初めて、中国人の芸術・文学サークルはこの戯曲のことを知った。知識人たちが注目するようになり、戯曲の中国語翻訳も現れた。この時期から一九四〇年代半ばまでに、多くの版が出ている［表①］。

刊行年	翻訳／翻案者	翻訳タイトル	出版社／後援者
一九二九	陳勺水	発吼罷，中国	『楽群』第二巻第一〇期
一九三〇	葉沈	吶喊呀，中国	『大衆文芸』五月号
一九三三	潘孑農、馮忌	怒吼吧，中国！	『矛盾』第二巻第一期
一九三五	潘孑農	怒吼罷中国！	上海良友図書
一九三六	羅稷南	怒吼吧中国	上海読書生活出版社
一九四二	蕭憐萍	江舟泣血記	中華民族反英米協会
一九四三	周雨人	怒吼吧中国	南京劇芸社
一九四三	楊逵	吼えろ支那（日本語）	台中芸能奉公隊
一九四九	羅稷南	怒吼的中国	上海恵民書店

表①

詩学の定数と変数

中国における『吼えろ、中国!』の翻訳と流通を議論するために、詩学という観点から見ると、戯曲／台本から翻訳／翻案版の変化には、台本の構造、登場人物の配置、事件の場所、そして俳優の台詞が含まれる。

　事件の場所に関して、陳勺水、葉沈、潘孑農、馮忌はいずれも、虚構の南京の中に場面を設定している。周雨人は事件の場所を特定せず、ただ「揚子江沿いの大きな商港」とだけ書いている。蕭憐萍は『江舟泣血記』の中で、万県という土地を明確に提示しており、潘孑農（一九三五）と羅稷南（一九四九）が出版した抜き刷り版でも、事件の場所が万県だったと述べられている。

台本構成において一九三〇年代の諸版は、九幕あるいは九場という構成を維持した。しかし、太平洋戦争中の蕭憐萍版、周雨人版、あるいは楊逵版は、いずれも四幕に翻案されている。構造上の差異はまた、場面の設計、登場人物の配置、プロットの展開にも影響を与えた。周雨人版と楊逵版では、「プロローグ」と「エンディング」が追加された。この「プロローグ」は、一九四三年一月九日に開かれた擁護参戦民衆大会の場で、ある老人男性が、一五年前の「揚子江沿いのある大きな商港」にて、イギリス人とアメリカ人によって中国人が迫害された物語を話すところから始まる。また「エンディング」では擁護参戦民衆大会の一場面に戻り、老人と大衆が叫ぶ。「英米帝国主義を打倒せよ！」「中華民国万歳！」「東アジア民族の解放万歳！」。ここでの翻訳者／翻案者がプロローグとエンディングを追加したのは、「テクスト内テクスト」という物語の技巧を用いて、元の戯曲を循環構造に変えるためであり、視点も老人男性の立場からのものに変化した。楊逵版の終わりでは、船頭の息子が登場して、老人と共にスローガンを叫ぶ。

登場人物の配置に関しては、外国人と中国人の間の敵対構造がある。一九三〇年代の台本において、外国の陣営には、イギリス人、フランス人、アメリカ人がいた。ところが、太平洋戦争期にフランス人商人の役が削除された。艦長が直接アメリカ人実業家と取り引きするか、あるいはイギリス人商人がアメリカ人と取り引きした。中国人の「叫び」の対象が、イギリス人とアメリカ人に向けられていることは明らかだ。中国人陣営では、行政長官、その通訳、船頭が不変の役である。台本構造の変化により、プロットは、小型砲艦、行政長官の執務室、老船頭の家、そして墓地という四つの場面に焦点を当てるようになっている。翻案者は、火夫、和尚《ホシエン》（修道士）を削除し、また通訳者、行政長官の娘、請願する女生徒といった若者役を追加した。元々アメリカ人商人から革を購入する場面で登場した中国人は、太平洋戦争期には行政長官と議論する商会の長に変わった。（訳注2）

台詞の変更に関するものでは、一九三〇年代の台本の第八場および第九場の終わりの、広東の革命軍出身の火夫と、通訳を務めていた大学生の熱烈な調子の発言があげられる。

元の台本では、広東革命軍出身の火夫は和尚と船頭に言う。「孫文を知っているかい？　広東について聞いたことがあるかい？　広東の労働者たちは「人民のために尽くせ」という言葉を胸にかかげているのを知っていたかい？」。

陳勺水版と葉沈版において、孫文《スンウェン》は「斯尼《シニ》・白納《バイナ》」および「司尼《シニ》・培拿《ペイナ》」と翻訳され、潘子農版においては「斯委《スウェイ》・伯納《バイナ》」となっている。これら三つの人名の翻訳の発音が似ているのは、「スン・ヴェン Сун Вэнь」というロシア語の発音を日本語のカタカナで「スニ・ベナ」に変えた大隈俊雄が発端となったに違いない(11)(訳注3)。時間的・空間的背景とイデオロギーの違いが原因となり、火夫の役は太平洋戦争期に翻案された台本からは削除された。

中国文化圏における『吼えろ、中国！』の構造と技巧の変化を分類したのち、筆者は「翻訳者／翻案者」「イデオロギー」「後援者」という密接に関係する三つの要素にしたがって、翻訳テクストの分析を行う。

左翼文学による『吼えろ、中国！』

『吼えろ、中国！』に言及し、また翻訳した最初の演劇家のグループは、いずれも左翼的傾向を持つ知識人たちだった。一九一九年五月四日、大規模な学生運動が北京で勃発し、社会のあらゆる立場の人たちが反応した。「裏切者を根絶し、外国の権力に抵抗する」ことの要求に加えて、共産主義者のイデオロギーが知識人の間で急速に広がった。一九二〇年八月以降、共産主義者の諸団体が上海やその他の場所で次々と設立された。一九二一年七月には、ソ連共産党の指導の下、中国共産党が上海で公式に設立され、上海は左派の集まる場となった。一九二五年以降、五・四運動の指導者の一団が上海方面に南下し、国民政府は南京を首都に定めた。首都の移転は、中国の政治文化に重大なインパクトを与え、上海の文化的地位を強化した。一九三〇年代に上海の発展はピークに達し、「東方のハリウッド」と呼ばれる都市となった。[12] それゆえ、『吼えろ、中国！』のほとんど全ての翻訳は上海で出版された。最初の翻訳者である陳勺水は、本名は陳啓修として知られるが、一九〇五年に日本に留学し、東京帝国大学法学部を卒業した。彼は広州大学と北京大学で教職の地位についたことがあり、一九一六年頃に国民党と共産党のメンバーとなった。彼は一九二四年にモスクワの東方勤労者共産大学に留学し、一九二七年四月一二日の事件（訳注：上海クーデター）後、日本に亡命した。一九二八年に作家の張資平[13]が上海で雑誌『楽群』を創刊すると、陳勺水は雑誌編集者として勤めた。大隈俊雄の翻訳を元にした翻案『発吼罷，中国』が一九二九年一〇月に発表されたのも上海の張資平の『楽群』誌だった。

一九三〇年代、戯曲の左翼化には二つの要因があった。第一に、それを促進したのは文学と芸術を愛する共産党員だった。第二に、日本に留学している芸術家たちの左翼的傾向と密接に関係していた。日本の左翼演劇がブームとなっていた当時、これらの芸術家たちは、新たな演劇の上演が活発な文化的空気の中にいたので、日本における体験を積極的に中国へ持ち帰った。[14] 一九二八年、沈起宇、葉沈、馮乃超といった演劇家は、先頭に立って「プロレタリア演劇」を唱道した。彼らは「上海芸術劇社」を設立し、一連の演劇活動を行った。そうした活動のおかげで、多くの演劇サークルが「左転回」することになり、演劇は純粋に審美的な芸術形式から、政治的理念を発信し社会的価値を伝える手段に変えられた。組織形態と演劇活動の運営方法という面をみると、彼らもまた徐々に中国共産党の左翼演劇陣営に向かって統合していった。『大衆文芸』誌の刊行が、この移行において重要な役割を演じた。

発刊以来、『大衆文芸』は、知識人たちが文学と芸術の大衆化を議論するための、主たる場であった。初代編集長の郁達夫は五・四運動の文化的精神を継続した。しかし、一九二九年に陶晶孫[15]が引き継いだ後、彼は郁達夫によって唱道された「大衆の文学と芸術」というコンセプトをすっかり変えてしまった。『大衆文芸』の編集後記において、陶晶孫は、「大衆とは非組織的なものだ。中国人の大衆に関していえば〔略〕彼らの大半が農民ないしは労働者階級であり、ほとんどが文盲だ」と指摘し、「大衆」のイメージを階級的観点から明確に説明した。読者はほとんどが文盲か、半文盲だった。それゆえ、わかりやすい言葉と表現で大衆作家の作品を発表する必要があった(16)。郁達夫の『大衆文芸』では大衆の「啓蒙」を目的に文学作品が発表されたとすれば、陶晶孫の『大衆文芸』で発表された作品は、できる限り簡単で、大衆向きで、直接的なものだった。そして演劇作品が主なジャンルとなったとき、それは「文学と芸術の大衆化」というコンセプトを実現する過程で、この刊行物が演劇に大きく依存したことを示している。鄭伯奇、馮乃超、葉沈などの芸術家たちはしばしば、翻訳劇もしくはオリジナルの戯曲をこの雑誌で発表して、ロシアと日本のプロレタリア演劇を紹介し、中国左翼演劇を作り上げるためのモデルを提供した。そういうわけで、一九三〇年代における演劇の左翼化において、『大衆文芸』が重要な役割を果たしたのである。

一九三三年、中国左翼戯劇家聯盟は、上海フランス租界にある黄金大戯院で『吼えろ、中国！』を上演することを決めた。脚本は、マンハッタン劇場の英語訳、また築地小劇場の日本語版に基づき、広州の広東語台本も参照の上、潘孑農と馮忌により編集され、『矛盾』誌で発表された。『矛盾』は一九三二年四月二〇日に南京で創刊され、中国国民党による公的な資金援助を受けた。この出版物の目的は、「よく組織された陣営を整えること、我々の鋭い槍を用いて、連中の罪を不正にも隠匿する盾を貫くこと。また我々の強固な盾を用いて、市民を脅かす悪党どもの槍に抵抗すること」であった(17)。『矛盾』は初め、潘孑農ただ一人によって編集されていた。一九三三年、潘孑農、汪錫鵬、徐蘇霊により第二号が編集され、出版と頒布の場を求めて上海に移った。休刊したのは一九三四年である。一・二八事変(18)の後に創立されたこともあって、この出版物はナショナリスト寄りで中国国民党からの助成を受けたが、左翼作品も発表していた(19)。潘孑農は後に『吼えろ、中国！』を再翻訳し、一九三五年に上海の良友図書印刷公司から出版した。後書きの中で、潘孑農は、ルース・ラングナーの英語版から翻訳したと述べているが、ラングナーはメイエルホリド劇場の台本を出典とするレオ・ラニアのドイツ語版から翻訳している。

太平洋戦争期間の『吼えろ、中国！』

一九三一年に満洲を発端として日本と軍事衝突が始まり、その後中国本土へと徐々に侵攻が進んだ。一九三七年、中国と日本は全面的な戦争を開始した。日本は、北京と南京を続けて占領した。一九三九年、日本は汪兆銘を支援し、蔣介石率いる国民政府と闘争させるため、南京国民政府を樹立させた。中国北部には政務委員会が設立された。一九四一年一二月八日、太平洋戦争が勃発した。続く二、三年の間、日本に支持された南京政府と華北政務委員会は、英米帝国主義の中国における圧政を強調する一種の軍事的手段として、『吼えろ、中国！』を継続的に上演した[20]。

一九四二年一二月八日、太平洋戦争の最初の記念日に、大日本帝国、満洲、南京国民政府、ドイツ帝国、イタリア王国を含む五か国の役人および市民は、上海の大光明劇院で「枢軸国合同大東亜戦争紀念大会」を開催した。中華民族反英米協会により組織され、上海日本陸軍報道部の後援を受けた『江舟泣血記』の公演がこの大会のハイライトになった。『江舟泣血記』は、蕭憐萍が『吼えろ、中国！』の原作から翻案した。彼は羅稷南のテクストに言及しているが、これはF・ポリャノフスカとバーバラ・ニクソンの英語版に基づいて、中国語に翻訳されたものだった。汪兆銘国民政府が採用した「平和的反共産主義」の立場のために、演劇の内容は米英帝国主義だけでなく、共産主義にも反対しなければならなかった。それゆえ、『吼えろ、中国！』の中で左翼あるいは共産主義的な傾向を持つ登場人物が除外された。蕭憐萍により翻案された台本は、大東亜共栄圏における基本的な枠組となった。

上海で『江舟泣血記』が上演されたのち、南京劇芸社は、目下の政治的情勢を受け、一九四三年に『吼えろ、中国！』を上演することも決めた。周雨人は、大隈俊雄訳、潘孑農訳、羅稷南訳と比較した後、蕭憐萍版を採用することにした。汪兆銘政府の支援を受け、南京劇芸社は一月三〇日と三一日に、南京大華大劇院で『吼えろ、中国！』を上演した。劇的な葛藤の過程とディテールを強調したトレチャコフの原作と比較すると、周雨人と李炎林による翻案では、元の台本の基本的な構成に「プロローグ」と「エンディング」が追加されている。周雨人はプロットを現実の状況（一九四三年一月九日）に引き入れ、戯曲の登場人物を大東亜戦争の記念日に行われた反米英の大衆集会の場に登場させた。その後で『吼えろ、中国！』の劇の原型の部分を過去の記憶という形で振り返らせている。さらに、原作では官僚主義丸出しで、イギリスの艦長に対して隷属的な役だった行政長官が、この版では道義的に正しい愛国的な役人となった。第二幕、職員や地元の名士たちと問題を議論する場面で、弱腰な警察署長、教育長、商会の長たちと比べて、行政長官は断固とした振る舞いを示す。翻案者は、終結部でイギリスの軍艦が革命を鎮圧するため上海へ急行するというプロットを削除して、「プロローグ」の時空間の設定に立ち戻り、老いた行政長官に次のように言わせる。「十五年前に私は言った。英米人どもはいつか中国から追い出され、死んだ同胞の敵を討つことができる日が来るだろう。その日がいまやってきたんだ」。翻案者は最後の場面で群衆に叫ばせる。「英米の帝国主義を打倒せよ！　中華民国万歳！　東アジア民族の解放万歳！」。物語の形式および地元の役人のイメージの変更という翻案は、明らかに政治的プロパガンダの目的を持ち、意図的な運用なのである。

一九四三年五月、日本人学者の竹内好は、周雨人の『吼えろ、中国！』を日本語に翻案・翻訳した。台湾人作家の楊逵の日本語版『吼えろ、中国！』は、竹内版から翻案されたものである。楊逵は、周雨人版の構成を引き継いだが、絞首刑を銃殺に変更している。「プロローグ」では「参戦歌」の歌詞が追加された。「エンディング」で、老人は船頭の息子を紹介し、その若者が群衆を叫ばせる。群衆はイギリスとアメリカの旗を引き裂き、中国と日本の旗を掲げて振った。(21)

太平洋戦争勃発後、日本は、植民地の台湾で皇民奉公運動の実施を強化し、皇民精神を徹底的に実践し、職業とジェンダーに基づく多くの周辺的な皇民奉公組織を設立した。楊逵、巫永福（一九一三～二〇〇八）、張星建（一九〇五～一九四九）、顔春福に代表される台中芸能奉公隊は、一九四四年一〇月に、台中、台北、彰化で『吼えろ、中国！』上演を開始した。上演の目的は、皇民化運動を促進すること、そして日本による台湾での徴兵制度の実施を記念することであった。当時、『台湾新聞』の関連報道によれば、台中芸能奉公隊による『吼えろ、中国！』の上演は「戦争に捧げられた大衆作品」であり、この上演は当局からの強力な支持を受けた。すなわち台湾総督府情報課、皇民奉公会中央本部、台湾演劇協会、台湾興行統治会社が一丸となり、きわめて公式的な「バックアップ」を提供した。一九四四年一二月、楊逵による『吼えろ、中国！』の日本語翻案の台本が、台北盛興出版部から出版された。一九四五年、楊逵は「焦土会」を組織し、台湾語版『吼えろ、中国！』のリハーサルを行おうとしたが、(22) 日本の敗北により中止された。

楊逵の『吼えろ、中国！』の翻案は公式に是認されていたように見えるが、その中には日本の帝国主義に反対する告発、ナショナリズムを促進しようとする言外《サブテクスト》の意図は含まれていたのだろうか？　台湾の研究者が楊逵の戯曲について語るとき、彼らはその戯曲が日本の帝国主義に対抗するものであったことを強調してきた。しかし日本の研究者、星名宏修は、台本と楊逵の翻案の内容、また楊逵版と竹内版の比較に基づき、楊逵版に日本帝国主義に対する反意を示す証拠はないと考えている。『吼えろ、中国！』が反日演劇と見なされるという議論の根拠はないのだ。邱坤良教授が提言する考えは、楊逵がおそらくはトレチャコフ原作の戯曲への関心に基づき、『吼えろ、中国！』の翻案と上演を決断したというものだ。楊逵が築地小劇場や新築地劇団で『吼えろ、中国！』を見たとは考えにくい。しかし、それでも彼はこの国際的な演劇に関心を寄せていた。それゆえ、日本の国営メディアの代表者たちが、この戯曲を翻案し上演するよう求めたとき、彼は拒絶しなかった。(23) しかし、それは太平洋戦争の決定的な局面だったときであり、植民地政府は台湾の民衆への統制を強めていた。この当時、台湾は四〇年以上の間、日本によって植民地化されており、台湾人は皇民化運動に従わねばならなかった。楊逵の性格は

楊逵の日本語版中の「参戦歌」	印刷原稿を元に楊逵が訂正した「参戦歌」
打倒英米　打倒英米	打倒覇権　粛清漢奸
中華独立　是我們的生命根	中華独立　是我們的生命根
為保衛東亜　大家猛進	為保衛東亜　大家猛進
世界和平　懸在我們双肩	世界和平　懸在我們双肩
擁護参戦　擁護参戦	打倒英美　剷除特権
日旗周辺　尽是東亜衛星	日軍圧陣　尽是東亜奴隷兵
為逐侵略者乾浄　大家猛進	為掃清侵略　大家猛進
東亜泰平　即是中華安寧	自主自立　才有真正和平
英米を倒せ　英米を倒せ	覇権をくつがえせ　裏切者を滅ぼせ
中華独立は我らの命の根源	中華独立は我らの命の根源
東亜を守るため　皆で猛進せよ	東亜を守るため　皆で猛進せよ
世界の平和は我らにかかる	世界の平和は我らにかかる
参戦を支持せよ　参戦を支持せよ	英米を倒せ　特権をなくせ
日本の旗が東亜の衛星に囲まれる	日本軍の戦いは東亜の奴隷兵士のため
侵略者を駆逐するため　皆で猛進せよ	侵略者を駆逐するため　皆で猛進せよ
東亜の泰平は中華の泰平だ	自立こそが真の平和だ（訳注4）

表②

従順だったが、心中では耐え忍んでいたのである。植民地国家に協力していたとき、彼が愛国者であり続けたのかどうかは明確ではない。

楊逵の手稿資料の中には『吼えろ、中国！』の日本語版の印刷原稿があり、台湾の研究者たちは彼が「参戦歌」の歌詞を修正していたことを明らかにした［表②］。訂正されたテクストに従うと、楊逵の翻案の中で暗に示された個人的イデオロギーに関して、小さな結論を引き出せるだろう。すなわち、台本の内容が日本帝国主義への抵抗を含んでいるか否かにかかわらず、楊逵が後になって訂正したテクストは植民地化された人々の思考を反映しているのだ。

4　結論

第一に、『吼えろ、中国！』はプロパガンダとアジテーションの演劇であり、ジャンルそれ自体がイデオロギー上の操作と直接かかわっている。舞台設計と登場人物の設定を通じて、この反帝国主義演劇は、文化的他者の観点において、聴衆が舞台上の演技の言語を彼ら自身のものに変換することを可能にする。劇の目的は、この運動におけるロシアの中心的立場を言明すること、またロシアの聴衆に彼ら自身の成功した革命の経験を生かして中国へマルクス主義を広めたいという気持ちにさせるため、反帝国主義の論点を用いること、それによってアジアの覇権を握るという彼らの野望を確立することであった。この演劇は、ロシアのナショナルな境界線とそのヨーロッパ的属性を中国の問題を通じてトレチャコフが表現したものと見なすことができる。しかし、『吼えろ、中国!』は多くの再翻訳と翻案を経ることにより、中国文化の領域に持ち込まれた。中国における台本は、元のロシア語戯曲あるいは台本から直接に翻訳されたのではなく、時として英語訳とドイツ語訳を参照しながら、日本語訳の台本から中国語に翻訳されたものだった。台湾という日本植民地に住んでいた作家、楊逵は、直接日本語の台本を翻案することさえできた。様々な翻訳者が、彼らの政治的傾向および後援者（出版社、劇団、政府）のイデオロギーに影響を受け、戯曲の登場人物、時代背景、芝居の構成を書き直し、文脈の変更を図ってきたのだ。

第二に、『吼えろ、中国!』が中国文化圏で流通した時期は二つある。最初の時期の一九三〇年代、翻訳者は九幕（九場）という構成になお従っていたが、二番目の時期の一九四〇年代には翻訳が四幕劇に改変された。翻訳者、イデオロギー、後援者の間の関係から、筆者は二つの時期の特徴を次のように要約する。

(1)一九三〇年代：中国における『吼えろ、中国!』の普及には二つの特徴があった。ひとつは、中国共産党の文芸政策、もうひとつは中国人留学生が日本から持ち帰った左翼演劇運動の経験であった。陳勺水と葉沈は二人とも日本で学んでいた。学者の羅稷南と潘孑農は演劇と関わったことがあり、どちらも左翼だった。台本の翻訳を刊行した出版媒体や出版社は、基本的には中国共産党を支持していた。あるいは中国国民党からの助成金を受けていても、左翼的な著作を出版した。『吼えろ、中国!』の翻案と上演には、強固な政治目的とイデオロギーがあった。翻訳者は、ナショナリズムを鼓舞して帝国主義と闘うために、戯曲のプロパガンダとアジテーションを使用したのである。

(2)一九四〇年代：一九三〇年代における『吼えろ、中国！』の翻案はいずれも、プロットの改作具合に応じて、イギリス人船長、アメリカ人実業家、そして利己的なフランス人実業家による中国人船頭の迫害に抵抗していた。太平洋戦争期には、『吼えろ、中国！』の演劇としての特徴が政治的情勢の急速な変化に浸食された。南京の汪兆銘政権や他の植民地と結びつき、日本は演劇のプロットと形式を変化させ、米英連合を攻撃するよう人々を鼓舞するためのイデオロギー上の武器とした。『吼えろ、中国！』は政治目的を有するプロパガンダ劇となった。

第三に楊逵は、日本が台湾を植民地化していた期間に、『吼えろ、中国！』の戯曲を翻案した。その頃、大日本帝国軍は、太平洋戦争において徐々に後退しつつあった。この台本と上演は、皇民化された台湾人が英国とアメリカ合衆国を嫌悪するよう促し、また同じ敵に対する共通の憎しみを分かち合うためのものであった。しかしながら、楊逵の翻案の動機が、日本の帝国主義への抵抗を含んでいたのか否かは、なお確定されていない。

（1）*Хофман Т. Штретлинг С.* Сергей Третьяков: писатель как путешественник // *Третьяков С.М.* От Пекина до Праги: Путевая проза 1925-1937 годов（Очерки, «маршрутки», «путьфильма» и другие путевые заметки）. СПб.: Издательство Европейского университета в Санкт-Петербурге, 2020. С. 9-17.

（2）欧陽予倩が梅蘭芳に同伴してモスクワを訪問したとき、彼はトレチャコフに、文学作品を創り出す方法を個人的に尋ねた。トレチャコフの返答は「長期間の観察」と「自伝インタビュー」だった。長期間の観察は、少数あるいは大勢の同じ登場人物を主題として扱い、いくつかの小説や戯曲を連続して書くことによって、彼らの心理的行動の展開を見ることである。例えば、「吼えろ、中国！」と題されたトレチャコフのエッセー集『中国』は、彼が中国を長期間観察した成果である。

最後の章において、作家は中国人の生活、中国人に対する外国人の態度、そして中国人の長期にわたる不満を詳細に記録している（訳注：『中国』については第I部第1章の越野剛の論考で考察されている）。「吼えろ、中国！」を主題にしたエッセー、長詩、戯曲はいずれも、作家の長期間の観察の成果を示している。詳しくは以下を参照せよ。欧陽予倩「『怒吼吧，中国！』序」、特来却可夫原著、潘孑農重訳『怒吼吧中国！』（良友図書印刷公司、一九三五年）七頁、*Третьяков С.* Чжунго. Очерки о Китае. М., Л.: Государственное издательство, 1930. С. 339-347.

（3）Edward Tyerman *The Search for an Internationalist Aesthetics: Soviet Images of China, 1920-1935.* Ph.D thesis, Graduate School of Arts and Sciences.（Columbia: Columbia University, 2014）p. 294.

（4）ソ連の成立以後、圧迫された中国は、英米の植民地主義と資本主義に対抗するという基本方針を持つ新しく誕生したソ連の関心の対象となった。ソ連の作家、画家、映画製作チーム、俳優および作曲家は、中国の状況をよく把握しており、中国に関係する出版物も多かった。それらは、ソ連が中国という「隷従状態の」国家に大変関心を持っていたことを示している。例えば、一九二四年のマヤコフスキーの詩「中国から手を引け！」（Прочь руки от Китая!）では、「世界を駆ける海賊」に中国の苦力《クーリー》の奴隷化をやめるよう訴えている。「中国から手を引け！」の他にも、マヤコフスキーには「最上の詩行」（Лучший стих）、「陰鬱なユーモア」（Мрачный юмор）、「一〇月のラジオ」（Радио-Октябрь）といった中国に関わる詩がある。詳細は以下を参照せよ。*Белоусов Р.* «Рычи, Китай!» Сергея Третьякова（К истории советско-китайских литературных связей）// Вопросы литературы. 1961. № 5. С. 192-200; *Краснощёкова А. А.* “Китайский текст” в советской литературе 1920-х гг.（на примере творчестве С. М. Третьякова）// Litera. 2019. № 4. С. 143-152.

（5）Assis Rosa, “Descriptive Translation Studies” In Yves Gambier and Luc van Doorslaer, eds. *Handbook of Translation Studies*（Amsterdam: John Benjamins, 2010）, pp. 94-104.

（6）早くも一九二九年、ロシア・フォルマリストのユーリー・トゥイニャーノフは「システム」概念を提唱し、「システム変異」の観点から文学の進化の過程を説明した。イーヴン＝ゾウハーはトゥイニャーノフのシステム観を継承し、システムの動的な性質を強調するために、「複数システム」のイデオロギーを発展させた。

（7）Itamar Even-Zohar, “The Position of Translated Literature within the Literary Polysystem”, *Poetics Today*（1990, No.11[1] pp. 45-51.

（8）André Lefevere, *Translation, Rewriting, and the Manipulation of Literary Fame*（London & New York: Routledge, 2017）, pp. 9-19.

（9）邱坤良『人民難道没錯嗎？――「怒吼吧、中国！」・特列季亜科夫与梅耶荷徳』（印刻出版社、二〇一三年）一八〇～一八一頁。

（10）一九二七年一〇月、日本の劇作家である秋田雨雀（一八八三～一九六二）と築地小劇場の小山内薫（一八八一～一九二八）はソ連を訪れ、メイエルホリドやトレチャコフといった演劇家と会い、モスクワで『吼えろ、中国！』を観劇した。翌年、河原崎長十郎（一九〇二～一九八一）とその歌舞伎一座がソ連に行って上演し、トレチャコフの台本を日本に持ち帰った。これは大隈俊雄により日本語に翻訳され、築地小劇場で上演された。一九三二年に出版された大隈の『吼えろ、中国！』は、彼の翻訳した版がトレチャコフの原作ではなく、メイエルホリド劇場の上演用の版であったことを示唆している。星名宏修著、呉叡人訳「『怒吼吧！中国』在中国与台湾的上演史──反帝国主義的記憶及其変形」、呉佩珍主編『中心到辺陲与分軌──日本帝国主義与台湾文学文化研究（上）』（台大出版中心、二〇一二年）七四～七六頁、前掲（注9）邱坤良『人民難道没錯嗎？』一七九、三六二～三六三頁。

（11）前掲（注9）邱坤良『人民難道没錯嗎？』三六六頁。

（12）「この国の主要な文学の専門家、刊行物、出版社、諸団体、そして流派はいずれも上海に集まっている。創造社、太陽社、中国左翼作家聯盟（左聯）といった団体はいずれも上海にある」。文学、映画、絵画、そして出版業がいずれも栄え、人文学の活況を示していた。劉超、馬翠「民国知識界与上海的人文生態」（『二十一世紀』総第七三期、二〇〇八年四月号）。URL: https://www.cuhk.edu.hk/ics/21c/media/online/0801018.pdf（閲覧 2022/06/28）。

（13）張資平（一八九三～一九五九）は広東省梅県生まれ。一九一二年、公費で日本に学び、郁達夫、郭沫若などと出会った。一九一九年、東京帝国大学地質学科に入学した。一九二一年、郭沫若らとともに「創造社」を立ち上げた。卒業後、中国に戻り、武昌師範大学で教鞭をとった。一九二八年九月、上海で楽群書店を開店し、一〇月には隔月発行雑誌『楽群』を出版した。この雑誌は一九二九年月刊誌になった。一九三九年、張資平は在上海日本領事館後援の興亜建国運動本部に参加し、翌年六月、中日文化協会の出版組主任として勤め、「中日の友好ならびに共栄」を促進すべく、月刊誌『中日文化』を編集した。彼は後に国民党により、反逆罪で逮捕された。その政治的立場のため、張資平は一九五五年に中国の反革命粛清運動の中で逮捕され、一九五九年に強制収容所で亡くなった。次を参照せよ。馬志融等著『広東留学史』（社会科学文献出版社、二〇一八年）四二八頁。

（14）当時、沈西苓（一九〇四～一九四〇）、許幸之（一九〇四～一九九一）、司徒慧敏（一九一〇～一九八七）といった若い中国人芸術家が、東京の築地小劇場に加わり学んだ。彼らは『吼えろ、中国！』上演の過程に接した。また彼らは中国での上演を最初に推し進めた（邱坤良、三九三頁）。

（15）陶晶孫（一八九七～一九五二）の本名は陶熾。彼は幼年時代から日本で学び、千葉大学で寄生虫学の博士号を授与された。彼は、創造社の初期のメンバーであっただけでなく、中国左翼作家聯盟のメンバーでもあり、上海芸術劇社を立ち上げた。

（16）張万国、張望「『大眾文芸』雑誌与1930年代戲劇的左翼転向」（『四川戲劇』第一期、二〇一九年）、URL: rdbk1.ynlib.cn:6251/qw/Paper/687850#anchorList（閲覧 2022/06/28）。

（17）唐海宏「新発現『矛盾』月刊中洪深、徐持、李金発的佚作」（『西華大学学報』第三六巻第一期、二〇一七年）二四～二五頁。

（18）日本はこれを「第一次上海事変」と呼んだ。一九三二年一月二八日、日本は上海を攻撃した。国民革命軍の十九路軍が広東から移動し、日本軍に対する防衛の任を負った。

（19）葛飛「『怒吼吧，中国！』与1930年代政治宣伝劇」（『芸術評論』第十期、二〇〇八年）二四頁。

（20）一九四〇年八月、近衛文麿（一八九一～一九四五）は「大東亜共栄圏」という名称を示した。これは日本・中国・満洲を経済的共同体として、東南アジアと南太平洋の日本管轄地域はもちろん、台湾、汪兆銘南京政府、満洲国を含むものだった。東南アジアは資源供給地域であり、南太平洋は防衛圏であった。彼は「東亜連盟」や「八紘一宇」、その他の日本主導によるアジア統合の言説を積極的に促進した。ヨーロッパおよびアメリカ合衆国の西洋勢力と対決するために、東アジアの勢力を使用しようとしていたのだ。日本によるアジアの放棄からアジアの活性化へというイデオロギー上の変化から私たちが垣間見ることができるのは、世界秩序を再編成しようとする試みだけでなく、ヨーロッパとアメリカによる文明開化の啓蒙を吸収した後に、日本が東アジアの文明開化に向かって移行するという文脈である。李文卿『共栄的想像——帝国、殖民地与大東亜文学圏（1937—1945）』（稲香、二〇一〇年）四一三、四五九～四六一頁（邱、四三一頁）。

（21）周雨人版、竹内好版、楊逵版の差異については、次を参照。前掲（注9）邱坤良『人民難道没錯嗎？』四七一～四七七頁。

（22）楊逵によれば、日本語上演が効果的だったため、彼らは台湾語での上演を望み、台中州特高の田島課長もそれを承認した。彼は翻訳とリハーサルのために、三〇人以上の友人を「首陽農園」へ招待した。以下を参照せよ。楊逵口述、劉依萍整理「談抗日時期的台湾新文学」（『文訊月刊』第七、八期、一九八四年）一五九頁。

（23）楊逵によれば、『台湾報知』から田中が、同盟通信社より松本が訪問し、彼に『吼えろ、中国！』の台本を見せた。そして彼にこれを改訂し上演するよう説得した。詳細は次を見よ。前掲（注9）邱坤良『人民難道没錯嗎？』四七九～四八〇頁。一九二〇年代、楊逵は日本で働き、学びながら、なおかつプロレタリアの労働運動にも参加した。当時の日本のプロレタリア文学が活発な発展を示していたおかげで、楊逵は、秋田雨雀、島崎藤村、島木健作、貴司山治といった有名な作家とも知り合った。秋田雨雀はソ連に行き、モスクワで『吼えろ、中国!』を観劇していた。そのため筆者は、楊逵が秋田雨雀を通じて『吼えろ、中国!』を知った可能性もあると考えている。

(訳注1)トレチャコフの『吼えろ、中国!』は通常の戯曲では用いられない「環 звено」という語で場面が分けられており、大隅訳では「景」となっている。

(訳注2)「和尚《ホシエン》 Хошен」は大隈訳では「ボンザ」となっている。行政長官は「道尹《ダオイン》・道員 Даоинь」のことで、大隅訳では「町長」である。

(訳注3)ロシア語の活動体対格(目的語)でヴェンがヴェニャ Вэня に変化していることに大隈が気付かなかったと考えられる。

(訳注4)楊逵の戯曲は日本語だが、作中で民衆が歌う「参戦歌」は中国語で書かれている。

犠牲者プロパガンダに抗して
ソ連における中国表象とセルゲイ・トレチャコフ

亀田真澄

はじめに――「犠牲者（victim）」の表象について

一八世紀後半、欧米では宗教の世俗化とともに、人間の苦しみを神による試練や罰とみなす伝統的な考えに疑問符が付されるようになった。この頃から次第に、貧困層や差別を受ける人々の苦しみは社会構造に起因するものであり、その苦しみに対しては社会が責任を負っているという認識が広まっていく。一九世紀後半になると、文芸・芸術のジャンルでも社会的弱者を主題として扱うことが増えた(1)。ただし、大義のために自ら身を捧げ、英雄的な死を遂げる犠牲者（sacrifice）や、殉死者（martyr）とは違って、社会構造に起因する抑圧の犠牲者（victim）が国家宣伝の主題となるという現象は、第一次世界大戦以降の現象だと言えるだろう(2)。

世界初の共産主義国家としてソ連が誕生すると、搾取される人々の苦しみを主題とするプロパガンダ作品が数多くあらわれた。例えば、ロシア帝政末期を舞台とする映画『ストライキ』（一九二五年、セルゲイ・エイゼンシュテイン監督作品）では、工場でストライキを起こした労働者たちが、最終的に帝国軍の兵士たちによって武力鎮圧されるが、逃げ惑う労働者の群れが一斉射撃を受ける場面に、牛が屠殺され血を流す短いカットが何度も挿入されることで、それが非人道的な殺戮であることが強調される。最後には、労働者たちの遺体の山、それを見つめていると思われる、見開いた両眼のクローズアップ、「覚えておけ！　労働者たちよ！(3)」というインタータイトルが映し出される。エイゼンシュテインは他の作品においてもしばしば、実際にはなかったり、はるかに小規模だったりした戦闘を、大虐殺として示すことで、社会的弱者たちの非業の死を印象付けた。

一九三〇年代にはアメリカでも、大恐慌やダストボウル（砂嵐）の影響下でだれもが社会的弱者になりうる状況となったこともあり、国家主導の文芸・芸術プロジェクトが社会構造の犠牲者たちの苦しみに焦点を当てるようになった。一九三五年に設立された連邦作家計画は、被抑圧者たちのライフヒストリーの口述筆記を行っていたことで知られるが、なかでも元奴隷の人々へのインタビュー集「スレイヴ・ナラティヴ・コレクション」が有名だ。また、農業安定局の写真プロジェクト（一九三五〜一九四四年）は、ウォーカー・エヴァンズなどの写真家たちが各地を旅し、貧農や失業者、貧しい都市生活者たちの生活の実情を記録したが、それらは新聞や雑誌に掲載されたほか、アメリカ各地で開催された展覧会を通して、多くの人々の目に触れた。これらは一九二〇年代のソ連でのように、無残な大量虐殺を描くというものではないが、ニューディール政策を実施するＦ・Ｄ・ローズヴェルト政権を、社会的弱者に寄り添う政府として印象付けるものだった。

これらのような、社会的弱者の苦境を主題とする国家宣伝を、本章では「犠牲者プロパガンダ」と呼びたい。犠牲者の表象がプロパガンダとして成立するのは、それが、外敵またはある特定の社会構造の非人道性や暴力性を示す「残虐さのプロパガンダ（atrocity propaganda）」[4]としての機能を持つと同時に、そのプロパガンダを発信する国家を、犠牲者たちの庇護者であるかのように印象付ける機能を持つからだと考えられる。個人には抗いようのない構造的暴力の犠牲者たちへの共感が集まるとき、彼らはこれらふたつの機能に切迫性と精神的重みを強力に付与する存在となりえる。

本章では、犠牲者プロパガンダとそれへの批判的視座の両方について検討するため、ソ連における中国表象を事例として取り上げる。特に、一九二〇年代から三〇年代にかけてのソ連で活躍したセルゲイ・トレチャコフ（一八九二〜一九三七）に焦点を当て、トレチャコフの『デン・シーフア』（一九三〇年）を、それ以前の作品と比較し、中国人主人公の表象がどのように異なっているのかを検討する。[5] 劇作家・文芸理論家でもあったトレチャコフは、一九二〇年代にはソ連前衛芸術の発展において、一九三〇年代の社会主義リアリズムの導入においても中心的な役割を果たした人物で、エイゼンシュテイン、ベルトルト・ブレヒト（モスクワ滞在中はトレチャコフの自宅に宿泊していた）、ヴァルター・ベンヤミンにも影響を与えたことで知られている人物だ。(6)

1　トレチャコフと犠牲者プロパガンダ

一九二〇年代から三〇年代のソ連においては、資本家たちの搾取や横暴の犠牲となった人々を主人公とするプロパガンダ作品が数多く発表されたが、それは、ロシア帝国下での国家権力による一般市民の大量殺戮を描くこともあれば、(7)同時代のソ連を舞台として、しばしば工場長として表象される「敵性人物」たちが、労働者を不当に扱うことで革命を頓挫させようと画策する様子を描くこともあった。後者のカテゴリーの典型としては、労働者・農村通信員運動をテーマとする作品が挙げられる。(8)労働者・農村通信員運動とは、労働者自身が働く工場やコルホーズ（集団農場）で起きたことについて報告を執筆し、それを地域、工場、コルホーズなどの新聞に投稿するというもので、内部告発を推奨するものでもあったが、それは危険と隣り合わせだった。(9)労働者通信員が内部告発のためにリンチされたり、解雇されたりすることは少なくなく、一九二二年と一九二四年には労働者通信員が殺害されるという事件も起きている。

トレチャコフは、ウラル地方のガス工場で実際に起こったガス漏れ事故についての戯曲『ガスマスク』（一九二三年）(10)や、労働者通信員の殺害事件を題材にした詩「労働者通信員」（一九二四年）で、身の危険を省みない、小さき英雄としての労働者通信員を称えた。(11)『ガスマスク』では、労働者たちが事故に備えてガスマスクの配備を工場長に要求するが、工場長たちはそれを無視し、ガスマスク配備の予算を自分たちの飲食代に使い込んでいる。内部告発を恐れる工場長一味は、労働者通信員をひそかにリンチし、入院させる。しかしその後、工場で実際にガス漏れ事件が起きると、退院したばかりの労働者通信員を中心に団結した労働者たちが、充満する有毒ガスに身を晒しながらの修復作業を行い、一名の犠牲者を出しながらも有毒ガスを止めることに成功する。この作品では、リンチや労働者の安全を無視した結果として払われた犠牲が描かれるが、社会的弱者としての「犠牲者」というより、英雄的「殉死者」としての側面が強い。

トレチャコフが犠牲者として描いたのは、中国人だった。ソ連のプロパガンダ的な言説において中国は、ソ連の外側に位置するにもかかわらず、ソ連による極東支配の文脈に含まれることがあったが、特に一九二〇年代初頭から上海クーデターの起こる一九二七年までの期間は、欧州の植民地支配の犠牲者として、共産主義革命を起こして立ち上がる仲間のように語られることが多かった。[12] 党機関紙『プラヴダ』では、中国に言及する記事は一九二〇年には四七件のみであったのが次第に増え、一九二四年には三八〇件、一九二五年には五四一件、一九二六年には六六八件、上海クーデターが起きた一九二七年には八九九件に上っている。[13] トレチャコフも中国に並々ならぬ関心を寄せていた一人であり、中国をエキゾチズムで歪曲されたかたちではなく、そのままの姿で映し出すべきだと考えていた。[14] そしてトレチャコフは、北京大学のロシア語教員として中国に滞在する機会を得て、一九二四年夏からの一年間を中国で過ごし、現地の取材記事を『プラヴダ』紙に提供することとなる。

トレチャコフは、自身の中国滞在中に四川省万県で実際に起きた事件をもとに、戯曲『吼えろ中国』（一九二六年）を発表したが、この作品はドイツ、イギリス、アメリカ、日本でも上演され、高い評価を受けた。『吼えろ中国』では、アメリカ人商人が中国人船員との言い争いののちに溺死したことを受け、近くに停泊していたイギリス船の艦長がその責任を取らせようと、無実の中国人苦力《クーリー》二名を処刑するまでが、無数の目撃者たちの証言を集めた体裁で描かれている。イギリス人やアメリカ人たちが中国人に無関心なため、周囲の中国人たちが苦力二人の無実をいかに声高に叫ぼうと、イギリス人艦長の横暴、そして処刑の命令が覆ることはない。欧米人に対峙した際の中国人の無力さが、二人の犠牲者の突如として変わった運命への当惑と諦め、そしてその妻たちの悲痛な叫びを通して描かれている。

トレチャコフは映画の分野でも、欧米列強の犠牲者としての中国人を表象しようとしていた。中国滞在中、ソ連国家委員会（ゴスキノ）から中国での映画撮影についての調査依頼を受けていたトレチャコフは、おそらく中国事情に詳しい知識人ということで、帰国後はゴスキノ第一工場（モスフィルムの前身組織の一つ）の芸術委員会副委員長に任命されている。トレチャコフは盟友エイゼンシュテインと共に、中国を舞台とした三つの映画プロジェクトをゴスキノで立ち上げ、「黄禍」「青色急行」「珠江」とそれぞれ題された三本の映画脚本を仕上げている。これらはいずれも、欧米列強の支配者層によって中国人が殺害された実際の事件を主題としたものだ。(15)

「黄禍」は『吼えろ、中国』の映画版とも言えるもの、「青色急行」は列車を山賊が襲い、イギリス人、アメリカ人を含む三〇〇人の乗客が拉致され、匪賊のリーダー格が処刑されるという「臨城事件」（一九二三年）をもとにしたもの、「珠江」は中国人デモ隊がイギリス兵とフランス兵によって射殺されるという、広東省珠江流域で起きた「省港大罷工事件」（一九二五年）をもとにしたものだ。すべて実在の中国人犠牲者たちに焦点を当てているが、同時にブルジョワ階級の中国人についても描くことで、中国国内の階級闘争についても言及していたことが、当時のほかの「中国もの」との違いだと言える。なお、これらの映画プロジェクトは撮影寸前まで進んでいたものの、反奉戦争（一九二五〜二六年）においてソ連が支持していた国民党軍が敗退したことの余波で、ゴスキノが中国での銀行口座を開けないという事態になったため、現地での撮影には至らなかった。(16)

2　英雄でも犠牲者でもない中国人青年

中国映画プロジェクトが立ち消えになる前後にあたる、一九二六年から一九二七年のあいだの時期、トレチャコフは北京大学での教え子で、当時モスクワ留学中だったガオ・シーフアを頻繁に自宅に招き、シーフアの半生を事細かに口述筆記していた。その結果を一九二九年までかけてまとめたものが『デン・シーフア』だ。『デン・シーフア』は、実在する中国人青年シーフアが揚子江にのぞんだ村で中産階級の一族に生まれ、日本留学中の父の不在、帰国した父の逮捕、僧房での生活、成就しない恋愛、望まない結婚、その結果としての離婚、北京大学での学生生活を経て、二六歳でモスクワに来るまでを辿る、一人称現在形で書かれた自伝形式の作品である[17]。

トレチャコフが『デン・シーフア』の序文で命名した「自伝インタビュー(био-интервью)」というジャンルは、当時のソ連における自伝執筆による思想教育とも密接に関係するものだった。当時のソ連では、大学入学時に自伝を書く課題が出されることが多かったほか、工場などでもしばしば労働者たちの自伝集が発行された。これらの自伝は、階級意識が不足した状態から、次第に理想的な共産主義者になっていくという筋書きで書くことが暗黙の了解だったため、自伝執筆自体がキリスト教における懺悔と同じ機能を果たすものだったと指摘されている[18]。ただし『デン・シーフア』においては、村から出たシーフアが中国の抱える社会問題について知ることで、格差に対して意識的になるという記述はあるものの、共産主義者になったかどうかはよくわからないという結末であり、当時のソ連で推奨されていた自伝の筋書きに完全に合致するものではない。

また『デン・シーフア』は、ロシア・プロレタリア作家協会からは内面的な心理描写が欠落しているとの批判を受けた作品であるが[19]、これはトレチャコフがあえて、感情移入を通してではなく、主人公シーフアの環境に読者を埋没させることによって、遠く離れた異文化圏での実際の日常を、内部の視点から見られるようにする試みだったと考えられる。トレチャコフは一九二八年、飛行機から下を眺め、「高さはあらゆる個人的な差異を消してしまう。人間の存在は、シロアリの一種のようになってしまう[20]」と記した。トレチャコフによると、飛行機から見下ろす光景においては「登場人物というものは皆無である。登場するのはプロセスのみだ。ここからは、嫉妬や喧嘩や抱擁といった場面は見えず、村々も、一つの灌木の木の葉のように、同じタイプのものになってしまう[21]」のだから、異文化を知るには高みから俯瞰するような視点ではなく、「個人的な差異」に気づくことのできるような内部の目線から観察しなければならない。だからこそ『デン・シーフア』では、シーフアの内面の動きを深く辿る代わりに、四〇〇頁の分厚さ（初版）で、住居の様子、親戚の様子、村の人々の様子、学校での様子、食べ物、歌、衣服についてなど、多種多様な現地の習慣についての詳細な説明を与えていると考えられる。

なお、一九二〇年代後半のソ連では、若年層向けの教育的な読み物として、中国の青年がソ連から来た教師などから共産主義について学び、革命運動に加わるが、大義のために命を落とすという筋書きの小説が流行していた。[22]『デン・シーフア』も、シーフアがトレチャコフを含むロシア語教員から刺激を受け、格差について考えるようになるところまでは、この時期の中国を舞台とした教育的小説と似通っている。ただし、最後に命を落とすわけではないどころか、トレチャコフとは連絡がつかなくなるという結末になっており、シーフアはむしろソ連からの思想的・精神的影響から脱却したかのようだ。

シーフアは、当初は貧困層への差別的な見方を持った、典型的な中流階級らしい人物だった。幼い頃のある一日について語る場面では、次のように苦力について述べている。

私は長袴を着、花模様で縫い取りした中国靴と白い靴下を履いている。裸足で歩いてはいけない。そんなことをしたら人に笑われる。裸足で歩くのは苦力《クーリー》だけだ。「クー」は重荷、「リー」は力を指す。苦力とは下層の人たちのことで、汚い、粗暴な、ぼろを纏った車夫、舟子、運搬人、渡り歩きの雇農。要するに、労働と闘争によって鍛えられた、はち切れそうな褐色の筋肉を、喜んで二束三文で売るような人たちだ。私には苦力たちは少し怖かった。[23]

しかし父親が政治的理由で逮捕されたことにより、僧房に小間使いとして預けられることになったシーフアは、これまではしてこなかった畑仕事などをしたり、苦力たちが受ける不平等な扱いを目の当たりにしたりといった経験から、「夜疲れた足を伸ばしながら私は、金持ちに貧しい者たちが仕えるということの不公平を思った」[24]「私は、前には農民の仕事がどんなに辛い労働であるかを知らなかった」[25]などと、階級意識を高めるようになる。僧房から学校に戻ってすぐ、匪賊たちの公開処刑の場に居合わせたシーフアは、その日の夜、次のように自問する。

彼らは不当に処刑されたのかもしれない。彼らはなにも食べるものがなく、また誰も助けてくれないので匪賊になったのだろう。飢えた者は実にたくさん、至る所にいる。どこで死のうと、なんの違いがあろう? 飢え渇えて茅屋で徐々に餓死しようと、広場で一気に銃殺されようと。[26]

シーフアは共産主義の理想を信じるようになり、北京大学ではロシア語を選択し、その後はモスクワ留学を果たしてもいるが、基本的には思想的に逡巡する青年であり、ドラマティックな犠牲者になることもない。[27]その意味で『デン・シーフア』は、これまでのトレチャコフの「中国もの」が中国人犠牲者を描いてきたこととは異なり、むしろ『村の一月』(一九三〇年)など、ソ連のコルホーズを取材した作品群に近いと言えるだろう。[28]トレチャコフは一九三〇年以降、コルホーズを頻繁に訪問し、ときには実際にコルホーズの一員として、新聞の発行や保育所設置といった地域での仕事にかかわり、そこで次々に起こる雑多な問題を内部の視点から描いた。これらの作品群ではトレチャコフが一人称で、自身のコルホーズで経験したことや出会った人々について叙述するというものがほとんどだが、コルホーズに住む一般の人々の、なんということのない日常生活の細部を克明に描いており、そこには事件性も劇的要素もない。そこには加害者も犠牲者もいない。ただし『デン・シーフア』がコルホーズものの作品群とも大きく異なるのは、シーフアによる一人称の語りが信用できないものだと最後に暴露することで、当事者本人による語りという正当性をあえて破綻させているところだ。

3 「当事者性」の揺らぎ

『デン・シーフア』はシーフアの一人称の体裁を採っているものの、序文で「二人の人間がこの本を作った。デン・シーフアが材料を供給した。私がそれを形にした[29]」と書かれているように、そしてそもそも作者としてクレジットされているのはトレチャコフ一人であるように、トレチャコフによる加筆・修正・改変がかなりの程度なされていることが前提となっている。トレチャコフはこのことについて「一人の人間が自分自身の人生を詳細に見るには、そしてそれを語るには、かなりの技術が必要だ。〔略〕そしてデン・シーフアはそれを有してはいなかった[30]」と述べており、本人に語る技術がないからこそ、トレチャコフが代わりに「掘り下げる[31]」必要があったとしている。全六六章のうち二章については、「学生デン・シーフアによる語りではない[32]」と注意書きがなされており、トレチャコフの一人称による語りとなっている[33]。第二部第二八章では、ロシア語教員として学生のシーフアと接していたときのトレチャコフの視点から、学生たちがイギリス大使館前でデモ活動を行ったときの様子が語られるが、トレチャコフは「彼は自分の人生について語りつくさなかった。日々の様子を教える代わりに、ある日から別の日へと話が飛ぶことが多かった。多くのことが語られないままになっている。〔略〕まぁ、いいだろう。デンには黙っておいてもらって、テ・ティコ教授に彼について語らせよう[34]」と、シーフアの語りへの不満をこぼしている。「テ・ティコ教授」というのは、トレチャコフが北京大学で教えていたとき、「トレチャコフ」が発音しにくいということで、中国人学生たちがトレチャコフにつけた渾名だ。

当事者の語りには困難が伴うというテーマは、トレチャコフの別の自伝インタビュー作品「九人の少女たち」（一九三五年）にも見られる。「九人の少女たち」は、スタハーノフ労働者[35]に認定された、実在する女性のトラクター運転手パシャ・アンゲリーナへのインタビューからなるもので、ノルマ超過運動のプロパガンダ作品と言える。「九人の少女たち」では、パシャが幼い頃から受けてきた女性差別を乗り越えて、トラクター運転手になり、ついにチームを率いてノルマ超過労働を達成するまでが一人称で語られる。ただし作品終盤は突然三人称に切り替わり、一九三五年現在のモスクワにおいて、パシャがスターリンも列席する授賞式に向かう場面が描かれる。作品の最後をしめくくる文章は以下のように、授賞式でパシャが演説を始める場面となっている。

「今年、私は十人からなる女性労働隊を組織することになりました」〔略〕
そして彼女は黙った。額を手のひらで拭い、ちょっと体を傾け、幼い女の子のように静かにつぶやいた。
「話すよりも働く方が簡単……」と。(36)

アンゲリーナが演説の途中で黙り込むという場面は、『デン・シーフア』の場合と同じく、当事者が語ることには困難が伴うということを示すものだ。また、アンゲリーナが演説をし始めたところで作品が終わるという点には、この先はトレチャコフという媒介を介さずに、本人が自分のことばで語り出すという未来が暗示されているが、これは『デン・シーフア』の結末と同じパターンだ。
『デン・シーフア』の結末は、シーフアと突然連絡がつかなくなり、中国に帰国したらしいと聞くものの連絡はつかず、なにをしているのか、なぜ突然帰国したのかわからないままになる、というものだ。

ある日、デン・シーフアは来なかった。次の日も、そしてその次の日も。一週間経っても来なかった。そして私は理解した、彼は去ったのだと。(37)

その次には後日談の体裁で、シーフアと同じく北京大学でのトレチャコフの教え子で、シーフアの友人でもあった中国人留学生ティン・ウィンピンとの会話が記されているが、ここでウィンピンによって語られるのは、これまで描かれてきたシーフアのイメージとはかけ離れた青年像だ。

「シーフアは政治には興味がありませんでしたよ。彼は芸術が好きでした。ダンスサークルを作っていましたし、ダンスが上手でした」

「ダンスをしていただって？　本当に？〔略〕しかし、どうして彼は、私にはそのことを言ってくれなかったんだろう？」

「軽薄な趣味だとは思っていて、恥ずかしかったんでしょう。革命家を目指すようなことを言っておきながら、ダンスが好きなんて(38)」

また『デン・シーフア』第二部第一一章では、シーフアは自分のことを恋愛とは縁のない人間だと語っており、故郷の村で望まない結婚をした後に離婚し、モスクワでは単身で留学生活を送っているとのことだった。しかしウィンピンは「彼は結婚していましたよ。彼の親戚の、芸術家の女性で、北京のお金持ちの娘です。彼の寮にも泊まりに来ていて、そんなときはノックしてもすぐ開けてくれませんでしたよ(39)」と話し、トレチャコフは自分の知らなかった事実の多さに驚く。シーフア帰国後に明かされるのは、シーフア本人の語りには多かれ少なかれ虚偽が含まれていたということであり、それはこの作品が当事者による証言だという前提を自ら放棄するものだ。

主人公シーフアがトレチャコフの影響下にとどめておくことのできない存在として描かれているのみでなく、全編を通して語られてきた内容すべてに疑いの目を向けさせるような後日談がつけられているのは、なぜなのだろうか。この一見奇妙な結末は、トレチャコフ自身もその重要な一翼を担っていた、中国人を欧米列強の犠牲者として位置付けるプロパガンダに、真っ向から対抗する中国表象のあり方だと言える。トレチャコフの「自伝インタビュー」という、当事者による語りに特化しているはずのジャンルは、その最初の作品『デン・シーフア』においてすでに、当事者の語りは虚偽を含む可能性があるということ、そして、これまで語らなかった者が語り出そうとするとき、都合の良い、耳ざわりの良いことを語り出すとは限らないし、代理人を介した語りにはなかった事実が明らかになってしまう可能性があるということを、前景化していると言える。

ソ連において、欧米列強の犠牲者として中国を表象することは、反帝国主義というソ連のスローガン、そして中国の支援者として極東の政治に介入することの正当性を示すプロパガンダに資するものだ。その意味において欧米列強による被抑圧者としての中国の苦しみを、ソ連が利用してきたという側面は否定できない。そんななかトレチャコフは、中国にこれまで与えられてきた（トレチャコフ本人も与えてきた）「犠牲者」という性質を剝奪することで、犠牲者プロパガンダから脱却しようとしたと考えられる。ここにあらわれているのは、ある集団や人物が、搾取なり抑圧なりの犠牲者であるという性質自体に、「価値」を見出すべきではない、という考えではないだろうか。

おわりに――犠牲者の表象という搾取

社会構造の問題や不正義のために、ある特定の人々や特定の集団のみが集中的に苦しみを経験するということが、世界では常に起こってきたし、現在もそれは続いている。構造的暴力の犠牲者たちの状況を知り、一人一人がその改善に向けて意識を高めることは、その苦しみを生む社会の一員としての責務であるというのが、「社会的苦しみ（social suffering）」の核をなす考え方だ。(40) ただし、構造的暴力の犠牲者について語ることが社会にとって意義のあることだとしても、語ること自体が搾取になりうるという緊張感が、犠牲者表象にはつきまとう。

ジョン・スタインベックは一九三八年、『ライフ』誌の取材として貧民キャンプを訪れたのち、その経験を記事にすることはできないとして、「とにかく、あの人たちでお金を稼ぐなんてことはできない。〔略〕彼らの苦しみはあまりにも巨大で、彼らで利益を得ようなんて、私には考えられない(41)」と書いた。同じ頃のアメリカではジェイムズ・エイジーも、『誉れ高き人々をたたえよう』の取材のため、アラバマ州の極貧小作農の一家に一ヶ月程度泊まり込んで、その窮状を写真と文章でまとめたが、自分たちがしているのはほかならぬ搾取であるという感覚に苦しんでいた(42)。ここに見られるのは、加害と被害という関係性から解き放たれた、透明な存在として犠牲者に寄り添うということが不可能であるなか、犠牲者を表象することは彼らを搾取することにもなるという罪悪感だろう。

一九二〇年代から三〇年代にかけて、「犠牲者性」を強調する表象が増加したが、この延長線上に、加害者と犠牲者という二項対立において、犠牲者であることを優位とする価値観が形成されたと考えられる。そこからは、第二次世界大戦以降には自国民を犠牲者として位置付けることで加害者としての側面を後景化する「犠牲者意識ナショナリズム（Victimhood Nationalism)(43)」、また二〇一〇年代以降に顕著となる「犠牲者文化（Victimhood Culture)」への道が続いている。犠牲者文化と呼ばれる現代的な道徳規範・感情規範は、自己を犠牲者化すること（self-victimization）によって承認させようとする傾向を指すが、これはささいな出来事を過度に深刻に捉える傾向を後押しするため、精神疾患の原因になっているとされる(44)。トレチャコフ『デン・シーフア』の中国人主人公は殉死者でも被害者でもなく、さらに、主観的語りの虚偽性を暴露する存在だ。主観的語りを軸にして社会構造を捉えることは、世界を加害者集団と犠牲者集団へと二分することにもつながるし、その一元的世界観は社会に分断を、個々人には病理を与えるだろう。トレチャコフは『デン・シーフア』を通して、「犠牲者性」に価値を置くということ自体への批判を自己言及的に示したと考えられるだろう。

（1）Gavin Jones, *American Hungers: The Problem of Poverty in U.S. Literature, 1840-1945* (Princeton and Oxford: Princeton University Press, 2008), pp.1-8.

（2）詳しくは、次の論考を参照した。Paul Farmer, "On Suffering and Structural Violence: A View from Below." Arthur Kleinman, Veena Das, Margaret Lock eds., *Social Suffering.* (California: University of California Press, 1997). 邦訳は、ポール・ファーマー「人々の「苦しみ」と構造的暴力――底辺から見えるもの」、A・クラインマンほか、坂川雅子訳『他者の苦しみへの責任――ソーシャル・サファリングを知る』（みすず書房、二〇一一年）。

（3）«Помни! Пролетарий!»（映画『ストライキ』より）。

（4）敵の残虐さを強調することで、自己の戦争の正当性を主張するプロパガンダは中世から存在するが、特に第一次大戦の際に顕著に見られた。Arthur Ponsonby, *Falsehood In War Time: Containing An Assortment Of Lies Circulated Throughout The Nations During The Great War* (Whitefish: Kessinger Publishing, 2010).

（5）一九二七年に一部が『新レフ』誌上で発表されたのち、一九三〇年に完全版の初版出版、一九三二年に増補版出版、一九三五年にはさらに修正版が出版されている。本章では一九三〇年版を参照した。

（6）ベンヤミンはトレチャコフ論として、スピーチ「生産者としての「作者」」（一九三四年）をパリ・ファシズム研究所において行なっている。ヴァルター・ベンヤミン「生産者としての「作者」」、ヴァルター・ベンヤミン、浅井健二郎編訳、土合文夫ほか訳『ベンヤミン・コレクション3　思考のスペクトル』（筑摩書房、二〇一〇年）。

（7）トレチャコフがインタータイトルを担当した『戦艦ポチョムキン』（一九二五年、セルゲイ・エイゼンシュテイン監督作品）も、実際のポチョムキン号の反乱事件においてはなかったとされる、オデッサの階段で市民が虐殺される場面が有名である。

（8）労働者・農村通信員運動について、詳しくは以下を参照。*Peter Kenez, The Birth of Propaganda State: Soviet Methods of Mass Mobilization, 1917-29.* (Cambridge: Cambridge University Press, 1985), pp.224-239; Jeremy Hicks, "Worker Correspondents: Between Journalism and Literature," *The Russian Review* 66 (4), 2007, pp.568-585. 基本的には匿名であることから、労働者・農村通信員の数は明確にはわからないものの、一九二四年には一〇万人が、一九二六年には四〇万人が労働者・農村通信員だったとされる。

（9）広大なソ連に暮らす人々が、政治的なことや国家レベルの問題を、自分の周囲にも関係のあることとして捉えるために重要なプロパガンダと考えられていた。

（10）一九二四年、エイゼンシュテインによって本物のガス工場で上演されたが、その失敗のために、エイゼンシュテインはその後、演劇から映画へと活動の場を移した。

（11）*Третьяков*, С.М. Речевик: Стихи. М.: Л. Государственное издательство, 1929, С.91.

（12）Jeffrey Brooks, *Thank You, Comrade Stalin!: Soviet Public Culture from Revolution to Cold War* (Princeton: Princeton University Press, 2001), p.33.

（13）Edward Tyerman, "The Search for Internationalist Aesthetics: Soviet Images of China, 1920-1935" (PhD. Dissertation, Columbia University, 2014), p.9. 一九二八年に広州蜂起が起き、共産党勢力が撤退することとなると、記事の件数も激減していく。

（14）Tyerman, "The Search for Internationalist Aesthetics," p.356.

（15）これら三本の脚本はトレチャコフのアーカイヴに残されている。詳しくは、次の箇所を参照した。Edward Tyerman, *Internationalist Aesthetics: China and Early Soviet Culture* (New York: Columbia University Press, 2022), pp.159-168.

（16）Ibid.

（17）次の邦訳がある。トレチャコフ、一條重美訳『鄧惜華（ある中国青年の自傳）』（生活社、一九四二年）。ここでデン・シーフアという名前に対して「鄧惜華」という漢字が当てられているのは、アメリカ版の英訳の表紙に「鄧惜華」という漢字が記されていることに由来するものである。Sergei Tretiakov, *A Chinese Testament: The Autobiography of Tan Shih-Hua* (New York: Simon and Schuster, 1934). ただし、本文中でシーフアが説明する、名前の漢字の意味は、「惜華」の意味とは合致しない部分もあり、本名は「高世華」という漢字表記であるとされる（Tyerman, *International Aesthetics*, p.187.）。ここではロシア語の表記を片仮名にする形で「デン・シーフア」と記載する。

（18）Igal Halfin, *Terror in My Soul* (Cambridge, MA: Harvard University Press, 2003).

（19）Tyerman, *International Aesthetics*, p.198.

（20）«Все индивидуальные различия загашены высотой.» *Третьяков*, С., Сквозь непротертые очки (Путевка), в: Литература факта: Первый сборник материалов работников ЛЕФа / Под ред. Н. Ф. Чужака, М.: Федерация, 1929, С. 232. 邦訳は、トレチャコフ「曇った眼鏡で」、桑野隆ほか編『ロシア・アヴァンギャルド8　ファクト――事実の文学』（国書刊行会、一九九三年）一七三頁。

（21）«Нет действующих лиц. Есть действующие процессы. Сцены ревности, драки и объятия отсюда не видны, а деревни однотипны, как листья кустарника одного вида.» *Третьяков*, Сквозь непротертые очки, С. 232-233. 邦訳は同上。

（22）Tyerman, "The Search for Internationalist Aesthetics," pp.359-365.

（23）«На мне халатик н вышитые цветами туфли поверх белых носков. Босиком ходить нельзя, засмеют. Босиком ходят только кули. Ку значит тяжесть, ли – сила. Кули – это низшие люди, мазанные, грубые, ободранные, извозчики, бурлаки; носильщики, бродячие жнецы, словом, все, кто за медные цяни с квадратной дыркой посередке продают свои огромные коричневые, трудом и аракой налитые клубки мускулов. Я побаиваясь кули» *Третьяков*, Дэн Ши-хуа, С. 18. 邦訳は、『鄧惜華』一六頁を参照した。

（24）«А здесь к вечеру, вытягивая в постели ноющие от бега ноги, а решаю, что обслуживание бедными богатых – не особенно справедливо.» *Третьяков*, Дэн Ши-хуа, С. 168. 邦訳は、『鄧惜華』二七四頁を参照した。

（25）«Разве раньше я знал, что за каторга крестьянский труд.» *Третьяков*, Дэн Ши-хуа, С. 169. 邦訳は、『鄧惜華』二七四頁を参照した。

（26）« — А, может быть, их неправильно обвинили? Может быть, судья постановил несправедливый приговор? — А, может быть, они в разбойники ушли от бедность, когда нечего есть и никто не подает. Поневоле полезешь рукой в чужой карман. Теперь ведь голод всюду. — А не все ли равно, где умирать от медленного голода, в мазанке, или от быстрой пули на площади?» *Третьяков*, Дэн Ши-хуа, С. 185-186. 邦訳は、『鄧惜華』三〇〇頁を参照した。なおトレチャコフは、映画プロジェクトの「青色急行」においても実在する匪賊のリーダーを主人公として、貧困ゆえに匪賊になり、処刑されるという運命の不当性をテーマにしている。

（27）ただし、上海クーデター直後に、シーフアが学生によるデモ活動に参加しているという記述はある。

（28）なお、トレチャコフはその後も中国人青年へのインタビューを続けており、一九三五年には「中国の物語」と題する書籍の出版契約を結んでいる。契約によると、一九三六年六月が原稿の締め切りとされているが、出版はされていない。実際に執筆がどれくらい進んでいたのかは不明である。いずれにしても、一九三七年七月にはトレチャコフはソ連によって日本のスパイの罪状で逮捕されて死刑判決を受け、同年、刑務所の階段から投身自殺を遂げた。Tyerman, *Internationalist Aesthetics*, pp.424-425.

（29）«Книга Дэн Ши-хуа сделана двумя. Сам Дэн Ши-хуа был сырьевщиком фактов, я - формовщиком их.» *Третьяков*, С. М., Дэн Ши-хуа: био-интервью, М., Молодая гвардия, 1930, С. 3. 邦訳は、トレチヤコフ『鄧惜華』一頁。

（30）«Разглядеть подробно свою жизнь – уменье высокой марки. [...] У Дэн Ши-хуа не было этого уменья.» *Третьяков*, Дэн Ши-хуа, С. 3.

（31）«Я рылся в нем» *Третьяков*, Дэн Ши-хуа, С. 3.

（32）«Рассказанная не студентом Дэн Ши-хуа» *Третьяков*, Дэн Ши-хуа, С. 344.

（33）ただし第二部第二九章に関しては、一九三〇年版では、シーフアによる語りではないことが明記はされていない。

（34）«А жизнь еще не рассказана. И интервью, которое я у него беру, вместо кропотливого разглядывания вещей и дней готово скакать огромными прыжками исторических дат и годов. [...] Ладно. Пусть помолчит сам Дэн и пусть про Дэн расскажет профессор Тэ Ти-ко.» Третьяков, Дэн Ши-хуа, С. 344.

（35）第二次五カ年計画期のノルマ超過運動においては、その最初の生産記録達成者であるアレクセイ・スタハーノフにちなんで、すぐれたノルマ超過労働を行った者は「スタハーノフ労働者」に認定された。スタハーノフ労働者に認定されると、モスクワでスターリンに謁見する栄誉のほかにも、さまざまな経済的優遇措置を与えられた。

（36）« — Я сама берусь организовать за год, [...] десять женстих бригад. [...] А потом замолчала. Отерла ладонью лоб и, повернувшись в сторону, тихо-тихо, как уставшая девчурка: – А работать легче, чем говорить...» *Третьяков*, С. Девять девушек. в: Вчера и сегодня: очерки русских советских писателей, 1, Гос. изд-во худож. лит-ры, 1960, С. 316.

（37）«Однажды Ши-хуа не пришел. Ни завтра, ни послезавтра. Ни через неделю. Мне стало понятно – он уехал.» *Третьяков*, Дэн Ши-хуа, С. 390.

（38）« —Его не интересовала политика. Он любил искусство. Он создал танцовальный кружок и хорошо танцовал сам. — Сам танцовал? А что именно? — Но почему он мне ни слова не сказал об этом? — Ему стыдно было признаваться в таких пустяках: революционер, и вдруг — танцы.» *Третьяков*, Дэн Ши-хуа, С. 391.

（39）«У него есть невеста, его троюродная сестра... художница... богатая... в Пекине... Она бывала у него в комнате, и в эти разы на стук он двери отпирал не сразу.» *Третьяков*, Дэн Ши-хуа, С. 391.

（40）前掲（注2）A・クラインマンほか『他者の苦しみへの責任』を参照。

（41）"I simply can't make money on those people. (…) The suffering is too great for me to cash in on it." John Steinbeck, Elaine Steinbeck and Robert Wallsten eds., *Steinbeck: A Life in Letters* (New York: The Viking Press, 1975), p.161.

（42）Robert Zaller, "Let Us Now Praise James Agee." *The Southern Literary Journal* 10, no.2 (1978), p.149.

（43）林志弦、澤田克己訳『犠牲者意識ナショナリズム——国境を超える「記憶」の戦争』（東洋経済新報社、二〇二二年）を参照。

（44）Campbell と Manning によると、「犠牲者文化」とは、「名誉の文化（Culture of Honor）」と「尊厳の文化（Culture of Dignity)」に続き、新しく広まりつつある道徳規範として提唱されている概念である。「名誉の文化」では、周囲からどう思われるかが重要で、もし侮辱を受けたら、自分で主体的に、そして攻撃的に反応しなければ、名誉は傷つけられたことになる。他方、「尊厳の文化」では、侮辱を受けたとしても、人々からの評判を気にしないことが大事とされる。もし無視できないことが起こったら、警察に通報するなどの手段を取る。「犠牲者文化」は、周囲からの評判を気にする点では「名誉の文化」と同じだが、問題を自分で解決するのではなくて権威に頼るところは「尊厳の文化」と同じ傾向を持つ。アメリカで「犠牲者文化」が広まった理由として、Campbell と Manning は二〇一〇年代以降の、教育機関におけるマイクロ・アグレッション通報制度の導入と普及を挙げている。Bradley Campbell and Jason Manning, *The Rise of Victimhood Culture: Microaggressions, Safe Spaces, and the New Culture Wars* (London: Palgrave Macmillan, 2018).

西岡あかね

ネオ・ダダの都から転換の都市へ

村山知義が描いたベルリン

はじめに

ある同一の対象が、研究の分野によって全く違った捉え方をされるということが時々ある。美術史家からは新興芸術運動の旗手として高い評価を得る一方、文学研究者にはプロレタリア文学運動を代表する演劇人として知られる村山知義（一九〇一〜七七）はその好例だろう。村山自身も戦後の回想記の中で、プロレタリア文学運動に参加する以前の自分の芸術観は、芸術の社会性を無視した「観念の遊戯」に過ぎなかったと断じ[1]、自分の思想にある転換があったことを強調している。さらに彼は、当時の作品はほとんど焼失してしまい、「記憶もだんだんに薄れて来ているので、間もなく、消滅してしまうことだろう[2]」と述べ、「アヴァンギャルド時代」が消えた過去の一挿話であるかのように振る舞っている。しかし、本当にこの「アヴァンギャルド時代」の芸術実践は、村山の「その後」の活動とは何の関係も持たない、閉じられた営為だったのだろうか。

村山の思想的変化の証左として、ジェンダー秩序の攪乱を狙ったおかっぱ頭から、プロレタリア文学運動の闘士らしいザンギリ頭への変貌が語られることがある[3]。マヴォ時代の村山は、自分がおかっぱ頭にする理由についてマニフェスト的なエッセイまで書いているから[4]、そのこだわりの髪をばっさりと一分刈りにした姿に、彼のアヴァンギャルドとの決別を見るのはたやすい。しかも村山は、単に髪を切っただけではなく、一分刈りの姿を写真に撮らせ、プロレタリア演劇仲間のコメントまで添えて、この変身を文芸雑誌上でお披露目しているのだ[5]。しかし、移行期に彼がこうした自己演出を必要としたということ自体がむしろ、アヴァンギャルド芸術とプロレタリア文学という、村山のキャリアにおいて分裂した印象を与える二つの時期の関連性を浮かび上がらせてはいないだろうか。

そもそも、アヴァンギャルド芸術運動とプロレタリア芸術運動はともに、尖端的な前衛意識を持って、現存する芸術システムからの離脱を主張する対抗文化であり、既存の芸術実践との差異を、自己演出的なパフォーマンスや自伝的語りの集積を通じて自ら作り出す必要があった。(6) この文脈においてみると、村山が行った髪型の選択は、まず現実をパフォーマンスによって作りだし、その後、テクストの語りによって演出された現実に意味付けを行い、定着を図るという、アヴァンギャルド芸術運動にもプロレタリア芸術運動にも共通する態度を示したものだと言える。(7)

以上のような背景を踏まえて、本章では、村山がプロレタリア文学時代の作品の中で、彼がアヴァンギャルド芸術家となったベルリン体験をどのように描き、どのようにアヴァンギャルドとの決別を演出しているかをたどってみたい。そこから見えてくるのは、アヴァンギャルド芸術運動とプロレタリア文学運動の微妙な連続性と構造的類似性、そしてこのドイツの都市が、戦前の日本における二つの「前衛」のイメージ形成に与えた影響である。

1 Berlin 1922

「Berlin 1922」と画中に書かれた、村山知義の制作年不詳のイラスト〔図①〕がある。壁に描かれた「Gott 神」の文字と、ベッドの上に置かれた「Kunst 芸術」という本、そしてキャンバスを立てたイーゼルの組み合わせは、当初、原始キリスト教を勉強するために渡独しながら、現地で表現主義やイタリア未来派、構成主義などの前衛

図① 村山知義「スケッチ」（制作年不詳／『すべての僕が沸騰する 村山知義の世界』村山知義研究会編、読売新聞社、美術館連絡協議会、2012年、128頁）

芸術と出会ったことをきっかけに画家となっていった、村山のベルリン留学体験と対応している。

村山がベルリンに滞在した一九二二年は、ハイパー・インフレーションの始まりの年に当たる。挫折した革命の余波の中で共産主義者の一揆と右派のテロが頻発し、通貨の急激な下落を受けて、利子生活者を含む伝統的な教養市民層が困窮する一方、巨大コンツェルンが成長し、外貨を持った外国人は為替相場の恩恵を受けた[8]。村山のイラスト中、ハイヒールとストッキングを脱ぎ捨てて裸でベッドに横たわり、「アメリカ人」と声を上げる、モデルらしき女性の姿は、インフレによる経済力の格差を背景にした、外国人男性とドイツ人女性のいびつな関係を暗示している。

零落した市民階級の子女が外国人の愛人になるというモチーフを、村山は帰国後の作品で繰り返し取り上げている。例えば、イラストと同じタイトルの短編「一九二二年」には、叔母のすすめでイタリア人や日本人を誘惑する少女ゲルダが登場する。イタリア未来派の詩人ヴァッサリと、村山と和達《わだち》知男（一九〇〇～二五）と思しき「二人の日本人」の交流を軸に、マルクの下落を喜んだ外国人が銀行に押し寄せる様子や国粋主義の高揚、民衆の暴動などを描いたこの小説は、これまで、村山のベルリン体験を反映した一種の自伝的・歴史的資料として読まれてきた[9]。事実、作中には、一九二二年一月公開の映画『フリードリヒ大王』や、六月二四日に起こったヴァルター・ラーテナウ暗殺事件、また一一月のゲルハルト・ハウプトマン生誕六〇年祭といった、歴史的出来事への言及がある。しかし、同時にこのテクストには、多くの先行する文学的イメージや絵画的モチーフに加えて、後に読書などによって得たと思われる後追い的な知識も取り込まれている。

すなわち、作中、マドモワゼル・ボグスラヴスカヤがホテルの窓から見た、「不思議な人間機械」と化した、「両脚がない、三つの小さなゴム輪の車がその代用をしている」[10]廃兵のイメージは、一九二〇年のダダ・メッセで展示された、オットー・ディックス（一八九一～一九六九）の「傷痍軍人たち」〔図②〕とよく似ている。[11]また、「小さい日本人の一人」が、電灯が壊れた真暗な階段を上って、少女ゲルダの住む部屋に行くシーンには、[12]『舞姫』の豊太郎とエリスの出会い[13]をトレースしたような既読感があり、リアルさよりも作りものめいた印象が強い。インフレーションが引き起こした混乱の描写も非常に誇張されたもので、一九二二年当時の状況を描いたというよりも、村山も帰国後に聞き知っていたであろう、一九二三年の破滅的ハイパー・インフレーションを連想させる。つまり、村山が描いた「一九二二年」のベルリンは、かの地に留学した日本人インテリたちの間で共有され、蓄積された、虚実ないまぜの多層的なイメージをコラージュのように貼り合わせて形成した、空想のテクスト空間なのだ。その際、村山はこの虚構の都市空間を、小説の副題が示す通り、「一つの魔窟」として描き出しているが、

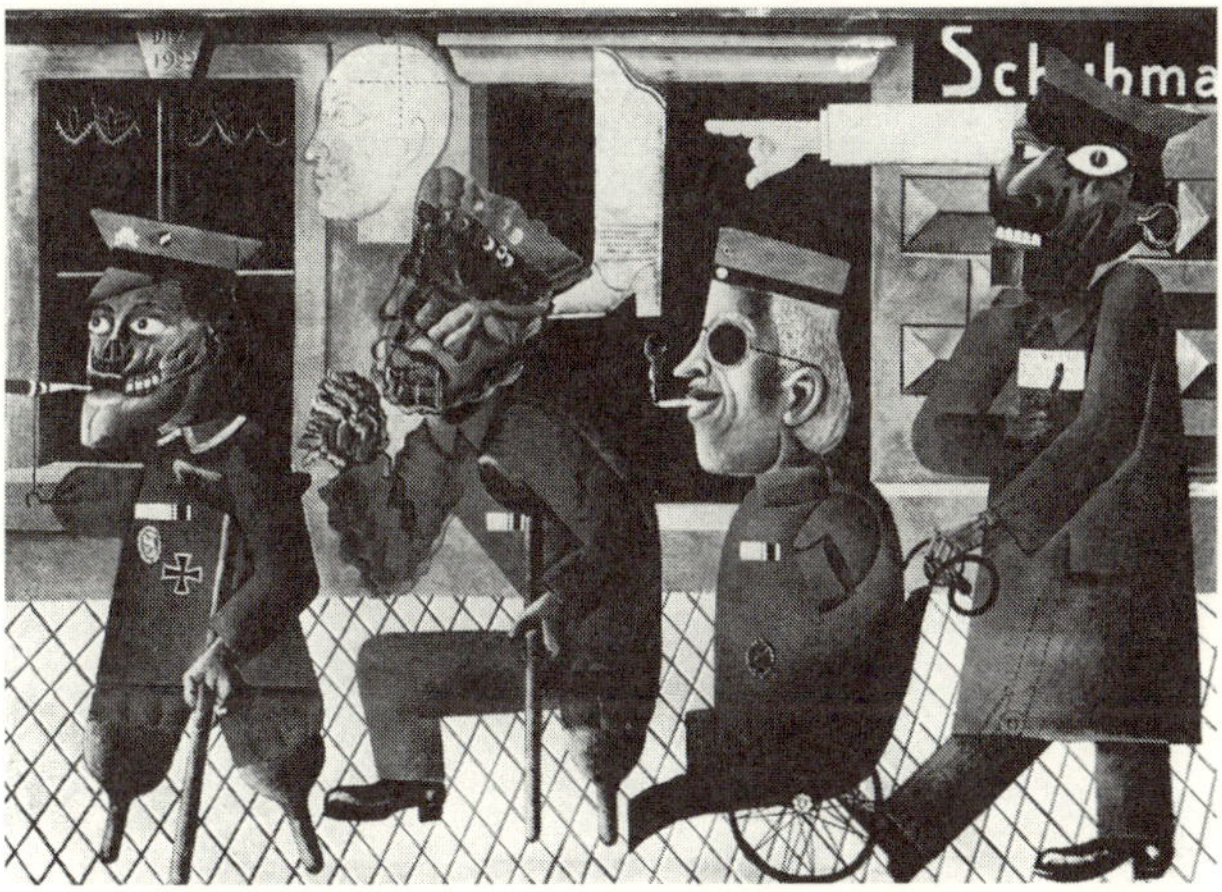

図②　オットー・ディックス「傷痍軍人たち」（1920年／『オットー・ディックス展』神奈川県立近代美術館、兵庫県立近代美術館、宮城県美術館編、朝日新聞社、1988年、59頁）

魔窟都市ベルリンというイメージは、一九二〇年代後半に書かれた村山のすべての作品に一貫して現われ、貧困、売春、労働者街といった、いかにもプロレタリア文学的なモチーフと絡み合っている。

それにしても、村山の「魔窟」は奇妙に明るく、まるでレビューのようなドタバタ劇の様相を呈している。そこには、村山が熱心に受容した、ディックスやジョージ・グロッス（一八九三～一九五九）の絵画に見られるような、性に対するグロテスクなまなざしも、強烈な社会批判的視点も見られない。この深刻さが欠如した、明るくカオス的な魔窟都市ベルリンのイメージは、当時の村山が掲げていたネオ・ダダイズムの構想と連動している。

2　シナリオ「女優」――ネオ・ダダの都 ベルリン

村山のネオ・ダダイズム構想は、雑誌『マヴォ』の最終盤から、彼が次第に社会主義に興味を持ち始める一九二六年にかけて、いくつかの雑誌記事で散発的に展開された。村山によれば、新しい時代の芸術にはネオ・ダダイズムと構成主義の二つのタイプがあるという。「社会的な集団的な権力意思[14]」に基づいて普遍性と客観性を志向する後者は社会主義の芸術であり、その本質が「建設」にあるのに対し、前者は破壊と闘争を行う「革命芸術」であるという[15]。したがって、「現在の日本のやうな、破壊の時代、階級闘争の時代[16]」には、構成主義は単なる流行として否定されなくてはならず、むしろネオ・ダダ的破壊を促進することによってはじめて、次代の芸術である構成主義を「無産階級の芸術に転回[17]」することが可能になると村山は断じる。では、村山自身はこの構想の中でいかなる役割を果たすのか、彼はこんな風に書いている。

しかし私がインテリゲンチャであるといふ事実は神様でもどうも変えやうがない。だからもしあなたが私を放逐しようといふなら自由に放逐してくれ給へ、私は私で自由に没落する。そしてこれは私自身の趣味だが、私はその没落を勇敢にやらうと思ふのだ[18]。

村山は、「インテリゲンチャ」としてネオ・ダダイズムを推進することで旧世界の破壊を促進し、「勇敢に」滅びる役割を自らに課すことで、前衛芸術をプロレタリア芸術の発展プロセスに組み込もうとしている。その構想に合わせて、以後の村山の作品では、前衛芸術家としての出発点となった、一九二〇年代初めの坩堝のような大都市ベルリンのイメージが、この「勇敢な没落」の舞台へと再編されてゆく。「一九二二年」と同時期に書かれたシナリオ「女優」がその典型的な例だ。

村山が「心座」で演劇活動を本格的に開始してからほぼ一年後、一九二六年八月に書かれたこのテクストは、一九二六年と二七年の二年間、ある「大都会」を舞台に、「新しい劇場」の建設と活動を描いている。劇場の外観は築地小劇場を連想させるが、その外部の都市風景には、前述のディックスやグロッス［図③］が描いた、混乱と暴力が支配する革命直後のベルリンのイメージが映し出されている。

> そこらに一人でポツンとしたり、大勢で波打つたりしてゐるのは完全な人間ではなく、破壊された人間か、修繕された人間か、或ひは全く人間ではなくて人形である。／修繕された人間が軍服を着て歩いて行く。

図③　ジョージ・グロッス「市民の世界」（1920年／George Grosz, *Ecce Homo*, Introduction by Henry Miller (New York: Grove Press, 1966), 18.）

〔略〕女を二三人腰のあたりにブルさげた腸詰製の腹をした会社の重役。芸術家と称する小人。道々悪汁を垂れ流して行く悪女。そんなたぐひの者がうねりくねり、重なり合ひ、薄くなり濃くなりして、大都会をひたしてうごめき廻つてゐる。(19)

一九二〇年代初頭のベルリンと震災後の東京のイメージが重層的に折り重なる、この架空の大都市で、長髪で「宣伝狂」の「形成芸術家」吉本と、「ザンギリ」頭の演出家が新しい劇場に関わってゆく。マヴォ時代の村山をモデルにしたような吉本が「意志の弱さ」(20)ゆえに劇団の仕事から離脱するのに対し、もう一人の分身である演出家は、「多分に個人主義的」でありながらも、「個人主義的な見地は排斥され、共同的全体としてのみ動くことになってゐる」劇団の一員であることに満足している。(21)プロレタリア演劇運動への参加表明とも解釈できるような設定だが、村山がこのテクストで描いた劇場は、様々な形態と色彩が入り乱れ、奇妙なオブジェが氾濫する「曲馬」(22)のような見世物というダダ的なもので、村山自身が一九二三年に翻訳紹介している、カンディンスキー（一八六六～一九四四）の「舞台コンポジション」の理論や、イタリア未来派の「驚異の劇場」構想の影響も感じられる。(23)

村山が留学中に体験した、ベルリンの前衛芸術シーンともオーバーラップするこの演劇空間で、一度は新しい劇団の名前なき一員となった演出家は、一人の女優の演技が、「旧世界的なアトラクシオン」(24)を発散し、名付け難い「先験的なもの」(25)の存在を垣間見せる様に心を奪われ、次第にこの劇団における「番号の生活」(26)から離脱し、遂には彼女と心中してしまう。超越的意味の象徴である女優を失った劇場は、「醜怪劣悪な喜劇」(27)を繰り広げながら崩壊し、それに「同じく番号の生活をめざし、「革の上衣を着る人達」〔略〕の一団」(28)がとってかわったところで物語は終わる。「革の上衣を着る人達」とは、ボリス・ピリニャーク（一八九四～一九三八）の小説『裸の年』に登場する、新世界の建設に情熱を燃やす革命的な男性たちを指している。ネオ・ダダ的解体の後に未来の芸術たる構成主義が現れるという、上述の構想を脚色したようなストーリーだが、村山がこのテクストでスポットライトを当てているのは後者の登場ではなく、組織と完全に一体化することができず、没落してゆくインテリゲンチャの姿である。


——俺達は「革の上衣」を着ることが出来ない。どういふ理由でか、それは俺達の身体に合はない。或ひは「上衣」の方で俺達に悪意を持つてゐるのかも知れない。

——俺達は解体することも出来ない。

——俺達は神を失つた。

——俺達にはもう救ひの道はないのか。

——俺達に最後の手段を与へてくれ![29]

ここでは、没落は不可避の、しかしある種の選び取られたものとして、ニーチェ的な朗らかさで肯定的に描かれている。しかし、村山自身のプロレタリア文学に対する立場の変化と連動する形で、このテーマは次第に陰鬱な否定性を帯び始める。それと同時に、テクスト空間としてのベルリンも、前衛的インテリゲンチャが勇敢に没落するネオ・ダダの都から、小市民的インテリが断罪され、労働者が階級闘争に目覚める舞台へと姿を変えてゆく。

3　西部から労働者街へ——転換の都市ベルリン

一九二六年から翌年にかけて、村山はハイパー・インフレ期のベルリンを舞台とした、自伝的な性格を持つ短編と戯曲をいくつも書いている。これらのテクストはおおむね写実的スタイルで書かれており、従来は村山のベルリン留学時代の生活を推測させる資料として読まれることが多かった。自伝の記述によると、村山はベルリンで二度引っ越している。最初は、西部の目抜き通りクーダムのランドマークである、カイザー・ヴィルヘルム記念教会から近いアウグスブルガー通りのブルジョワ家庭に、永野芳光（一九〇二〜六八）と同居する形で下宿し[30]、二度目は少し郊外に出たヴィルマースドルフのメーリッツ通りの「労働者街」に一人で下宿し[31]、さらにその三か月後に、一度は別居した永野の後を追って「さらに場末」（シュテグリッツのどこからしい）に引っ越したという[32]。この詳細不明の第三の下宿が、上述の作品群の主な舞台になったというのだが、それは戦争未亡人が息子と娘と暮らす住居で、村山の部屋の隣にはドイツ人夫婦が間借りし、階下にはゲルダというユダヤ人少女の一家が住んでいたとされる。

しかし、美術史家の五十殿利治が行った最近の資料的調査によると、村山の第二の下宿は別居したはずの永野と同じ住所にあったことが分かっており[33]、自伝の記述とは矛盾している。確かに、戯曲「勇ましき主婦」「書記の妻」「仕事行進曲」と、小説「罵られた子供」の舞台は第三の下宿に関する自伝の記述と似ているが、永野と村山をモデルにしたらしい小説「リヂアの家」はメーリッツ通りを舞台にしており、この小説の設定がその他作品とも共通している。したがって、五十殿に倣って、第三の下宿である「労働者街の「場末」の環境」こそが、「村山にとって創作の源泉となるような深刻な体験の場となった[34]」と言い切るのは早計だろう。

そもそも第三の下宿の存在自体に疑わしい部分があるのを別にしても、自伝の記述の中には不可解な部分がある。すなわち村山は、西部の中心地シャルロッテンブルクにあった、ブルジョワ的な家庭から労働者街へ引っ越したというのだが、第二の下宿があったヴィルマースドルフはシャルロッテンブルクに隣接する市民的な地区で、アレクサンダー広場より東側の地域やヴェディングなどの北部地域にあった、いわゆるミーツカゼルネ（兵営のような劣悪な団地）が建ち並ぶような労働者街ではない。この区にはグルーネヴァルトのような瀟洒な邸宅が建ち立ち並ぶ高級住宅地もあり、一九二二年に暗殺されたラーテナウもここに住んでいた。また、もし本当に第三の下宿がシュテグリッツにあったと仮定したとして、この地区は一九二〇年の「大ベルリン法」発効後にベルリン市の一部になった郊外地域で、ワンダーフォーゲル発祥の地となったことからも分かるように、市民的なミリューであった。そもそも、いわゆる労働者街の家族が三室もある住居に住んでいるとは考えづらく、自伝の中にも、ゲルダの家族が室内楽を演奏していたという回想など(35)、労働者街とは相いれない記述が見られる。作品中にも、「勇ましき主婦」がインフレで貯金が無価値になったのを嘆くシーンや(36)、「罵られた子供」の母親が戦前にしばしば国立歌劇場を訪れたと話すシーン(37)があり、いずれも労働者というよりは、インフレの打撃を受けた金利生活者を示唆している。さらに付け加えると、「罵られた子供」の家はウンター・デン・リンデンの国立オペラから歩いて帰ることのできる場所にあることになっているが、国立オペラから（実際に労働者街のあったアレクサンダー広場の東ならとにかく）七キロ以上離れたヴィルマースドルフやシュテグリッツまで子供が歩けるかは疑問であり、「労働者街」という設定と無理につじつまを合わせた感は否めない。

つまり、村山のベルリン作品群は、ブルジョワ的西部地区から労働者街へという虚構の越境を、作者自身の分身ともいえる主人公の小市民的日本人インテリに行わせることで、没落した教養市民の落魄を、労働者の困窮へと読みかえてゆくのだが、その際、各テクストは、インテリゲンチャの没落という同一のテーマを変奏曲のように展開している。

一九二七年三月に発表された「リヂアの家」は、日本人留学生の吉田が、瀟洒なアウグスブルガア街からうらぶれたメーリッツ街に引っ越してきたところから始まる。

　リヂアの家は伯林の南の隅のメーリッツ街にあった。メーリッツ街は這入ったと思ふともう出てしまふ短い——たった十五間程の——通りで、片側はずつと低い倒れかゝつた石垣の塀で占領されてゐた。〔略〕要す

るに此の街は、生まれつきせむしか何かで日陰者になってゐる影の薄い男の子みたいなものであった。(38)

街ともいえないこの通りに、吉田の友人、松本も引っ越してくる。三か月後、吉田の恋人である下宿の娘リヂアの妊娠が発覚する。彼女は堕胎し、吉田との関係をズルズルと続けるうちに、母エミリエや兄ワルターの生活も荒れ始め、何の解決も見ないままに、階級意識を持たないドイツ人労働者と二人の日本人インテリの共依存関係が続いてゆく。

かうしてこの一群のルムペン・プロレタリアとプチ・ブルジョアとは循環論法のやうなラビリントの中で終りのない堂々めぐりをして行くのであった。彼等は出口を探さうとさへしなかった。出口は彼等の眼の前に門を開けてゐるにも拘らず。(39)

この小説でも「舞姫」的なモチーフが登場している。もっとも、明治の公費留学生である豊太郎は、個人主義の目覚めと共にエリスと関係し、彼女を破滅させながらも、自身は公の立身出世の世界に脱出し、おそらくは立派な市民へと成長したのだろう。それに対して、大正の私費留学生、吉田と松本は、インフレの助けを借りて鼻持ちならないエゴイズムを肥大させ、「リヂアの家」に居座るが、遂に金を使い果たし、「没落の淵に向つて一直線に疾走して(40)」ゆく。しかし、二人のインテリの「没落」には、あのネオ・ダダ的な明るさはない。村山のネオ・ダダ構想の中では、身体的不具や病のモチーフが市民的健全さに対抗する原理として肯定的に用いられていたのに対し、「リヂアの家」がある「生まれつきせむしか何かで日陰者になってゐる影の薄い男の子みたいな(41)」メーリッツ街のイメージは、リヂア一家のみじめさと、主人公二人が立てこもる、歪んだ、陰険な自意識のメタファーとなっているのだ。

吉田と松本はそれぞれ永野と村山がモデルになっているとされるが、この二人の姿は、「洋行」さえしてくれば一流のエリートという階層付けがされるような当時の日本の文化風土を背景とした、日本人留学生一般のメンタリティを体現しており、その意味では両者ともに村山の分身と見なすことができる（「吉田」という名が、シナリオ「女優」に登場した、マヴォ時代の村山の文学的自画像ともいえる「宣伝狂」の芸術家「吉本」と一文字違いでよく似ていることにも注意すべきだろう）。二人の分身に対する露悪的・自虐的態度には、一九二六年後半以降プロレタリア芸術に接近していった、村山の作家としての立ち位置が反映されている。では、小説のラストシーンではほのめかされた「目の前に門を開けてゐる」出口はどこにあるのだろうか。それに答えたのが、「リヂアの家」の構図を反転させた戯曲「仕事行進曲」だ。

この戯曲も一九二七年三月に発表されている。舞台は、ラーテナウ暗殺直後のベルリンである。エミリエは生活のために日本人画家、服部を下宿させ、娘のリアと彼の関係を取り持とうとしている。服部は表現派風の絵を描く「プチ・ブルジョワ的個人主義者(42)」であり、自分が「普通の人とはくらべ物にならないような非常に豊富な思想と感情と表現手段(43)」を持った芸術家だと自負している。プロレタリア運動の活動家である兄カアルは、依頼したポスター制作を服部に断られたことに反発して、服部に対して「個人主義的な壁を打壊して、大きなプロレタリア全体(44)」の中で働くことこそが芸術家の自由だと説く。服部はカアルとの議論に耐えられずに家を出ていく。暮らし向きを心配するエミリエに、カアルは「反動勢力(45)」と手を切るよう促し、エミリエは彼の意見を受け入れる。服部に惹かれていたリアは悲しむが、やって来たカアルの仲間たちに笑顔で応じ、みながポスター制作の仕事にかかり始めるところで幕となる。

階級意識に目覚めてプチ・ブルジョワの「反動勢力」と決別する労働者一家という、解釈の余地がないほど明確な物語の中で、芸術家個人と組織という問題が繰り返されている。しかし、カアルやエミリエ、リアの「出口」は明示されているのだが、カアルに断罪されて出て行った服部がどこに向かったのかは語られない。村山は、エミリエ一家の変化と共に階級闘争の都市へと語りなおされたベルリンの中で、この「プチ・ブルジョワ的個人主義者」を行方不明にすることで、アヴァンギャルド時代の自分との決別を誇示しようとしたのだろうか。

一九二七年以後に書かれたベルリン小説「父と娘」には、もう日本人インテリは出てこない。今度は、一度はブルジョワの男と関係を持ち、彼との結婚を願いながらも、結局は自分を裏切った男への個人的な恋愛感情を捨てて、階級意識を強めてゆく労働者の少女の姿が描かれる。(46) 舞台も架空の労働者街に書きかえられた西部地区ではなく、藤森成吉が「転換時代」の舞台としたような、北東部のモアビット、アレクサンダー広場、ノイケルン、フランクフルト街など、伝統的な労働者街に変化する。(47)

それだけではない。一九二九年一一月に書かれたエッセイ「少女と戦争」では、西部地区に住んでいたはずの村山が、既に留学中に東部地域に足を踏み入れ、平和主義アナーキスト、エルンスト・フリードリッヒ（一八九四～一九六七）主宰の「インタナショナル反戦博物館」を訪れたことで、プロレタリア文化運動に目覚めていたことに記憶が書きかえられているのだ。

いふまでもなく当時のドイツの無産階級は、戦争の惨禍を骨の髄に徹して感じてゐた。〔略〕そのころ私はベルリンのパロヒアル街で妙な家を見付けた。〔略〕私は近寄つて、そのシヨウウヰンドウを覗いた。そこには写真が五六十枚並べてあつた。〔略〕それ等の黒と白の紙片を見た時、私の背筋を冷たい水のやうなものが走つた。〔略〕我々の文化運動は写真を除いては不可能なことだといふことを痛感するに至つたのである。(48)

フリードリッヒがアレクサンダー広場に近いパロヒアル通りに反戦博物館を設立したのは一九二五年なので、留学中の村山がここを訪れることは不可能である。もっとも、単なる記憶違いなのか、嘘も含んだ意図的な演出なのかをここで問う必要はない。重要なのは、村山が、その時々の自分の思想的立場から振り返って、そうあらねばならなかったベルリンと村山知義をテクスト的に再構成していることだからだ。

一九二〇年代末には、日本のプロレタリア芸術運動の中でもドイツとの関係の重要性が強調されるようになり、渡独した左派インテリの在独通信が一種の権威を持つようになる。村山もこの時期、しばしば「独逸の同業者」への共感を表明している(49)。こうした背景を受けて、村山は自身のいわば早すぎたベルリン体験を、一九二〇年代後半の日本におけるプロレタリア運動の発展プロセスの中で書きかえていったのだろう。この記憶の書きかえと並行して彼は、乗り越えたはずだった前衛時代の模範であるグロッスやディックスを、今度はプロレタリアートの画家として評価し直している(50)。急速に進むリアリズム路線のドグマ化への牽制なのか、あるいはプロレタリア芸術運動において主導権を握るためのポーズか、またはプロレタリア文学という新しい文脈の中でアヴァンギャルドの成果を捉え直し、独自のプロレタリア文学・芸術史を記述しようとする試みなのだろうか。限られた紙幅で結論を出すことはできないが、村山のテクストの中で変遷するベルリンのイメージは、この都市が日本のプロレタリア文学運動の中で文学的想像力の源泉になっていたことを示すとともに、プロレタリア文学運動が、「決別」という形で、逆説的にアヴァンギャルド芸術運動とつながっていたことも教えてくれる。

(1) 村山知義「私のアバンギャルド時代」(『本の手帖』第三第巻三号、一九六三年五月)一四二頁。
(2) 同前、一四三頁。
(3) 滝沢恭司「小英雄はスタイリッシュ——ファッションに見るマヴォイスト村山知義の近代性」(『すべての僕が沸騰する村山知義の世界』村山知義研究会編、読売新聞社、美術館連絡協議会、二〇一二年)二五二〜二五三頁参照。
(4) 村山知義「ブーベンコップ」(『婦人公論』第一〇巻第九号、一九二五年八月)六三〜六四頁。
(5) 前掲(注3)「小英雄はスタイリッシュ」二五四頁、注五〇参照。

(6)アヴァンギャルド芸術のサブカルチャー的性格と、その運動における伝記的語りの重要性についてはHermann Korte, „Literarische Autobiographik im Expressionismus", in Naturalismus, Fin de siècle, Expressionismus 1890-1918, hrsg. von York-Gothart Mix (München: Hanser, 2000), S. 509-521参照。

(7)村山が自分語りの集積によって自らの文学的キャリアをテクスト的に生成することにこだわっていたことは、彼の自伝が、回想によってではなく、膨大なスクラップブックに蓄積されたテクストを基に書かれたことからも分かる。

(8)ハイパー・インフレーションがもたらしたドイツ社会の構造変化については、デートレフ・ポイカート『ワイマル共和国』(小野清美・田村栄子・原田一美訳、名古屋大学出版会、一九九三年)六〇～六七頁参照。

(9)平井正『ベルリン1918-1922――悲劇と幻影の時代』(せりか書房、一九八〇年)三八七～三八九頁参照。

(10)村山知義「一九二二年――一つの魔窟小説」(『文芸市場』第二巻第七号、一九二六年七月)一一三頁。

(11)村山がこの絵を知っていたかどうかは不明だが、銅版画バージョンも一九二〇年に出版されているので、それをベルリンで見た可能性はある。グロッスも廃兵のモチーフを好んで描いているほか、表現主義の戦争詩にも身体損傷のイメージは頻出する。物量戦の体験を経たドイツのアヴァンギャルドが人間存在に対する強烈な危機意識を投影した、壊れた身体、あるいは壊れた人間というイメージを、村山が独自の文脈で読みかえていることに注目する必要がある。

(12)前掲(注10)「一九二二年」一三一～一三二頁。

(13)森鷗外「舞姫」(『鷗外近代小説集』第一巻、岩波書店、二〇一三年)六三～六四頁。

(14)村山知義「構成派に関する一考察――形成芸術の範囲における」(『アトリエ』第二巻第八号、一九二五年八月)四六頁。

(15)同前、五五頁。

(16)同前。

(17)村山知義「答弁二つ」(『文芸戦線』第二巻第八号、一九二五年一二月)四一頁。

(18)村山知義「或る十日間の日記」(『中央美術』第一一巻第四号、一九二五年四月)七三頁(傍点は原文による)。

(19)村山知義『スカートをはいたネロ』(原始社、一九二七年)三五九～三六一頁。

(20)同前、三七〇頁。

(21)同前、三七六頁。

(22)同前、三八二頁。

(23) 村山知義『現在の芸術と未来の芸術』(本の泉社、二〇〇二年)四五～八六、および二一五～一二〇頁。
(24) 前掲(注19)『スカートをはいたネロ』三九一頁。
(25) 同前、三七九頁。
(26) 同前、三八一頁。
(27) 同前、三九五頁。
(28) 同前、三九一頁。
(29) 同前、三九四頁。
(30) 村山知義『演劇的自叙伝　第二部』(東邦出版社、一九七一年)一二～一四頁。
(31) 同前、七四～八一頁。
(32) 同前、八一～八四、および一二三～一二六頁。
(33) 五十殿利治「村山知義再考――新資料によるベルリン時代」(『近代画説』第二四号、二〇一五年)一三八～一三九頁。
(34) 同前、一三九頁。
(35) 前掲(注30)『演劇的自叙伝　第二部』八八頁。
(36) 村山知義『村山知義戯曲集』上巻(新日本出版社、一九七一年)一四～一五頁。
(37) 村山知義『機械人間』(春陽堂、一九二六年)五二～五三頁。
(38) 村山知義「リヂアの家」(『文芸公論』第一巻第三号、一九二七年三月)一〇六頁(傍点は原文による)。
(39) 同前、一二六頁。
(40) 同前、一二一頁。
(41) 同前、一〇六頁(傍点は原文による)。
(42) 前掲(注36)『村山知義戯曲集』二六頁。
(43) 同前。
(44) 同前、二七頁。
(45) 同前、二八頁。
(46) 村山知義「父と娘」(『戦旗』第一巻第五号、一九二八年九月)。この新しいヒロイン像は、プロレタリア文学の発展過程に文脈づければ、リヂア的な少女の「思想的成長」を描いているともとれるが、ジェンダー論的な観点から見ると、プロレタリア文学のジェンダー・イメージの保守性を浮かび上がらせてもいる。すなわち、ブルジョワの男との関係に焦点を当てることで、このヒロインにはエロティックな、「身を持ち崩した少女」という使い古された文学的イメージが付与されているが、ここではさらに、このイメージが階級闘争の意識と結び付けられて、ヒロインの性的「堕落」と階級的「逸脱」は（男の裏切りという形で）断罪され、最終的に彼女は自分の階級の同志たちのところに戻ってくる。つまり、この村山のテクストは、「悔い改めた女」という伝統的なトポスをプロレタリア文学の文脈で再造形したものだといえる。その際、こうした女性像の背後に、『戦旗』のような雑誌を読むであろう、プロレタリア運動に参加している男性たちの、こうあって欲しいという願望や、彼らが女性たちに向ける性的な視線を読み取ることも可能だろう。同様のヒロイン造形の傾向は、一九二九年一月に『戦旗』（第二巻第一号）に掲載されたベルリン小説「少女と裁判」にも見られる。

(47) 前掲（注46）「父と娘」四四頁。

(48) 村山知義「少女と戦争」（『新選　村山知義集』改造社、一九三一年）三〇五〜三〇六頁。

(49) 『改造』第一一巻第一一号（一九二九年一一月）に発表された「最近ドイツ・プロレタリア文学の傾向」の中で、村山はドイツと日本のプロレタリア芸術家は同じ困難さに直面していると述べた後、「我々は独逸の同業者に、かうして特別の親しみを覚える。早く相互の交渉をもつと密接にしたいものだ」（五二頁）と書いている。

(50) 村山は、上述のネオ・ダダ構想の中では、ニヒリスティックな醜を描くディックスのような芸術はすでに「過ぎ去った」と断じていた（前掲（注14）「構成派に関する一考察」四六頁）が、一九二九年一月発行『アルト』第九号収録のエッセイ「オットオ・デイックス」では、この画家が労働者の息子である点を強調したうえで、「彼の作る戦争画と淫売婦画は恐るべき現実的な力を以つて、資本主義の生む二つの悪に対する憎悪を我々の中に呼び起こす」（一九頁）と称賛している。グロッスについても、村山は当初、ダダ的な破壊性を彼の絵に見ていたが、一九二九年には、柳瀬正夢が編集したグロッス画集に寄せて、「諸君はこの画集で憎むべきものを底の底まで憎むのだ」と書き、グロッスを反ブルジョワジー、反権力の画家と性格づけている（村山知義「正夢の「グロッス」」『プロレタリア美術のために』アトリエ社、一九三〇年、二六四頁）。

中村みどり

中国プロレタリア演劇におけるモダニズムと村山知義

築地小劇場から上海芸術劇社、木人戯社へ

中国の近代劇のはじまりは、二〇世紀初めの東京で行われた「春柳社」の公演だとされる。以来、日本と中国の演劇は密接なかかわりを持ちつづけてきた。このことは、プロレタリア演劇についてもあてはまるといえよう。演劇史において、中国初のプロレタリア演劇団体である上海の「芸術劇社」は、中国共産党によって創設がうながされたことが知られている。しかしながら同社の前史にまで目を向ければ、中国人日本留学生たちによる総合芸術としての演劇の追求という、もう一つの特色が浮きあがってくる。本章では、日本プロレタリア演劇と芸術劇社および人形劇団「木人戯社」とのつながりに焦点をあて、とりわけ村山知義がこれら中国の初期プロレタリア演劇にあたえた影響について考察したい(1)。

1　芸術劇社の概要

はじめに芸術劇社の概要を見てみたいと思う。芸術劇社は一九二九年秋に上海で結成され、当時はプロレタリアを意味する「無産階級」という中国語が普及していなかったため、「新興芸術」をかかげて出発した(2)。その背後にあったのは、南京国民政府による言論統制への危機感である。上海在住の左派文化人の連携が中国共産党によりよびかけられ、翌年には文豪魯迅を擁した「中国左翼作家連盟」も誕生している。芸術劇社の活動の拠点は国民政府の干渉からのがれるため、各国の勢力が入りくみ、そして日本人街がひろがる、虹口《ホンキュウ》の共同租界の越《えっ》界築路《かいちくろ》エリアである竇楽安路《ダラッチ》（現・多倫路《たりん》）に置かれた。結成式には約六〇名の参加があり、新たな演劇に理想を託す一〇代後半から三〇代までの男女が集った式典は、それなりに華やかで活気あふれるものであっただろうと想像できる。

芸術劇社のメンバーは主に三つのグループから構成されていた。中国人日本留学生により創設され、後期の若手メンバーを中心として革命文学へと方向転換した文学団体「創造社」、中国共産党員の作家から成る文学団体「太陽社」、そしてフランス租界の中国人労働者ストライキを支援した、上海芸術大学などの学生演劇のグループである。[3] 芸術劇社の社長には、創造社初期以来のメンバーである鄭伯奇《ていはくき》（一八九五～一九七九）が就任し、そのもとに総務部のほか五つの部門が設けられた。それぞれの部門と代表を挙げると、演出部：葉沉《ようちん》（一九〇四～四〇）、沈端先《ちんたんせん》（一九〇〇～九五）、美術部：許幸之《きょこうし》（一九〇四～九一）、音楽部：陶晶孫《とうしょうそん》（一八九七～一九五二）、文学部：馮乃超《ふうだいちょう》、龔冰廬《きょうひょうろ》、演劇部：劉卬《りゅうかん》など。沈端先は夏衍《かえん》、葉沉は沈西苓《ちんせいれい》の名でも知られているが、これら代表のうち当時党員だったのは、沈端先のみであった。彼らの大半は日本留学経験者であり、演出や舞台美術を重んじる部門の構成は東京の築地小劇場などのシステムを導入したものであったと思われる。そのほか、所属の青年俳優として、劉卬、司徒慧敏《しとけいびん》（一九一〇～八七）、侯魯史《こうろし》、李声韻《りせいいん》、王瑩《おうえい》（一九一三～七四）、陳波児《ちんはじ》らが舞台に立ち、若い息吹で公演を彩った。

第一回公演は、一九三〇年一月六日から八日にかけて、共同租界の虞洽卿《ぐこうきょう》路（現・西蔵《チベット》路）の寧波同郷会館で行われた。演目はフランスのロマン・ロラン作『愛と死との戯れ』（演出：葉沉）、アメリカのシンクレア作『二階の男』（演出：沈端先［図①］）、ドイツのル・メルテン作『炭坑夫』（演出：侯魯史）。フランス革命時の政治的立場を異にする男女の葛藤、盗みに入った失業者から階級の矛盾を知る若夫婦の動揺、炭鉱の悪環境のなかで子を失った男が労働組合の先頭に立つ姿を描いた各舞台であった。つづく第二回公演は、一九三〇年三月二一日から二三日にかけて、北四川路の上海演芸館で行われた。演目は馮乃超・龔冰廬作『阿珍』（演出：侯魯史）、ドイツのレマルク作、村山知義脚色『西部戦線異状なし』（総合演出：沈端先、演出：葉沉）。文学部の馮と龔によるオリ

図①　芸術劇社第1回公演『二階の男』(『沙侖』第1号、1930年6月)

ジナル戯曲『阿珍』では、中国を舞台に役人たちの横暴な共産党弾圧に対する少女の抵抗を描く一方、世界的なベストセラー小説を原作とした『西部戦線異状なし』は、ドイツ人青年兵の目をとおして第一次世界大戦の戦場の悲惨さと非人間性をうったえる舞台であった。翌年に閉鎖されるまで芸術劇社は各地への出張公演も行なうが、上演した『阿珍』以外の海外戯曲はいずれも、一九二〇年代後半に左傾化を深めていた日本の演劇界で上演された作品ばかりである。[4]

2　芸術劇社の前史——村山知義との交流

「青年芸術家連盟」の留学生たち

では、芸術劇社は日本のプロレタリア演劇とどのようにつながっていたのだろうか。同社の前史として、まずは文学団体「創造社」について触れておこう。一九二一年に文学好きの中国人日本留学生が東京につどい、「新浪漫主義」をかかげて結成したのが創造社である。伝統的な文学の枠を破り、青春の性や半植民地化された祖国中国への思いなど個々の内面を語った文芸作品は、中国国内の年若い読者の心をつかんだ。創造社はやがて拠点を上海に移し、メンバーの多くは国共合作の広東国民政府に合流したが、一九二七年の反共クーデター後は離脱し、プロレタリア文芸および革命文学へと転換をはかる。そのうち留学中のメンバーの一部は、日本のプロレタリア演劇の現場に足をはこび、知識や技術の吸収につとめることになる。

その流れの一つとして、一九二八年に日本で美術を学ぶ中国人留学生たちが創設した「青年芸術家連盟」があった。(5) 同連盟には、創造社に出入りし、のちに芸術劇社の演出部代表となる葉沉や、美術部代表となる許幸之のほか、司徒慧敏がいた。中国美術界の改革を求める彼らは、秋田雨雀や同世代の村山知義など日本の左派文化人に講演を依頼している。村山知義（一九〇一～七七）は、ドイツで表現主義の絵画を学び、帰国ののち前衛美術団体「マヴォ」を結成するが、一九二〇年代後半からはプロレタリア演劇へ傾倒し、脚本、舞台装置、演出の多方面で活躍する。また中国の現状を題材とした戯曲づくりにも力を注いでいた。この頃東京美術学校の西洋学科と図案科に留学していた許幸之と司徒慧敏は、晩年に次のように回想している。

> また劇作家の村山知義先生にも講演していただき、日本演劇界の状況を紹介してもらった。一九二九年春、土方与志、丸山定夫氏らが「築地小劇場」から分れて「新築地劇団」を結成した。村山先生らと彼らが合同で中国の港湾労働者の闘争を描いた「吼《ほ》えろ、中国」を上演したが、わたしをそのための舞台衣装、舞台稽古の顧問にした。仕事は演技、メーキャップなどが中国人らしいかどうかをアドバイスすることだった。(6)

> 一八二八年末から一九三〇年の初めごろまでの間、わたしは左翼芸術家連盟の友人たちといっしょに、よく築地小劇場へいって勉強したり、その公演活動に参加したりしていた。たしか中国の「暴力団の記〔ママ〕」や、「西部戦線異状なし」「ガスマスク」などを公演した憶えがある。(7)

日本の新劇の揺籃となった土方与志《よし》と小山内薫の手による築地小劇場は、専用の劇場と劇団を持っていたが、一九二九年に左翼思想をめぐり、劇団は「劇団築地小劇場」と「新築地劇団」に分裂してしまう。司徒の回想に登場する戯曲のうち二つは、村山の作あるいは脚色である。村山作『暴力団記』は、一九二三年に起きた北京と漢江をむすぶ京漢鉄道の労働者ストライキを取り上げており、検閲を受けた後には『全線』と改題し、一九二九年六〜七月、「左翼劇場」により上演された。またレマルク作、村山脚色『西部戦線異状なし』は前述のとおり、時を置かずして上海の芸術劇社で演じられていた。日本では、分裂して間もない劇団築地小劇場と新築地劇団の競演で話題をよび、村山脚色の舞台は、一九二九年一一〜一二月、劇団築地小劇場により上演された。一方、許と司徒がそれぞれ言及する『吼えろ、中国！』（『吼えろ支那』）と『瓦斯《ガス》マスク』は、ともにソ連のトレチャコフ作で、前者はイギリスの帝国主義に抵抗する中国の民衆を、後者はガスインフラを死守するソ連の労働者の姿を描いた戯曲であった。『吼えろ、中国！』もまた劇団築地小劇場と新築地劇団により競演され、それぞれ一九二九年八〜九月、翌年六月に演じられた。『瓦斯マスク』は一九三〇年一〜二月、劇団築地小劇場により上演されている。これらのことを踏まえると、中国人留学生たちは村山がひきいる左翼劇団や分裂後の築地小劇場系の劇団の稽古場にかよい、あわせて中国を題材とした舞台考証をつとめていたことを知ることができる。

本章でさらに言及したいのは、「創造社劇社」、すなわち「創造社」内における演劇グループの東京分社の存在と村山知義の関わりである。中国への帰国前に同社を結成した許幸之らは、秋田雨雀と村山に講演を依頼したところ、葉沉が作成した宣言文の「ブルジョア技巧はいらない」という一文に対して、村山は反対の意を表したという。(8) 結局のところ、警察により同社の活動は中止されるが、参加者の顔ぶれからは青年芸術家連盟の活動とも重なっていた可能性が高い。前記のエピソードは、当時の村山は留学生たちに対して、プロレタリア演劇であっても芸術性をそなえたスタイルもまた必要だ、と主張していたことを伝えるだけでなく、同時にまたプロレタリア演劇に転じたのちも彼の底に根を下ろしつづけていた芸術観を示しているように思われるのである。

村山知義の翻訳者・陶晶孫

さて、創造社内でいち早く日本のプロレタリア演劇の紹介につとめたのは、初期以来のメンバーでもっとも長きにわたり日本に滞在し、芸術劇社では音楽部代表となった陶晶孫である。幼少期から東京に住んだ陶は、九州帝国大学と東北帝国大学で医学と理学を専攻するかたわら、モダニズム風の小説を書き、また大学オーケストラに参加するなど西洋音楽にも造詣が深かった。一九二〇年代後半より、村山知義をはじめとする日本のプロレタリア文芸作品の中国語への翻訳を精力的にすすめ、帰国後に上海で編集した『大衆文芸』誌上でこれらの翻訳作品を発表している。芸術劇社の演劇活動とも歩みをともにしながら、同誌は、中国の現状に関心を寄せる上海在住の日本人ジャーナリスト、山上正義や尾崎秀実《ほつみ》の演劇・文芸評論の中国語訳も掲載しており、当時日中をむすぶもっとも多様性に富んだプロレタリア文芸雑誌であったと言えよう。その新興文学特集（第二巻第四期、一九三〇年五月）に、陶はみずから綴った紹介文「村山知義」を載せていた。以下にその一部を引用してみたい。

村山の前半の作品はいずれもドイツを題材としている。人形劇『やっぱり奴隷だ』『進水式』『砂漠で』『スカートをはいたネロ』はすべて初期の作品である。最近では、中国に題材を取り、『阿片戦争』『全線』などがこれにあたる。前期の作品は、語句の大半が難解であるという欠点があったが、このような傾向はむしろ私の気質にしっくりきた。このため、翻訳を手がけた作品はそれなりの数にあがる。今思い出せる範囲では、「兵士について」「共同ベンチ」『阿片戦争』『やっぱり奴隷だ』『西部戦線異状なし』が挙げられる。(9)

陶が中国語に翻訳した村山作と脚色の作品、そして日中における主な上演の状況を表にまとめると、次頁のとおりとなる［表①］。この表からは、村山の多彩でスタイリッシュな作風を陶が気に入り、一九二〇年代半ばから三〇年初めにかけて翻訳を手がけていたことがうかがえる。たとえば「兵士について」は、ベルリンを舞台にある男の少女との売買春の交渉を実験的なモダニズムの文体で描いた、村山の前衛芸術家時代ならではの小説であった。これに対して『やっぱり奴隷だ』以降は、帝国主義や社会の格差をシニカルに批判した戯曲であり、あきらかに中国プロレタリア文芸界での上演を意識して陶が訳したものであったと思われる。戯曲の半分を占める人

ジャンル	村山知義作・脚色と日本における主な上演	陶晶孫による翻訳と中国における主な上演
小説	「兵士について——一名、如何にしてキエフの女学生は処女にして金をもうけるか？」（『文芸時代』一九二五年九月号）	「関於兵士」（掲載先不明）
小説	「共同ベンチ」（『人間機械』春陽堂、一九二六年）	「公共長櫈」（『大衆文芸』第二巻第一期、一九二九年一一月）
戯曲・人形劇	『やっぱり奴隷だ』（『文芸戦線』一九二七年七月号）／左翼劇場（一九二八年四月、於築地小劇場）	『畢竟是奴隷罷了』（『洪水』第三巻第三四～三五期、一九二七年九月・一一月）／木人戯社（芸術劇社、一九三〇年一月あるいは三月公演で上演されたと思われる）
戯曲	『最初のヨーロッパの旗——一名、阿片戦争』（『劇場街』一九二九年九月号）／劇団築地小劇場（一九二九年八～九月、於本郷座）※上演では江馬修作『阿片戦争』改補として、戯曲は村山作として発表	『鴉片戦争』（『大衆文芸』第二巻第二期、一九二九年一二月）
戯曲・人形劇	『莫迦の治療』脚色（ハンス・ザックス原作、『劇場街』一九二九年一一月号、『戦旗』一九三〇年一月号）／左翼劇場（一九二九年一〇月、於大阪朝日会館・京都華頂会館）	『傻子的治療』（『大衆文芸』第二巻第三期、新興文学特集、一九三〇年三月）
戯曲	『西部戦線異状なし』脚色（レマルク原作）／劇団築地小劇場（一九二九年一一～一二月、於本郷座）	『西線無戦事』（上海の江南書店から出版予定であったが未刊と思われる）／芸術劇社（一九三〇年三月、於上海演芸館）

表①　村山知義作・脚色の陶晶孫による翻訳と日中における主な上演

形劇は、当時日本のプロレタリア演劇でさかんに上演されており、このことは、陶晶孫の上海での人形劇団「木人戯社」の結成に影響をあたえることになるのである。

3　村山知義側の記録——上海芸術劇社・木人戯社とのつながり

創造社は一九二九年二月に上海の租界当局の圧力で閉鎖されたものの、演劇面の活動は、日本から中国へ帰国し芸術劇社に集ったメンバーにより引き継がれた。そして、海をへだてながらも彼らと村山知義の交流はつづく。

それでは、村山側の記録では、芸術劇社との交流の様子をどのように書き留めていたのであろうか。次の引用は、芸術劇社について同時代的な紹介を行なった「上海の左翼劇」（一九三〇年）[10]であるが、これは読売新聞記者でのちに東亜部長をつとめた田中幸利による記事である。村山は自著『演劇的自叙伝・3』（一九七四年）のなかで同記事を引用しながら、芸術劇社とのつながりを次のようにふりかえっている。引用のなかの「註」は村山による補足である。

> 『西部戦線異状なし』といえば、昨年末、築地小劇場と新築地劇団が競演して、日本新劇運動に一つの新しい波紋を投じたが、支那では一足おくれて三月二一日、支那の前衛座といわれる上海の『芸術劇社』がこれを上演して、特異な鋭い効果を挙げた。〔略〕／台本は本郷座でやった村山知義氏脚色五幕一三場をそのまままもって来、村山氏とは手紙の往復によって、演出、舞台装置、効果等について少なからぬ応援を得たそうだ（註―演出台帳や舞台装置を送った覚えがある）。〔略〕演出の葉沈（註―私はこの人と手紙で打ち合わせた）は京都工芸図案科出身、許幸之は上野美術出で、築地にも顔を出したことのある画家〔略〕翻訳および効果の陶晶孫は九大医科および東北理科の出身だ[11]。

これらの記事と註からは、芸術劇社第二回公演での村山脚色『西部戦線異状なし』上演にあたり、村山は演出担当の葉沈と連絡をとり合い、さらに前年の劇団築地小劇場の公演で用いたであろう演出台帳や舞台装置を送るなど、大きな支援を行なっていたことが明らかになるのである。

つづいて『演劇的自叙伝・3』には、スクラップ・ブックに貼られた「何かの当時の中国の本の一ページ」「表ページに「木人戯社、第一次公演預告（ママ）」が出ている」[12]という記述があるが、これは、陶晶孫が上海で結成した人形劇団「木人戯社」の第一回公演プログラム予告にほかならない〔図②〕。その内容は次のとおりである。な

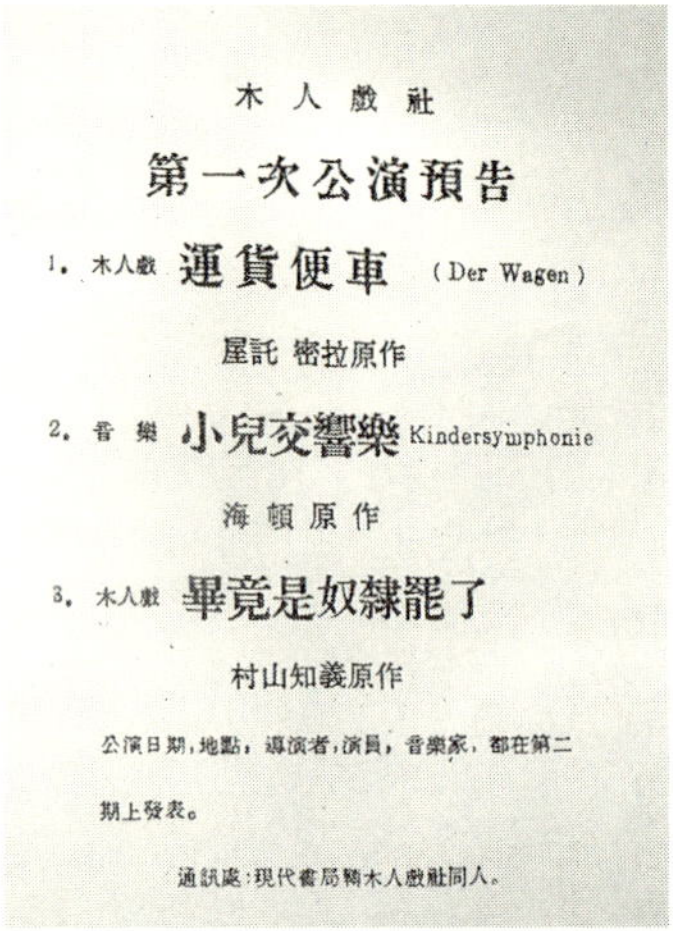
木人戲社

第一次公演預告

1. 木人戲　運貨便車　(Der Wagen)

屋託 密拉原作

2. 音樂　小兒交響樂 Kindersymphonie

海頓原作

3. 木人戲　畢竟是奴隸罷了

村山知義原作

公演日期，地點，導演者，演員，音樂家，都在第二期上發表。

通訊處：現代書局轉木人戲社同人。

図②　木人戯社第1回公演プログラム予告（『大衆文芸』第2巻第1期、1929年11月）

お「註」は村山によるものである。

1　人形劇『荷車（Der Wagen）』
原作　オットー・ミュラー　翻訳　陶晶孫
導演（註―演出）王一榴　導演助手　陶晶孫

2　音楽「子どもの交響曲（Kindersymphonie）」
原作　ヨーゼフ・ハイドン[13]
演奏　譚抒真・朱希聖・裘夢痕・晶孫等

3　人形劇『やっぱり奴隷だ』
原作　村山知義　翻訳　陶晶孫
導演　許幸之　導演助手　陶晶孫
問い合わせ先：現代書局気付　木人戯社同人宛[14]

この日付のないプログラム予告は、陶が編集した『大衆文芸』第二巻第一期（一九二九年一一月）にも掲載されているが、そこではまだ参加者などは未定となっており、詳細は次号で発表するという附記がある。このため、村山の手元にあった参加者の名を明記した予告は、同誌第二期（同年一二月）に掲載された可能性が高いものの、筆者が手にした復刻版では見あたらず[15]、掲載先については引きつづき調査の対象としたい。プログラムの内容と構成については、後で詳しく述べることとする。さらに村山の自叙伝には、「恐らく上海で出版された「大衆文芸」という中国語の雑誌に「青服」という署名で書かれた「最近東京新興演劇評」という論文[16]」を所有していたことが記されている。同論文は、『大衆文芸』第二巻第二期に掲載された演劇評であることが確認できる。以上のことからは、これらのプログラム予告や演劇評は、木人戯社を主催し『大衆文芸』の編集者であった陶が、何らかの形で村山に送った可能性があると考えられよう。

陶と村山との交流は、次のとおり、村山の第一戯曲集『最初のヨーロッパの旗』(世界の動き社、一九三〇年)の序文からもうかがえる。

中国の同志陶晶孫君の手に依って、「やっぱり奴隷だ」と「最初のヨーロッパの旗」は支那語に訳された。「木人戯、畢竟是奴隷罷了」と「鴉片戦争」がそれだ。前者は木人戯社で最近上演される筈である。(17)

この序文には一九二九年一二月一三日の日付がある。中国語に翻訳された作品タイトルと木人戯社の名が正確に記されていることを踏まえると、やはり村山の手元には、陶による中国語訳が届いていたのではないかと推測される。中国への帰国前に東京にいた陶は、築地小劇場などで観劇していたようだが、村山と顔を合わせていたかはさだかでない。ただ少なくとも、当時の村山は陶の存在とその翻訳の仕事について知っており、この二人の関係からも、同時代の東京と上海を結ぶプロレタリア演劇の協働を確認することができるのである。

4　日中のプロレタリア人形劇──「木人戯社」と「人形座」

陶晶孫が上海で結成した木人戯社は、芸術劇社の公演前に人形劇を上演するなど、芸術劇社と連動していた。このため、木人戯社の創設の時期は不明であるものの、おそらく芸術劇社とほぼ重なると思われる。そのモデルとなったのは、築地小劇場で舞台装置を手がけた伊藤熹朔《きさく》や、弟で俳優の千田是也《これや》などが中心となり、一九二六年に東京で結成した人形劇団「人形座」であったという。(18) 人形座第一回公演は、ドイツのウィットフォーゲル作

『誰が一番馬鹿だ』を取り上げ、新興人形劇ブームに火をつけて、その刺激を受けて村山知義が創作したのが人形劇戯曲『やっぱり奴隷だ』であった。人形劇は移動性に富むだけでなく、検閲の対象から外れやすいため、日本のプロレタリア演劇の移動劇場でさかんに上演されることになる。

ただし本章では、人形座の起源となった伊藤兄弟の内輪での創作は、ロシア革命後の欧州で起こった演劇運動、なかでもイギリスの演出家ゴルドン・クレイグによる、総合舞台芸術としての人形劇の提唱から影響を受けていたことに注目したい(19)。本来、欧州では人形劇は大人の娯楽としての地位を占めており、東京美術学校の学生であった伊藤熹朔は、築地小劇場創始者となる土方与志の模型舞台研究室へかよい、舞台美術への興味からマリオネットづくりをはじめる。人形座では、脚本翻訳、音楽、舞台装置、人形遣いなどが同人によって分担され、一九二七年クリスマスの解散公演で上演したのは、ドイツの表現主義の詩人・作家イワン・ゴルの風刺劇『メッザレム』であった。

そもそも関東大震災後に起こった前衛的な芸術運動は、社会の変革を求めるプロレタリア演劇との親和性を有していたといえる。つまり、人形座で試みられたのは、新たな舞台芸術としてのプロレタリア人形劇の創作であったと捉えられるのである。人形座が上演した戯曲『誰が一番馬鹿だ』と『メッザレム』もまた陶晶孫は中国語に翻訳し、自作とともにみずから編んだ人形劇戯曲集(20)(一九三〇年)に収めていた。これらのことから、木人戯社は人形座の背景にあった、総合芸術としてのプロレタリア人形劇運動も引き継いでいたと指摘できよう。

このような性質は、前述の木人戯社第一回公演のプログラム予告の内容も物語っている。冒頭のドイツのミュラー作『荷車』は、労働者の連帯を描いた一幕もので、当時日本では移動劇場で重ねて上演された作品であった。これに対して村山作『やっぱり奴隷だ』は、日本初の反戦人形劇とされるが、第一次世界大戦の戦勝国であるフランスの植民地黒人兵と敗戦国ドイツの白人女性という人種間の結婚を風刺的に描いた、村山独自のスタイルの戯曲であった。そしてこの二作の間に置かれたのは、西洋音楽になじみのない観客でも楽しめるユニークな「子

ども の交響曲」（「おもちゃの交響曲」）である。同曲は、築地小劇場第一八回公演「子供の日」（一九二四年一二月）で演奏されたことがあり、陶はそこからヒントを得た可能性もあるかもしれない。出演者は陶のほか、芸術劇社の美術部の許幸之、王一榴《おういちりゆう》が人形劇の演出にあたり、共同租界の工部局楽団で初の中国人バイオリニストとなった譚抒真《たんじよしん》などが演奏者として名をつらねていた。公演そのものは、芸術劇社の一九三〇年一月あるいは三月の舞台と一緒に行われた可能性が高い。時代性と娯楽性、そして芸術性を兼ねそなえた演劇空間の創出は、モダニズム文学からプロレタリア演劇までのエッセンスを日本で吸収し、大学オーケストラで西洋音楽の造詣を深めた陶晶孫ならではの実験的な試みとして位置づけられるのである。

5 芸術劇社「西部戦線異状なし」上演の挑戦

ふたたび芸術劇社に視点をもどしてみよう。芸術劇社の公演でもっとも大きな挑戦となったのは、第二回公演の最終演目で陶晶孫が翻訳した村山脚色の大型劇『西部戦線異状なし』であったはずである。五幕一三場の頻繁な場面転換のため、会場は回り舞台のある日本人街の上海演芸館（上海歌舞伎座の前身）が選ばれた。また映画、音楽、照明と演技の一体化が求められ、日本では、村山によるドラマチックな演出が注目を集めていた。この大型劇の上演に際し、前述のように村山は演出の葉沉と打ち合わせを行い、くわえて演出台帳や舞台装置を上海まで送っていた。次の陶晶孫と沈端先〔図③〕の文章は、村山の支援を受けたメンバーたちの意気込みを語っている。

芸術劇社のメンバーはいかにこの塹壕戦を舞台で繰りひろげ、いかにさまざまな砲声や前線らしい轟音をつくり出すのか、いかに戦場の夜の景色や照明弾の打ち上げを演出するのか、いかに脚本のアジテーションを用いるのか。演出の技術において、この劇の公演はおのずと中国の新劇運動史において一線を画すものとな

図③　芸術劇社第２回公演の会場前の陶晶孫（左）・沈端先（丁景唐編選『陶晶孫選集』人民文学出版社、1995 年）

るだろう。(21)

今回の演出では多くの新たなスタイルを試みた。たとえば『西部戦線異状なし』では、幕開けの前にまずは第一次世界大戦の映画（外国映画から切り取ったもの）を上映し、字幕を付けて説明した。陶晶孫が手がけた音響もなかなか良く、同時に照明を用いて、「暗転」を実験的に行なった。(22)

また舞台稽古に関する楊邨人《ようそんじん》の回想は、各メンバーが留学先日本や大学で演劇に触れてきたものの、村山流の手の込んだ大型劇を上演する難しさ、しかしそれに立ちむかう情熱を臨場感をもって今日に伝えている。

『西部戦線異状なし』は大型劇であり、何種類もの背景、数多くの配役を必要とし、演出が難しいことは明らかであった。〔略〕演出の一人である沈端先がまず、なぜみな、こんなにも努力しないのか、と声を張りあげて泣き出した。彼の涙に全員は感動し、すべての神経を劇に注ぎ込もうと決意した。そして陶晶孫はみずから申し出て、音響を担当するほか、照明も管理した。各方面に散らばった電線を彼の席のわきに集め、スイッチがいくつも並ぶ電源を設置した。(23)

芸術劇社における『西部戦線異状なし』の公演は、技術面での未熟さは残ったものの、強いインパクトを観客にあたえて終了した。満員の客席には演劇関係者やジャーナリストのほか、学生や労働者がひしめきあい、最終日には、アメリカの記者スメドレーが撮影フラッシュ用にマグネシウムを燃やすと、爆弾とまちがえた観客が逃げ出すというハプニングも起きた。村山脚本を独自にアレンジした、戦場の轟音が鳴りひびくなか李声韻演じるドイツ人の母親が子守歌をやさしく歌う幕開けと幕切れの場面は、観客の心を打ち、中国初期のプロレタリア演劇としての斬新な芸術スタイルを打ち出した成果として位置づけられよう。

労働者を対象として、さらに一部のメンバーは出張公演を重ねるものの、翌月、芸術劇社は租界当局により封鎖された。『大衆文芸』もまた停刊となる。新興文学特集の第二巻第四期（一九三〇年五月）には、芸術劇社第三回公演での上演が予定されていたロシアのゴーリキー作「夜の宿」（「どん底」）の中国語訳のほか、日本支配下にあった朝鮮の作家たちによる作品の中国語訳も掲載されていた。もし芸術劇社が存続したのであれば、レパートリーにアジアの作家たちがみずからの声をひびかせ、境遇を語る戯曲がくわわり、国際的な連携はいっそうのひろがりを見せたはずだと思われる。

芸術劇社の封鎖後、メンバーたちは日本のプロレタリア演劇から吸収した知識や技術、そして芸術スタイルをもとに、日中間で独自の活動を展開してゆく。陶晶孫は、反戦派ジャーナリストの尾崎秀実とともに中国人の手によるプロレタリア戯曲集を日本語に翻訳して、日本で出版した。鄭伯奇と沈端先は、明星影片公司で脚本顧問となり、すぐれた社会派映画の制作を舞台裏で支えることになる。社会派映画の実力あるヒロインとして人気を博した王瑩は、日本で演劇を学ぶことを選択する。また許幸之と葉沉は、『風雲《ふううん》児女《じじょ》』（一九三五年）と『十字街《じゅうじがい》頭《とう》』（一九三七年）でそれぞれ映画監督をつとめることになる。日中全面戦争の前夜、社会派映画では抗日運動に参加する青年たちの姿を暗に描き、そのメッセージを込めた『風雲児女』の主題歌「義勇軍行進曲」は、今日の中国国歌となっている。反帝国主義と反戦はまさしく日本のプロレタリア演劇で唱えられたものであった。

演劇史において、上海の芸術劇社は、中国初のプロレタリア劇団として中国共産党とのつながりから語られることが多い。しかしながら、当時のメンバーの多くは党員ではなく、本章で見てきたように、彼らの日本留学時期の体験に目を向ければ、日本のプロレタリア演劇および演劇人との往来をとおした、総合芸術としてのプロレタリア演劇の創作という、もう一つの特色が明らかになる。つまり、列強に分割された都市上海のなかで、社会革命の宣伝を担うとともに、モダンな芸術スタイルをそなえたプロレタリア演劇を生み出そうと、エネルギーあふれる実験の場が芸術劇社であった。そして、そのエスプリの源の一つとして輝きを放っていたのが、中国人留学生たちとの協働をはかった村山知義の存在なのである。

（1）本章は、拙論「陶晶孫のプロレタリア文学作品の翻訳――『楽群』を中心として」（『中国文学研究』第三三期、二〇〇七年）、「陶晶孫のプロレタリア文学作品の翻訳（続）――人形座、築地小劇場との関わり」（同第三五期、二〇〇九年）、「大学オーケストラから左翼演劇へ――芸術劇社における陶晶孫の音楽活動」（『人文研究』第一九一号、二〇一七年）の一部をもとに大幅に書き換えたものである。

（2）芸術劇社の概要は、田中幸利「上海の左翼劇」（『サンデー毎日』一九三〇年四月二〇日）、楊邨人「上海劇壇史料上篇」（『現代』第四巻第一期、一九三三年一一月）、瞿光熙編『芸術劇社史料』（上海文芸出版社、一九五九年）、趙銘彝「回憶芸術劇社」（『新文学史料』一九八〇年第一期）などを参照。芸術劇社の創設時期については諸説あり、本章では同時代の楊邨人による記録を参照した。

（3）上海芸術大学については、小谷一郎著『一九三〇年代中国人日本留学生文学・芸術活動史』（汲古書院、二〇一〇年）による。

（4）主な上演は『愛と死との戯れ』（築地小劇場、一九二六年一月、於築地小劇場）、『二階の男』（心座、一九二六年九月、於築地小劇場）、『炭坑夫』（劇団築地小劇場、一九二九年九～一〇月、於本郷座）、『西部戦線異状なし』（劇団築地小劇場、一九二九年一一～一二月、於本郷座）などである。

（5）青年芸術家連盟については、前掲（注3）、小谷一郎著『一九三〇年代中国人日本留学生文学・芸術活動史』による。
（6）許幸之「東京でかいた一枚の絵」（人民中国雑誌社編『わが青春の日本——中国知識人の日本回想』東方書店、一九八二年）六七～六八頁。許は一九二九年には中国へ帰国しており、彼が関与したのは「劇団築地小劇場」の『吼えろ中国』公演であった可能性もある。なお当時は『吼えろ支那』のタイトルで上演されていた。
（7）司徒慧敏「五人の学友たち」（同前）八八頁。ここでの「左翼芸術家連盟」は「青年芸術家連盟」を指している。また「暴力団の記」は、正しくは「暴力団記」である。
（8）前掲（注2）、瞿光熙編『芸術劇社史料』による。
（9）陶晶孫「村山知義」（『大衆文芸』第二巻第四期、一九三〇年五月）九四七頁。以後、本章での中国語原文の日本語訳は引用者による。
（10）前掲（注2）、田中幸利「上海の左翼劇」。
（11）村山知義著『演劇的自叙伝・3　一九二六～一九三〇』（東邦出版社、一九七四年）三七五～三七六頁。以下、傍点は引用者による。
（12）同前、三七七頁。
（13）「子供の交響曲」（「おもちゃの交響曲」）はハイドン作とされてきたが、今日では考証によりエトムント・アンゲラー作であるとされている。
（14）前掲（注11）、村山知義著『演劇的自叙伝・3』三七八頁。
（15）中央大学蔵書の復刻版（出版社不明）による。
（16）前掲（注11）、村山知義著『演劇的自叙伝・3』三七九頁。
（17）村山知義「序」（『最初のヨーロッパの旗』世界の動き社、一九三〇年）三頁。
（18）小谷一郎著『創造社研究——創造社と日本』（汲古書院、二〇一三年）では、人形座と木人戯社の関係について指摘している。
（19）松本克平「若き日の舞台空間への夢」（『新劇』伊藤熹朔追悼特集、一九六七年六月号）などを参照。
（20）陶晶孫著訳『木人戯　傻子的治療』（上海現代書局、一九三〇年）。
（21）李無文「劇本〝西線無戦事〟——小説，脚本，公演的介紹」（『大衆文芸』第二巻第三期、一九三〇年三月）六六一頁。李無文は陶晶孫のペンネームである。
(22) 夏衍「難忘的一九三〇年——芸術劇社与劇聯成立前後」(『中国話劇運動五十年史料集』中国戯劇出版社、一九五八年)一五二頁。
(23) 前掲(注2)、楊邨人「上海劇壇史料上篇」二〇二頁。

村山知義と在日朝鮮人プロレタリア演劇運動

韓 然善

はじめに

日本のプロレタリア文化運動が全盛期を迎えた一九三〇年代頃、当時日本に在住していた朝鮮人は日本プロレタリア文化聯盟と連帯し、映画同盟、作家同盟などのグループに参加したが、特に彼らが積極的な活動を繰り広げたのは演劇であった。日本プロレタリア演劇同盟（以下、プロット）に参加した朝鮮人劇団員は主に朝鮮からの演劇人や留学生を中心に構成されていた。数は少ないものの、東京や京都を中心に活動し、朝鮮人労働者が働いている工場を訪れ、移動演劇までも行っていた。特に当時東京や関西地方を拠点にして活躍した劇団が上演した作品は、約一〇年間で四〇作程度で、上演回数は五〇回以上に上り、非公式的な演目まで入れると六〇回以上になるなど、短い期間ではあるものの、活発な活動をした。また、築地小劇場に集まり、一九二〇年代後半からはプロットと連帯する形で活動を展開した。

朝鮮の演劇人たちが日本で演劇活動を行った際の日本の演劇人との関係は注目すべきである。例えば、土方与《よ》志《し》（一八九八〜一九五九）とともに築地小劇場を開設した小山内薫（一八八一〜一九二八）は、誰よりも早く朝鮮後期の政治家である金玉均《キムオッキュン》のクーデターを劇化するなど、朝鮮について興味を持っていた。また佐野碩《せき》（一九〇五〜六六）は朝鮮からの留学生たちと交流しながら、日本左翼演劇をリードした。その他に日本のプロレタリア演劇・芸術運動に加わった評論家の小川信一は朝鮮の演劇人がプロットと連帯する段階から朝鮮の演劇人の活動に助力した。こうした日本の演劇人の中で朝鮮の演劇人ともっとも関わりのあった人物といえば、村山知義（一九〇一〜七七）である。村山と朝鮮の演劇人との交流は終戦後まで続いたが、これまでの村山と朝鮮との関係に関する研究は、プロレタリア演劇運動が活発であった一九三〇年代前後から、一八世紀の朝鮮の文学をもとにした演劇『春香伝《チュニャンジョン》』と関わる一九三〇年代後半の活動に集中している。しかしながら、村山と演劇人との交流は、実は彼がプロットのメンバーとして活躍した一九二〇年代後半から始まっていたといえる。

一九三〇年代前後、プロレタリア文化運動が盛んである中で、村山は朝鮮の演劇人とどのように交流したのか、その交流は互いにどのような影響を与えたのか。本章は村山と関わりのある朝鮮人劇団を中心に、また、村山の戯曲や小説における朝鮮・朝鮮人像をも一部踏まえながら、村山は当時朝鮮の演劇人とどのようなことを共有し、交流していたのかを考察する。

1　これまでの研究動向

村山と在日朝鮮人の演劇運動との接点については、本格的な議論が最近ようやく始まり出した。在日朝鮮人の演劇運動に関する先行論では、演劇運動の全体像を把握した坪江汕二[1]や金正明の論[2]が代表的である。また在日朝鮮人の演劇運動を民族独立運動として位置づけた朴慶植の論[3]が挙げられる。より具体的な研究は二〇〇〇年以降になってからなされてきたが、代表的な先行論として、朝鮮プロレタリア芸術同盟の京城本部と東京支部との関係を考察したクォン・ヨンミンの論[4]、在日朝鮮人の演劇団体の活動や当時上演された演目を整理したアン・グァンヒの論[5]、在日朝鮮人の演劇運動の変遷過程を検討したパク・ヨンジョンの論[6]が挙げられる。

当時の在日朝鮮人の演劇運動を歴史的な観点から包括的に見ることはもちろん必要であるが、日本のプロレタリア文化運動との緊密な関わり、さらに同時代の日本人との交流等々、よりミクロな側面から見ておく必要がある。最近こうした問題意識から日本のプロレタリア文化運動と朝鮮の演劇人との交流を詳細に考察したキム・サリャンの論考(7)は注目すべきである。本章ではキムの問題意識を踏まえつつ、特に村山と一九三〇年代における在日朝鮮人たちのプロレタリア演劇との関係に焦点を当てる。

村山の活動がプロレタリア文化活動へと変化を見せたのは一九二八年のことで、左翼劇場を結成した時期と重なっている。特に一九二九年に発表した村山の『暴力団記』は中国で起きたストライキを題材としたもので、この作品には朝鮮人や中国人の労働者も登場し、規模の大きな群衆描写が有名なプロレタリア演劇といわれている。また彼は同年、プロットに参加し、演出家として本格的に活躍する。村山は一九三〇年に入ってから、たびたび治安維持法違反で検挙されるが、実は活動制限が頻繁にあったといえる一九二八年頃から朝鮮の演劇人と交流していたのである。

アン・グァンヒによれば、在日朝鮮人のプロレタリア演劇運動は「朝鮮プロレタリア芸術同盟の東京支部演劇部（一九二七）、無産者劇場（一九二九）、三一劇場（一九三二）、高麗劇団（一九三四）、朝鮮芸術座（一九三五）、東京学生芸術座（一九三四）、形象座（一九三九）で続いていたが、一九四〇年一二月、東京学生芸術座が正式に解散(8)」し、幕を下ろした。村山は初期の東京支部演劇部の活動から新劇運動の全盛期であった頃まで、朝鮮人との交流を続けた。また朝鮮の演劇人も日本プロレタリア演劇運動に参加し、組織的に活動した。しかしながら日本のプロレタリア文化活動が衰退していくなか、居場所をなくした大多数の演劇人は朝鮮に戻り、演劇活動を続けた。

プロレタリア演劇運動に参加した劇団の変遷を見てみると、朝鮮の演劇団体が活動した時期は日本プロレタリア演劇運動が盛んであった一九二八年後半から一九三〇年代の初頭と重なっており、時期的に見てもプロットから影響を受けながら活動を展開したといえる。当時プロレタリア演劇運動に携わった朝鮮の演劇人と日本人の演劇人がどのように交流したかは、韓国の演劇史においてもより綿密に見るべきであり、そのことは多くの朝鮮の演劇人と関わった村山の活動を把握する糸口にもなる。

2　在日朝鮮人演劇団体の活動——東京朝鮮語劇団から三・一劇場へ

東京を中心に活動した朝鮮の演劇団体は、築地小劇場を主な上演場所としていた。また、劇団員の構成は留学生が中心であった。大別すると、日本で活動してからすぐに帰国し、朝鮮内で演劇運動を主導したグループと、日本で演劇の訓練を受けるなど、しばらく日本で演劇運動を展開してから帰国したグループに分けられる。代表的な人物として、安英一《アンヨンイル》、朱永渉《チュヨンソプ》、李海浪《イヘラン》、申鼓頌《シンゴソン》、金波雨《キムパウ》、崔丙漢《チェビヨンハン》、呉禎民《オジヨンミン》、そして柳致真《ユチジン》などが挙げられる。申鼓頌は村山が朝鮮の演劇人と交流するきっかけになった人物であり、呉禎民は村山の作品に演出助手として参加したり、村山の作品を朝鮮に紹介したりした演出家で、村山と交流した代表的な人物である。また安英一は、新協劇団と朝鮮芸術座を行き来しながら、村山とともに演劇活動を行った人物で、村山が演劇『春香伝』を上演する際に朝鮮まで一緒に渡って調査をするとともに演出助手としても参加するなど、準備段階から村山を支援した朝鮮の演劇人であった。

ここで村山と個々人との交流を取り上げる前に、演劇団体や演目を踏まえつつ、村山が具体的にどのように朝鮮人の劇団と交流をしていたのかを把握し、そこにどのような関係性があったのかを確認しておきたい。まず、最初の朝鮮人専門劇団であった東京朝鮮語劇団は金波雨、全一剣《チヨンイルゴム》など二〇名程度の留学生が中心となった劇団で、セリフは朝鮮語を使っていた。彼らの第一回公演は「朝鮮労働者の夕《ゆうべ》」という朝鮮人労働者向けのものであった。一九三一年一二月二三日から二日間、築地小劇場で上演し、作品は『荷車』『泥棒』『森林』の三つの朝鮮語劇で、その他にプロレタリア演芸団『プロ裁判』にも賛助した。「朝鮮労働者の夕」は観客数が二日間で約四〇〇名となり、その八割が朝鮮人で、朝鮮語劇団の試演としては成功したといわれている。次は朝鮮語劇団の上演作に対する劇評である。

日本語の余りよく知らない朝鮮の兄弟達は演劇にしても、音楽にしても、日本語ではどうしても良く解らない。なんと云つても自分の国の言葉がぴつたり来るし、胸に響くのは当然だ。(9)

当時日本と朝鮮で詩人として活動していた朴石丁《パクソクチョン》は日本語の分からない朝鮮の観客が「自分の国の言葉」を聞いて共感することについて言及している。また日本プロレタリア劇場同盟が発行した『演劇新聞』でも客席の雰囲気に言及している。

朝鮮語劇団文芸部作の『森林』の四つで、役者がセリフを一つ言ふ度に、わツと湧き返る位の声援が飛ぶ、朝鮮語の分らない労働者諸君も、このわツといふ声援が起る度に、こりや素的なセリフだつたんだらうと後から手をパチパチやつたりしてまさに日鮮プロレタリア融合の一情景を示した。(10)

朝鮮語が分からなくても、劇場内の雰囲気に巻き込まれて反応する日本の労働者の様子をみて、「日鮮プロレタリア融合の一情景」といい、演劇を通して連帯感が高まっていたことを伝えている。

次に東京朝鮮語劇団は、一九三一年一二月三一日から翌年一月二〇日まで築地小劇場で行われた左翼劇場第二二回公演「赤色バライエティー『赤いメガホン』」に参加する。その中で、「朝鮮労働者の夕」の際に上演された演劇『泥棒』がプログラムの一つとして上演された。このプログラムは村山が全体の演出や舞台装置を担当し、また、左翼劇場の正月公演として二九回公演されたが、観客数は八〇〇〇人以上に上った。「赤色バライエティー」の演目を見ると、当局から禁止されたため一八作の演目の中で実際に上演されたのは一三作であったが、全体的に見て多様なジャンルで構成されていたプログラムであったことが分かる。

久保栄訳編　『謹賀新年』（シュプレヒコール）
村山知義作　『都市が変わったが』（掛合漫画）
伊藤信吉作　『霜』（詩朗読）
山田一作　『夜なべ』（詩朗読）
八田元夫作　『飢饉』（一場の劇）
島公靖作　『農民を救へ』（シュプレヒコール）
島公靖作　『口先ばかりでなく』（人形劇）
三好十郎作　『工代会議』（シュプレヒコール）
村山知義作　『子供をめぐる』（二場の劇）
島公靖作　『弁当』（子供芝居）
島公靖作　『泥棒』（鮮語劇）
久保栄作　『デマ』（掛合）
小野宮吉作詞　『プロットの歌』（合唱）
久保栄訳詞　『トラムの歌』（合唱）[11]

『泥棒』のストーリーは、飢えをしのごうとして朝鮮人の兄弟が日本人の梨の畑で梨を盗むことから始まるが、舞台の様子が『演劇新聞』の劇評から見て取れる（なお、台本では「梨」だが舞台では「柿」が使用されたため、書き手の通信員は『柿泥棒』と表記している）。

この間見た朝鮮語劇団の『柿泥棒』今度の『荷車』等実に素的だ。俺は柿泥棒を見てゐた時に自然に涙がこぼれた。言葉は分らないが、動作、手真似あの口元から出て来る高い調子は、俺の体全体に何かしら強い感動を与へた。アヂタ親父と朝鮮の兄弟が固く握手して抱き合ふあたりなぞは、俺は思はず隣にゐた友の手をニギリしめてしまつた。(12)

セリフは朝鮮語、配役は李春男《イチユンナム》、金鳳鐘《キムボンジヨン》という二人の朝鮮人であった。ここでの観客は、あくまでも朝鮮人労働者が想定されていた。ところが、日本人のこの書き手は「言葉は分らないが、動作、手真似あの口元から出て来る高い調子は、俺の体全体に何かしら強い感動を与へた」といい、「アヂタ親父と朝鮮の兄弟が固く握手して抱き合ふ」場面では、「思はず隣にゐた友の手をニギリしめてしま」うほど共感した様子を伝えている。また、当時俳優として活躍した中村栄二も『泥棒』を次のように紹介している。

最近、朝鮮語劇団が鮮語でこれを上演した。演芸団でも、朝鮮労働者の多数集まる集会では、朝鮮の同志が団員にゐるので、鮮語でやつてゐる。それで朝鮮の同志は、日本語だと台詞が旨く云へなくて、全体にまだぎこちないが、鮮語でやると、これが同じ人かと思ふ程旨いので感心した。朝鮮語による民族演劇万歳！である。(13)

中村は、ぎこちない日本語のセリフに対して、「鮮語でやると、これが同じ人かと思う程旨いので感心した」といい、朝鮮語であることに注目し、朝鮮人による朝鮮語演劇が上演されることに大きな意味があると述べている。『泥棒』の最後は貧しい朝鮮人と日本人が互いに理解し合う、ある種の連帯意識を持つ結末となり、プロレタリア意識が強く感じられる作品ともいえる。また「赤色バライエティー」の全体的な構成からみると、村山の試みもうかがえるが、単なる演劇ではなく、ジャンルを超え、様々なジャンルを融合した新しい舞台への試みがあったといえる。村山も「赤いメガホン」のプログラムに参加した朝鮮語劇について次のように述べている。

外国の労働者達は自分達でたくさんアヂプロ〔宣伝煽動〕演技隊を作つてゐる。これは、東京プロレタリア演芸団のやうなもので、争議や何かの時に出掛けて行つて小人数で手軽に芝居をやつたり歌を唱つたりするものだ。ドイツとフランスの有名なアヂプロ演技隊に『赤いメガホン』と云ふ名前をつけてゐるのがある。今度の左翼劇場はその名前を借りて来たのだ。つまり、みんなにしやべりたいことを、アヂプロに演技隊のやるやうな短い芝居や歌や人形劇や、いろいろの形で見せるわけだ。〔略〕「第六号」は「日鮮労働者提携せよ。」そして「泥棒」という芝居を朝鮮人が朝鮮語でやる。腹がへつて梨を盗んだ朝鮮人を梨の木の持ち主の日本人が捕えて怒るが、朝鮮人の話を聞き、植民地の民族がどんなにひどい搾取をされてゐるかが解り、梨をもいでやるといふ筋だ。(14)

村山は「外国の労働者達」が自らアジプロ演劇を作っていたことを評価し、それに続けて、『泥棒』について言及している。この作品に対する村山の視線は、一見すると、日本を資本家階級、朝鮮を労働者階級として二項対立的な関係で捉えているように見える。また、朝鮮人に同情するというストーリーへの注目は、村山の助力者としての姿勢の中に植民地主義的なまなざしが併存していた可能性を示唆する。しかし、村山自身は、プロレタリアの連帯を表す中立的・良心的な物語として理解していたように思われる。こうした村山の関心のありようは次の引用からも確認できる。

小工場地域では各職場から集まつた労働者の街頭劇団が作られ得る。それは公演的のものであつたり、又は移動演芸的のものであつたりする。かういふ劇団は経済的な点、又は劇団員の変動の多い点などで、大きな

困難を伴ふが、訓練が成功すれば、大きな効果を持ち得る。人数の関係上、朝鮮人劇団は、主としてかうい
ふ形で作られる。朝鮮語で演じる朝鮮人劇団の価値は極めて高い。民族は民族的芸術に依つて烈しく感動さ
せられる。我々は遥か遠い将来の、民族的箇性の全く無くなつてしまふ時の事を考へてゐてはならない。
我々は民族的芸術を尊敬し、その充分な発展を援助しなければならぬ。(15)

引用は村山が『ナップ』に発表した「プロットの新しい任務と新しい組織方針」の一部分である。当時の村山が持っていた朝鮮認識の全体像は見えないが、朝鮮人やその文化への関心が垣間見られる。朝鮮語で演じる劇団の価値を高く評価し、「充分な発展を援助しなければならぬ」というように、朝鮮演劇人の助力者として自らを称している。

村山自身は「民族的芸術を尊敬」し、支援するとはいうが、当時プロットの一部分として活動した三・一劇場（東京朝鮮語劇団が一九三二年三月に改名）は、実際に朝鮮的な色を出すよりも、当時の日本のプロレタリア演劇に協力する形で活動を展開した。そこでは村山の『阿片戦争』（一九二九年）や『勝利の記録』（一九三二年）などが上演作品として選択された。劇団員である金波雨と申鼓頌は、村山が指導していたプロレタリア演劇研究所の訓練にも参加し、二人とも彼の演出作である『東洋車輌工場』に出演するなど演劇活動を繰り広げた。申鼓頌は『ナップ』に掲載された「朝鮮に於ける演劇運動の現情勢」で次のように書いている。

朝鮮のプロレタリア演劇はプロットの同志諸君の同志的な援助と指導に依つて完全に成長することであろう。
殊に、現在日本にあつて朝鮮語劇の活動、東京朝鮮語劇団、名古屋革新劇団、京都、大阪のそれの準備的活
動に依つて民族演劇の発展のために戦つてゐることは我々朝鮮プロレタリア演劇に取つて力強いものでなけ
ればならない。(16)

東京と関西地域における朝鮮語演劇運動に言及したものであるが、日本側の「同志的な援助と指導」について指摘し、「民族演劇の発展のために戦つていること」は朝鮮プロレタリア演劇において重要だと述べている。先ほどの村山の主張とも繋がるが、申鼓頌もこの時期に日本で活動する朝鮮プロレタリア演劇運動は、プロットの援助があったからこそ発展したものだと認識している。

このように当時在日朝鮮人は本質的には、独自の演劇活動を行うのではなく、プロット側の援助を通して成長し、村山自身もプロレタリアの連帯という枠内で彼らに助力していたことは否めない。

しかし一九三四年以降、プロレタリア文化団体に対する弾圧により、劇団は機能できなくなり、転向表明をした村山はこの時期から新劇を再建することに力を入れることになる。日本プロレタリア文化運動の衰退とともに、方向性を失った朝鮮の演劇人も、三・一劇場を高麗劇団に改名して再起を図るが、劇団としての活動は不可能となり、村山も在日朝鮮人の演劇運動にまで力が及ばなかった。こうした情勢のもと、日本における朝鮮語演劇運動は、三・一劇場の流れを引き継いだ朝鮮芸術座や学生芸術座において朝鮮人の留学生が中心となって独自の「民族演劇」の道を進むことになるのである。

3 村山知義と朝鮮芸術座——『小学教師——一名、子供をめぐる』から『普通学校先生』へ

プロレタリア文化運動は解体したが、プロット時代から続いた村山と朝鮮演劇人との交流は一九三四年以降も継続する。前述の通り村山知義作・演出の『子供をめぐる』は、一九三一年末から翌年一月にかけて東京左翼劇場の第二二回公演『赤いメガホン』の中で上演された。この『子供をめぐる』の本来のタイトルは『小学教師——一名、子供をめぐる』である。[17] この作品は、ある工場地帯の中にある小学校と、学校の近くにある争議組合

の本部を舞台としている。小学校に視学官（旧、教育行政官）が訪問するという通知を受け、教員たちに労働を強要する校長とそれに不満を抱えている代用教員との葛藤が中心となって展開する。作品の後半部分から一部引用する。


多田。実はしあさつて視学が巡視に来るのです。それで僕等は毎日居残り強制労働をやらされてゐるんですが、その視学が来る迄の所を何でも構はないからごま化して置いて、そのうちにはあなたの方の争議も方〔ママ〕がつくだらうから、そこらで攻撃に出ようと云ふ腹なんです。

前田。ふむ。さうか。しあさつて視学の巡視があるのか。畜生め！　なめやがつたな！

上野。で、どうしますか、あなたの方は？

前田。無論、ストライキをやつつけます。そしてここで自分達の小学校を初〔ママ〕めます。

多田。僕に是非、その学校の先生をやらせてくれませんか。食ふ方は自分で何とでもします。

前田。ほう。それは有難いが小学校の方はどうするんです。

多田。僕は今校長をひつぱたいちやつたんで、早速クビになるんです。

前田。それはもうどうにも仕様はないんですか。

多田。もう断念どうにもならんと思ひます。[18]

小学校に通っている争議団の子供たちが不当な待遇を受けていることに対し、校長、正教員と代用教員との間で葛藤が続き、子供たちに同情していた多田は、やがて校長に暴力を振るい、結局解雇される状況となる。作品の後半で、争議団長である前田はストライキを続けながら、「自分達の小学校を初めます」という。すると、多田は「プロレタリア小学校」で働きたいと言い出す。この作品は国が主導する教育方針に反対し、自分たちの小学校を作ろうとする結末となり、当時の教育制度に反対する抵抗的な姿勢が見られる作品である。

朝鮮人の留学生が中心となっていた朝鮮芸術座は、村山の『小学教師』を翻案した『普通学校先生』を創立準備公演のプログラムに入れた。表「朝鮮芸術座の準備公演活動」〔表①〕は、一九三五年三月から五月まで、朝鮮芸術座が創立準備のために、五回にわたって巡回上演した演目をまとめたものである。[19] 朝鮮芸術座はプロットの解散によって新しく創立された劇団であり、三・一劇場のメンバーであった金波雨が主導した。したがって、ここにはまだプロレタリア演劇運動の性格が残っていたともいえる。

『普通学校先生』は、タイトルを朝鮮の小学校に当たる「普通学校」に変えたもので、演出の呉禎民は村山の作品でたびたび補助演出をしていた人物である。現在韓国語に翻案された『普通学校先生』は残っていないが、

上演期間	上演作品名	原作者	演出者	上演場所	観客数
三月三、四日 劇団創立準備公演	『鬱陵島』（二場）	—	許源	芝浦会館	六二〇名
	『調停裁判』	—	—		
	『普通学校先生』（二場）	村山知義	呉禎民		
三月一八日 第二回準備公演	『鬱陵島』	—	許源	高津館 （神奈川県 高津町）	五〇〇名
	『居酒屋』	李雲芳	—		
	『普通学校先生』	村山知義	呉禎民		
三月二三、二四日 第三回準備公演	『貧民街』	—	柳致真	宮仲倶楽部 （王子区）	二〇〇名
	『立飲』	—	—		
	『普通学校先生』	村山知義	呉禎民		
四月二六日 第四回準備公演	『京城の屋根の下』 外二幕	柳致真	—	渋谷公会堂	約六〇〇名
五月四日 台湾震災救済の夕	『貧民街』（一幕） 外二幕	柳致真	金波雨	園会館 （中野区）	約四〇〇名

表①　朝鮮芸術座の準備公演活動（1935 年 3 月～ 5 月）

村山の作品を選択した朝鮮芸術座の意図を推測することは可能である。

朝鮮芸術座創立当時の挨拶状[20]には、「民族の古典的芸術（演劇）を正しく継承してひろく日本の朝野の人士に紹介」するとある。このように、朝鮮芸術座は朝鮮固有の芸術文化を日本で広めようとした。そのため、プロレタリア演劇的なアジプロの要素が強く見られる『小学教師』を出したのも、単なるプロ扇動の名残ではなく、『小学教師』に内在している要素を、日本にいる朝鮮人の実状として置き換えようと試みたものともいえよう。併演された演目も合わせてここで選択されている作品は、東京やその近郊に生活する朝鮮人たち、中でも労働者たちに向けて、プロレタリア演劇の傾向が強い作品を取り上げつつも、より朝鮮人の社会的現実を反映した作品が選ばれていると考えられる。言い換えれば、前衛的なイデオロギーによって観客を引っ張る作品ではなく、朝鮮人の観客たちの生活意識に焦点を合わせた作品を上演することが試みられているのである。

『普通学校先生』がどのように翻案されたか具体的に把握しかねるが、村山が『小学教師』を発表した時期に焦点を当ててみると、朝鮮や朝鮮文化に注目していた時期と重なる。村山は朝鮮人との交流をテーマとした短編小説も発表しており、「金君見舞」（『中央公論』一九三五年一〇月）、「或るコロニーの歴史」（『人民文庫』一九三七年一〇月）、「丹青」（『中央公論』一九三九年一〇月）は村山自身の経験が反映されたものである。特に「或るコロニーの歴史」は、洲崎の朝鮮人部落を舞台として、朝鮮人たちの生活や民族文化を守るための闘争と、そこに生きる朝鮮人たちの心情が描かれている作品である。作中には「朝鮮語の芝居をやっている人たち」から聞いた「子供の自主的な学校」「俺達の学校」という表現が登場する。きちんとした教育を受けておらず、朝鮮語が分からない在日朝鮮人の子供たちのために、自主的に学校を作る内容が描き出されている。村山の『小学教師』が描いた都会の工場地帯のすぐ隣には、日本に生きる朝鮮人たちの現実があり、そこにもまた自分たちの「学校」を獲得しようとする人々が存在していたのである。その朝鮮語版である『普通学校先生』が現存していれば、村山の「或るコロニーの歴史」の中で伝聞として語られていた出来事を朝鮮人自身の立場から描いた作品として読むことが可能であったかもしれない。つまり、『小学教師』から『普通学校先生』への翻案は、単なる言語的な移行に留まらず、東京あるいはその近郊における日本人と朝鮮人のそれぞれの現実を同時並行的に提示する創造的なアダプテーションだったと推測できるのである。

もちろん、『普通学校先生』の台本がないため、断定的に結論づけられない部分もあるが、プロットの解散以降、日本で活動していた朝鮮の演劇団体は、日本人と朝鮮人の労働者の連帯や、日本人から朝鮮人への同情を描いた演目を演じることにあきたらず、朝鮮人の現実や朝鮮固有の文化を表現する方向を模索し始めていた。そうしたなかで村山もまた、単に演劇団体の助力者としてふるまうだけではなく、在日朝鮮人の実状にも関心を持ち始めたことは重要である。

村山は在日朝鮮人の演劇運動が方向性を失いつつあることに気づき、「新しい演劇運動の大きな転換期に当って、朝鮮人の演劇の問題についても考慮」するため、朝鮮の演劇について次のように提案する。

三一劇場は解体するか、又は大改造し、名前も改めるが良い。（最近、高麗劇場と改称されたさうだが。）そして、在内地（今の所、実は東京に限られざるを得ないが）朝鮮人に、朝鮮語による、進歩的な、主として（といふのは或る条件のもとでは、例へば研究的に、又は損を覚悟して、高度のものをやることもまた、他にないので、非常に望ましいので）大衆的な、望むらくは（といふのは日本や諸外国の演劇の紹介提供もやるべきなので）民族的な演劇を創造提供することを目的とすべきであらう《（ママ）》　そしてその際、出来る限り、他の芸術部門――音楽、舞踊（これは既に有望である）映画（私は朝鮮製の映画の内地における公開をいくつか見た。それは可成り原始的なものではあつたが影響力は甚だ大きかった。）――の人々又は団体との協力をはかるべきである。そのためには今度出来る日本新演劇倶楽部はあらゆる努力を惜しまないだらう。〔略〕

早速、来年二月頃でも、日本新演劇倶楽部主催で、朝鮮民族芸術の夕のやうなものをやつたらどうだらう。

そしてやがては、もっと系統的に、朝鮮の民族芸術の歴史の探究と発展のための連続的公演のやうなことをやりたいものだ。これは日本新演劇倶楽部、朝鮮芸術家諸君と、両方に対する私のアッピールである。(21)

団体の改名を勧めたり、日本新演劇倶楽部主催の「朝鮮民族芸術の夕」を提案したりするが、朝鮮の演劇団体に対する村山のまなざしは、意図はしていなかったとしても、日本側の優位性が前提とされている。プロットの解散後、朝鮮の演劇団体が見せた過渡期的な状況を見る様子は助力者の持つ視線というよりも、保護者の持つ視線と無縁ではない。もちろんプロットの全盛期の頃から交流していた朝鮮の劇団に誰よりも関心をもっていたことも否めない。そこでは「朝鮮人に、朝鮮語による」というように、言語の問題に注目し、「民族的な演劇を創造提供することを目的」とすべきだと朝鮮の演劇人たちと問題意識を共有していたこともうかがえる。

プロレタリア演劇運動を通して交流し続けた村山と朝鮮の演劇人たちは、その後本格的に交流する。例えば新協劇団の成功作品ともいえる『夜明け前』では李海浪が、歴史劇『石田三成』には朝鮮芸術座や学生芸術座の劇団員が助演として出演し、以降両者の劇団が緊密にネットワークを作り、朝鮮人の生活を表す作品を積極的に上演した。朝鮮プロレタリア演劇運動を繰り広げた演劇人たちは、朝鮮芸術座の『鼠火《ソファ》』『土城廊《トソンラン》』、東京学生芸術座の『春香伝』など、徐々にプロレタリア演劇のメッセージを排し、朝鮮人の日常や現実、あるいは伝統や民俗を明るみに出す作品を上演した。また村山も『石田三成』の後に『春香伝』を手がけることになる。

むすびにかえて

日本プロレタリア演劇の中心的人物であった村山知義は、プロレタリア文化運動を通して、多くの朝鮮人に出会い、交流を続けた。一九三〇年前後の村山には、プロレタリア階級同士の連帯を期待する意識と同時に、朝鮮人を指導すべき他者としてまなざすような姿勢が混在していた。しかし、そうした制約を抱えながらも、村山は一九二〇年代後半から一九四〇年代に至るまで、朝鮮の演劇人に対しては協力を続け、また日本と朝鮮の観客〈労働者〉に対しては実践的な演劇を紹介する媒介者としての役割を果たした。朝鮮芸術座が村山の戯曲『小学教師』を翻案して上演し、その後村山が朝鮮文化を表した作品を上演したこと、とりわけ村山が一九三〇年代後半に繰り広げられた『春香伝』という文化コードに注目し、帝国と植民地の間で限りなく衝突する〈出来事〉を見せようとしたことは、短期間ではあるものの、一九三〇年代前後に朝鮮の演劇人と交流したところから始まっていたといわねばならない。

（1）坪江汕二『朝鮮民族独立運動秘史』（改訂増補版、巌南堂書店、一九六六年）。
（2）金正明編『朝鮮独立運動』Ⅳ〜Ⅴ（原書房、一九六六年）。
（3）朴慶植『在日朝鮮人運動史――八・一五解放前』（三一書房、一九七九年）。
（4）クォン・ヨンミン『韓国階級文学運動史』（文芸出版社、一九九八年。韓国語の文献）。
（5）アン・グァンヒ『韓国プロレタリア演劇運動の変遷過程』（亦樂、二〇〇一年。韓国語の文献）。
（6）パク・ヨンジョン『韓国近代演劇と在日本朝鮮人の演劇運動』（演劇と人間、二〇〇七年。韓国語の文献）。
（7）キム・サリャン『在日朝鮮人の演劇運動の展開過程と公演方式研究』（ソウル大学博士学位論文、二〇一六年。韓国語の文献）。
（8）前掲（注5）一一六頁（引用者訳）。
（9）朴石丁「朝鮮の兄弟が八百名も動員されたコップ朝鮮協議会主催の「朝鮮の夕」が成功的に闘はれた」（『働く婦人』一九三二年一月）八二頁。
（10）「東京で初めての朝鮮語の芝居　朝鮮語劇団の第一回試演成功　プロット・プロキノも助演で」（『演劇新聞』一九三二年一月一日）二頁。

(11)『赤いメガホン』の演目は、左翼劇場第二二回公演『赤いメガホン』プログラム(早稲田大学演劇博物館演劇上演記録データベース)、大笹吉雄『日本現代演劇史　昭和戦前篇』(白水社、一九九〇年)五八九〜五九〇頁を参照した。
(12)「通信　感激した朝鮮語の芝居」(『演劇新聞』一九三二年三月二〇日)二頁。
(13)中村栄二「『泥棒』上演手引」(『演劇新聞』一九三二年二月一日)三頁。
(14)村山知義「「赤いメガホン」見たまま(劇評)」(『働く婦人』一九三二年二月)八四・八八頁。
(15)村山知義「プロットの新しい任務と新しい組織方針」(『ナップ』一九三一年九月)四〇頁。
(16)申鼓頌「朝鮮に於ける演劇運動の現情勢」(『プロット』一九三二年四月)六九頁。
(17)村山知義「小学教師——一名、子供をめぐる」(『年刊日本プロレタリア創作集』日本プロレタリア作家同盟出版部、一九三二年)。なお、『子供をめぐる』は前進座の初春公演(一九三二年一月一日〜一月二〇日、市村座)でも上演された。この時村山は治安維持法違反で検挙されていたため、「外山俊平」という名前が使われた。
(18)同前、四〇〇頁。
(19)金正明編『朝鮮独立運動Ⅳ　共産主義運動篇』(原書房、一九六六年)五六一〜五六二頁、前掲(注7)一六七頁を参照した。
(20)「私達朝鮮芸術座は我々民族の古典的芸術(演劇)を正しく継承してひろく日本の朝野の人士に紹介し進んで朝鮮民族演劇芸術の向上発展の為に力を尽し以て独自性のある新しいスタイルを目指して歩み進んで行き度いと思ふのであります」(前掲〔注19〕五六二頁)。
(21)村山知義「朝鮮の演劇のために」(『テアトロ』第七号、一九三四年一二月)九〜一〇頁。

萩原　健

編み合わせのアダプテーション

千田是也と戦間期の日独アジプロ演劇

日本の俳優・演出家、千田是也《これや》（一九〇四〜九四）は、戦間期の一九二〇・三〇年代、つまり大正から昭和に移り変わるころ、日本とドイツで、扇動（アジテーション）と宣伝（プロパガンダ）を主眼とするアジプロ演劇の実践に関わっていた。そしてそこではしばしば、いわゆる文化移転を目的としたアダプテーション（脚色・翻案）が行なわれるとともに、千田自身がその媒介役を果たしていた。ただしこれらのアダプテーションは、きわめて複雑なプロセスを伴うものだった。

本章では以下、まず日本での千田の仕事の始まりをたどり、次に彼のドイツでの活動、特に労働者演劇への参加および実践について追う。続いて、帰国後の千田が参加したアジプロ隊である〈メザマシ隊〉について記し、最後に、日本とドイツで千田が関与したアジプロ演劇に見られるアダプテーションの意義を総括したい。

1　千田の日本での活動開始

千田は早稲田大学でドイツ文学を学び、一九二四（大正一三）年に築地小劇場が設立されると、その開場時から座付き俳優として活動した。出演作にはドイツの劇作家ラインハルト・ゲーリング作の『海戦』（開場公演）や、同じくドイツの劇作家ゲオルク・カイザー作の『朝から夜中まで』ほかがある。そして一九二六（大正一五）年になると築地小劇場を離れ、複数の劇団に前後して所属し、俳優として出演するのと並行して、小道具や仮面の制作も手掛けた。

また人形劇団〈人形座〉が旗揚げ公演を築地小劇場で行なった際には、マリオネットを制作した。演目はドイツの劇作家カール・アウグスト・ヴィットフォーゲルの風刺劇『誰が一番馬鹿だ?』で、千田が制作したマリオネットは、これもドイツの風刺画家、ジョージ・グロッスの風刺画にならったものだった(1)。

千田が参加した別の劇団としては、一九二五(大正一四)年設立の〈トランク劇場〉がある。同劇団の活動の柱は、工場で開かれる労働者の集会を支援するために、工場の中庭等の場所へ出向いて公演を行なうことだった。そして劇団の移動を容易にするために、舞台装置や小道具は持ち運べる程度にまで省かれた。これが劇団名〈トランク劇場〉の由来である。千田はおそらく、とりわけ同劇団への参加を通じて、労働者演劇への関心を強めていった。そして最終的に、そのルーツのひとつとして知られていたドイツの労働者演劇を学ぶことを目的として渡独するに至った。

2　千田がドイツで関わった労働者演劇

ドイツに渡った千田はまもなく、ベルリンで演出家エルヴィーン・ピスカートア(一八九三〜一九六六)の稽古を見学する機会に恵まれた。ピスカートアは、幻灯で示されるスナップショットや記録映画といった技術を駆使し、同時代の労働者が置かれた条件を分析する演出作品の数々で知られていた。

千田が見学したのは、一九二七(昭和二)年九月に開場するピスカートアの個人劇場のこけら落とし公演、エルンスト・トラー作『どっこい、おれたちは生きている!』の稽古だった。また千田は見学するばかりでなく、ピスカートアの求めに応じて、中国の活動家を映した無声映画が流れるスクリーンの後ろで、いわゆるアテレコをすることもあった。

とはいえ、千田はピスカートアには共感しなかった。というのも、ピスカートアの観客は主にプチブル層だっ

図①　千田による〈日本帝国主義〉役のイラスト

たからである。労働者たちとのより直接的な接点を求めて、千田は同じ考えを持つ演出家、グスターフ・フォン・ヴァンゲンハイム（一八九五〜一九七五）との協働作業を開始した。

一九二九（昭和四）年、千田とヴァンゲンハイムは反帝世界連合ベルリン支部の集会のために、アジプロ隊〈赤シャツ隊（Rote Blusen）〉と共同で、帝国主義と植民地主義を主題としたアジプロ舞台『レヴュー・インペリアリズム（Revue Imperialismus）』を制作した。同作は、千田によると、「風刺的な小場面、シュプレヒコール、歌、踊り〔略〕、統計やスローガンや漫画をかいたプラカードなどを豊富につかいながら、それらを一貫したテーマと緊密な構成によってモンタージュした一時間半ぐらいの脚本」で、千田は〈日本帝国主義〉の役で出演し、鎧をつけて高下駄を履き、「タップ・ダンス式剣舞」を踊ったという(2)〔図①(3)〕。

また一九三一（昭和六）年になると、千田とヴァンゲンハイムは〈劇団一九三一〉を創設し、旗揚げ公演『鼠落とし（Die Mausefalle）』を制作した。そのプロセスは、団員たちが各所で取材をし、その結果が公演のテクストに使われる、という集団作業からなるものだった。

同作のねらいは、世界恐慌後に生活水準を落とした中間層への訴えかけだった。別の言い方をすれば、中間層を労働者層と共闘させることが、〈劇団一九三一〉および旗揚げ公演『鼠落とし』の目的だった。

筋書きについては、演劇史家のケンドラーが『戯曲と階級闘争』（一九七〇）のなかで次のように要約している。

筋書きは三つの部分に分かれる。第一部はこのプチブルの〔主人公の〕誤った認識を示す。彼は自分が、戦争での将校のように、権力を与えられた人格だと信じている。

第二部は、社会実践を通じての、この人格信仰の否定だ。また同時に、ファシストの指導者信仰や、チェコの製靴王バチャが実践した工場管理システムといった社会制度の、客観的・歴史的機能の解明である。こうした制度は、反動的な目的のために、人格に関する妄信を利用する。

最後の第三部は、描写された状況を打破する革命的な方法についての、複雑な弁証法である。このようにして、社会主義的な演劇で初めて、現下の、また喫緊の同時代の問題に関しての、社会システムおよび個人の運命の弁証法全体を示す試みがなされたのだった。(4)

右記のケンドラーの描写からうかがえるように、『鼠落とし』は、上演時点での同時代ドイツの社会を主題とし、中間層の観客が、自分たちの現在の社会的状況をみずから認識していくように工夫されていた。だから、表題の『鼠落とし』がシェイクスピア『ハムレット』の劇中劇の題と同じであることは偶然ではない。『ハムレット』では、劇中、王が劇『鼠落とし』を観て、兄である先王の殺害を追体験する。これと同様に、〈劇団一九三一〉は中間層の観客に、観客自身の生活苦を導いた状況を追体験させようとしたのだった。

加えて、『鼠落とし』では、シェイクスピアだけでなく、ゲーテも参照されている。最終場面で、舞台後ろの幕の中央にはゲーテの肖像画があり、その左右にはひとつずつ、横長の板が掲げられ、その表面にはゲーテの『西東詩集《せいとう》(West-östlicher Divan)』からの一節、「地上の子どもたちの最高の幸福/それはやはり人格だ(Höchstes Glück der Erdenkinder / Sey nur Persönlichkeit)」が書かれていた。ゲーテからのこの引用によって、『鼠落とし』の上演は、当時人々が困窮するなかで翌年(一九三二〈昭和七〉年)のゲーテ没後百周年を祝おうとする中間層の人々を、皮肉をこめて批判していた。

こうしてみると『鼠落とし』は、上演地の、上演時点での状況をふまえて行なわれた、イギリスおよびドイツの古典のアダプテーションだったと言っていい。

その一方で、『鼠落とし』は、西洋の古典ばかりでなく、東洋の演劇も参照している。そのことは〈小道具係〉という役に明らかに見て取れる［図②］(5)。

クネレセン『舞台の上のアジテーション』（一九七〇）によれば、小道具係は最初に舞台に登場する際、自分が中国の舞台で小道具を持ってくる者だと自己紹介をし、「私は上演で必要なものすべてを持ってくる。つまり私は、君たちにとっては、いないということだ！」と観客に告げる(6)。以降、この役は、場面を転換したり、小道具や仮面、衣装を手渡したり受け取ったりする。さらに、各場面の導入や結びの台詞も担当して、場面や登場人物の説明をする。したがって、観客は繰り返し、距離を取って舞台上の出来事を観察することになる。

図②『鼠落とし』の〈小道具係〉

注目すべきは、小道具や仮面、衣装のデザインを手掛けていたのが千田だったことである。渡独前の千田が行なっていた、小道具・仮面・人形等の制作の経験がここで活かされたことは想像に難くない［図③］(7)。
加えて、千田はこの小道具係の役を演じる予定でもあった。千田が能の後見《こうけん》や歌舞伎の黒衣《くろご》の役回り、あるいは人形浄瑠璃の、上演冒頭での黒衣による説明等をヒントにし、『鼠落とし』の制作に活かした可能性は十分に考えられる。実際、演劇学者プフュッツナーは、論考「ベルリンの社会主義的職業劇団のアンサンブルと上演（一九二九～一九三三）」で、『鼠落とし』の演出に見られる複数の要素を、千田の存在を指摘しながら、「アジア演劇の伝統的手法」(8)であると解説している。
ただし、プフュッツナーは日本演劇ではなく「アジア演劇」と記し、『鼠落とし』の小道具係も、自己紹介で自分の出自が「中国の舞台」であると宣言している。これらの背景として考えられるのは、上演当時の同時代で

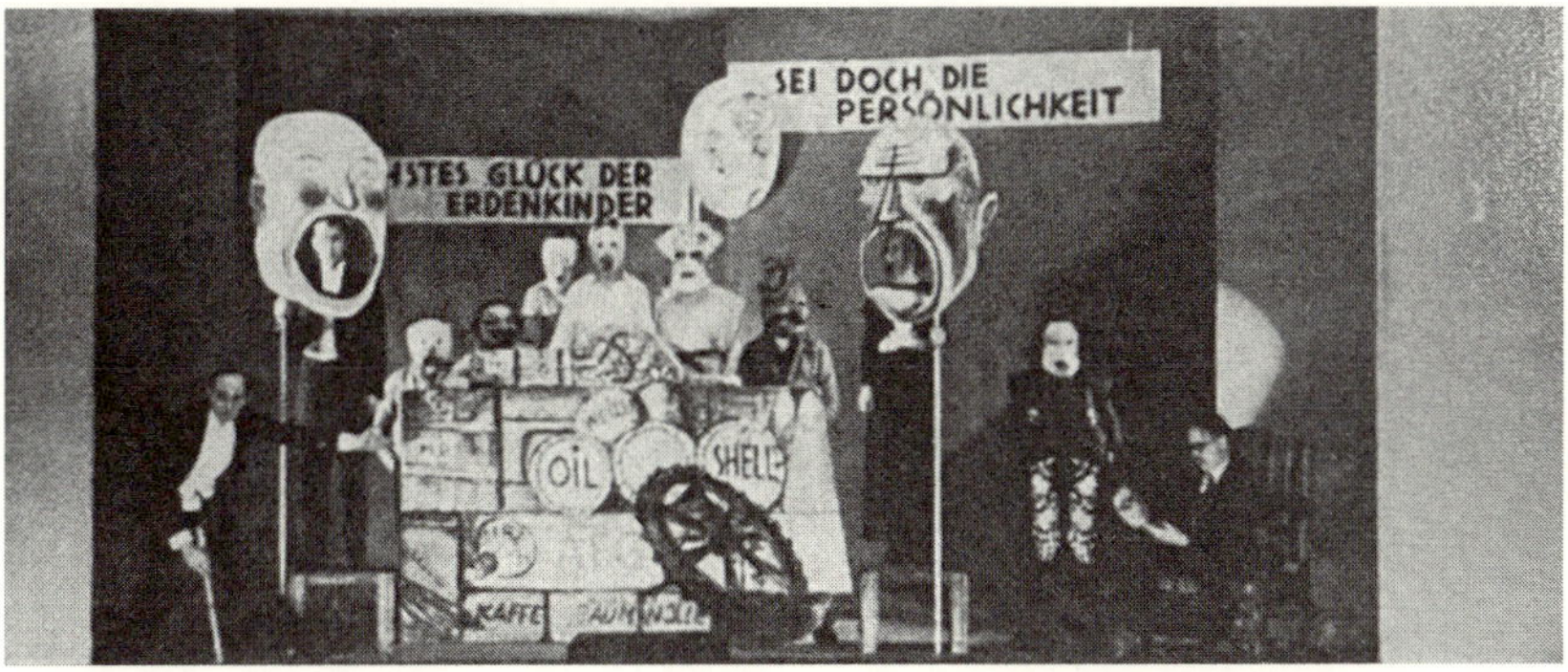

図③　『鼠落とし』舞台写真（千田が制作したと考えられる仮面等が使用されている）

起きていた中国革命に対するドイツの演劇人たちの関心だ。

先述のように、ピスカートアは演出で中国の活動家を映した無声映画を使った。また彼が一九三一（昭和六）年に演出したフリードリヒ・ヴォルフ（一八八八～一九五三）作の『タイ・ヤンは目覚める』の主題は、ある女工の中国革命への参加である。あるいは、その前年の一九三〇（昭和五）年にベルトルト・ブレヒト（一八九八～一九五六）が制作した作品『処置』では、中国で活動したという同時代の扇動家たちが登場する。

その一方で、日本演劇に対する大きな関心も同時期のドイツにあった。一九三〇（昭和五）年に筒井徳二郎の一座がベルリンで歌舞伎の作品を上演した際に、ピスカートアもブレヒトもこれを訪ねている。筒井一座の上演は、ピスカートアやブレヒトの、俳優の身体表現を際立たせた一九三〇年前後の演出に少なからず影響を与えたことが推測される。

3　千田の帰国とアジプロ隊〈メザマシ隊〉

『鼠落とし』に戻ろう。千田は小道具係として出演する予定だったが、それは結局実現しなかった。[9] 彼は日本へ戻って国際労働者演劇同盟（ＩＡＴＢ）の極東事務局を設立するという役目を負ったのだった。

帰国した千田はさまざまな活動を展開するなかで、アジプロ隊〈プロレタリア演芸団〉に関わるようになり、隊名は千田の提案で〈メザマシ隊〉[10]

へと変更された。この名称は、ドイツの都市シュテッティン（現在はポーランドのシュチェチン）のアジプロ隊、〈赤い目覚まし時計（ローター・ヴェッカー、Roter Wecker）〉にちなんだものだった。

千田が参加したことで、隊はドイツのアジプロ隊の実践をさらに参照することになった。千田は必要に応じて俳優として参加したり、稽古の際に技術的な助言をしたり、ドイツのアジプロ隊の作品について話したりした。また千田がドイツから持ち帰った脚本やパンフレットは、隊員のひとりである川島隆子が翻訳し、隊の活動に活用されて、シュプレヒコールの台本等へと構成された。隊の出張公演システムも細かく組織された[11]。

注意したいのは、メザマシ隊の上演テクストがどのように準備されていたかである。一九二〇年代半ばのトランク劇場の場合、すでに出版されていた複数の短い戯曲が上演テクストとして活用されていた。ひるがえって、メザマシ隊の場合、上演テクストはメンバーたちみずからが制作していた。彼らは取材を行ない、その成果が上演テクストに使われていたのである。こうした集団制作のプロセスは、千田がドイツで参加していた〈劇団一九三一〉のそれとまったく同じだった。

ではそのような制作過程を経た結果としての、メザマシ隊の上演はどのようなものだったのだろうか。一九三二（昭和七）年の『青いユニフォーム』を手がかりにして追ってみよう。

同作は隊員のひとりだった島公靖の作とされているが[12]、実際は集団制作から成立し、その成り立ちが作中でも語られる。すなわち、後述するように、作品の制作プロセスが、上演の最中に解説される。

作品は八つの場面から構成されている。幕開きの場面では、隊の成り立ちが紹介されたあと、演じ手たちが客席を指して、次のように発言する。

C　あ！　あそこにいるのは新宿車庫の人だ。

H　あ、あのピクニックのか。

G　いい天気だったな。此方《こちら》も保養になったよ。
E　あすこの人は、ほら！　何んてったっけな、あのほら、食料品屋の人だぜ！
D　ああ、新年宴会でどっさり御土産買ったとこかい。
E　何しろ倉庫ん中で、「俺の子供」〔劇団の作品の名〕と歌を唄ったんだぜ。
D　あ、笑ってら。
A　そうかい？　そんなに顔見知りがいりゃ気が楽だ。一つ景気よくやろうぜ！
一同　ようし‼
ABCの順序に整列する。Bは「メ」Dは「ザ」Fは「マ」Hは「シ」Jは「隊」と書いたシルド札を持つ。(13)

このように最初の場面で、『青いユニフォーム』の上演の枠組みが明らかにされる。すなわち、虚構の世界を再現することよりも、公演日の劇場内に居合わせている観客とともに上演を形成することを主旨として明らかにするのがこの第一場だと言っていい。

続く三場面〔第二場〜第四場〕は、コメント付きの寸劇の形式で展開される。第二場では、いつどこでだれによって演劇が必要とされるかという基本的な問いが掲げられ、続く第三場では、メザマシ隊の脚本が組織的な生産物だということ、そして第四場では、職場で劇団を設立することの意義が強調される。

上演の後半〔第五場〜第八場〕はよりダイナミックになる。第五場ではメザマシ隊の公演制作プロセスが解説され、その例として劇中劇が演じられる。第六場は台詞と歌からなり、メザマシ隊の活動が階級闘争のひとつであることが伝えられる。第七場ではシュプレヒコール劇『我らの要求』が劇中劇として演じられ、そして最後の第八場は、「しめくくりのシュプレヒコール」のあと、隊歌が歌われて結びとなる。

図④　メザマシ隊『青いユニフォーム』舞台写真

こうしてみると、『青いユニフォーム』の出演者たちが、基本的に、虚構の人物ではなく、出演者本人として出演していることは明らかである。さらに、出演者たちはいくつかの場面で、出演者同士のやりとりを断ち切って、『鼠落とし』での小道具係と同じように、観客へと語りかける。こうした一連の演出により、メザマシ隊の観客は、虚構の人物に感情移入することがほとんどなかったと考えられる。彼ら観客は、虚構の人物と自分を重ねるのではなく、むしろ虚構の人物を観察するように求められていた。

またこの関連では、装置や小道具の使われ方も注目される。すなわち、繰り返しプラカードや仮面等が使われ、これらが、上演時点での社会構造を図式的に示していた［図④］[14]。

仮面等については、メザマシ隊のメンバーだった江津萩枝によると、「登場人物を地主、資本家、労働者、農民、子どもなどの典型に分け、それぞれの等身大の前掛式シルエットをボール紙で作って泥絵具で着色〔ママ〕・顔は同じくボール紙に採色〔ママ〕し眼に孔をあけてお面を作った。前掛と面をとりかえれば一人何役でも早代《〔ママ〕》り出来るし、出動先の実情に合わせて即興で短い劇に仕組むにも便利」[15]だったという。非写実的な装置や小道具を目にしつづけた観客は――これについても『鼠落とし』の上演の場合と同様――結果として、舞台上の出来事から距離を取ってこれを観察するようにうながされていたと判断される。

4 結論――編み合わせのアダプテーション

以上に見てきたように、戦間期のドイツと日本のアジプロ演劇において、千田是也が媒介となって、アダプテーションがしばしば行なわれた。そしてこれらのアダプテーションは、ひとつの原典からひとつの翻案が制作されるという、単純明快で一方通行的なものではなかった。

この関連で示唆的なのは、前出の江津による記述だ。帰国直後の千田について、江津は次のように記している。

> 前年の暮にドイツから帰国したばかりの千田是也の颯爽とした容姿がメザマシ隊にしげしげと現れるようになって活気が加わった。メザマシ隊という名称も彼のドイツ土産だったし、ソ連やドイツの「青服劇（シニヤヤ・ブルーザ）」や「生きた新聞（ジワーゼ・ガゼーター）」などの新しい形態の移動演劇の活動を実際に見に来て《〔ママ〕》いる人なのでまことに新鮮、かつ頼もしい感じだった[16]。

この記述からうかがえるのは、千田が伝えたアジプロ演劇の実践が、同時代のドイツ、ないしソ連で行なわれていたアジプロ演劇の実践だと理解されていたことだ。だが実際は前述の通り、ドイツで行なわれていた実践の一部は、中国や日本の演劇の要素を取り入れていた。別の言い方をすれば、メザマシ隊のメンバーにとっての〈ドイツ演劇〉は、すでに一部〈アジア化〉されていたものだった。

この事例はちょうど、同時代のソ連の演出家、セルゲイ・エイゼンシテイン（一八九八～一九四八）による歌舞伎の受容と逆のケースである。戦間期、エイゼンシテインは歌舞伎の影響を強く受けたが、彼が親しんだ歌舞伎は、近代の、西洋からの影響を受けた歌舞伎だった。とりわけ有名なのは、エイゼンシテイン自身が観た、二世市川左團次による一九二八（昭和三）年の歌舞伎訪ソ公演だが、この左團次こそ、小山内薫と一九〇九（明治四二）年に自由劇場を設立し、イプセンほか、同時代西洋の劇作家の作品を翻訳上演した新劇運動の立役者だった。[17] だから、エイゼンシテインのもとで〈日本演劇〉として理解された演劇は、西洋演劇の実践をふまえた上で制作されていた日本演劇だったと言っていい。

総じて言えば、江津もエイゼンシテインも、実際は複数の文化圏にルーツを持つものを、〈特定の文化圏からのもの〉として理解した。そしてその〈特定の文化圏からのもの〉とは、その内に、彼らにとって馴染みのある文化圏の要素を含んだものだった。

〈原典を制作した側〉の文化圏と、〈原典に手を加える側〉の文化圏との関係が複雑にからみ合っていた点で、ドイツと日本で千田が関わったアジプロ演劇の実践は、きわめて手の込んだアダプテーションだった。制作の始まりの時点で、アダプテーションの対象とされる原典が、すでに別のアダプテーションの成果である場合もあった。すなわち、これら一連のアダプテーションは見事なまでに、フィッシャー＝リヒテの術語で言う、多様な文化圏からの出典の〈編み合わせ（Interweaving）〉[18] を通じたアダプテーションとして成立していたのだった。

（1）千田が参加した人形座の活動については次を参照。滝沢恭司「「美術」の進出――人形座にみる大正期新興美術運動の様態」（『立命館言語文化研究』二二巻三号、二〇一一年一月、一七～三三頁）および Yufei Zhou, "Karl August Wittfogel's Proletarian Drama in Japan," in *Annals of human sciences*（年報人間科学）, No. 38, March 2017, pp. 1-16.

（2）千田是也『もうひとつの新劇史』（筑摩書房、一九七五年）一九三頁。

（3）同前。

（4）Klaus Kändler, *Drama und Klassenkampf*. (Berlin; Weimar: Aufbau, 1970), S. 240. 日本語訳は拙訳。

（5）前掲（注2）『もうひとつの新劇史』二一五頁。

（6）Friedrich Wolfgang Knellessen, *Agitation auf der Bühne. Das politische Theater der Weimarer Republik* (Emsdetten: Lechte, 1970), S. 205.

（7）Knellessen, a.a.O., Fig. 131.

（8）Klaus Pfützner, "Ensembles und Aufführungen des sozialistischen Berufstheaters in Berlin (1929-1933)," in *Schriften zur Theaterwissenschaft. Schriftenreihe der Theaterhochschule Leipzig*, hrsg. von Rolf Rohmer. Bd. 4 (Berlin: Henschel, 1966), S. 11-244. S. 126.

（9）代わりに小道具係の役を演じたのはヴァンゲンハイムの妻インゲだった(vgl. Knellessen, a.a.O., S. 205)。

（10）メザマシ隊の詳細については次の拙稿を参照。萩原健「出来事としての舞台～アジプロ隊〈メザマシ隊〉の活動について——両大戦間期の日独演劇（2）」（『演劇研究』第三一号、二〇〇七年、一三一～三〇頁）、同「アジプロ隊〈メザマシ隊〉の演劇について——〈脱・制度〉の演劇、その十五年戦争の間の変容」（『演劇学論集』第四九号、二〇〇九年、五三～七三頁）。

（11）前掲（注2）『もうひとつの新劇史』二五八頁、および江津萩枝『メザマシ隊の青春』（未來社、一九八三年）三七頁参照。ただし、隊の体制がこうして整えられていくのと並行して、失われていったものもあったかもしれない。プロレタリア演芸団に、千田という、一種権威的な人物が参加し、一定の規律が導入されたことによって、それまでに展開されていた遊戯的な側面が減じられた可能性がある。この点で示唆的なのは、〈プロレタリア演芸団〉から〈メザマシ隊〉への名称変更である。その理由を千田は「長ったらしく、やぼったいので」（前掲〔注2〕『もうひとつの新劇史』二五八頁）と説明するが、団体名から「演芸」の語が消えたことは、メンバーの態度に少なからず影響したように思われる。

（12）島公靖「青いユニフォーム」（『プロレタリア文学集37　プロレタリア戯曲集（三）』新日本出版社、一九八八年）一九～五一頁。

（13）同前、二二頁。

（14）前掲（注10）「出来事としての舞台」一二三頁。

（15）前掲（注11）『メザマシ隊の青春』四〇頁。

（16）同前、二七頁。

（17）二世市川左團次による西洋演劇受容、および彼の一座の歌舞伎訪ソ公演については次を参照。神山彰『近代演劇の脈拍――その受容と心性』（森話社、二〇二一年）第七章「二代目市川左団次の「セルフ・ヘルプ」――西洋演劇との相互受容」九九～一〇四頁、および永田靖・上田洋子・内田健介（編）『歌舞伎と革命ロシア――一九二八年左団次一座訪ソ公演と日露演劇交流』（森話社、二〇一七年）。

（18）cf. ed. by Erika Fischer-Lichte, Torsten Jost, Saskya Iris Jain, *The Politics of Interweaving Performance Cultures. Beyond Postcolonialism* (London; New York: Routledge, 2014).

（付記）本研究はＪＳＰＳ科研費 JP22K00153 の助成を受けたものです。

プロレタリア文学に描かれた「子殺し」

平林たい子「夜風」を中心に

鳥木圭太

はじめに

平林たい子（一九〇五〜七二）は、初期プロレタリア文学運動のなかで、「子殺し」を創作のテーマに据えた稀有な作家である。彼女の初期の代表作「施療室にて」（『文芸戦線』一九二七年九月）では、革命への使命感から、政治犯として植民地満洲の施療院で出産する主人公光代の意識に焦点をあて、脚気に罹患した母乳を与えてわが子を死なせてしまう光代に、「子どもへの愛が深いならば、深いが故に、闘ひを誓へ[1]」と自らを鼓舞させる。ここで描かれるのは主人公が赤子に直接手を下すのではなく、代用ミルクを手にする術を持たないことによる未必の故意としての「子殺し」である。

中山和子は光代の行動について、「妊娠脚気の母乳をあえて与えた子どもの死〔略〕――一種の子殺しも、テロリズムの心情に染まった、絶望のなかで再起を願う、そのテーマに沿った改変である[2]」と分析し、西荘保もまた、「施療室にて」が「「私」の脚気が出産前から自覚されており、「私」はその乳を飲ますことの意味を十分認識してい」た点において本作を「子殺し」の文脈に位置付け、子どもの死は、ここで「「私」の中の個人の感情と社会意識」の「融合を確固なもの」としたと分析している[3]。倉田容子は「「濁った乳を飲ませる決心」と授乳という行為は、〔略〕「私」が置かれている状況への構造的認識に基づく「判断」、そして領域横断的な「説明」の帰結として語られている」と述べ、そこに至る主人公の葛藤が、「「目的意識」が前提としていた領域的な公／

私区分」を無効化するものであると分析した。[4] エドウィン・ミヒールセンは「施療室にて」を同時代における無産者産児制限運動とのかかわりから分析し、光代が赤子に脚気の母乳を与えて死なせることを「資本主義と家父長制の社会」に対し「その制度が作った社会構造の中にとどま」りながら「社会構造へ無抵抗という形をとること」で「生殖を中止」する「無抵抗的な抵抗」であると評価する。[5]

　これら先行研究が明らかにしてきたように、この「子殺し」の主題は、主人公がもつ階級意識との関わりでその政治性が評価されてきた。それは何よりも、一人称形式で語られる本作においては、語りそのものが主人公の意識を分析する有効な手掛かりとなるからである。しかし、自らを語る術を持たない従属的地位におかれた女性の「子殺し」にはどのような意味が見出せるのか。この主題は農村女性による直接的な「子殺し」を描いた、平林たい子の短篇小説「夜風」（『文芸戦線』一九二八年三月）[6] において前景化されることになる。

　倉田容子は「施療室にて」を「身辺に材を取った所謂「体験小説」」であり、主人公光代の語りは「「私」が置かれている状況と彼女の判断の根拠を説明し尽くすもの」であるのに対し、「夜風」は「「体験」を離れた「客観小説」」であり、青野季吉《すえきち》（一八九〇～一九六一）の「目的意識論」を受けて、「「身辺的認識」を「社会的歩調に追いつかせる」という課題」を追求したものであると分析している。[7]

　倉田が指摘するように、光代は自らの感情や動機を論理的に「説明し尽くす」のに対し、「夜風」のお仙はそもそも自身の内面を言語化する術を持っていない。「施療室にて」の「子殺し」は未必の故意として描かれるが、「夜風」ではお仙は自ら赤子を手にかける。そこには動機の説明はなく、ただその行為だけが読み手に提示されるのだ。

　両者を比較するとき、そこには主体化された前衛（＝光代）と客体化された農民・大衆（＝お仙）というプロレタリア文学運動のなかで図式化されたドグマが浮かび上がるように見える。しかし、だとすれば、主体化され得ないお仙の子殺しにはどのような政治性が内包されているのだろうか。

本章では、「夜風」の分析を通じて、「子殺し」という主題が当時の言説空間において内包していた政治的意味合いを明らかにしていく。

1　農村における主体形成とジェンダー

「夜風」の舞台となるのは、作者が生まれ育った長野県諏訪地方の農村である。冒頭の八ヶ岳山麓の峻厳な自然描写に続いて、解体・再編されていく農村の姿が描かれる。

そこから振返ると、見渡す限り、村を取まくものは山のてつぺんまで、葉を落して雨のやうに立並んだ桑畑だつた。そこにも貧乏と金持とがきつかり区別されて存在した。〔略〕自分で作るだけの田を持つた百姓は、年々歳々生活向きに追ひつめられて行つた。〔略〕米は廉く豆粕と税金は高かつた。〔略〕／自作農は落ちて小作農になつたが、小作人は、もうそれ以下に落ちる所はなかつた。仕方なしに仕事の合間には製糸工場の石炭運びにさへなつた。地主さへもが田を売つて、電機株を買つた。共同製糸会社へ投資した(8)。

ここで語られるのは、農村における資本による富の収奪、所謂本源的蓄積から産業資本確立の過程である。一八七三（明治六）年の地租改正による高額な地租金納の義務は農民の肩に大きくのしかかり、中小農民層の解体を推進していった。さらに明治一〇年代の松方財政による不況下で、貧農層の土地喪失、地主への土地集積が急速に進むことになる。こうした地主所有となった土地の多くは小作農に貸し出され、小作地・小作農が増大し、その小作料によって資本を蓄積した寄生地主との間で矛盾・対立が拡大していくことになる。

こうした舞台背景の説明に続き、東漣村で小作農を営む末吉一家の窮状が語られていく。一家は早くに母を亡くし、父親の死亡をきっかけに長男清次郎は家を出て、弟の末吉が家を継いでいる。小作料や税金、電気代の高騰に汲々とする末吉の元には、夫に死に別れた姉のお仙が出戻り、家事や鶏の世話をして暮らしている。お仙の娘清江は製糸工場へ出稼ぎに行き、息子の定男は東京の夜学へ通わせているが、お仙は田植えの日雇い男と関係を持ち、腹に子を宿し臨月を迎えている。人目を憚る出産を控えたお仙は、弟の目を盗んで時折米を盗んでいく清次郎から日々暴力を受けている。

ある日製糸工場を経営する地主の善兵衛から、工場裏の田の小作料値上げをほのめかされた末吉は、善兵衛の狙いが工場拡大のために小作地をとりあげることにあるのを見抜き、隣家の陽之助と共謀して、善兵衛の雇った男工たちが刈った稲を自分たちのものにしてしまう。意気揚々と家に帰った末吉が目にしたのは、清次郎に追いやられて土間で出産したお仙が、生まれたばかりの我が子を手にかけ、気がふれたかのように哄笑する姿であった。

「夜風」は、地主に抵抗する末吉の物語と、清次郎の暴力の果てに我が子を手にかけるお仙の物語を軸に語られるが、そこに製糸工場の女工たちによる工場監督への反逆の物語が挟み込まれることで、主体化を果たす小作農と女工、その主体化の契機から零れ落ちる農村女性それぞれの物語が対比的に浮かび上がることになる。

まずは本作品が舞台とする一九二〇年代の長野県農村における労働運動の動態を通じて、本作品が描き出したジェンダーと主体形成の関係を考えてみよう。

普通選挙と小作農の主体化

作中、自作農たちが「国会議員の選挙」にむかう場面が描かれるが、この選挙は直接国税三円以上を納税する成人男性に限定されていた制限選挙であり、末吉ら小作農はこの選挙からは排除されている。

ちやうど国会議員の選挙で、選挙権のある自作農が皆田を上がつて行つたあと、村道にそつた八幡裏のひつそりした田で乾した稲を束ねてゐると選挙かへりの金製糸工場の善兵衛が俥にのつて砂利道を役場の方からやつて来た。(9)

投票から帰ってくる自作農たちに対し、末吉は「フン選挙が何だ」と階級的反発を覚え、それが物語終盤、工場裏の田の稲刈りをめぐる攻防へとつながっていく。しかし、ここで末吉たちの頭にあるのは、工場裏の米をいかに善兵衛より早く収穫するか、という徹頭徹尾自分たちの目先の利益のみであり、これは青野季吉のいう「自然成長」の段階に留まるものに過ぎない。(10)

言い換えれば、末吉たちは経済闘争主体としては主体化されるが、それはいまだ「目的意識」に基づいた政治闘争主体としては主体化されていないということになる。だとすれば、「夜風」において提示されるのは、いまだ目覚めぬ末吉たち小作農を政治闘争主体として覚醒させるために、彼らに芽生えた抵抗精神をいかに階級意識へと発展させるのかという課題になる。しかし、その課題の達成は作品の中に描かれるのではなく、小作争議と普通選挙という政治運動のなかで目指されることになる。次に、この政治運動で大きな役割を果たした農民組合の活動について見ていこう。

第一次世界大戦終了後の反動恐慌をうけて小作争議が頻発するなか、一九二二（大正一一）年に日本農民組合（日農）が結成される。日農は第四回全国大会において、国政選挙にさきがけて男子普選方式が導入されていた町村会議員・農会総代選挙に対する方針を決定し、帝国議会に上程された普通選挙法案の審議を見据え、無産政党の樹立へ向けて町村会および農会総代議員選挙における小作人議員の多数派獲得を目指した。(11)

普選実施へ向けた農民運動の高まりのなか、一九二七年四月に創立された長野県小作人組合連合会は、結成と共に日農に加盟し、実質的には日農長野県連合会として活動していくことになる。日農長野県連が掲げた運動の主要な項目の中に、山一林組争議や霜害被害者同盟の結成、小作争議と並び掲げられたのが、村農会総代選挙である。これは従来の村農会を「資本家階級の別動隊」（第一回大会決議）と位置づけ、村農会選挙に立候補し、内部から「村農会の無産階級化」をおこなうことを企図するものであった[12]。

これにより、一九二〇年代に実施された選挙において、小作人は町村議会の四分の一、町村農会総代では三割を占めるまでになり、農民組合はこの男子普選を梃子として地主を中心とした旧来の農村社会秩序に代わって、新たに普選による平等原理を軸にした広い農村社会秩序の創出を目指したのだ[13]。

大門正克はこうした普選運動が農村社会に与えた影響について、以降の町村自治に下層成年男子が進出し、彼らを包摂する体制へと再編されたこと、行政区としての農村における公共圏を定着させる契機となったことなどと併せて、普選によって農村運動の担い手となった小作階級が、階級ではなく、自治の担い手である「公民」として認定されていったことを挙げている。大門はしかし、一方でこの「公民」としての意識を内面化した小作農が社会的上昇欲求を強めた結果、労使協調的な傾向を強めていったとも指摘している[14]。

こうした政治運動の高まりのなか、「夜風」発表の前月、一九二八年二月に日本初の国政普通選挙である第一六回衆議院議員総選挙が実施された。この普選実施にあたって、平林たい子が所属した労農芸術家連盟は、階級的大衆党として労働農民（労農）党支持を表明しながらも、無産四政党（労働農民党・日本労農党・社会民衆党・日本農民党）の選挙協定にもとづき、東京第五区において日本労農党の加藤勘十を支援した。選挙の結果、この協定がうまく機能せず加藤は次点で落選したものの、地方無産党もふくめた無産政党全体から八名の当選者を議会へ送り出すこととなる[15]。

「夜風」は、この普選実施という同時代空間において主要な政治的争点となっていた問題を作中に織り込みつつ、その問題をめぐる言説のなかに並置される。たとえば、「夜風」が掲載された『文芸戦線』一九二八年三月号には、「選挙応援日誌」と題し、各ページで連盟員たちの選挙活動報告が掲載されている。また、労農党の選挙協定違反を批判する抗議書に添える形で、「平林たい子氏は、本聯盟を代表して、二月十一日積雪の中を、対立候補なき南信労農党候補者藤森成吉氏応援のために出発いたしました。猶本聯盟からは氏のために声明書を発して声援した」（七九頁）と報告されている。

内藤由直が犬田卯《いぬたしげる》の農民小説「開墾」（『文芸戦線』一九二六年六月）の分析を通じ、農村部における第一回普選の実施にあたり、労働組合運動から無産政党結成を経て普通選挙へと向かう山川均の所謂「方向転換論」の背後にコミンテルンの指導方針があり、この動きはプロレタリア文学運動においても「普通選挙制度への評価と労働運動・文学運動の質的変化とが密接に関わっていた(16)」と指摘しているように、普通選挙はテクストと現実の言説空間を接合し、農村を舞台に自作農と小作農のヘゲモニー闘争を可視化した国家的イベントだった。

「夜風」は長野県下におけるこうした農民運動の質的変換への契機を描いた物語であり、この過渡期の農村の情景のなかで主体化されつつありながら、いまだ政治意識に目覚めない末吉たちのような小作農には、普選実施を通じて政治意識（目的意識）が注入され、政治闘争主体として主体化されることが期待されていたのだ。

抵抗主体としての製糸女工

では、この普通選挙からあらかじめ排除されていた農村女性たちの主体化はいかにして果されるのだろうか。「夜風」に言及する際、お仙の物語に焦点が当てられがちであるが、作中には製糸女工たちの工場主への反発と抵抗が描き込まれていることは注目に値する。

明治中期以降、近代的移植産業の生産手段輸入のための外貨獲得という国家的課題を担い、近代製糸業は農閑期の農村女性の家内労働から器械製糸によるマニュファクチュア形態を主とした日本有数の輸出産業へと大きくその姿を変えていくことになる。

長野県における器械製糸工場の数は、一八七九（明治一二）年の時点で全国の器械製糸工場の五三・八％を占め、諏訪地方にその多くが集中していた。諏訪地方は長野製糸業の中心地であり、同時に日本の製糸業の中心地でもあった。そして村内における有力土地所有者たちが製糸工場運営に乗り出し、その信用を担保に国立銀行から融資を受け、中農以下の出身者からなる製糸工場経営者を統合して製糸結社を設立し、横浜生糸売込問屋と直結し発展していくことになる。そこで働く女工の多くが近隣の養蚕村から出稼ぎにきた農村女性であった(17)。

こうした状況のなか、一九二七（昭和二）年三月の金融恐慌、同五月の長野県下の農村に大きな被害をもたらした大霜害を背景に、日本労働総同盟や日本労働組合評議会の支援のもと、同年八月諏訪郡岡谷の山一林組で起きた争議は、近代製糸工場で初めての大ストライキへと発展していく。

当初労農党の支援は、山一林組労組が総同盟系であったため拒絶されていたが、労農党はビラによる支援を続けるなかで、この争議が個別資本内部にとどまらない資本と労働者全体の対立として捉える視点を提示し、中小養蚕家農民問題として、女工らの出身地である農村への働きかけをおこなった(18)。

平林たい子も「日本最初の製糸大争議――岡谷争議の思出(19)」の中で、争議の詳細な経過について触れ、その過程で製糸労働者たちが「いや、かういふこと〔労働者に対する不払い〕はこの以前にも無数にあつたが、彼等は、はじめて、意識してかういふ事がらを見るやうになつた」と、自分たちの窮状の背後にある資本の支配に気づいていく様子を綴っている。山一林組争議では女工たちの窮状を中小養蚕農家の窮乏と関連して提示し、争議を通じて生産諸関係における支配構造に目を向けさせていくことが目指されたのだ。

「夜風」においても、農村の窮乏と製糸女工の窮状を連関したものとして提示する意図がうかがえるが、ここで描かれる製糸女工たちの抵抗は、労働争議ではなく工場監督への反発を通して描かれる。

――と、こゝでもふつと天井の高いところの電灯が暗くなつて、ぱつと消えた。暗い隅の方でわつと叫んだ者があつた。それに応じてわあつと叫び声をあげて女工達は、消えた電灯の下にいる監督のところへ突貫した。誰かゞ消毒薬で濡れた布団をかぶせた。と、だれかゞ足で蹴つた。糸目の採点し方や、賞与の分配法に不平を持つてゐる者どもは、体の目方をかけて布団を押へた。[20]

当時、諏訪地方の製糸工場では、等級賃金制と呼ばれる賃金計算法が採用されていた。これは糸目（生産糸料）や繰目（繰糸量）などによって各女工の仕事の出来を定期的に検査し、その平均値から各女工の等級を決め、平均値との差によって日給額を計算するという相対的評価に基づくもので、これにより給金の総額を低く抑え、かつ女工間の競争意識を煽ることで品質向上などを見込むものであった。こうした賞罰にかかわる検査は見番と呼ばれる男性監督官が掌握しており、彼らはしばしば女工へのハラスメントや抑圧の当事者となったという。[21]

女工たちの不満や怒りは工場主である善兵衛ではなく、日頃彼女らと接する工場監督官へと向けられる。平素彼女らが抱いていた善兵衛への憎しみも、この監督官が身代わりとして引き受けることになるのだ。ここには末吉たち自作農と同じく、製糸女工も今後組合運動によって組織化され、目的意識を注入されることによって真の意味での抵抗主体となっていく余地があることが示唆されていると言えるだろう。

農村女性の主体形成

「夜風」では製糸女工たちが、監督官への復讐を実行する抵抗主体として描かれる一方で、お仙はこうした異議申し立てをする手段を持ち得ない存在として描かれる。おそらくここには、農村女性の置かれた状況を明確に書き分けるという作者の意図があると考えられる。

光岡浩二によれば、高率小作料に苦しむ極貧の小作農あるいは小作兼自作農では、農作業だけでなく家事、育児、老親の介護といった再生産労働を担う農村既婚女性の総労働時間は男性よりも多く、[22]また、家庭内において女性は文字通り「家の女」として、家と家の結合である結婚を通じ、子を産む道具として、また働き手としても扱われてきたという。結婚してからも家督相続権者となる男子を出産するまでは入籍すらされず、「内縁の妻」として従属的地位に留めおかれることも多かった農村女性は、子どもを産んで初めて「孫の母」として家の中に居場所を確保することができたのだ。[23]

丸岡秀子は、農村における母性保護の問題について、「母の年齢の増加するにつれ、重積する子女の出産は、子女の哺育の任務を増大し、他面、農村婦人の農業労働者としての役割は決してそれによって減殺されず、従って母体の消費を増大し、哺育の任務遂行にも欠陥を生ぜしめるに至る」と述べ、農村部の多産傾向が、女性の身体に大きな負担として課せられていたことを指摘している。[24]

こうした隷属的状況のなか、普選はもちろん、「家」の中に留め置かれることで製糸女工たちのように闘争を通じた主体化の契機からも排除された農村女性が自らを主体化するためには、「健康な次の時代を生むことを要求する権利[25]」を求め、労働力の再生産を担う「母」として「家」の中に自らの居場所を求めることになるだろう。

農村女性に与えられた主体化の契機とは、「女房」として、あるいは「嫁」「母」としてのそれであり、従属的地位におかれたまま、小作青年が手にした「公民」としての主体形成からも排除されていた。こうした状況に対するお仙の異議申し立ては、農村女性に唯一与えられた主体化の契機である出産において、我が子を殺すという行為でしか果たされないのである。

2 「夜風」の描き出す構造化された差別と抑圧の実態

倉田容子は「末吉とお仙は、地主や電灯会社から搾取されるだけでなく、家庭内においても兄の因習的な暴力の支配下にある[26]」と指摘し、長兄清次郎を工場主の善兵衛と共に農村における抑圧主体と見なしているが、作品中に末吉が清次郎に暴力を振るわれる描写はない。むしろこの兄もまた工場労働者として搾取され、実家から独立したにもかかわらず、弟の目を盗んで米を拝借する、うだつの上がらない存在として描かれている。

工場裏の田の小作料値上げで頭がいっぱいの末吉も、陣痛を迎え「相談にのつておくれ」と懇願するお仙に対し、「あ、、俺あ今、そんな相談は御免だ」と突き放す。

つまりここで剔抉されるのは、兄弟の、お仙に対する抑圧の共犯関係である。末吉もお仙も清次郎も土地に縛られ、「家」から逃れることができない存在として描かれる。彼らを通じて浮き彫りになるのは、この「家」の内部で構造化されていく差別と抑圧の再生産の実態なのだ。

お仙の子殺し

岡野幸江は、お仙の子殺しについて、「たとえ子供が産まれたとしても育てることのできない貧しさのなかで、こうすること以外にどんな選択肢があるのか」と貧困にその根拠を求めている(27)。

しかしここで見落としてはならないのは、貧困はお仙の子殺しの原因ではあっても、直接の契機ではないということだ。なぜなら、彼女は弟に疎まれ、兄から蔑まれ、誰一人として頼ることのできない状況のなかで、とにかく一人で子どもを出産し、育てようとしているからである。

この出産への意志は、かつてお仙が義母による堕胎の強要に対し抵抗していたというエピソードが差し挿まれていることによって、より強調されているとも言える。もちろん、すでに堕胎の余裕すら彼女にはなかったという解釈もできるが、少なくともお仙は出産の直前まで、子どもを殺すという選択肢を持ってはいなかった。だとすると彼女に子殺しを実行させたものは何だったのか。

中山和子は「弟の家の家事と鶏の世話と農業の手伝いとを引き受ける働き手でありながら、出戻り女として冷遇され、男にも責任のある妊娠を「野良猫」の恥として耐えながら家畜同様に土間で分娩しなくてはならなかった女。〔略〕牛馬の褥と同じ藁に寝かされた女が、人間の領域を逸脱するのも止むをえない」と述べ、結末におけるお仙の子殺しを、非人間化の文脈で捉えている。[28]
お仙を非人間化する清次郎からの暴力は次のように描写される。

遠くで瀬戸物が割れるやうな音がした。お仙は、桑の油が燃える香を呼吸しながら目をあいた。と、ひろい掌が力いっぱいに横顔を打つた。打たれた横顔の皮膚が、ぴり〳〵とこまかくふるへたやうであつた。お仙ははじめてひらいた目を見定めた。更にお仙を打たうとして手を振り上げてゐる骨のたくましい兄の顔が白い紙の様に明くお仙の顔の上にあつた。

「立て！ 立たねか。布団は土間へ敷けえ。家の中で今度の産をすることたあならね！ 断じてならね！ この野良猫女か！ 恥さらし！」[29]

まさに直前まで子を産み育てる決心を固めていたお仙は、この兄からの暴力によって、「公共の空間でもなく「家の中」でもない」[30]鶏糞にまみれた土間に追いやられ身を横たえることになる。「猫のやうに人にかくれて」[31]出産することを覚悟していた彼女は、文字通り「野良猫」として、「家」の外部へと放逐されるのだ。

彼女がわが子を手にかけたのは、弟による無関心と、兄による非人間化という暴力を契機として「女の一生といふものは、こんなにも苦しみ多いものか」[32]という絶望を手にした結果なのである。

母性からの解放

田間泰子は、子捨て・子殺しが戦後の言説空間のなかで中絶とカテゴリー統合され、父不在の母子の物語として命脈を保ってきたと指摘し、近代以降、母親という制度が構築されていくなかで、子殺しという行為は母性喪失の結果としての「不幸物語」として、「母性愛に依拠した道徳的実践の産物」であったと指摘している。[33]

子どもの存在は、母という近代的に構築された主体が成立するために欠かせない条件であり、この子どもという存在によって母としての「私」は、子どものために存在しているという意識を内面化していく。お仙が筆舌に尽くしがたい困難のなかで、なお子どもを産み育てようとするのは、彼女には近代において構築されたこの母としての主体認知の方法しか残されていなかったからである。

しかし「夜風」では、近代農村において母としてあることは、「家」によって人間性を剥奪され、家畜として扱われることと同義であることが示される。お仙の子殺しはこの母という主体を投げすてるためにおこなわれる。それは、母性喪失の結果起こる子殺しという母性神話によって構築された図式を反転させ、母性によって構築された主体の自明性を打破する戦略として採用されるのだ。

同時にそれは「「母親」にとって不可欠な、抑圧された他者としての「子ども[34]」」を現前化させる。お仙はこの他者である子どもを殺害するという行為を自ら引き受けることで、貧困や権力からの弾圧によってわが子を喪失するという母親の（主体化の）物語をも拒絶していくのだ。それはかつて母性保護論争においても、自明の前提とされてきた母性の存在そのものを問う試みでもある[35]。

お仙の子殺しが逆照射するのは、近代日本において資本による本源的蓄積の実践地となった農村において、家制度を利用して抑圧構造を構築していった資本と母性イデオロギーが結託し、農村女性を社会運動からも不可視化していく状況そのものなのである。

（1）平林たい子「施療室にて」（『文芸戦線』一九二七年九月）一五二頁。
（2）中山和子『女性作家評伝シリーズ8　平林たい子』（新典社、一九九九年）一四五〜一四六頁。
（3）西荘保「平林たい子「施療室にて」論——喪失される子どもの視点から」（『福岡女学院大学紀要・人文学部編』第一五号、二〇〇五年二月）。

（4）倉田容子「「理知」と「意志」のフェミニズム――平林たい子の初期テクストにおける公／私の脱領域化」（『日本文学』第六九巻第一一号、二〇二〇年一一月）。
（5）エドウィン・ミヒールセン「平林たい子「施療室にて」――プロレタリア文学と産児制限との関わりを背景に」（『国文学研究資料館紀要　文学研究篇』第四八号、二〇二二年三月）。
（6）以下、本作の引用は初出による。
（7）倉田容子「境界をめぐる物語――平林たい子「夜風」論」（『駒沢国文』第五九号、二〇二二年二月）。
（8）平林たい子「夜風」一二二〜一二三頁。
（9）「夜風」一二七頁。引用文中の「⌒」は一種の屋号。「やままさ」と読ませるか。
（10）「たゞ私は、レーニンが説いてゐるやうに、プロレタリヤの自然成長には、一定の局限があると信じてゐる。プロレタリヤの不満や、憤怒や、憎悪は、そのまゝで放置されては決して充分に批評され、整理され、組織されるものではない」。青野季吉「自然成長と目的意識再論」（『文芸戦線』第四巻第一号、一九二七年一月）。
（11）大門正克『近代日本と農村社会――農民世界の変容と国家』（日本経済評論社、一九九四年）一八五〜一八六頁。
（12）安田常雄『日本ファシズムと民衆運動――長野県農村における歴史的実態を通して』（れんが書房新社、一九七九年）八五〜八六頁。
（13）前掲（注11）『近代日本と農村社会』一八七〜一八九頁。
（14）前掲（注11）『近代日本と農村社会』一九三〜一九四頁。
（15）中村勝範「第一回普通選挙と無産政党」（『法学研究　法律・社会・政治』第三五巻第八号、一九六二年八月）。
（16）内藤由直「犬田卯「開墾」の普通選挙批判――プロレタリア文学運動の方向転換に対する反措定」（『立命館言語文化研究』第二三巻第三号、二〇一二年二月）。
（17）中根優子「製糸業における女子賃労働の展開――長野県諏訪地方を中心に」（『国史学研究』第六号、一九八〇年一一月）。
（18）前掲（注12）『日本ファシズムと民衆運動』九〇頁。
（19）平林たい子「日本最初の製糸大争議」（『文芸戦線』一九三〇年六月）。
（20）「夜風」一三四頁、傍点原文。
（21）前掲（注17）「製糸業における女子賃労働の展開」。

(22) 光岡浩二『日本農村の女性たち――抑圧と差別の歴史』（日本経済評論社、二〇〇一年）一七頁。
(23) 同前、七五～九三頁。
(24) 丸岡秀子『日本農村婦人問題――主婦、母性篇』（ドメス出版、一九八〇年）八一頁。
(25) 同前、七四頁。
(26) 前掲（注7）「境界をめぐる物語」。
(27) 岡野幸江『平林たい子――交錯する性《ジェンダー》・階級《クラス》・民族《レイス》』（菁柿堂、二〇一六年）六六頁。
(28) 前掲（注2）『女性作家評伝シリーズ8　平林たい子』九二頁。
(29) 「夜風」一三一頁。
(30) 前掲（注7）「境界をめぐる物語」。
(31) 「夜風」一二五頁。
(32) 「夜風」一三三頁。
(33) 田間泰子『母性愛という制度――子殺しと中絶のポリティクス』（勁草書房、二〇〇一年）二四五～二四六頁。
(34) 同前、六頁。
(35) 加納実紀代は「母性保護論争」における山田わか、平塚らいてう、与謝野晶子らによる「母性」という語の使用が、具体的な「権利」や「状態」を離れ「抽象的な観念」として母性概念が独り歩きを始めるきっかけになったと指摘し、自己犠牲と無限抱擁を含み込んだ「女の存在そのもの」を指す言葉になっていったという。また加納はこの母性が天皇制と結びつくことで侵略の論理を正当化していくことに高群逸枝らフェミニストも協力していったことを批判的に論じている。加納「「母性」の誕生と天皇制」（井上輝子・上野千鶴子・江原由美子編『日本のフェミニズム5　母性』岩波書店、一九九五年）六八～七三頁。また、岡野幸江は、たい子による山川菊枝と高群逸枝の恋愛論争への介入について、「この頃の高群逸枝は農村自治や自由連合を叫び農村ユートピアの実現へ希望をかけていたことを考えると、たい子の「夜風」や「耕地」など農村を題材にした作品はそうしたアナーキズム的な農村ユートピアへの批判として描かれたと考えることができるかもしれない」と述べ、高群の主張する農村における自由恋愛論への批判が、日農と対立した農村自治会や農本主義への批判と重ねて提出されていると指摘している。前掲（注27）『平林たい子』三六頁。

社会的再生産を可視化する

宮本百合子「乳房」と女性による左翼運動

飯田祐子

はじめに

宮本百合子（一八九九～一九五一）はソビエトの左翼思想の紹介者として知られている。彼女は、一九二七年一二月に湯浅芳子（一八九六～一九九〇）とともに日本を発ってソビエトに行き、一九三〇年一一月に日本に戻った。百合子は、自らの目で見たソビエトの社会について様々に語ったが、ことに女性たちのあり方に深い関心を寄せ、家事や育児を社会化したソビエトの生活を、理想的形態として紹介した。では、学んだソビエトの思想を、日本で実践することについてはどのように考えられたのか。

本章では、宮本百合子の「乳房《ちぶさ》」（『中央公論』第五〇巻第四号、一九三五年四月）(1)をとりあげ、この点について検討したい。「乳房」は、左翼思想によって運営された託児所を取材して書かれた作品で、日本における一つの実践を記録したものといえる。そしてまたこの作品は、ソビエトで翻訳されたと百合子は記している(2)。ソビエトからアジアの一国である日本に、女性にとっての左翼思想が伝えられ、その実践が試みられたのち、その報告が再びソビエトへと伝えられる、アジアにおけるそうした思想流通の軌跡をつくり出した一例として、「乳房」を読むことができるだろう。

女性にとっての左翼運動を考えるにあたって、参照したいのは社会的再生産という概念である。「社会的再生産」という用語は、「人間を育む仕事」を指す(3)。育児やケアといった女性化された労働に目を向け、その不可欠性と不可視性を論じるための概念である。ナンシー・フレイザーらは、資本主義社会を「公的な経済を支えている明らかに「非経済的」な関係性や慣習を包み込む、一種の制度化された社会秩序」[4]と説明し、「資本主義社会では、社会的再生産の営みはジェンダーという基盤の上にある」[5]と指摘している。こうした領域の配分は、プロレタリア文学の中にも構成されている。「乳房」は、無産者託児所を舞台としているため、育児をめぐる問題が記述されているのは当然であるが、それだけではなく、獄外の「救援」活動や、ハウスキーパーについての言及など、社会的再生産に関わる問題が様々に取り上げられている。

先行研究では、プロレタリア文学としての評価が先行し[6]、その後フェミニズム批評の立場から、ジェンダーやセクシュアリティを扱った作品という評価が出た[7]。後者では「体制側はむろんのこと、反体制運動内部の闇をも抉りだす試み[8]」と捉えられ、プロレタリア文学であるだけでなくジェンダー不平等を暴露しているという点で評価されたのだが、二つの問題を指摘したい。一つ目は、そもそも「乳房」は、宮本百合子が、宮本顕治（一九〇八〜二〇〇七）の存命が分かった喜びのなかでエネルギーを得て書いた作品であり、その意味で、プロレタリア文学運動の「闇」を剔抉するために書かれたと受け取るのには無理があるということだ。プロレタリア文学運動に対してきわめて肯定的な姿勢で書かれたはずなのである。もう一つの問題は、左翼運動とジェンダー問題を二元論的に捉えた議論となっていることである。今日のマルクス主義フェミニズムが資本主義と家父長制を二元論的にとらえる議論から、資本主義を家父長制的な配置を内包したものとみる統一論へと展開してきたように、「乳房」における女性の可視化についても、二元論的にではなく、プロレタリア文学とジェンダー問題を重ねて統一的にとらえる視点で理解することができるのではないだろうか。本章では、左翼運動と女性問題を描いているととらえるのではなく、女性の左翼運動を可視化した作品として読んでみたい。「乳房」では、女性による左翼運動の周縁性が確認されるとともに、男性ジェンダー化された主流の左翼運動とは異なる運動のあり方が肯定的に示されている[9]。女性による左翼運動を描いた作品であるからこそ、ソビエトから日本へ、そしてまた日本からソビエトへという軌跡を生み出し得たのではないだろうか。

「乳房」の同時代評では、この作品が「女性」的かどうかということが、一方では肯定的、他方では否定的に論じられ、いずれにせよジェンダーに関わる論点が指標の一つとなっている。[10] しかしながら、周縁的な女性たちの仕事を記述することの意味についてはまったく関心が向けられず、まったく評価もされていない。繰り返されているのは「退屈」という用語で、[11] 彼らはここで扱われた問題に、関心を持つことができていないのである。もちろん、主流のプロレタリア文学やその運動との差異についても、まったく論じられていない。ここでは、こうして「乳房」の評価において無視されてきた女性の左翼運動の特異性について、男性登場人物との差異や関係性に注目しつつ、考えてみたい。

1　荏原無産者託児所

はじめに、素材となった東京の荏原《えばら》無産者託児所について説明しておこう。[12]

一九三一年一〇月、新興教育研究会の鈴木俊子らが呼びかけの中心となり、日本労農救援会、日本無産者医療同盟、全日本無産者芸術団体協議会、東京交通労働組合・日本無産者消費組合連盟・関東消費組合連盟などの団体、さらに河崎なつ、羽仁説子、神近市子ら五〇人ほどの個人も参加して（宮本百合子もその一人）、無産者託児所設立準備会が設立された。趣意書には「我々無産者の子供は我々無産階級の未来を持つ社会の子供だ」「全国の労働者農民一般無産者諸君。我々の子供は我々で守らう！」と謳われた階級的な左翼運動の一部である。[13] 翌一一月、高山智恵子を主任の保母として、荏原無産者託児所が開設された。多くの団体の支持を得て出発しているが、ほぼ同時期に結成された労農救援会（以下「労救」と略す）との関係が最も深い。続いて、一九三二年三月に同じく東京の亀戸《かめいど》、四月に吾嬬《あづま》（現在の墨田区の一部）にも開設された。三つの無産者託児所は、手を携えて活動し、七月には統一的運営を図るため労救に児童部が設置された。

託児所の活動は明確に左翼思想によって方向付けられたもので、プロレタリア教育を行い、ストライキの応援やニュース発行、カンパ集めなども行った。託児所は弾圧の対象となり、保母たちはたびたび検挙された。(14)一九三三年二月一五日に出された「檄」文には、保母の検束、家宅捜索、資料の押収など、大崎署による「野獣的弾圧」に対して、強烈な抗議と同志への連帯の呼びかけがなされている。(15)保母たちはよく闘ったが、検束による保母の不在と資金難のために、一九三三年八月には荏原託児所が、一九三四年二月には亀戸と吾嬬託児所も閉鎖に追い込まれた。

宮本百合子は、一九三二年の夏に荏原託児所を取材している。(16)「乳房」はこの取材をもとに執筆された。

2 「乳房」における女性の左翼運動

「乳房」は、荏原託児所での運動の様相を、的確に写し取っている。高山智恵子は「宮本さんの「乳房」は、小説としてだけでなく大切な唯一の記録」と述べている。(17)あらためて、「乳房」に描かれた彼女たちの具体的な活動を列挙してみよう。

まずは託児所の中心的な仕事として、(1)乳幼児や児童の養育が行われている。その際、単なる養育にとどまらず、(2)プロレタリア教育を行っていることも重要だろう。また、託児所というより労救の一員としてなされた、(3)ストライキの応援。そして、運動には資金が必要なので、保母たちは託児所の運営やストライキ支援のため、(4)カンパの募集に駈け回っている。その合間に、獄中の家族に(5)差し入れにも行く。活動を広げるために(6)ニュースを発行しており、記事の執筆からガリ切り、印刷と配付も行っている。左翼運動の中で女性が描かれる際に割り当てられることの多い、連絡係の「レポ」とは異なり、ここでは彼女たち自身がニュースの発行者になっていることに目を留めておきたい。そして、こうした一連の活動に対する⑺弾圧と闘い、小説の最後には保母の一人が検束されている。「乳房」には、こうした女性たちの運動の日々が、詳細に描出されている。運動から弾圧・検束まで、一連のプロットが形成されており、女性を運動の中心的担い手として描いた作品といえる。

重要なのは、社会的再生産の重要な一部である子供の養育が、運動の軸にすえられているということである。「前衛」と「後衛」に分割して考えるとわかりやすいが、従来の運動では、女性は周縁化された「後衛」の領域にその担い手として配置されてきた。こうした既存の配置との差異に注目したい。

「乳房」が描く活動のうち、⑴と⑵が再生産に関わるということは、あらためていうまでもない。⑶についても、「労救」からというポジションで組合の集会での演説を行うエピソードがあるが、その内容には、後衛性が際立てられている。ひろ子は「今度の争議が一般の労働者の神〔ママ〕さんたちにまで、どのくらい関心をひき起しているか」を語り、「鍾馗タビへ出ている秀子のおふくろの言葉」や馘首されたために「飛びこみ自殺をした大江さん」の「病身のおかみさん」を事例にあげる。争議の背後にいる女性たちを可視化する内容となっているが、最後に置かれた「私たちは及ばずながら出来るだけのおてつだいの準備をしています。それが無にならないように、どうぞしっかりやって下さい！」という一言に示されているように、その仕事は「おてつだい」であり、女性たちが配置されているのは後衛なのである。またひろ子は、獄中にいる重吉に差し入れに行く⑸が、獄中にいる同志は前衛の最前線の犠牲者であり、差し入れは同志の社会的再生産を可能にする後衛としての重要な任務である。

「乳房」に描かれた仕事はその全体が社会的再生産・ケアの領域に置かれている。従来の左翼運動の中での再生産領域の周縁化と、女性がそれを担うという配置[18]をふまえるとき、「乳房」という小説においてきわめて重要なのは、「後衛」化されてきた再生産領域を運動に一体化させ、それを中軸にすえた左翼運動となっているということである。託児所でなされている活動は、前衛の運動と「おてつだい」に分離されたものではなく、多岐に展開する運動とそれへの弾圧までが連続して継起する、一連の左翼運動の実態として描かれている。(1)(2)(5)などの明らかなケア労働を中心に置いて、(3)(4)(6)などの活動がそれに連動して行われているのである。

　再生産活動を中心においた託児所での運動には、領域の統合というだけでなく、既存の運動とは異なる重要な特質もある。注目したいのは、大衆との連帯が探られていく際の描写である。それは、男性登場人物との差異とともに描かれている。たとえば、大谷がひろ子に組合での応援演説を依頼した際、ひろ子が子供の「ものもらい」の治療があることを考えて、躊躇する場面がある。大谷は、「ひる前ですむよ。それからだっていいだろう? もし何なら夜だっていいさ、診療所はどうせ十時までだもの」と応じて、ひろ子は引き受けるのだが、そのやりとりは次のように説明されている。

> ひろ子は、そういうやりかたでなく、もっと親たちの心持にも響いてゆくように、託児所の手不足からひろがったものもらいの始末をしたいのであった。夕方、迎えに立ちよるおっかさんの顔を見るなり、
>
> 「おっかちゃん! 六坊、きょう先生んとこへ行ったよ、目洗ったんだよ! ちっとも痛くなんかないや!」
>
> ぴんつくしながら子供の口からきかされれば、同じことながら母親たちが感じるあたたかみはどんなに違うだろう。
>
> 沢崎がつかまえられているからばかりでなく、特に今そういう心くばりは母親たちの託児所に対する気持の傾きに対しても大切だ。ひろ子にはその必要が見えていた。大谷がいそがしい活動の間で、そこへ迄気がつかないのは無理ないし、大体、今度の応援につれて託児所として起って来ている毎日の様々の困難は、個人的な立話で解決されることでもないのであった。

大谷には、こうした配慮の「必要」性がまったく見えていない。

あるいは、労救による統一的な活動がはじまり、「応援活動のために特別な父母の会」が開催された後、子供が減ったというエピソードがある。その経緯は次のように描かれる。


特別に若い人が来て、それぞれの職場はちがっても、労働者であるということから共通に守られなければならない労働者としての連帯ということについて熱心に説明した。親たちは、はじめから終りまで傾聴し、その場で相当な額の基金が集った。ところが程なく意外な結果があらわれた。一人、二人と子供が減りはじめ到頭長屋から五人の子がその託児所へ来なくなった。

「何から何まで一どきに話しすぎたのがわるかったんです」

睫毛の長いそこの保姆が全体的な批判として云った。


「特別に若い人」の話は、親たちをかえって遠ざける結果を招く。何をどこまでどのように伝えるか、保母たちは継続的な支援を得るための配慮をしていただろう。「若い人」の語る普遍的な運動の論理は、大衆に届くものにはなっていない。

モデルとなった高山智恵子は、当時を回想して次のように語る(19)。


託児所のはじめの頃のかたちを私は理想的だと思います。多くの職場に労救の組織を広げていき、支部をつくってメンバーを獲得していきました。そして私たちがビラを持っていって、そこで働くお母さんたちのための託児所をつくろうということを話したりしました。

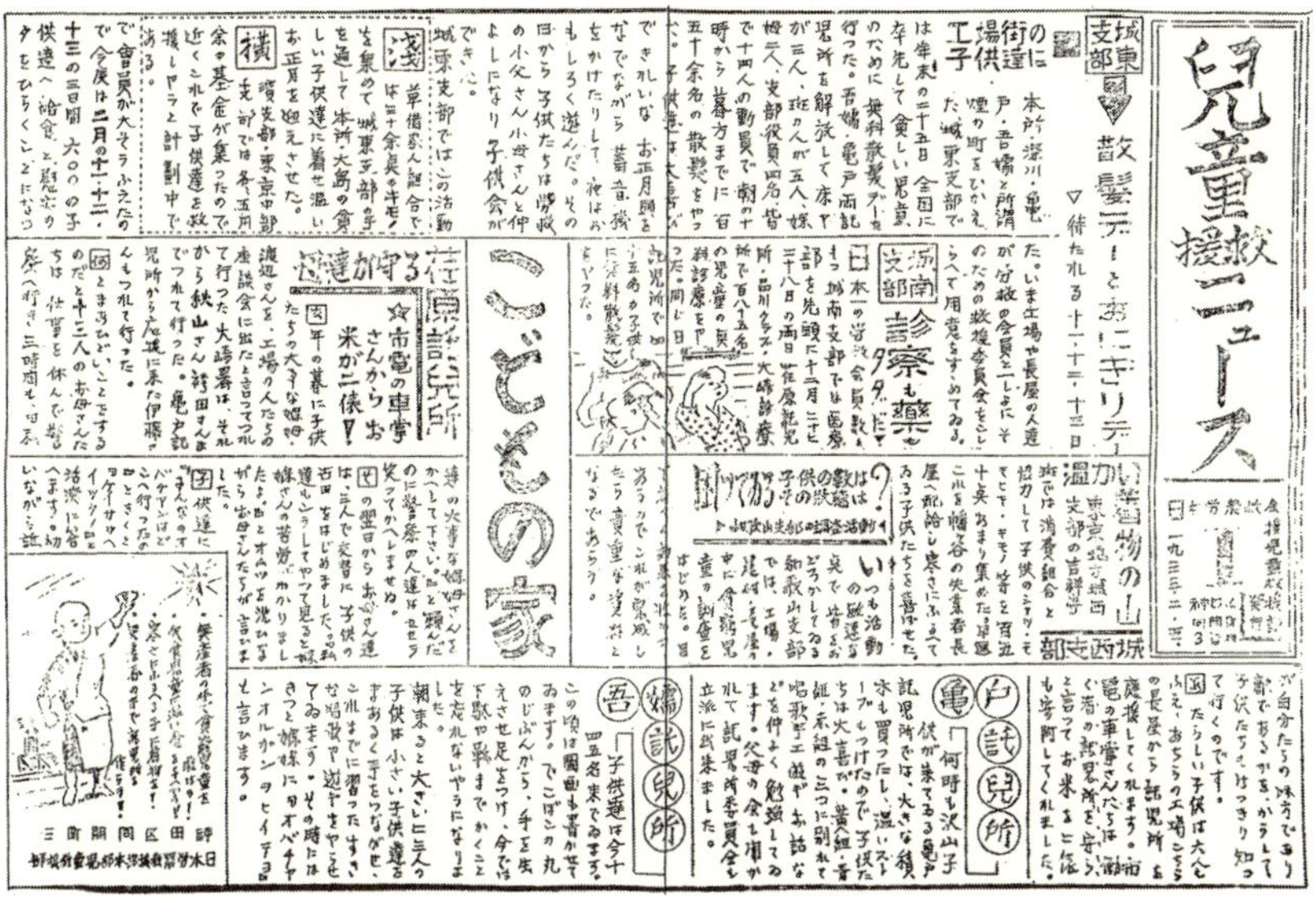

図①　『児童救援ニュース』（日本労農救援会児童救援部、1933年2月5日／個人蔵）

託児を通してつながった親たちが、託児所や保母を支持し、プロレタリアの思想へと結ばれていく。保母が検束された際には、親たちが警察に抗議に行った[20]［図①］。高山は「こういう時代であってもどういう時代であっても、ちゃんとした考え方で、ちゃんとした準備をして、こちらがちゃんとしてやっていけば、私たちの仕事はのびていくのだろうと、今でも思っています」と語っている[21]。

女性の運動におけるこうした大衆との結びつきの模索は、情動的な回路にも配慮した関係の構築を実践したものといえる。社会的再生産の領域における関係性の模索のなかから、ケアの倫理、依存の倫理が生み出されてきたことは、あらためていうまでもないだろう。託児所における女性たちの左翼運動では、ケアの倫理に通じる配慮がなされている。「乳房」は、それを男性登場人物との差異を通して、描き出している。

3　女性の問題と女性の運動

女性の運動が描かれるなかには、先行研究で指摘されてきたように、女性差別といえる要素がある。とくに運動の外部だけではない、内部にある女性差別が指摘されてきた。たとえば、組合の集会での応援演説の際、支部長の山岸が「御婦人の方が効果的でいいです」とひろ子をおだてて最初に話させたのち、集会が消極的な方向へ進められ、ひろ子が「自分はうまく幹部に扱われて実質的な激励の役にも立たない前座で、応援のことを話させられてしまった」と口惜しく反省するエピソードがある。山岸の「すれきった彼の政治的な技術」を見抜けなかったとひろ子は苦い気持ちを噛みしめる。先行研究では、この山岸の態度は「あきらかな性差別[22]」であると指摘されている。さらに「革命運動のなかの性差別が、もっとも露骨な形で表出している」と注目されてきたのは、ハウスキーパー問題[23]である。ひろ子は、運動の関係者で託児所に出入りしている臼井という「誰も確実な身元や経歴を知らな」い男が、保姆のタミノに、ハウスキーパーになるよう声をかけていることを感じとり、「あっちじゃ、女の同志をハウスキーパアだの秘書だのという名目で同棲させて、性的交渉まで持ったりするようなのはよくないとされているらしいわね」と注意を促す。「あっち」とは「ソヴェト同盟」を意味している。ハウスキーパーが、女性差別的な制度であることは言うまでもない。「乳房」が、こうした運動のなかの女性差別を描き取っているのは、確かである。

ただし、女性の運動の一部という観点からみれば、前者のエピソードでは、「ひろ子が情勢をよく見ぬいて自分の話をあとに押えておくだけの才覚があったら、全体の気分があんなにだれた時、少しは引緊める刺戟にもなったかもしれまい」という実践的な反省が描かれ、後者では、ひろ子が運動の状況を把握し、タミノの様子をもよく洞察している様子を描いたものともなっている。ダラ幹山岸や、もともとひろ子が「否定的な印象」を抱いていた臼井など、運動の中に紛れ込んでいる悪質な男たちである。運動の中の女性差別を見抜くことは、それに翻弄されずに仕事を遂行していくことに繋がる。臼井に誘われたタミノも、ハウスキーパーになるのではなく、託児所での活動のために検束されるという展開になっており、後衛化されずにむしろ運動の前衛の闘士としての側面が強調されている。運動にも浸食する女性差別を言語化することで、それに対応あるいは回避していくことを描いていると読むこともできる。

4　「金」の問題

男性の登場人物との関係性によって、女性の運動の特質を描く「乳房」には、もう一人重要な人物がいる。重吉である。重吉について注目しておきたいのは、次の部分である。

「もし、ひろ子が『病気』にでもなった時、急にこまらないように、出来たら少し金をいれておいてくれ」

重吉のそういう言葉を、ひろ子は突嗟に自分たちの生活で理解できる限りの豊富な内容で理解した。重吉は本当は金のことを、云ったのではなかった。ひろ子の託児所もまきこまれている市電の闘争では、また自分たちが会えなくなる時が来るかも知れない。そのことを重吉は諒解し、諒解しているということでひろ子をはげまし劬《いたわ》ってくれたのであった。

初出では、以下のようにより簡単に記されている。

重吉の言葉を、ひろ子は自分たちの生活によつて理解できる限りの豊富な内容において理解した。あながち金だけのことを、重吉は云つたのではなかつたのである。

ここでも、ひろ子の洞察力や理解力が浮き彫りになっているが、重吉が差し入れをするひろ子に「金」を要求する様は、獄中の男と獄外の女の関係が描かれるときには珍しくない光景である。左翼運動の中心にいる男たちは「金」を稼ぐことができない。ひろ子は、「金をいれておいてくれ」という一言に「理解できる限りの豊富な内容」を盛り込む。初出における「あながち金だけのことを、重吉は云つたのではなかつた」という婉曲的な一文が、「重吉は本当は金のことを、云ったのではなかった」と書き直され、配慮が積極的に読み込まれていくなかには、「金」の要求を、それだけのものとして受け取ることへの抵抗が滲んでいるようにも思われる。宮本百合子の作品では「小祝《こいわい》の一家」（『文芸』一九三四年一月）が思い出されるが、運動には当然「金」が必要であり、その「金」を作る仕事は女たちが担っている。「金」にまつわる女たちの経験は、ケアの感覚によって支えられているのであり、重吉による配慮としてそれが書き込まれているのではないか。

「乳房」にも「金」のエピソードは多い。興味深いのは「金」が連帯の契機になっていることだ。「赤坊寝台《あかんぼう》」を購入する際に、市電の従業員の労農救援会の班から「金」を集めたことで、「ここの父さん母さん連は、そういうことから市電の連中と結ばれた」という。また、市電争議が打ち切られたときには、タミノは「あれ、あたし困っちゃったな、近所せわりいようでさ。ストライキするからってたとい一銭にしろ、袋せ入れてむらったんだもん……ねえ」という。そして「基金を出した親たちに、争議は従業員が実力を出して負けたのでないことを説明したビラを刷る」用意をしている最中に検束されたのだった。タミノは、募金に応じた親たちへの説明責任を果たそうとしている。基金は集めることだけが目的になるのではない。それによって関係がつくられていくのである。そして、関係を継続するためには、「金」とともに預けられた気持ちに配慮することが必要なのである。こうした「金」の描かれ方にも、女性の運動の特質がうかがわれる。

5 「乳房」の重層的イメージ

以上、男性登場人物との関係性を確認しつつ、女性の運動の可視化がいかになされているかを考察してきた。

それらをふまえて、最後に、表題となっている「乳房」の意味について考えておきたい。「乳房」に直結するのは、次のエピソードである。託児所で泣き続ける赤ん坊に、ひろ子は自らの乳房を含ませてみる。しかし赤ん坊は、それを受け付けない。戻ってきた母親のお花さんが発した「そりゃ吸わないわね、だって、のましてる乳でなけりゃ、ひやっこいもん、いやがるよウ」という一言とともに、この出来事はひろ子にとって忘れることのできないものとなる。「子供を生んだことのない女のつめたい乳首」と、「暖みだけはある乳房」に吸い付く栄養不良の子供。二つの乳房は、「この社会での女の悲しみと憤りの二つの絵」として解釈され、この小説の核となっている。

実はこのエピソードの素材となった経験は託児所でのものではない。佐多稲子（一九〇四～九八）は、この部分について「空腹で泣き立てる赤坊は、私の赤坊であり、帰ってきて乳をふくませる母親は私なのである。赤坊に吸いつかれなかった乳房に対するひろ子の深いおもいは、実際のそのとき、笑いながら話した百合子さんの心中に抱かれたおもいである」と記しており、ここに、二人が共有する記憶が含まれていることを明らかにしている[24]。一方、託児所の高山智恵子は、この「乳房」のエピソードに違和感を示している。子供を産んだ経験のない保母が、預かっている子供に自らの乳を吸わせるというようなことは、「それはまったくおかしなことです。そこがいちばんきらいなんです。私だけでなくてみんなも言っていました」と語り、この作品に対して唯一「「乳房」という題が気に入らない[25]」という。

託児所の出来事としては収まりの悪いこのエピソードは、重吉への差し入れのエピソード同様に、宮本百合子自身の経験を組み入れたものである。文脈の異なるエピソードが合わされることになっているわけだが、それによって「乳房」という小説で可能になっているのは、社会的再生産に関わる仕事を列挙し、一続きに連動する仕事群として可視化することである。

乳房が強度の象徴性を帯びた記号であることは、間違いない。乳房は一連の社会的再生産とその女性ジェンダー化の象徴といえるだろう。この小説では、その不具合が語られている。ひろ子は出産したことのない女であるが、それは夫が獄中に捕らえられているからである。冷たい乳房は、産めない女を意味している。一方、子供の栄養失調という問題として、貧困のために子供を安全に育てることのできない女が示されている。産むことと育てること、二つの段階における女性たちの困難が示されているのである。

女性の運動という観点からみたときに重要なのは、これらが女性たちの「悲しみと憤り」を認識することにとどまらず、社会的再生産の領域において、冷たい乳房を持つ女性が、暖かみのある乳房を持つ女性とともにあり、互いを支えているということではないだろうか。それぞれが再生産の不具合に向き合いながら、それぞれの立場で仕事を担い合っているのである。

「乳房」の表象には、平林たい子（一九〇五〜七二）の「施療室にて」や松田解子《ときこ》（一九〇五〜二〇〇四）の「乳を売る」など、プロレタリア女性作家との繋がりも濃厚である。なかでも「乳房」という作品にとって重要なのが、佐多稲子との記憶であった。佐多にはじめて出会った頃を語る文章においても、佐多がまだ乳を飲んでいる子供を置いて講演会に参加して、夜中に張ったお乳をしぼっているのを「謹んでわきから眺めた」というように、「乳房」が象徴的に浮かび上がっている。(26) 運動の中で捨てられる乳には、こうした育てる「乳房」のイメージが重なっているだろう。女たちの複数の記憶と経験が重ねあわされている「乳房」は、連帯へ向かう記号となっているのである。

「乳房」は、女性の運動の実践を重層的に表象する。ここに、ソビエトから学んだ思想に対する宮本百合子の応答を見出したい。

（1）『人民文庫』（一九三七年一月）および『乳房』（竹村書房、一九三七年）に収録される際に、大幅に改稿されている。いずれも著者名は中條百合子。本章での引用は、河出書房版全集（一九五一年）を底本とした『宮本百合子全集』第五巻（新日本出版社、二〇〇一年）による。

（2）「「乳房」は翻訳されてソヴェト同盟から出版されてゐる世界革命文学の選集に採録された」と記されている（宮本百合子「「乳房」について」『風知草』文芸春秋新社、一九四九年）。

（3）シンジア・アルッザ／ティティ・バタチャーリャ／ナンシー・フレイザー『99％のためのフェミニズム宣言』（原著二〇一八年、惠愛由訳、人文書院、二〇二〇年）四八頁。

（4）同前、一一八頁。

（5）同前、四九頁。

（6）芹沢光治良《こうじろう》「文芸時評(3)　胸に迫る作品　中條百合子の力作『乳房』」（『報知新聞』一九三五年三月二八日）、蔵原惟人「「小祝の一家」「乳房」について　多喜二・百合子研究会主催プロレタリア文学名作講座での講話」（講話は一九五五年。『小林多喜二と宮本百合子』東方社、一九六六年）など。

（7）岩淵宏子「『乳房』――階級とジェンダー」（『日本女子大学紀要　文学部』四八、一九九九年三月）、同「『乳房』――ジェンダー・セクシュアリティの表象」（『宮本百合子の時空』岩淵宏子・北田幸恵・沼沢和子編、翰林書房、二〇〇一年）、谷口絹枝「百合子と社会主義リアリズム――非転向の論理として」（『国文学　解釈と鑑賞』第七一巻第四号、二〇〇六年四月）など。

（8）前掲（注7）、岩淵（一九九九）。

（9）「プロレタリア文学の運動に参加してからの一番まとまつた、努力した作品」（「あとがき」『宮本百合子選集』第四巻、安芸書房、一九四八年）という宮本百合子自身の肯定的な評価を受け止める形で読みたい。

（10）肯定的な評価としては、片岡鉄兵が「自然に、申し分のない女の生活がこゝに流れてゐる」（片岡鉄兵「文芸時評②敢へて悪評を　中條百合子氏の「乳房」」『東京朝日新聞』一九三五年三月二七日）と述べ、青野季吉《すえきち》は「このひとは女にはめづらしい男性的の作家だと云はれてゐるが、彼女にも女性に通有の、幸福な又は不幸な一面性が濃厚である」（「文芸時評(3)　レアリズムの各相」（『読売新聞』一九三五年三月二九日）という。一方、浅見淵《ふかし》は「作者の心情が健康なところへ持つて来て、性格が男性的なので、陰影が乏しい」と否定的な評価を述べ（「文芸時評　退屈な力作　中條百合子氏の「乳房」」『信濃毎日新聞』一九三五年四月三日）、伊藤整もまた「女性作家でありながら何処となく中性の臭ひがするために女性特有の魅力が失はれてゐて、効果がどつちつかずになるのではないか、といふ感じがする」と批判している（「文芸時評(4) 積極的な面貌」（『中外商業新報』一九三五年四月六日）。

(11) 前掲（注10）片岡鉄兵、浅見淵、伊藤整の評価など。「乳房」の同時代評としては、前掲（注6）芹沢光治良による高評価が主として参照されてきたが、全体としては「退屈」という否定的な評価が目立つ。

(12) 無産者託児所については、黒滝マコト「無産者託児所の成立と活動――暗い谷間の保育運動」（『保育の友』第八巻第一号、一九六〇年一月）、「資料特集・無産者託児所50周年」（『保育の研究』三、一九八二年一一月）、宍戸健夫『日本の幼児保育――昭和保育思想史』上巻（青木書店、一九八八年）、村岡悦子「昭和初期の無産者託児所運動――福祉運動と労働運動との最初の結合」（『三田学会雑誌』第七七巻第三号、一九八四年八月）、折井美耶子「東京下町、無産者託児所の保母たち」（『女性&運動』通巻二一三号、新日本婦人の会、二〇〇〇年五月）、川上允『品川の記録――戦前・戦中・戦後』（本の泉社、二〇〇八年）などを参照。また、「乳房」における運動の描写と実際の託児所との関係について、井野川潔「百合子の「乳房」と荏原託児所の保母たち――戦前、無産者託児所の伝統について」（『教育運動史研究資料No.2 無産者託児所運動について』教育運動史研究会、一九七一年九月）がある。

(13) また、綱領として、次が掲げられた。「一、我等は一切の反動的欺瞞的託児所を絶対に排撃する／二、我等は勤労無産階級の立場より児童保育の公正を期す／三、我等は無産者託児所の設立によつて労農救援の任務を果し解放戦線の一翼に参加す」（『日本労働年鑑』一三、大原社会問題研究所編、同人社、一九三二年、六九三〜六九四頁）。

(14) 報道に、「子供を誘惑する赤い保母検挙　無産者託児所で活動」（『東京朝日新聞』一九三二年五月二九日）、「左翼運動潜行運動で保母十五名検挙」（『東京朝日新聞』一九三二年六月二九日）、「純白の童心を赤く染む　保母六名を検挙す」（『東京朝日新聞』一九三二年一二月二九日）などとある。

(15) 荏原無産者託児所委員会「檄」一九三三年二月一五日（大原社会問題研究所所蔵）。前掲（注12）川上、七一〜七四頁。

(16) 百合子自身の記すところでは、「一九三三年の夏」であるが（宮本百合子「解説」、前掲〔注2〕宮本）、高山智恵子の回想では「荏原無産者託児所の保姆として働いて」いた「昭和七年頃の夏」とされている（高山智恵子「宮本百合子さんを想う」『宮本百合子』宮本百合子追想録編纂会編、岩崎書店、一九五一年、八七頁）。高山は一九三三年三月には荏原託児所を離れ（笠井ナミ子・片岡由美「証言二　高山智恵子先生をたずねて」、前掲〔注12〕「資料特集・無産者託児所50周年」）、さらに八月には託児所自体が閉じるので、訪問は一九三二年と推測した。

（17）前掲（注16）高山、八八頁。

（18）救援の領域が女性ジェンダー化していることを、別に論じた。飯田祐子「プロレタリア文学における「金」と「救援」のジェンダー・ポリティクス——現代日本文学全集第六十二篇『プロレタリア文学集』にみるナラティブ構成」（『プロレタリア文学とジェンダー——階級・ナラティブ・インターセクショナリティ』飯田祐子・中谷いずみ・笹尾佳代編、青弓社、二〇二二年）。

（19）前掲（注16）笠井・片岡。

（20）「何とまあひどいことをするのだと十三人のお母さんたちは　仕事を休んで警察へ行き三時間も『私達の大事な保姆さんをかへして下さい。』と頼んだのに警察の人達はセセラ笑つてかへしませぬ」（「母達が守る荏原託児所」『児童救援ニュース』日本労農救援会児童救援部、一九三三年二月五日）。

（21）前掲（注16）笠井・片岡。

（22）前掲（注7）岩淵（二〇〇一）。

（23）ハウスキーパーの複雑な実態については、池田啓悟「階層構造としてのハウスキーパー——階級闘争のなかの身分制」（前掲（注18））『プロレタリア文学とジェンダー』）を参照されたい。

（24）佐多稲子「『乳房』と『一九三二年の春』について」（『宮本百合子読本』多喜二・百合子研究会編、淡路書房新社、一九五七年）。

（25）前掲（注16）笠井・片岡。

（26）宮本百合子「窪川稲子のこと」（『文芸首都』一九三五年三月）。

ヘザー・ボーウェン＝ストライク

ハウスキーパー問題論

湯浅克衛「焰の記録」

1　恋愛結婚イデオロギーとハウスキーパー問題

一九世紀後半から二〇世紀初頭にかけて、「感情の革命」に呼応して短編小説は文学の主流になった。現代の主題と現代小説の追究において、佐伯順子は坪内逍遥（一八五九〜一九三五）から厨川白村《くりやがわはくそん》（一八八〇〜一九二三）まで、作家たちがどのように「ラブ」「恋愛」「愛」を文明化や啓発の対象としたかを説明している。[1]ミチコ・スズキによると、「結婚において最大の力を発揮するのは愛である」という現代の「恋愛結婚イデオロギー」は、「伝統的な見合い結婚ではない恋愛結婚は、男女が自分自身を完成させる最良の方法である」という考え方を一九二〇年代のメディアが広めたことで花開いた。[2]

戦後におけるプロレタリア文化運動の評価においては、恋愛問題に関わる議論の多くが沈黙させられてきた。しかし、同時代においてそれらはきわめて重要な問題であったと考えられる。プロレタリア活動家の一部は、個人の自由と自己修養に内在する階級特権に批判的であり続けたが、それ以外の人々は革命運動と社会主義社会の創造における、愛、パートナー、愛情の変化を認識しなければならなかった。アレクサンドラ・コロンタイの『赤い恋』やその他の作品の一九二七年以降の翻訳は、社会主義の愛に言語的な形を与え、内部討論と外部メディアの熱狂を引き起こした。一九三一年までに、中心的な理論家の蔵原惟人《これひと》は「愛情の問題」を扱ったプロレタリア作品のブームを嘆き、「今までストライキや小作争議が専ら題材とされていたのに、今度は恋愛が主要な題材となつて来た」とまで書いた[3]。蔵原の心配は正しかったが、それは愛に焦点が当てられていたからではなく、メディアでそれがどのように解釈されるようになったのかという理由からだった。

運動に関連した女性の逮捕は、高等教育を受けていることが多い「お嬢様」が共産主義の男性によって誘惑され堕落させられていることを示唆して、モラルパニックを引き起こすために喧伝された。一九二八年三月一五日の大量検挙から一九三四年までの間に治安維持法に基づいて逮捕された女性の割合はわずか五％と小さなものだったが、これら二〇一人の逮捕はメディアによって誇張された[4]。一九三三年までに、地下の男性活動家の身元を隠蔽・保護するために偽の妻として行動するよう求められた女性をして「ハウスキーパー」の恥辱と宣告し、共産党の資金調達のために赤の「エロ班」として性を売る女性党員と喧伝する一連のスキャンダルが報じられる[5]。

ハウスキーパー、ひいては運動に引き込まれたすべての女性が日本共産党の犠牲者であったというのが、一九三〇年代のメディア（および戦後のメディア）の論調である。運動における女性の貢献は、総括として「女狐の活動」または「性的搾取の犠牲者の行動」になり果てた恐れがある。そして、この論法は戦後に平野謙によって再び取り上げられる[6]。その結果、「ハウスキーパーの問題」のみならず、「愛情の問題」やプロレタリア性道徳に関するあらゆる議論が一様に恥ずべき有害なものとみなされるようになった。

池田啓悟の論文は、ハウスキーパーを体験した二人の女性、福永操と中本たか子によって「ハウスキーパー」という語がどのように論じられたかを調べ、不確実ながらも党員への道が約束されていたにもかかわらず、ハウスキーパーは党員より低い地位とみなされており、党中央委員との結婚を除いて女性が党員になることはほぼ不可能だったと説明している[7]。男性党員の地位を守るためのハウスキーパー制度は、社会と党における男性優位の証拠であることは疑いようがない。より公平な未来を期待して伝統的な見合い結婚から逃げる女性たちにとって、運動を支援するために自らができる最大の貢献が、男性活動家を保護するために伝統的な妻のふりをすることだったというのは、悲しい現実である。社会主義者が挑んだ恋愛結婚のイデオロギー（特に男性の特権）を再評価するうえでは、ハウスキーパー制に固有の性差別を読み解き、より広範な「愛情の問題」の文脈にこの慣習を置き直すことが可能かつ重要である。

湯浅克衛《かつえ》（一九一〇～八二）の「焰の記録」は、本書で飯田祐子氏の論じている宮本百合子の「乳房」が発表されたのと同じ一九三五年四月に雑誌『改造』に掲載された。[8] 自由主義の作家によって書かれ、赤い一〇年の終わりに登場した「焰の記録」は、「愛情の問題」作品の系統に含めることができ、家制度のイデオロギーや恋愛結婚のイデオロギーに代わる社会主義的な選択肢について考える機会を与えている。

湯浅克衛は一九一〇年に香川県で生まれた。父親が家族と共に現在の韓国に渡ったとき、湯浅は六歳であった。[9] 湯浅は一九二八年に第一早稲田高等学院に入学し、多くの朝鮮人と共にプロレタリア文化運動に積極的に参加した。[10] プロレタリア文学運動が壊滅したとき、湯浅はファシズムが台頭する日本における自由主義者の拠り所だった『人民文庫』に参加する。[11] 一九三六年、湯浅は『人民文庫』の編集者である本庄陸男とともに逮捕され、数日間拘留された。[12] その後、湯浅は朝鮮半島に渡り植民地文学を執筆するが、一九四五年の朝鮮独立後は、一九八二年に亡くなるまで日本で暮らした。

「焰の記録」は、刑務所から出るために政治的信念を撤回した女性（縫子）が母親の葬式のために朝鮮に渡るところから始まる。一九九五年に湯浅の作品を再出版し、一九九七年に他の植民地時代の小説と共に湯浅作品を評した池田浩士は、同書を「転向小説」と評価した。[13] 一方、物語の背景においては主人公の転向は「誤り」であり、縫子がプロレタリアのイデオロギーを受け入れ、選択肢の中からハウスキーパーになることを選ぶこのストーリーは、プロレタリア教養小説として読むことができる。一九四九年に出版が告知されたにもかかわらず、一九三五年四月の発表から一九九五年の『カンナニ――湯浅克衛植民地小説集』の出版までの間に、この小説が出版されることはなかった。[14] 一九九五年版では、原文の伏字が維持されている。本章での底本は一九三五年の『改造』版とし、適宜一九九五年版を参照した。

2　流浪する母と娘

「焰の記録」は、主人公の縫子の人生を追う物語である。家に居着いた妾のせいで離縁させられた縫子の義母は、幼い縫子を連れて朝鮮へと渡り、沖仲仕やパン売り、売春婦、渡り芸者などを転々とした後に幸運にも裕福な地主の後妻になり、遺産を相続することになる。地の文で一貫して「母親」と記される縫子の義母（以下「母」とする）は、これまで労働者として絶え間なく苦しんできたにもかかわらず、地主になったとたんにこれまで自分を圧迫していたものそのものへと変貌をとげ、意地の悪く、苦み走った、搾取的な人間になってしまう。縫子の母の変貌の描写は、身分が上がることで女性の問題が解決されるわけではないことを示唆している。そんな中、植民地でお嬢様として育てられた縫子は、融という若い日本人男性と知り合う。

水原農林学校生の融は、農場に一週間の実習に来た生徒の一人だった。最終日のパーティーで、生徒たちは日本人女性の搾取について話し、母親が日常的に残り物を皿から食べている様子や、炭鉱町の女性が、男性のようにきれいな水で身体を流すことができず、汚れた風呂に耐える様子などを描写する。融は説明する。「「九州だけぢやなからう、それは日本全国いくらかの差はあれ同じことだ。日本では女は一つの被圧迫階級なんだからね」と云ひチラッと縫子を見た。縫子が一語も聞逃すまいと、身を固くしてみつめてゐるのを知ると、「いや、ただ僕はふとそう考へて見るだけなんだが」と照れて笑ひ乍ら話をつぐのであった」[15]。融は、女性は料理、掃除、洗濯などの非生産的な仕事に従事させられており、感謝されない仕事が延々と繰り返されている、と続ける。「それが日本全国数百万の女を引ずり廻し、そう云ふことも不当な待遇の原因となつてゐるかと思ふとちよいと暗澹とさせられるんだよ」と融は締めくくる[16]。プロレタリア小説では、これは美しいロマンスの始まりのように聞こえる。しかし、「焰の記録」では、縫子は魅了されてはいるものの、それは融の言葉が彼女にとって目新しいからだけではなく、豊かな家父長のいない家庭で育った彼女がそうした言葉の理解に苦しんでいることに注目しなければならない。

しかし縫子は、繰り返し訪ねる融を理解しようと努力する。ある日、縫子は融に聞く。「女が後に残らない仕事するのどうして軽蔑されるんでせう、それは男の横暴がさせるんぢやないか知らん」[17]。彼はそれが社会構造であると答える。「ソヴエートでは女が男と対等に暮してゐる。それは社会主義の体制が女を解放したからですよ」[18]。融は「女の生理的な特性は法律的に保護してある」と説明し、「分業として、後に残る仕事としてやつて行く」と言う[19]。融は辛抱強く縫子に教え、日本の社会主義者・秋田雨雀（一八八三〜一九六二）の歌を紹介し、さらにドイツの社会主義者アウグスト・ベーベル（一八四〇〜一九一三）を読むように勧める。「要は男の率いる家庭の中に閉ぢこめて置いて、経済的にも、政治的にも、法律的にも何等権利を与へられずに突放されてゐることが、日本の女を様々な不幸に落し込むのですよ」と融は語る[20]。これは間違ってはいない。

一方、縫子の成長は、ブルジョア恋愛結婚イデオロギーにおける自己修養の論理に類似している。縫子はベーベルの婦人論を読み続けて質問を重ね、やがて「何か新鮮な別の縫子が縫子の体内に成長して行く歓喜に心をはずませたのである」[21]。縫子は融との関係を通して育ち、融の愛は縫子を成長に導く。他方、これは家制度のイデオロギーへの非難のみならず、ブルジョア恋愛結婚イデオロギーへの非難でもある。なぜなら、主張されているのは男女平等だからである。さらに、話が展開するにしたがって明らかになるように、恋愛結婚は二人の関係の目標ではなくなり、結婚の先にある縫子自身の成長のための道具になる。

ある日、融は突然「結婚しよう」と縫子にプロポーズする[22]。そして、彼女をしっかりと抱きしめてキスをする。縫子は驚いて吐いてしまう。縫子は嫌われないようにと祈るが、融は笑う。「はは、身体が弱いんだな。それぐらゐの衝動で吐くやうぢや、今後の女房としての生活に堪へられるかどうか怪しいもんだぞ」[23]。論者にとって、融の反応は不快である。融はなぜ、縫子の気を動転させてしまった自分を責めないのだろうか。この逸話のユーモアは今の時代に合っていないが、物語の筋においては、縫子の反応は彼女が処女だったことを示唆しているのだろう。これが、融が失踪する前に縫子が融に会う最後となる。融は左翼運動に関わったことで逮捕され、別れを伝える機会もなく家族によって帰国させられたことが後に判るが、縫子は「愛し始めてゐること」[24]に気づいたのに棄てられたのかとしばらく心配する。

3 左翼運動の中の「愛情の問題」

融からの手紙は、見合い結婚の計画のみならず、さまざまな方法で縫子を独占したがる母親によって妨げられてしまう。そんなある日、郵便配達員から直接手紙を受け取った縫子は、融がずっと手紙を送っていたことに気づく。縫子は融への想いに惹かれ、朝鮮の自宅から逃げ出し日本に向かう。そして、融が評判の良いビジネスマンを装って潜伏する家で彼と再会する。融が新聞を編集するために一晩中働いた翌日の日曜日の朝、寝ている彼のそばに座り、縫子は尋ねる。「置いて貰へますか、奥さんとして、生死を共にする共働者として」。すると、「それを契機に融が抱いた。〔二三字伏字〕もう胸がむかつきもしなかつたし、何の恐れも悔もなかつた」[25]。文字にされれば検閲を通過しない展開を示唆するために当時一般的に使われた伏字が、ここで効果を発揮している。読者は、縫子が胸のむかつきではなく慰めを感じることに安心したかもしれない。

縫子は融と誓約したという意味では妻であるが、これは正式な結婚ではなく、両者は身元を偽っている。縫子は家計の維持と融の新聞編集活動の支援に努めるようになるが、レポとして党員にメッセージを届ける仕事も始める[26]。この物語が明らかにしているのは、縫子が党員としての人生、そして妻としての人生を選んだということである。そして、二人の関係は母親が迫った見合い結婚よりも進化しているように見える。これ以前に、縫子は男性を搾取的と感じており、結婚したくないと言っている。対照的に、融はそのような搾取についての思いを明確に述べている。縫子自身、そして縫子と融にとって重要なのは、自らが信じる政治活動に縫子の役割が不可欠であるということであるが、同時に食料の購入や食事の準備、そして良い主婦のように振る舞うという縫子の役割は、融が女性の搾取の根源として否定した非生産的な労働そのものなのである。それは単なる口説き文句だったのであろうか。私たちはこれをどのように理解するべきであろうか。革命経済の中で、融が示唆したように、縫子の労働は労働分配の一部として生産的になったのだろうか。

ある夜、融は縫子を強く抱き、こう言った。「俺がやられても落胆して、救援だけでお茶を濁すやうな女房振りを発揮しちやいけないよ。俺が居なくなつたら俺の分まで残つた縫子が果さなければ——と云ふのであつた。そんなことを云つた翌日から融は帰つて来なかつた」[27]。二人の新しい関係が始まってから三ヶ月後、縫子は自らがしなくてはならないことを実行する。彼女は重要な書類を集めて、本郷の党員の家にタクシーで向かう。物語において、この詳細は省略されていない。縫子の体験は、友愛による恋愛結婚である。縫子は、短い期間ではあったが融と一緒になることを選択した。そして融は、もし彼自身に何かが起こったとしても、縫子は活動を継続するべきであり、彼を待つ妻の役割を果たすべきではないと伝えることで、活動が犠牲に値することを証明した。縫子はその後も活動を続け、様々な女性と共に不安定な生活を送り、逮捕され尋問される党員たちが自分とお互いを守っていると理解するようになる[28]。

後に、縫子は党で高い地位の男がすでに少なくとも一人の若い女性に性的な関係を強いていることを知る。縫子もその男に関係を迫られるが、かろうじて逃げ出すことに成功する。「その男は間もなく査問会にかけられ、最下の地位に引下げられた。有能で才幹のある人物であつたが、彼の政治家振りは、ブルヂヨア政治家の「狡猾」を誤つて体したものであると、査問会は痛烈に批判したのであつた」[29]。「焰の記録」は縫子の政治的転向から始まるが、作品はプロレタリア教養小説として読み解くことができる。縫子の信念は作品において決して放棄されることはなく、運動に対する内部批判は、最終的には運動に身をおいた女性を肯定するものである。主流メディアは利益のために男性党員の活動をスキャンダルとして取り上げたが、ここでは党員の行いが内部から名指しで批判される様子が描かれている。この要点は、党内に搾取者がいる可能性があるが、彼らはブルジョアの行動を模倣しており、容認されるべきではないという論調である。

この事件の直後、脚気で衰弱する縫子は中央委員会の重要党員のハウスキーパーになる。二人は貞淑に暮らし、彼は縫子を妹のように扱う。そして二ヶ月後、縫子はこれまで知る誰よりも崇高なこの男に惹かれる。縫子は夜に障子の向こう側にいる彼の気配を感じ取り、落ち着かなくなる。しかし、二人は突然逮捕されてしまう。男は縫子がハウスキーパーではなく、縫子を守るために「女房」だと証言する。縫子はそれを受け入れ、ついに左翼の信念を否定する転向声明書に拇印を押すことになる。その後、留置所生活から身体が蝕まれた縫子が母の葬式へと朝鮮に向かう様子こそが、小説の始まりの場面である。湯浅はなぜ縫子を他の男のハウスキーパーとして描いたのだろうか。それよりもまず、刑務所にいる融に愛を誓った縫子を描いたにもかかわらず、なぜ他の男に対する感情の芽生えを描写したのだろうか。これらの「愛情の問題」は、結論づけられていない。

留置所を出た縫子は朝鮮に帰り、母の棺が燃え上がる焔を見つめながら、異様な感動を受けることになる。激しかった母もまた生存者であり、縫子は燃え上がる炎の中に男性支配に立ち向かった母の強い意志の亡霊をみる。身体が弱り、疲れ果て、悲しみに暮れる縫子は、母の亡骸が「起ち上れ、起き上れ」[30]と呼びかけているとの錯覚にとらわれ、その母の魂を引き継ごうとするかのように焔を飲み込もうとするのである。主人公の「転向」から始まるこの物語は、技術的には転向小説かもしれないが、母の資本主義的な成功が罪のない人々や自然界の犠牲の上に成り立っており、自らの尊厳や家族も代償として差し出されていることからも、物語の論理においては縫子や一般的な女性の進むべき道が示唆されるものではない。母の中で燃えた焔は、縫子の中で違う形になって燃えるのであろう。

おわりに

プロレタリア文学を振り返ると、男性作家と女性作家による家制度のイデオロギーへの確執だけでなく、恋愛結婚のイデオロギーにおける男性特権への強い主張がみられる。プロレタリア運動の「愛情の問題」に関する作品は、徳永直《すなお》、片岡鉄兵、小林多喜二、平林たい子、村山知義などの中心的なプロレタリア作家によって書かれており、その数は少なくない。これらの作品は多様であるが、労働、結婚、家族の構造の変化に関連してプロレタリア女性の主観の可能性と限界を問うために、男性の特権と女性の純潔を求める封建的およびブルジョア的思考に問題を提起している点で共通している。

縫子を通じて、湯浅は（母が立て続けに搾取された記述と融の説明を通して）社会全体における性的搾取を批判すると同時に、運動自体における性的搾取を批判する手法を用いている。

そして縫子は意外な事を見出した。階級戦の中で女性をも解放して行く筈の、女性に対して理解ある高い態度を採り得る筈の、縫子の側の男達の中に、婦人問題については一応の意見を述べ乍ら、生活の上では女に対して、そんぢよそこらの自由主義的な若者にも劣るやうな、封建的な態度を採つてゐる男が居ることであつた。そして情ないことではあるが、過渡期であるために往々そのやうな男が現はれることも、この国の制度の中に如何に根強くそのやうな感情が潜んでゐるかと云ふことを現すものだと思つたのである。(31)

湯浅はこの小説において、プロレタリア運動にどんな搾取が存在したとしても、それは社会一般における性的搾取の反映であると示唆している。

しかし、湯浅の狙いはそれだけに留まらない。運動のるつぼの中で知的かつ性的に成長する縫子を描写することで、湯浅は私たちに愛と欲望を感じることができる女性の姿を示し、妻の役割を超えて自らの仕事を続けることができる女性党員の強さを描いている。これらの進歩的な性の在り方は完全には根付いていないかもしれないが、これを題材にするプロレタリア文学は「焔の記録」だけではない。私たちがジェンダーのより公平な未来について考えるとき、これらの文学はレガシーとして再評価されるべきものであろう。ハウスキーパーの問題は、長い間「愛情の問題」を否定する言い訳となってきた。縫子のハウスキーパーとしての最後の任務については書類の整理としか触れられておらず、詳しく分析できるものではないが、女性の成長と新しい愛情に対する可能性と限界を再考するきっかけを示していると言えよう。

（1）佐伯順子『「色」と「愛」の比較文化史』（新版、岩波書店、二〇一〇年）七七～七九頁。
（2）Michiko Suzuki, *Becoming Modern Women: Love and Female Identity in Prewar Japanese Literature and Culture* (Stanford: Stanford University Press, 2010), p. 17.
（3）谷本清（蔵原惟人）「芸術的方法についての感想（前編）」（『ナップ』一九三一年九月号）一七頁。
（4）鈴木裕子「治安維持法違反女性起訴者調べ」、同編『日本女性運動資料集成 第三巻（思想・政治3 帝国主義への抵抗運動）』（不二出版、一九九七年）四六二頁。
（5）一九三三～三四年の記事は、前掲（注4）『日本女性運動資料集成』第三巻、五一七～六一三頁に収録。「ジャズに踊る赤色陣営の悪華　エロ班の1人・対馬久子行状記」（『東京朝日新聞』朝刊、一九三三年一月一九日）、前掲（注4）『日本女性運動資料集成』第三巻、五三三～五三四頁。
（6）平野謙「ひとつの反措定」（『平野謙全集』第一巻、新潮社、一九七五年）一八二～一八五頁（初出『新生活』一九四六年四～五月号）。
（7）池田啓悟「ハウスキーパーという〈階層〉」（飯田祐子・中谷いずみ・笹尾佳代編『プロレタリア文学とジェンダー――階

級・ナラティブ・インターセクショナリティ』青弓社、二〇二一年）四三〜六七頁。

（8）湯浅克衛「焰の記録」（『改造』一九三五年四月）一〜五二頁。「焰の記録」の英語訳は、translated by Mark Driscoll, *Kannani and Document of Flames: Two Japanese Colonial Novels* (Durham and London: Duke University Press, 2005), pp.99-159. ただし、本章の訳文は特記なき限り稿者によるものである。なお初出については以下『改造』と略す。

（9）湯浅克衛「作品解説と思ひ出」（池田浩士編『カンナニ――湯浅克衛植民地小説集』インパクト出版会、一九九五年）五二〇頁。なお同書については以下『湯浅克衛植民地小説集』と略す。

（10）日本の韓国人活動家の詳細については、Samuel E. Perry, *Recasting Red Culture in Proletarian Japan: Childhood, Korea, and the Historical Avant-Garde* (Honolulu: University of Hawaii Press, 2014), pp.124-170を参照のこと。

（11）『人民文庫』に関しては以下を参照。下平尾直史「『人民文庫』を読む」（長谷川啓編『「転向」の明暗――「昭和十年前後」の文学（文学史を読みかえる第三巻）』インパクト出版会、一九九九年）五〇〜六一頁。

（12）池田浩士「湯浅克衛年譜」前掲（注9）『湯浅克衛植民地小説集』五五三頁。

（13）池田浩士「解説・湯浅克衛の朝鮮と日本」『湯浅克衛植民地小説集』五九三頁。

（14）池田浩士「解題」『湯浅克衛植民地小説集』五二八頁。

（15）『改造』三六頁、『湯浅克衛植民地小説集』七七頁。

（16）『改造』三七頁、『湯浅克衛植民地小説集』七七頁。「日本全国数百万の女」という一文は、植民地朝鮮の女性の特異性を排除している。

（17）『改造』三九頁、『湯浅克衛植民地小説集』七九頁。

（18）『改造』三九〜四〇頁、『湯浅克衛植民地小説集』八〇頁。

（19）『改造』四〇頁、『湯浅克衛植民地小説集』八〇頁。

（20）『改造』四〇頁、『湯浅克衛植民地小説集』八〇頁。

（21）『改造』四〇頁、『湯浅克衛植民地小説集』八〇頁。

（22）『改造』四〇〜四一頁、『湯浅克衛植民地小説集』八〇頁。

（23）『改造』四一頁、『湯浅克衛植民地小説集』八〇頁〜八一頁。

（24）『改造』四一頁、『湯浅克衛植民地小説集』八一頁。

（25）『改造』四三頁、『湯浅克衛植民地小説集』八二〜八三頁。
（26）『改造』四四頁、『湯浅克衛植民地小説集』八三頁。これらの答えを示す行も、同じく伏字に置き換えられている。それでも、融が縫子を正午と三時にメッセージを受け取るために特定の街角で待たせているという一文から読み解く限り、状況は明らかである。
（27）『改造』四四頁、『湯浅克衛植民地小説集』八三頁。
（28）『改造』四五頁、『湯浅克衛植民地小説集』八四頁。
（29）『改造』四七頁、『湯浅克衛植民地小説集』八六頁。
（30）『改造』五二頁、『湯浅克衛植民地小説集』八九頁。
（31）『改造』四六頁、『湯浅克衛植民地小説集』八五頁。

羽田朝子

恋愛から同志愛へ

満洲国女性作家・但娣の文学

はじめに

満洲（中国東北部）では、一九一〇年代後半から北京や上海を中心として展開された新文化運動の影響を受け、様々な近代文学とともにプロレタリア文学が紹介され、現地で活動する左翼作家が登場した。一九三二年に満洲国が成立すると、その一部は国境を越えて関内（万里の長城以南。当時にあって中国国内を指す）へ逃亡したが、満洲にとどまり活動を続ける者もあった。彼らは満洲国の言論統制下で苛烈な弾圧を受けたが、その文化政策に「寄生」する形で、自らの作品発表や活動の足場を確保することとなった(1)。

日中の狭間に置かれた彼らは、中国の左翼文学に共鳴するとともに日本文学の影響も受けており、とくに満洲国政府は日本留学を推進したため、日本へ渡って文学修養を積む者もあった。ただし満洲国作家の作品では、日本のプロレタリア文学で最も重要視された「階級」のほか、日本の支配を受けるなかで「民族」が重要な要素となっており、これら二重の抑圧を受けた人々の苦境や鬱屈が描き出された。

本章が着目する但娣《ダンディー》（一九一六〜九二）は、満洲国を代表する女性作家である。その作家活動の初期からプロレタリア文学に触れ、一九三〇年代後半から四〇年代初頭にかけて日本に留学し、帰国後は新進の女性作家として活躍した。しかし日本の敗戦直前に満洲国から関内へ脱出をはかったことで、日本の憲兵隊により逮捕・投獄された。

中華人民共和国が成立すると、但娣は東北部を代表する女性作家として活躍したが、六〇年代半ばから始まる文化大革命で「日本のスパイ」として厳しく批判された。そのため中国文学研究において長らく注目されてこなかったが、八〇年代に満洲国文学の再評価が始まると、但娣の文学も再び脚光を浴び、下層階級の窮状や植民地支配への批判を描き出したとして高く評価された。(2)

これに対し本章が着目したいのは、以下の二点である。但娣の作品は確かに一貫してプロレタリア文学的特徴をもっているが、それは「越境」――国家間の移動や政治体制の変動のたびに深化していることである。二点目は、その深化の背景の一つには、満洲国作家で同じく左翼思想に共鳴していた恋人の田瑯《ティエンラン》（一九一七～？）の存在があり、彼による抑圧の経験もまたその文学に大きく影響していたことである。

これを踏まえ、ここでは植民地支配の経験に加え、越境や性的抑圧の経験が、いかに但娣の文学に反映されたのかを考察する。これにより、先行研究で関心が集中していた階級や民族のほか、ジェンダーやセクシュアリティといった要素にも焦点を当て、その相互作用について捉えることで、彼女の文学の新たな一面を明らかにしたい。

1　但娣の越境と文学

但娣は一九一六年、黒龍江省北部の湯原県に生まれ、幼い時に中学教員であった父親の赴任に従い、チチハルに移住した。(3) 二八年に黒龍江女子師範学校に入学し六年間を過ごすが、その在学中に満洲国が成立した。三五年に満洲の左翼文藝界の中心人物であった金剣嘯《ジンジエンシアオ》（一九一〇～三六）が『黒龍江民報』の文藝欄『蕪田』を創刊すると、但娣はこれを通じて金の作品のほか、ゴーリキーなど進歩的な文学に触れ、自身も同誌に「暁希」というペンネームで「招魂」という文章を発表した。

女子師範を卒業後、但娣はチチハルの小学校で教壇に立つが、三五年に金剣嘯が当地で左翼青年たちとともに白光劇団を組織し、劇の上演を行った際には、オストロフスキーやゴーリキー、秋田雨雀の作品を観劇した。翌年に金は日本の特高によって逮捕され処刑されるが、金は監獄内でプーシキンの詩やゴーリキー「海燕の歌」を獄友に教え、処刑場に向かう途上でも「国際歌（インターナショナル）」を高らかに歌ったという。金の死後、この逸話が左翼青年の間で広まり、但娣にもその生涯において強い印象を残した。[4]

その後、但娣は三七年に満洲国の官費留学生として、奈良女子高等師範学校（現・奈良女子大学）に留学し、文科（歴史地理専攻）で学んだ。[5] この留学期に日本語を通じて日本を含む世界の文学に触れたほか、本格的な文学活動をはじめた。その舞台は、満洲国や日本占領下の中国で発売されていた中国語雑誌『華文大阪毎日』（大阪毎日新聞社・東京日日新聞社。以下、『華毎』）であった。[6]

四二年に奈良女高師を卒業すると、但娣は満洲国の開原女子国民高等学校（奉天省北部）に赴任し、教壇に立つ傍らで作品を発表し続けた。四三年一二月には留学期からの作品を収録した単行本『安荻と馬華』（開明図書公司）を上梓した。

但娣は日本留学期の活動初期から一貫して社会の底辺に置かれた民衆の苦境を描いており、例えば『華毎』の「中篇小説募集」で入選した代表作「安荻と馬華」では、戦乱のなか放浪し、貧困と離別に苦しめられる一組の夫婦が描かれている。[7] その後日本留学の終わり頃から知識人の視点で作品を描くようになり、とくに「広野のなかの物語」では、日本の戦争など時局や眼前の社会に生じている格差に触れている。[8] このことから、この時期から但娣は植民地の中国知識人としての自覚を強めていたことが窺える。

その後日本の憲兵隊に逮捕されたため創作を中断するが、満洲国崩壊直後の四五年一二月には活動を再開した。この時期の作品は、植民地の知識人としての意識を前面に打ち出しており、例えば「血族」や「太陽を失った日々」では満洲国を背景に植民地主義による資本の不均衡や民族への抑圧について鋭く切り込んでいる。[9]

2　恋愛と抑圧の経験

以上のように「越境」を経験するなか但娣の作品の重点は、過酷な貧困に苦しめられる民衆の苦境から、植民地主義に抑圧される人々の悲劇へと移り変わった。そのなかで一貫して重要なモチーフとなっているのが男女の恋愛であり、貧困や侵略によって恋人や夫婦が引き裂かれることにより、その苦境や悲劇がさらに強調される形になっている。

注目したいのは、但娣の植民地の知識人としての自覚の強まりとともに、恋愛やヒロインの描かれ方にも変化が見られることである（次節で詳述）。これには、満洲国作家で同じく左翼文学に共鳴していた田瑯との恋愛とその破綻の経験が大きく影響している。

但娣はチチハルでの教員時代に田瑯と知り合い、彼も『蕪田』の同人であり、両者はともに左翼文学に共鳴するなかで恋愛関係になった。その後田瑯は満洲国の官費留学生として一九三六年に日本の第一高等学校、三九年に京都帝国大学に入学し、留学期に本格的な文学活動を始め、『華毎』を主な発表の場とした。留学も『華毎』での活動も、田瑯のほうが先行していることから、但娣がその後を追ったと考えられる。

とくに田瑯の長篇小説「大地の波動」は『華毎』の「長篇小説募集」の正選（第一位）に選ばれ、脚光を浴びた。[10]この作品は『華毎』誌上で半年間に渡って連載され、関連する論評も数多く掲載されて注目された。また『華毎』により田瑯を囲む座談会が開催され、満洲国を代表する作家の古丁と外文、日本側からは久米正雄や横光利一、大宅壮一らが参加した。[11]

一般に満洲国作家は日本や時局に関わるテーマを注意深く避けていたが、但娣の代表作「安荻と馬華」と田瑯の「大地の波動」はいずれも日本軍の侵攻により混乱した満洲や中国を背景に、社会変動に翻弄される家族の姿を描いている。「大地の波動」は同時に三組の家族を描き、三種の「異なる階級の異なる生活」を関連づけながら描いているのに対し、(12)「安荻と馬華」では一組の夫婦に焦点を当て、比較的単純な形になっているものの、日本の侵略がもたらした苦難をテーマにしている点では共通している。「大地の波動」のほうが一年近く先に発表されていることから、田瑯から但娣への影響があったと考えられる。

但娣と田瑯は『華毎』に作品を発表する際には互いに献辞を記しており、二人の仲はなかば公認であった。また但娣は作品において、自身と田瑯をモデルにしたと思われる留学中の恋人同士を登場させ、二人が異国で肩を寄せ合い研鑽を積みながら愛を育む姿を描いている。(13)満洲国の女性作家で、但娣と同時期に日本に滞在していた梅娘《メイニアン》(一九一六～二〇一三)によると、田瑯は日本で最も有名なブランド大学の一つにおいて、当時留学生に最も人気のあった経済学部で学び、風貌も洗練されていたことから、女子留学生の間で「白馬の王子様」と見なされており、但娣は羨望の的であったという。そして「二人は何をするにもどこに行くにも一緒であり、わたしたちを羨ましがらせ、すべての幸福の星は田琳〔但娣の本名〕のもとに下されたと思われていた」という。(14)

ただし彼らの関係がもたらしたものは、「幸福の星」だけではなかった。三九年に但娣は奈良女高師を半年間休学し、東京・下北沢の田瑯の下宿に身を寄せたが、これは妊娠中絶のためであった。(15)そして彼らの関係は、卒業を目前にした四一年夏に破綻している。但娣やその友人の証言によると、原因は田瑯の不貞であり、彼には故郷に妻がおり、また他にも複数の女性と関係をもっていた。そのことを但娣に隠さないばかりか、自分に夢中になっている日本人女給の写真を見せつけ、口論になると二人の関係を奈良女高師に告げて退学にさせると脅したという。さらに田瑯は、但娣に対しては他の男性と会うことを許さず、自由に外出させないといった束縛をしていた。但娣はこうした抑圧的な関係性に耐えかね、別れを告げたのである。(16)

恋愛の破綻について、田瑯はなにも語っていない。しかし但娣の中絶に直面した時には、その動揺と苦悩を作品に反映させている。(17)但娣やその友人たちが語るように、田瑯が伝統的な男性優位の立場に乗じたのは確かだが、当時の彼の留学生活を投影したと思われる田瑯の散文「感傷的な散歩者」を見てみると、但娣が同時期の作品で留学中の恋人同士の蜜月に焦点をあてていたのとは対照的に、暗い鬱屈に満ちている。そこでは、主人公の身の上を「獄吏と守衛に監視された囚人」「外国に流され恥辱にまみれた奴隷」になぞらえている。[18]こうした日本での鬱屈をぶつける先になったのが一番身近にいた恋人であったのかもしれない。

但娣は四二年九月に大学を卒業して帰国し、その後も満洲の文壇で活動した。但娣が日本の憲兵に逮捕される直前の四三年一〇月、同じく満洲で作家活動を続けていた田瑯は女性作家の田琅（乙卡）と結婚し、盛大な結婚式を挙げた。[19]

3　恋愛から同志愛へ

恋愛による抑圧の経験は、但娣の作品にも反映された。前述の通り、但娣の作品では一貫して恋愛がモチーフの一つとなっているが、その描かれ方に変化が見られるのである。

至高の存在としての恋愛

恋愛の破綻を経験する前の初期作品では、下層階級の苦境が主なモチーフとなっており、多くの場合主人公はより弱い立場に置かれた女性であった。そのなかで恋愛は、ヒロインにとって唯一の希望や憧憬であり、何にも代えがたい至高のものとして描かれている。

「柴を刈る女」では、若い寡婦が姑と幼い息子とともに貧しい生活に耐えながらも、心の奥で恋愛に憧れる姿を描いている。ある日彼女が林中で柴を刈っていると、大学生と若い娘の恋人同士が通りかかり、「彼らはひとつがいの自由な山鳥のようで、鈴のような歌声が林中に響き渡った」。その様子を見た寡婦は、羨望の表情を浮かべ、「ぼんやりと遠くを眺め、死んだ夫のことを思い出していた」。その直後、息子が崖から転落し、大けがを負う不幸に見舞われる[20]。

また「忽瑪河の夜」では、一五年前の初恋の人を思い続けたヒロインが、その恋人の死に絶望して自殺する姿を描いている。彼女は死の床にあるかつての恋人に会うために、山中の療養施設にかけつけたが、恋人は両手を失い、口がきけなくなっていた。恋人は愛の言葉を残した後亡くなり、絶望した彼女は近くの川に身を投げる[21]。「安荻と馬華」では、戦乱のなか貧困と離別に苦しめられる一組の夫婦が、互いの愛情を唯一の拠り所にしながら生きる姿が描かれている。夫の馬華は生活のため出稼ぎに行くが、騙されて強制労働させられた後、浮浪者に身を堕とし、最後には自殺をする。妻の安荻は貧困に耐えながら夫の帰りを待っていたが、最後に夫の訃報を受け取り悲嘆に暮れる。

これらの物語では貧困のなか夫や恋人を亡くし、ヒロインの悲劇がより深いものになっているが、恋愛そのものは唯一の希望として描かれ、とくにヒロインの夫や恋人に対する一途な愛が理想的に描かれている。

一方で、作中には男女の抑圧的な関係性が垣間見えることがある。例えば「安荻と馬華」では夫婦間の愛情が理想的に描かれているが、時に夫が妻に対し性的な束縛を見せる場面がある。しかし妻はそれを夫の愛情表現として受け入れているのである。

馬華は手を伸ばし、安荻を撫でた。

「〔出稼ぎに〕俺が行った後、ほかの奴とつきあうのは許さないぞ！　それならお前は俺に会わせる顔がなくなり、俺は永遠にお前のところに戻ったりしない！」

「あなた何を言っているの？　私がそんな女だというの？」

「それなら俺はお前を殺す！」

「安心して、死ぬまでずっと、私はあなたのもの。たとえ男の心が変わるものであったとしても」
（六巻二期、四五頁）

こうした描写は、もちろん下層の民衆の素朴な男女関係をありのままに写し出しただけともいえる。ただしそこに内包される男女の非対称的な抑圧関係には、作者によって批判の目が向けられていないことが分かる。

新しい道と「私たち」

恋愛の描かれ方に変化があらわれるのは、但娣が田瑯との恋愛の破綻を経験し、満洲国に帰国してからのことである。

とくに「戒め」では、愛した男に裏切られた「彼女」が、彼との間に生まれた赤子を捨てざるをえない状況に追い込まれ、男の不実に憤る心情が描かれている。冒頭部分において、彼女は赤子を抱えながら林のなかをさまよい、自分と赤子を捨てて「逃げていった罪深い、残酷な、彼女が命をかけて愛した男性」に憤り、自らが「侮辱され傷つけられ捨てられ」「犠牲になった」ことを嘆く。そして「もはや恋愛を賞賛できなくなり、人類が美しいものだと幻想できなくなる」心情が描かれている。(22)

恋愛の破綻が但娣の文学にもたらした影響については、すでに岡田英樹による検討がある。(23)それによれば、それまでの但娣の作品は絶望的な結末がほとんどだが、「戒め」では、絶望から立ち上がる主人公が描かれていると指摘し、次の場面に着目している。

物語終盤、父親の怒りを恐れて家を出た彼女は、救いを求めてやってきた古びた尼寺の門前で、集まった乞食の群れのなかにいる一人の若い男性と出会う。若い男は、悲嘆に暮れる娘に、次のような言葉をかける。「泣くなんて愚かきわまりないことですよ！　ふがいない弱者だけが泣くのです。〔略〕気骨ある人は、苦痛を、そして涙を強い意志に変えるべきです。それでこそ偉大なのです」（八四～八五頁）、と。若い男は「強い意志」をもち、「強くなる」べきだと激励し、彼女はこの言葉に励まされ、生きる覚悟を決めるのである。

これに加え本章で注目したいのは、その若い男が主人公に対し、恋愛に代わる新しい道――「なすべきこと」や「責任」を指し示していることである。

恐ろしい災難に遭ったとき、堅持し続け、勇敢でなくてはなりません。真理は必ず存在し、何も怖がる必要はありません。命をかけて私たちを害するすべての仇敵に反抗すれば、強さや自信は最後には私たちのものです。諦めずにやっていけば、勝利はきっと私たちのものです。なぜ涙を流す必要があるのですか。私たちは力強くなすべきことをすべきです。〔略〕私たちには責任があるのです。（八五頁）

これを聞いた彼女の目の前に、次のように新しい「道」が開かれることになる。

そのとき一本の広い、光り輝く、純正な道が彼女の目の前に開けた。
彼女は立ち上がり、まるで悪夢から覚めた人のように、生きる炎が彼女の意識のなかで燃え始めた……（八五頁）

その後、捨てた赤子を探しに林に戻った彼女は、すでに赤子が姿を消しているのに気づく。弾丸が身を貫いたような衝撃を受け、一晩中探すが見つからず、全身の血が凍りつく。しかし彼女は、最後には目に「理性の鋭い光」を宿しながら林を出たのである。おそらくは彼女がその後、目の前に開かれた「広い、光り輝く、純正な道」へと向かっていくことが予想される結末となっている。

この「道」とは何を指すのか、作中では明確ではない。ただし道を指し示す若い男が、脱獄して身を隠している人物であることがほのめかされている。そしてこの男が「私たち」という複数形の一人称で呼びかけていることも注目される。これも何を指すのかは明示されないが、ヒロインにとって新たな道に踏み出すための重要な関係性であることが窺える。

「戒め」では、但娣の作品ではじめて男女間の抑圧関係に批判の目が向けられたが、以後このテーマが深められることはなく、その後も引き続き恋愛が理想的なものとして描かれた。ただし描き方には明らかに変化が見られ、それまでは主人公自身の恋愛が描かれたのに対し、主人公の視点から他者の恋愛が描かれる形に変わっていく。

例えば「血を売る人」では、中国人女性記者の視点から、アメリカでの中国人留学生と売春婦の悲恋が、[24]「沼地のなかの夜笛」では、主人公「私」の視点から、その女工仲間である少女が恋愛の成就のために家出する姿が描かれている。[25]それまでは孤立無援の主人公が恋愛だけを唯一の希望として悲劇に遭遇する姿が描かれていたが、第三者である主人公の視点から、同情と関心をもって描かれる形に変化しているのである。

なかでも注目したいのは、「肺結核患者」である。[26]作品の舞台は貧困層のための慈善病院で、主人公の知識人女性「私」は肺結核のため療養していたが、そこに同じ病気を患う范という若い知識人男性が入院する。「私」は范が自分と同じ知識人だと知って親近感をもち、同室の患者とともに、「私たち」は范の病状を見守る。

そのなかで范に想いを寄せる看護師の少女が登場し、彼らの恋愛の成就を「私たち」が期待しながら見守る様子が描かれている。ある日、「私たち」が河辺で日光浴をしていると、范と少女が語り合う場面に遭遇する。二人に気づかれないようそっと聞いていると、范が自分の身の上話を語り始める。范は貧しい家庭に育ち、父親はアヘンに溺れ、母親は奴隷のような労働者に身を堕とし、誇りを傷つけられて生きてきたという。

少女も同じく貧困に苦しめられた身の上を打ち明け、「最も苦しいのは侮られ、傷つけられながら生きることよ！」と呼びかける。范もこれに同意し、二人は心を通い合わせる。しかし彼らの恋愛が実ることはなく、少女はその後すぐに范に別れを告げる。


彼女たちは再びきらめく河面に向かい、沈黙した。少女は依然として遠くを見つめ、何か思うところがあるかのように目を動かさなかった。

「何を考えているんだい？」

「私は勇敢で遥かな跋渉〔山や川を越え、苦難の長旅をすること〕を考えているの……」

「それはどういう意味？　ここを離れるつもりなのかい？」

「あなたもしっかり療養して、健康になったら、この静かな草原を離れて。私は明日の列車に乗るわ。だからあなたに会いに来たの」

范はしばらく呆然とし、悲しげに言った。

「君を祝福するよ！」


（五四〜五五頁）

このようにこの作品では、「私たち」が見守るなか、ヒロインが愛する男性との別れを主体的に選びとる。そしてそれまで至高のものとされてきた恋愛ではない道――「勇敢で遥かな跋渉」へと向かう姿が描かれているのである。

抗日と同志間の連帯

満洲国の厳しい言論統制のもとで発表されたということもあり、「戒め」や「肺結核患者」ではヒロインが向かう先について具体的に示されておらず、「私たち」が属する共同体も曖昧であった。しかし満洲国崩壊後に発表された作品では、それが抗日として明示され、「私たち」も抗日の同志として描かれている。

ここでは「朝七時のとき」に着目したい[27]。この作品は日本によって投獄された女性知識人を主人公とし、同時期の他作品と同様、抗日意識が強調されている。そして、とりわけ抗日の同志との連帯が中心に据えられている。主人公「私」は、抗日を訴える思想犯として女性監獄に収容されている。友人の陳焰や、監獄で知り合った姚瑛をはじめとする他の思想犯とともに、「私たち」は劣悪な環境や看守による粗暴な扱いを受けるなか、互いに励まし、助け合いながら堪え忍んでいる。

例えば「私たち」は監獄の辛い生活のなかで自分たちを奮い立たせるために「私たちは死を恐れない！　私たちの祖国のため、私たちは死を恐れない！」と歌い出す。これに合流して、男性監獄からも歌声が上がる。そのとき「私」は次のように思う。

力が私たちの胸のなかに満ち、私たちに何もかもを忘れさせてくれ、まるで光が私たちの命を照らし輝き、花が私たちの命のなかに咲き、芳しい香りを放っているかのようだった。（二一五頁）

物語では「私」の友人である陳焰と、同じく思想犯として投獄された秦堅との恋愛が描かれており、結末では秦堅が処刑され、そのショックで陳焰が死ぬ。タイトルの「朝七時」は秦堅の処刑執行の時刻であることから、この恋愛の悲劇が物語のなかで重要なものであることが分かる。

ただし注目したいのは、作中では恋人の運命を嘆き悲しむ陳焰よりも、彼女を見守り激励する「私たち」の姿に焦点が当てられていることである。陳焰が秦堅の死刑判決の噂を聞き動揺すると、「私」は「祖国のために犠牲になるのは光栄なことだわ！」と慰める。また姚瑛も「どうしてそのように悲しんでいるの？　苦しみをうけるのは我々中国国民の義務でしょう」と言う。

そして判決後、法廷から出てきた秦堅が女性監獄の前を通り、陳焰に自分が明朝七時に処刑されることを告げると、嘆き悲しむ陳焰に対して次のように呼びかける。「私たちは祖国のために血を流し犠牲になるべきで、これは光栄なことじゃないか！〔略〕焰！　君は強くならなくてはならない！」（二九頁）、と。

この秦堅による「祖国のために」「強くならなくてはならない」という呼びかけは、女性監獄の前で行われるため、当然「私たち」もこれを聞いている。そして「私たち」のなかから姚瑛が進み出て、次のように陳焰や秦堅を激励する。

「そうよ！　私たちはもっと強くならなくてはならない！〔略〕私たちは全力で彼女〔陳焰〕を守るわ」「ありがとう！　新しい同志よ！　君たちは勇敢にやっていかなくてはならない。祖国のために、私たちは魂を犠牲にしなくてはならないのだ」「私は死を恐れない。私は祖国のために事を為す。これからの仕事は私たちに任せて」（二九頁）

このように処刑を前にした恋人同士の語らいはほとんど描かれることなく、「私たち」による激励に焦点が当てられている。これによりこの作品では、もちろん恋愛も重要な要素ではあるものの、同志間の連帯により重みが置かれていることが分かる。

おわりに

但娣は満洲国で左翼文学に触れ、その後日本との間を行き来するなかで植民地の中国知識人としての自覚を強めていったが、同時期に思想上のパートナーでもあった恋人による抑圧と恋愛の破綻を経験した。その後の彼女の作品には、その関心が恋愛から同志愛へと向かっていく過程が反映されることとなる。そのなかで何度か繰り返された「強くならなくてはならない」という言葉は、恋愛の幻滅から立ち直るためのものから、抗日や「祖国のため」へと意味合いが変わっていく。そして自らの愛の悲劇だけを見つめていたヒロインは、恋愛ではない「新しい道」へと向かい、あるいは苦境に立たされた同志を見守り、支えようとする視点に移り変わっていく。

こうした但娣にとって、中華人民共和国の成立は理想の実現であり、一九五〇年代には社会主義体制を賛美するルポルタージュを複数発表している。そのなかで革命により労働環境が改善され、あらゆる苦悩から解放された女性たちの姿を描いている。例えば「女鋼鉄隊に歓呼する」では、製鉄工場の女性リーダーにインタビューし、次のように感想を述べている。「彼女たちの今日の勝利は、彼女たちの強い意志によるものであり、不屈の戦闘精神によりいくつもの困難に打ち勝ってきたということが分かる」、と。(28)

一方で但娣は、恋愛の破綻直後こそ恋愛が内包する男女間の抑圧関係に切り込んだが、その後このテーマを深めることなく、抗日や同志間の連帯へと関心が移っていった。これには様々な理由が考えられる。一つにはジェンダー問題よりも社会主義革命をより重視する当時の左翼文学の思想的背景が影響していた可能性がある。あるいは但娣の受けた心の傷が深く、それ以上直視できなかったのかもしれない。そして何より、彼女が置かれた植民地支配の現実があまりにも過酷であったがゆえに、それ以外の抑圧関係について考えを深める余地がなかったということも大きく作用していただろう。

満洲国の作家たちは、満洲国の成立直後に中国国内へ逃亡した作家に希望を託しており、なかでもその後中国の左翼文藝界で活躍した蕭軍（一九〇七〜八八）と蕭紅（一九一一〜四二）に対しては強い憧憬を抱いていた。蕭軍夫婦は日中戦争勃発後の混乱のなかで離婚するものの、逃亡直前に満洲国で地下出版した合作の単行本『跋渉』（一九三三年）は、その後も占領下に置かれた左翼作家たちの心の拠り所であった。(29)上述した但娣の「肺結核患者」のヒロインは愛する人と別れ「新しい道」――「勇敢で遙かな跋渉」を目指すが、この「跋渉」という言葉には、おそらく蕭夫婦の『跋渉』が強く意識されていただろう。とすれば、ヒロインがその一歩を踏み出す勇気を得たのは、その道が愛の光によって照らし出されていたからこそだったのかもしれない。

（1）満洲におけるプロレタリア文学については、以下を参照。劉慧妍・徐謙「中国現代文学史上欠かせない一章——東北における被占領時期の左翼文学活動をめぐって」（『環』第一〇号、二〇〇二年）、西田勝『「満洲文学」の発掘』（法政大学出版局、二〇二二年）など。

（2）尹鉄芬「一位愛国作家対一個時代的控訴——田琳及其在東北淪陥時期的作品」（『社会科学戦線』一九九一年三期。『淪陥区中国文学研究資料総彙』二〇〇七年一月に所収）、岡田英樹「「満洲国」からの二人の留学生」（『季刊中国』第二〇号、一九九〇年三月）、岸陽子「「満洲国」の女性作家、但娣を読む」（『中国知識人の百年——文学の視座から』早稲田大学出版部、二〇〇四年）などがある。

（3）閻純徳「破損的小舟、揚起希望的風帆——記田琳」（『作家的足跡』知識出版社、一九八三年）、傅尚逵「訪女作家田琳」（『東北現代文学史料』第六輯、黒龍江文学院、一九八七年）を参照。

（4）金剣嘯については、田琳「追憶金剣嘯同志在斉斉哈爾的戦闘生活」（『東北現代文学史料』第三輯、一九八一年四月）、平石淑子「ハルビンの抗日文藝運動緒論——金剣嘯の活動を中心に」（『人間文化研究年報』第九号、一九八五年）を参照。

（5）但娣の日本留学については、拙稿「満洲国女性作家・但娣の日本留学」（『季刊中国』第一〇六号、二〇一一年九月）、同「但娣の描く「日本」——満洲国の女性作家と日本留学」（『野草』第一〇二号、二〇一九年三月）を参照。

（6）『華文大阪毎日』については、岡田英樹「中国語による大東亜文化共栄圏——雑誌『華文大阪毎日』・『文友』の世界」（『中国東北文化研究の広場』第二号、二〇〇九年）を参照。

（7）但娣「安荻和馬華」（『華毎』第六巻一・二期、一九四一年一月一・一五日）。

（8）但娣「広野裡的故事」（『華毎』第一一巻五期、一九四三年九月一日）二九～三〇頁。

（9）但娣「血族」（『東北文学』第一巻一期、一九四五年一二月）四～三二頁。同「失掉太陽的日子」（『東北文学』第一巻四期、一九四六年三月）六五～八三頁。詳しくは前掲（注5）「但娣の描く「日本」」を参照。

(10) 田琅「大地的波動」(『華毎』第四巻六期~第五巻九期、一九四〇年三月一五日~一一月一日)。
(11)「作家們的座談会——以「大地的波動」的作者与満洲代表作家為中心的」(『華毎』第四巻六期、一九四〇年三月一五日)三二~三五頁。
(12) 田琅「我的労作、我的感情——写在『大地的波動』的前面」(『華毎』第四巻五期、一九四〇年三月一日)三一~三二頁。
(13) 前掲(注5)「但娣の描く「日本」」を参照。
(14) 梅娘「紀念田琳」(張泉編『尋找梅娘』明鏡出版社、一九九八年)四五九~四六〇頁。
(15) 但娣と田琅との恋愛関係については、岡田英樹「田琳の留学時代——「愛の破綻」をめぐって」(『続 文学にみる「満洲国」の位相』研文出版、二〇一三年)を参照。
(16) 前掲(注14)のほか、但娣から岡田英樹氏への書簡「田琳(但娣)答岡田英樹」(岡田英樹ほか編著『老作家書簡』北方文藝出版社、二〇一七年)六九~七〇頁を参照。
(17) 田琅「駝鈴」(『大同報』一九四〇年一月二〇日~四月二三日)。これについても前掲(注15)「田琳の留学時代」で論証されている。
(18) 田琅「感傷的散歩者」(『華毎』第三巻一二期、一九三九年一二月一五日)三三頁。
(19)「藝文通訊」(『藝文志』第一巻二期、一九四三年一二月一日)一六八頁。田琅には故郷に妻がいたはずだが、どのようないきさつで結婚するに至ったのかは分からない。ただし当時の中国知識人の間では、家が取り決めた最初の婚姻を解消しないまま、恋愛により結ばれた相手と実質的な結婚をすることが少なくなかった。
(20) 但娣「砍柴婦」(『華毎』第四巻一二期、一九四〇年六月一五日)三四~三五頁。
(21) 但娣「忽瑪河之夜」(『華毎』第七巻四期、一九四一年八月一五日)四一頁。
(22) 但娣「戒」(『青年文化』第一巻三期、一九四三年一〇月一日)八三頁。
(23) 前掲(注15)「田琳の留学時代」を参照。
(24) 但娣「售血者」(『華毎』第九巻二期、一九四二年七月)三四~三八頁。
(25) 但娣「沼地里的夜笛」は日本留学中に創作され、『安荻和馬華』に収録された。
(26) 但娣「伝屍病患者」(『満洲作家小説集』一九四四年二月)四三~六〇頁。
(27) 華莎(但娣の筆名の一つ)「早晨七点的時候」(『東北文学』第一巻二期、一九四六年一月)二四~三〇頁。

(28) 田琳「向女鋼鉄隊伍歓呼」(『北方』一九五八年一〇月号)一八頁。

(29) 仲同升「満洲プロレタリヤ文学運動史概論」(『思想月報』一九四二年七月号。本章では『植民地文化』第九号、二〇一〇年収録のものを参照)、平石淑子「蕭軍・蕭紅の東北脱出」(『植民地文化研究』第一一号、二〇一二年)、岡田英樹「「満洲」における関内文化情報の受容」(劉建輝『「満洲」という遺産』ミネルヴァ書房、二〇二二年)を参照。

(付記)本稿執筆にあたり、国際シンポジウム「吼えろアジア」の際に中村みどり氏よりいただいたご指摘を参考にした。ここに厚く謝意を表する。

リアリズム文学のモダニズム的読解について

廉想渉と金南天の場合

朴　宣榮／李　珠姫　訳

はじめに

一九二〇年代、および三〇年代の国際的なプロレタリア文学運動は、同時期に世界中で開花したアヴァンギャルド芸術と正反対のものと長いあいだ認識されてきた。「リアリズム」と「モダニズム」のあいだの現実上、または想像上の拮抗関係は、理論的な論議の中で引き続き固定化され、それ以来ずっと、文学的・文化的批評における常識として受け入れられてきた。しかしここ数十年間の再検討は、モダニズムのレンズを通してプロレタリア文学を再発見し始めており、隠されてきた歴史性とその美的豊かさを次々と蘇らせてきた(1)。より広い文脈においてこうした学術的進歩は、近代性の歴史的経験に対する特権的かつ最も鋭い美学的反応としてモダニズムを再評価しようとする、ポスト‐ポストモダニズムの動きとも密接に繋がっている(2)。

本章は、植民地時代朝鮮の左翼文芸に関する私のこれまでの研究に基づき、二人の著名な作家、廉想渉《ヨム・サンソプ》(一八九七～一九六三)と金南天《キム・ナムチョン》(一九一一～五三)の作品の読解を通して、前述の新しい批評的パラダイムの検証を行うことを目的とする(3)。廉と金は、二人とも今日ではリアリズムの実践者としてまず記憶されており、また植民地朝鮮において、私が「プロレタリアン・ウェーブ」と呼ぶものに関わっていた人たちである(4)。廉は、『万歳前』(一九二二～二四年)や『三代』(一九三一年)などの作品において植民地状態の国家像をリアルに描写したことで最もよく知られている。しかしこれから再検討するように、廉の初期の作品は、植民地的自我の内面を表現するために私小説の告白的な文学技法を実験していた。それと同様、壮大なリアリズム小説『大河』（一九三九年）で名声を得ている金は、本章での再解釈を通じて、彼が「緑星堂」（一九三九年）のような、断片化されたアヴァンギャルド小説をも書いていたことが明らかになるだろう。こうした二つの例に関する本研究は、前述の新しい批評的パラダイムがいかに生産的で、かつ示唆に富むものなのかを実証するものとなる。リアリズムとモダニズムのあいだに後から設けられた分断線を越え二人の作家を読み直すことで、芸術のモードが植民地的近代性にどう介入していたのかについて、また、それによってプロレタリア文学運動がどのような美的範疇において主要な役割を果たしていたのかについて、より繊細な洞察を得ることが可能になると考えられる。

1　廉想渉——私小説の植民地的変容

植民地時代におけるソウルの都市生活を仮借なく批判的に描写したことで知られている廉［図①］は、パリのリアリズム文学の大家バルザックに頻繁に喩えられる作家である。彼の『万歳前』や『三代』のような作品は、植民地時代朝鮮の人々の生活を最も忠実に描写した小説として長らく韓国で読まれてきた。ここでまず私たちは、モダニズムのレンズを通して廉の作品を考察するために、「標本室の青蛙」という題の小説に焦点を当てることにしよう。[5]「標本室の青蛙」は、私小説の告白形式において、また語りの変調がもたらす断片的な性格において、モダニズム的特徴を見せる小説である。私は「標本室の青蛙」とこの小説のすぐ後に書かれた『万歳前』を、植

図①　日本で学生時代を過ごしていた1910年代末、廉想渉が日本の友人の娘と撮った写真（遺族提供）

民地朝鮮の文脈に私小説を配置させ適用しようとした廉の文学的実験の産物として読むことを提案したい。そしてこうした廉の創造的作業を媒介したのは、大杉栄（一八八五〜一九二三）の社会主義思想の影響から主に得られた、植民地的近代に対する批判的思考であった。この小説についての私の読解はしたがって、比較的単純な社会批評や表現の道具としてプロレタリア文学を捉えようとする根強い認識に亀裂を入れることを目指すことになる。

「標本室の青蛙」は、形式における変調を顕著な特徴とするという文脈において、私小説の一般的な特性の多くを示している作品である。(6) 物語の語り手である匿名の「私」は、日本から帰ってきた学生で、標本室で解剖状態になっている青蛙の悪夢に悩まされている人物である。病状を和らげるために出かけた旅において「私」は、狂気に陥った複数の人物に出会うことになるが、読者の推測する限りでは、彼らは実在の人物か、あるいはただ主人公の内面が作り出した幻影にすぎないのかもしれない。そしてその中に金昌億《キム・チャンオク》という人物がいる。この作品を通じて唯一フルネームで紹介される金は、自ら「東西親睦会事務所」と名付けた質素な家で暮らしており、「私」との会話の途中で世界平和やウィルソンの民族自決主義、またキリスト教徒の偽善といったものについて長たらしい演説をする。「私」は、「自由の民」である金に我知らず深く感化され、この訪問が終わるまでしばらく幸福感に浸る。私小説によく見られるように、この部分における「私」の語りは、場所や登場人物の物理的・身体的特徴にはほとんど言及しておらず、その代わりに主人公の精神的・感情的状態を描写することに焦点を合わせている。

先に述べた形式上の変調は、「私」の告白が金の遍歴に関する全知の三人称語りに道を譲る真ん中の節において導入される。そこで私たちは、金がソウルの高等師範学校に進学したものの、家勢が傾いてやむなく学業を中断したことを知るようになる。彼はその後、ある「不意の事件」で刑務所に入っていたという。この「不意の事件」とは、世界平和やウィルソンの民族自決主義といった、先ほどの話の内容に照らし合わせると、彼が一九一九年三月一日の歴史的な民族運動に関係していたことを示唆する言葉であろう。最後のもっとも短い節において読者は、金がいつのまにか消えていることに気付いて憂鬱な状態に陥る、「私」の告白へと再び戻ることになる。

私たちは、この変則的な真ん中の節と、それがもたらすテクストの断片性をどのように理解すべきだろうか。

「標本室の青蛙」は、暴露の瞬間、すなわち秘密の打ち明けという要素を欠いている点からすれば、私小説としては独特な作品のように見える。それよりこの小説の真ん中の節は、私たちに金の人生に関する物語を聞かせているだけである。そしてそれは作者自身の履歴ともちょうど重なっている。廉もまた、経済的な理由で慶應義塾を中退し、三・一運動に前後して抗議活動を組織した容疑で三ヵ月間を獄中で過ごさなければならなかった。植民地の検閲体制下では三・一運動に言及することが禁止されていた点に鑑みれば、恐らく廉は、彼自身が置かれていた植民地的状況を迂回的に批判するために、私小説の形式的規範を敢えて破ろうとしたのではないだろうか[7]。だがそれと同時に廉は、彼の履歴を知っている、または類似した経験を持つ読者たちに自分のメッセージを効果的に伝えるために、私小説の自伝的な解釈の伝統に頼っていたとも言えるだろう。以上のようなことから私たちは、「標本室の青蛙」を「メモワール（ME-moir）」、すなわち「私の回想録」と称するよりは、ポスト1919の朝鮮における「アスモワール（US-moir）」、すなわち「我々の回想録」と呼ぶこともできるだろう[8]。つまるところ、私小説の約束事を逸脱した廉の試みは作者自身をして、本来個人主義的であるはずのジャンルに共同体的な経験と意識を付け加えることを可能にしたのである。

だとすると私たちは、私小説を植民地朝鮮の文脈に適用した試みとして「標本室の青蛙」を読むこともできるかもしれない。実際のところ、廉はこの後、『万歳前』で私小説的告白を本格的な旅行記に書き換えている。『万歳前』は、登場人物の内面の描写より外部の状況の描写に重点を置いている小説である。「標本室の青蛙」と同じように、『万歳前』もまた形式的には私小説として始まっており、李寅華《イ・インファ》という朝鮮の大学生が、東京でインテリ青年としてコスモポリタン的な生活を送っていた自身の経験を物語っていく。しかしそれに続いて展開する

図②　雑誌『新生活（신생활）』1922年5月号の記事「資本主義の破綻（자본주의의 파탄）」に掲載された、アナーキズム的世界観が投影された挿絵（南カリフォニア大学コリアン・ヘリテージ・ライブラリ提供）

東京からソウルへの旅の過程においては、複数の人物の相互的な視点が物語に導入され、日本人の人身売買業者、朝鮮人と日本人のあいだに生まれた女給、囚人たちの一群など、様々な登場人物たちの眼差しを通して彼の存在そのものが脱中心化される。これらの人々の群像は、圧制下に置かれた近代植民地社会の、パノラマ的モザイクを織りなしてみせる(9)。後に廉は、「標本室の青蛙」から『万歳前』への移行を、自然主義からリアリズムへの進歩として特徴付けた。ここでいう「自然主義」とは、一九二〇年代半ば頃に私小説として知られるようになった日本の告白文学を指している(10)。廉は、一九二七年の回想録の中で自ら述べているように、これ以降リアリズム小説の創作に専念し、個人的で私的な真実を追求することからは離れ、複数の登場人物を通して「国家的現実《リアリティ》」と朝鮮の社会像を再現することに努めた(11)。

『万歳前』の語りはそれゆえ、帝国主義的資本制の下で貧困に追い込まれたプロレタリアの国家として植民地朝鮮を見る社会主義的思考を反映している。この見方によると、近代性を象徴する新発明の品々——電気、西洋風の住宅、路面電車、新聞等々——は、もはや歓迎すべき進歩や文明の印などではなく、「お墓」に湧く蛆虫でしかない。この「お墓」とは、零落していく植民地国家のメタファーとして繰り返し使われる表現であり、この小説に最初に付けられた表題でもある(12)［図②］。植民地プロレタリア国家というこの見方は、多くの左翼ナショナリスト知識人たちのあいだで広く共有されていた。後に彼らは、植民地時代を通じて最も大きかった知識人の連合体である新安会（一九二七〜三二）の指導部を形成することになる(13)。事実上彼らの文学的代弁者の一人であった廉は、後の『三代』（一九三一年）の中で、植民地的状況に対する社会主義的批判には同意しながらも、民族の統合より階級闘争を重んじることには反感を抱く、いわゆる中道派知識人の願望とジレンマを描くことになる。

　歴史的に言えば、廉は社会主義に対する彼の立場において、日本のアナーキズム運動の指導者的存在であった大杉栄と彼の著作にとりわけ大きな影響を受けていた。大杉はピョートル・クロポトキンの翻訳と彼自身の著作を通じて朝鮮の知識人たちに影響を及ぼしていた。廉は黄錫禹《ファン・ソグ》（一八九五～一九六〇）や羅景錫《ナ・ギョンソク》（一八九〇～一九五九）といった、労働運動で大杉と関わっていた朝鮮のアナーキストたちと緊密な関係を持っていた[14]。しかし大杉と廉のあいだの知的繋がりは長いあいだ忘れ去られており、それは恐らく、アナーキズムが冷戦時代に抑圧され、周辺化されてきたこととも無関係ではない[15]。後の回想においても廉は大杉について一切言及していない。アナーキズム運動で日本の憲兵に殺された知識人について語ることは、いくらか政治的な危険を伴うものだったからであろう。

　廉は、黄錫禹や高漢容《コ・ハニョン》（一九〇三～八三）のような同時代のアナーキスト文学者たちがシュールレアリズムやダダイズムといった、西欧のアヴァンギャルド運動を発見したのとちょうど同じ頃に、私小説によって実験に挑んだ。これまで私たちが見てきた通り、廉の文学的発展において私小説は、私的文学の美学をより客観的なものに変えていくための出発点となった。私小説を書くという廉の選択は、少なくとも『万歳前』においては、形式を通じて内容を語るための意図的な試みであったと思われる。それは、私小説の規範的形式を破らずには、植民地の知識人が自らの内面を表現することは不可能であるということの言明である。だからこそ廉は、反植民地主義的プロレタリア文学者として自身のアイデンティティを形成するに当たって、内面の真実へのモダニズム的追求に傾けてきた自らの関心を否定しなければならなかった。そしてそれは、私小説固有の生産的性格と、芸術的な目的を達成するために、そうしたジャンルそのものを再利用することができた廉自身の才能を証明する過程でもあった[16]。

2　金南天――唯物論的日常の美学

もし以上のような廉想渉の例が、私たちがモダニズムのパラダイムを通してプロレタリア文学の伝統を再考するに当たって、その複雑な様相を開示してくれるものであるとすれば、ＫＡＰＦ（朝鮮プロレタリア芸術家同盟、Korea Artista Proleta Federacio の略称）の著名な作家兼批評家であった金南天《キム・ナムチョン》は、「モダニズムの新しい未来」を開拓したプロレタリア作家という、ベンジャミン・コールマンの発想を例証する存在と言えるだろう。[17] 越北作家（南北分断の際に北朝鮮へ渡った作家たち）のひとりである金の作品は、一九八八年にようやく韓国で解禁となった。その頃から彼は、「工場新聞」（一九三一年）のようなプロレタリア小説や、後に書かれた叙事詩的小説である『大河』（一九三九年）などで知られるようになった。

金とモダニズムとの出会いの背景には、一九三〇年代における弾圧と、左翼文芸運動の政治的な危機があった。ＫＡＰＦは一九三一年と三四年に警察の取り締まりによって二度の打撃を受け、そのほとんどのメンバーがまだ獄中にいた一九三五年に公式の解散を余儀なくされた。金自身は労働争議に参加したために二年間服役し、恐らく転向して一九三三年に病気による保釈で刑務所を出た。その後彼は一九三七年まで新聞記者として勤めながら、それまでの何倍もの熱意で創作と文学的実験に没頭した。そうした実験の核心には、理論的かつ詩的眼差しを通してリアリズムの美学を更新しようとする作者固有の試みがあった。このような立場から金は、「告発の文学」「モラルの文学」「風俗の文学」と彼がそれぞれ名づけた一連の創作論を考案した。[18] 振り返ってみれば、こうした彼の熾烈な実験主義は、一九三〇年代の世界的なアヴァンギャルド運動とたまたま同時的に発生したのではなく、むしろ積極的にその一部をなしていたものと考えられる。

一九三九年の短編「緑星堂」[19]は、金南天の熾烈な実験主義とその複雑な性格を端的に例証する小説である。三つのバラバラな節からなるこの物語は、「金南天」という人物が自分の発見した朴成雲《パク・ソンウン》という男の日記について読者に紹介する一人称語りによって始まる。語り手によれば、朴成雲は党籍を理由に刑務所へ入った経歴を持っているが、いまではほとんど忘れ去られている左翼の元活動家である。語り手は、読者に朴のことを思い出させようと努めるかのように人々の忘却を懸念し、この物語は朴の日記を脚色したものであると解説する。小説の真ん中の節で語り手は、一人称の語りをそのまま維持しながらも、突然その語り口を内省的なものから生き生きとしたものに変えており、そのため読者は、彼の正体について確信を持てなくなる。この小説でまず私たちは、商業都市として盛んな平壌《ピョンヤン》の近代的な街中の風景に関する、鮮やかで活気に溢れた描写を読むことになる。そしてその描写の動きは徐々に「緑星堂」という薬局の中へ入っていく。その看板はハングルとエスペラント語で書かれている。

小説の主要部に当たる最後の節は、朴成雲が薬剤師である妻のそばで慎ましい生活を送るこの薬局の中で進行する。そこで物語は、次の事柄を説明する三人称の語りに切り替わる。朴は、彼のことを尊敬するというある青年の訪問を受け、貧民街の住民たちのための講演を依頼される。自身の信念について確信を持てず、自分にはそのような資格がないと思いながら、彼は躊躇しつつその提案を引き受ける。その直後、彼は昔の同志から電話を受け、淋病の薬をただで貰えないかと頼まれる。朴が薬を揃えて旅支度をしているところへ、ちょうど外出から帰ってきて妻が彼の同志のことを「怠け者で、人に頼ってばかりいて、物乞いしかできないルンペン」だと罵る。その時、成雲は、子どもの頃、水の中で息止めの競争をした際に感じた、窒息しそうな気分をふと思い出す。そして彼が薬局の外へ出ると、「商売は順調ですか」と巡査が挨拶の言葉をかけてきて、成雲は日本語で次のように返す。「オカゲサマデ」（原文では日本語のハングル表記になっている――訳者）[20]。

韓国の批評家、孫禎秀《ソン・ジョンス》は、モダニズムのナラティブ技法を用いた金南天の試みについて、「リアリズムとモダニズムの同盟」[21]という、洞察力のある意見を出している。それに加えて私は、金が文字通り日常生活のマルクス主義的美学を創り出そうとしたと主張したい。金が新しいリアリズムとして捉えたこの日常生活のマルクス主義的美学を、今日ではプロレタリアン・モダニズムの一形態として概念化することも可能であろう。実際のところ、「緑星堂」は、金が理論化した次のような二種類のリアリズムのあいだを行き来する作品である。その一方が告発の文学、すなわち政治的批評のために私小説的告白を転用する文学のことであり、片方がモラルと風俗の文学である。後者に関して金は、日本のマルクス主義哲学者であり、彼の出身校である法政大学で教授を務めていた戸坂潤（一九〇〇～四五）から多くの知見を得ている。戸坂は、日常生活の「風俗」とその「道徳」、つまり日常化したイデオロギーを分析の第一の対象とする新しい社会科学を提唱した(22)。金はそれにならい、新しいリアリズムとは、すでに定着している公式的な見方を踏襲するものではなく、日常生活の「風俗」の中に現れる、「道徳」の形式をとったイデオロギーを描き出すものでなければならないと力説した。金の思い描くそうしたリアリズムとは、刹那的で儚いものに見える毎日の生活の中から構造的・物質的要素を浮かび上がらせることであった(23)。

一貫性を欠いて断片化する「緑星堂」のナラティブは、金の実験主義と、同時代モダニズム文学との共鳴をよく示している。この小説の第二節が風俗の文学を実践した試みに見えるのに対し、最後の節は、告発の文学――「ありとあらゆることに対する容赦なき批判の精神」の例を典型的に示している(24)。自己言及を特徴とする最初の節に関して言えば、この物語は作者自身の複数の反映を通して無限回帰という興味深い効果を創り出しているようである。一人称の語り手である金南天と、亡くなった朴成雲、それから物語の中の登場人物である朴成雲――彼らのあいだの境界は決して明確ではない。この節はまた、当時のプロレタリア小説の古典である趙明熙《チョ・ミョンヒ》（一八九四～一九三八）の『洛東江《ナクトンガン》』（一九二七年）における主人公・朴成雲についての間テクスト的言及にもなっており、すでに知識を持っている読者なら、それに関連する様々な記憶を思い起こしていただろう(25)。

私は、「緑星堂」において金が、日常生活の描写と、リアリズム的創作の特徴である構造的・社会的介入とを融合させた文学を創造しようと試みた可能性を提起したい。つまり彼は、リアリズムにおいては教条的な側面を

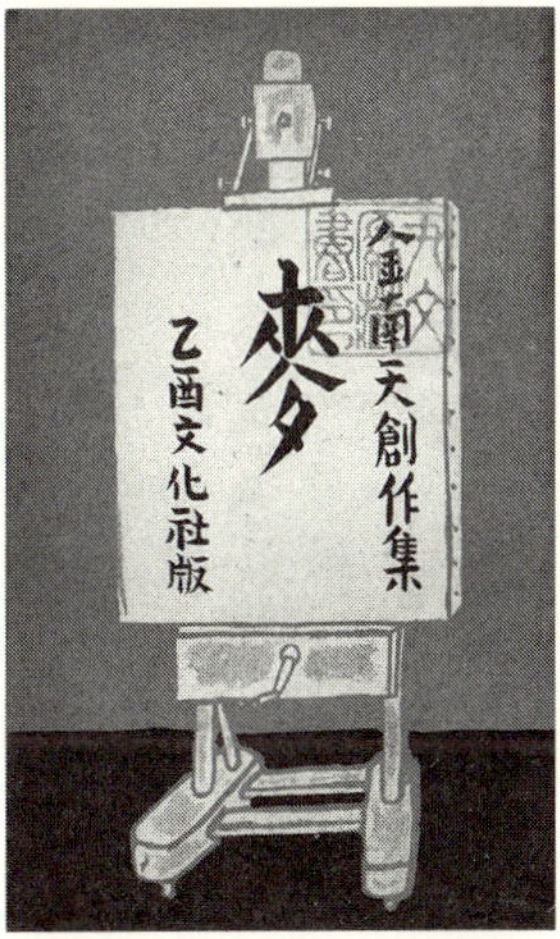

図③　金南天『麦』の表紙（乙酉文化社、1947年／韓国・星の王子様文学館〔어린왕자문학관〕提供）

抑え、またモダニズムにおいては新たな政治的重みを小説に持たせることによって、その両方を更新しようとしたのである。こうした実験に対する金のこだわりは、やがて「麦」のような作品を生み出した(26)〔図③〕。「麦」は、植民地朝鮮における人々の無気力な日常生活との対比を通じて、汎アジア主義という巨視的言説を批判的に映し出した一九四一年の小説である。後の「灯火」（一九四二年）や、日本語で書かれた「ある朝」（一九四三年）などの作品において金は、私的な私小説のナラティブへとさらに後退したように見える。しかしながら、そうした「思想犯」の私生活に関する描写においてもまた、主人公たちを取り巻く抑圧的な社会背景は垣間見えてくる。植民地時代末期における金の文学活動は、実験主義の方法論的応用の一例を実証するものであり、ある意味では、リアリズムとモダニズムを対立的な美学とみなすことに対する拒否を具体化したものと言えるかもしれない。リアリズムはすでに前衛的な美学として金の文学に現れており、その美学を通して作家は、独自の文学活動を築くことができたのである。

おわりに

以上で私は、モダニズムのレンズを通してリアリズム的作品を読むことの方法論的生産性を証明する二つの実例を分析した。私たちは、モダニズムのパラダイムを通して植民地時代のプロレタリア作家たちを再考することで、彼らの文学的実践について、また最終的には彼らのリアリズム的美学の性質とその発展について、より深い洞察を得ることができる。プロレタリア植民地国家に対する廉想渉の幅広い描写は、先入観のない現実の描写だけで達成されたものではなく、アナーキズム的社会主義の影響下で、彼自身の植民地的内面の告白に私小説を適用しようとした奮闘の結果である。他方、金南天の日常生活のマルクス主義的美学に関して言えば、その文学的理想は、モダニズムの美学を否定することではなく、むしろ統合することにこそあったと考えられる。社会構造的関係の中で日常生活を表現するという金の原則は、全体性の美学としてのリアリズムという、ジェルジュ・ルカーチの思考に類似しているようにも見える。ただし金は、植民地朝鮮社会の構造的関係をその特殊性において帰納的に把握するために、毎日の生活に注意を傾ける必要性を強調していたという点でルカーチとは異なる。以上のような実例に関する分析は、プロレタリアン・モダニズムの方法論的有効性を裏付けるのみならず、植民地朝鮮におけるプロレタリア文学の、いまだ充分に知られていない美的豊かさと多様性を開示してくれるものである。

しかしながら、方法論の面においてこの新しい批評的パラダイムにも潜在的な落とし穴がないわけではない。モダニズムの形式的実験を優先するあまり、ルポルタージュ・ジャーナリズムの出現や植民地朝鮮における労働者通信文学の台頭に見られるような近代的社会現象をむしろ周辺化してしまう恐れがあるのである[27]。さらに言うなら、モダニズムの概念に再注目するに当たって私たちは、リアリズムを言語の透明性という信念に惑わされた素朴な美学として引き下げてきたポストモダニストたちの評価を無条件に肯定することも避けなければならない。廉と金の例で確認したように、リアリズムは、それよりもはるかに多くのことを歴史的に意味してきた。フレドリック・ジェイムソンの「認知地図の美学」という言葉は恐らく、現在参照できる批評用語の中ではリアリズムを最も適切に捉えたものであり、その実践者たちは、社会的特権から疎外され、そして代弁すらされなかった人々の経験とその根底にある資本主義の構造を記録し、また暴き出そうと長いあいだ努めてきた[28]。究極のところ、リアリズムの美学は、帝国の大都市から離れた文化の中でより広く共有されていたと言える。それは、必ずしも文化的近代性の不均質な発展のせいではなく、むしろ政治的な必要から要請されたものである。近代性《モダニティー》とモダニズムの双生児的パラダイムを強調することで私たちは、地方と非西洋を犠牲にしてきた、大都市と西洋の覇権を再確認することができるのかもしれない。プロレタリア文学の研究者として私たちは、だからこそ、慎重に進まなければならない。

（1）例えば、次のような文献を参照することができる。Michael Denning, *The Cultural Front: The Laboring of American Culture in the Twentieth Century* (New York: Verso, 2011); Benjamin Kohlmann, *Committed Styles: Modernism, Politics, and Left-Wing Literature in the 1930s* (Oxford: Oxford University Press, 2014); Steven Lee, *The Ethnic Avant-Garde: Minority Cultures and World Revolution* (New York: Columbia University Press, 2015); and Samuel Perry, *Recasting Red Culture in Proletarian Japan: Childhood, Korea, and the Historical Avant-Garde* (Honolulu: University of Hawaii Press, 2014).

（2）Douglas Mao and Rebecca I. Walkowitz, "The New Modernist Studies," *PMLA* 123, no.3 (2008): pp.737-748.

（3）Sunyoung Park, *The Proletarian Wave: Literature and Leftist Culture in Colonial Korea 1910–1945* (Boston: Harvard University Press, 2015). 本章でのテクストの分析は、同書における廉と金に関する章に基づいている。

（4）「プロレタリアン・ウェーブ」とは、アナーキズム、マルクス主義、共産主義、社会主義フェミニズムなど、社会主義思想の様々な要素に共感した作家、知識人、出版人、編集者、読者の広範な同盟を指す。KAPF（Korea Aritsta Proleta Federatio; 一九二五～三五）によって始まり、ただし途中で挫折したこの運動は、一九一〇年代半ばから四〇年代初頭まで朝鮮で活発に行われた。この用語の定義については以下を参照。ibid., pp.1-4.

（5）廉は、「標本室の青蛙」を『開闢』一九二一年八月号（一一八～一二八頁）、同年九月号（一四一～一五一頁）、同年一〇月号（一〇七～一二六頁）に連載した。

（6）私小説は、物語の形式、文学のジャンル、または読みのモードとして様々に定義されている。その簡単な定義は難しいが、本章ではこの概念を、一人称または三人称の視点で個性、内面性、そして典型的に秘密の暴露を含む告白の物語——多くの場合、形式的な装置として日記や手紙が使用される——として書かれた文学作品と捉えることとする。私小説の概念をめぐるこうした文学的規範については、以下を参照。Kojin Karatani, *Origins of Modern Japanese Literature* (Durham: Duke University Press, 1993), pp.76-96; John Whittier Treat, *The Rise and Fall of Modern Japanese Literature* (Chicago: University of Chicago Press, 2018), pp.100-101. 読みのモードとしての私小説の定義については、Tomi Suzuki, *Narrating the Self: Fictions of Japanese Modernity* (Redwood City: Stanford University Press, 1996), p.6を参照。モダニズムの一ジャンルとしての私小説の定義は、議論の余地はあるものの、ジャンルの焦点を心理的現実に合わせている点に注目したことによる。この点は、歴史的に西洋に限らず東アジアでも見られるモダニズムの重要な特徴であった。

（7）朝鮮文学の中で三・一運動は、植民地時代を通じて個人の参加者に関する曖昧な暗示や、逸話的な言及を通してしか語られなかった。別の論考で私は、廉の著作を含め、アナーキズムに影響を受けて現われた新しい文学思潮を、この一年間にわたる蜂起の文化的余波として捉えることを提案している。Sunyoung Park, "The Colonial Origin of Korean Realism and Its Contemporary Manifestations," *positions: east asian cultures critique* 14, no.1 (2006): pp.175-176. 一九四五年の植民地解放後、金南天は『三・一運動』（아문각、一九四七年）という題の短編集を出版した。同名の戯曲は明らかにこの蜂起を背景にしている。植民地時代における三・一運動の表現に関する最新の総合的研究としては、권보드래『3월 1일의 밤――폭력의 세기에 꾸는 평화의 꿈』（돌베개、二〇一九年）を参照。

（8）エドウィージ・ダンティカによるこの造語についてご教示下さったアン・マクナイト氏に感謝を申し上げる。キャロライナ・ゴンザレスのブログポスト「メモワール（ME-moir）ではない、アスモワール（US-moir）」における引用を参照した。Carolina Gonzalez's blog post, "Not a ME-moir, but an US-moir," (https://soundtaste.typepad.com/sound_taste/2007/11/brother-im-dyin.html).

（9）염상섭「만세전」（『염상섭 전집 1』민음사、一九八七年）。

（10）염상섭「나와 자연주의」（『서울신문』一九五五年九月三〇日）。私小説という用語の形成については、前掲（注6）Suzuki, *Narrating the Self*, p.3を参照。

（11）염상섭「문예와 생활（一九二七年）」（『염상섭 전집 12』민음사、一九八七年）一〇七～一一一頁を参照。

（12）염상섭「묘지」（『신생활』第七号、一九二二年七月、一二六～一三八頁。同第八号、一九二二年八月、一四四～一六二頁。同第九号、一九二二年九月、一三七～一五二頁）。

（13）新安会は、その全盛期において三万人を超える会員と、朝鮮半島内外で一五〇ヵ所以上の支部を抱えていた。新安会に関

する最も詳しい研究としては、이균영『신간회 연구』(역사비평사、一九九三年）を参照。

(14) 一九一九年に抵抗運動を組織した際、廉は、自ら作成した文書に「在大阪朝鮮人労働者代表」と署名している。さらに言えば、廉が書いた最初の新聞記事「労働運動の傾向と労働運動の真意」（『東亜日報』一九二〇年四月二〇～二六日）は、労働運動に関する大杉の著作に多くの知見を借りている。廉の最も近い文友である黄錫禹は、一九一六年に大杉の『近代思想』に因んだタイトルの雑誌『近代思潮』を刊行している。他方、羅景錫は、大杉のほかにも長谷川市松や横田宗一と繋がりを持っており、朝鮮の最初の労働者組織である「朝鮮労働共済会」を結成した。유시현「나경석의「생산증식」론과 물산장려운동」（『역사문제연구』第二号、一九九七年一二月）一九三～二三二頁を参照。

(15) 植民地朝鮮のアナーキズムに関する最近の研究としては、Sunyoung Park, "Anarchism and Culture in Colonial Korea: *Minjung* Revolution, Mutual Aid, and the Appeal of Nature," *Cross-Currents: East Asian History and Culture Review* 28 (2018): pp.93-115 (p. 94) を参照。

(16) こうした社会的志向に起因する私小説の否定は廉だけに留まるものではない。多くの朝鮮や中国の作家たちが同じような文学的移行を経ており、その大多数は、後にプロレタリア作家かリアリズム作家の道へと進んだ。Christopher Hill, *Figures of the World: The Naturalist Novel and Transnational Form* (Evanston, IL: Northwestern University Press, 2020), pp.31-35 を参照。

(17) Benjamin Kohlmann, "Proletarian Modernism: Film, Literature, Theory," *PMLA* 134, no.5 (2019): pp.1056-1075 (p.1057).

(18) 김남천「고발의 정신과 작가」（『조선일보』一九三七年六月一～五日）、『김남천 전집1』（박이정、二〇〇〇年）二二〇～二二三頁。同「도덕의 문학적 파악」（『동아일보』一九三八年三月八～一二日）、同書、三三七～三四九頁。同「일신상 진리와 모랄」（『조선일보』一九三八年四月一七～二四日）、同書、三五〇～三六一頁。同「모랄의 확립」（『동아일보』一九三八年六月一日）、同書、三七一～三七三頁。同「세태와 풍속」（『동아일보』一九三八年一〇月一四～二五日）、同書、四〇七～四二一頁を参照。

(19) この小説は二つの異なるヴァージョンが存在する。最初のテクストは植民地期である一九三九年三月、雑誌『문장（文章）』の六七～八七頁に掲載された。金は植民地解放後の一九四七年に出版した短編集『三・一運動』に自己言及的な導入部を省略したテクストを再収録している。時代と読者層の変化を考慮した結果であろう。

(20) 김남천「녹성당」（『맥――김남천 창작집』을유문화사、一九八八年）一三五～一三六頁。

(21) 손정수「일제 말기 김남천의 창작방법론과 모더니즘의 영향 관계――「녹성당」의 서사 구조 분석을 중심으로」（『구

보학보』第二二巻、二〇一九年四月）三四三～三七四頁。

(22) 戸坂潤『思想と風俗』（平凡社、二〇〇一年）、および同『思想としての文学』（日本図書センター、一九九二年）を参照。

(23) 前掲（注18）김남천「세태와 풍속」四二〇～四二一頁を参照。

(24) 前掲（注18）김남천「고발의 정신과 작가」二三一頁。

(25) 趙明熙は『洛東江』の刊行直後にソ連へ亡命した。

(26) 김남천「맥」（『춘추』第二巻第一号、一九四一年二月）三〇二～三五〇頁。この題名は、火野葦平の戦時中のベストセラーである『麦と兵隊』（一九三八年）への暗示的な言及となっている。「麦」は、それぞれ違う道を選択する三人の登場人物を描いている。日本の戦時中の宣伝イデオロギーである汎アジア主義を支持するようになる元社会主義者、隠遁生活を選ぶ大学の英文学講師、個人としての自立の道を追求する労働階級の女性が、それらの三人である。重要なことに、金は、最後の登場人物の視点を借りてこの物語を描くという方法を選択している。

(27) Sunyoung Park, "A Forgotten Aesthetic: Reportage in Colonial Korea, 1920s-1930s" in *The Routledge Companion to Korean Literature*, ed., Heekyoung Cho (New York: Routledge, 2022), pp.273-287.

(28) Fredric Jameson, "Cognitive Mapping," in *Marxism and the Interpretation of Culture*, ed., Carry Nelson and Lawrence Grossberg (Champaign: University of Illinois Press, 1988), pp.347-356.

李 珠姫

米と綿、そして移動する無産者たち

姜敬愛『人間問題』に見る一九三〇年代植民地朝鮮の経済と労働者階級の形成

はじめに

姜敬愛《カン・ギョンエ》（1）（一九〇六～四四）の『人間問題』（2）は、一九三〇年代初頭の朝鮮を背景に、故郷の黄海道龍淵《ファンヘドヨンヨン》を離れ仁川《インチョン》の工業地帯に辿り着く二人の主人公ソンビとチョッチェが階級意識に目覚め、労働運動に身を投じていく過程を描いた長編小説である。一九三四年八月一日から一二月二二日にかけて『東亜日報』に連載されたこの小説は、龍淵の怨沼《ウォンソ》という場所にまつわる伝説を紹介するところから始まる。朝鮮半島中北部、現在は北朝鮮の一部である黄海道は、小説の連載当時、満洲間島に移住していた姜の生まれ故郷でもある。怨沼の伝説は次の通りである。

大昔、もともとその場所には、数え切れないほどの召使いと田畑と家畜を抱えた長者の家があった。その長者はひどいケチで、凶作が続いて村人たちが飢え死にしそうになっても、蔵に蓄えた穀物を分け与えようとはしなかった。やむをえず村人たちは、夜中に長者の家を襲って米と家畜を持ち出したが、その罪ですぐに官吏に捕らえられ、ある者は残酷な刑罰を受けて死に、またある者は遠く流罪に処せられた。残された孤児と老人たちは長者の家の庭に集まって、失った父母や子供の名を呼んで泣いた。そうしてみんなの涙が溢れ、一晩のうちに長者の家は水の中に沈んだ。そこにできた大きな沼が怨沼である。

『人間問題』において姜は、村の権力者に対する懲悪の物語であるこの伝説を、小説で展開される階級闘争のエピローグとして挿入している。この冒頭の伝説には、小説の中心人物であるソンビとチョッチェを特徴づける二つのモチーフが示されている。〈法の違反〉と〈家族の喪失〉というモチーフである。男性主人公であるチョッチェは、長者の蔵を襲って刑罰を受けた村人たちのように、地主であるチョン・トクホの収奪に逆らって小作地を失い、故郷を去る人物である。他方でソンビは、長者の家を涙で沈ませた子供たちのような孤児《みなしご》である。彼女は両親を失ってトクホの家に下女として入るが、間もなく彼に強姦され、挙句の果てに家から追い出される。こうしてチョッチェとソンビはそれぞれ龍淵を離れ、仁川で賃金労働者となる。

黄海道の農村から仁川の工業地帯へ至る二人の移動は、農業中心であったそれまでの植民地政策が工業化へと移行しつつあった、一九三〇年代初頭の朝鮮の状況を反映している。日本の統治下に入った一九一〇年代から、朝鮮は、米穀や蚕糸など、食料と工業の原料を宗主国に供給する農業国として位置づけられてきた。とりわけ一九一八年に日本で発生した米騒動以来、朝鮮の農業政策は米の大量生産を目的とする産米増殖計画を主軸としていたが、一九二〇年代末の経済恐慌によって「内地」の農業が打撃を受けると、植民地からの米の輸入がその原因とされ、朝鮮総督府はそれまでの政策を維持することが難しくなる。そこで総督府は、日本を重工業、朝鮮を軽工業、満洲を農産物と原料の供給地とする経済ブロック構想のもと、内地の資本から工場を誘致し、農村の過剰人口を労働力とする工業化政策に乗り出した。(3) 港湾都市である仁川は、こうした時代背景のもとで工業地帯として発達を遂げた地域である。そこでチョッチェは埠頭や建築現場の日雇い労働者となり、ソンビは、新しくできた大東紡績工場の工員となるのである。

これまであまり注目されてこなかったことだが、『人間問題』において姜が描いた黄海道と仁川の風景には、植民地朝鮮の主要な作物である米穀と綿花に関する言及が散見される。黄海道はこれらの作物の産地として、また仁川は加工と輸出が行われる結節点として描かれている。チョッチェとソンビは、農村から工業地帯への移動を経て、自分たちがあるいは育てたかもしれないものを商品として加工し、帝国の流通網の中へ送り出す側に回っているのである。小説後半部の中心的な舞台である大東紡績工場――実在していた東洋紡績仁川工場をモデルとするその場所は、まさに綿糸・綿布を製造する工場であった。

以上のような設定を通じて姜敬愛は、人間が自分の生産したものから切り離されるという労働疎外の状況を、一九三〇年代朝鮮における植民地的・資本主義的収奪の文脈の中で描き出している。姜は、田畑を失って泥棒生活に追いやられるチョッチェと、トクホの性的搾取に苦しむソンビが故郷を離れて賃金労働者となるまでの物語を通して、そうした社会構造を捉えてみせるとともに、二人が労働運動に入っていく姿を通して、無産階級の人々がそのような搾取的現実の代案となる社会主義的連帯の可能性を模索する過程を描いている。幼馴染である二人が物語の中で再会を果たすことは、したがってそうした新しい人間関係の実現を象徴する事件として暗示されることになる。

本章では、以上のような小説の構造を念頭に置いて、『人間問題』の階級文学としての成果を一九三〇年代朝鮮における農村の状況および工業化の歴史に照らし合わせて考察する。本章での分析は特に、龍淵で展開される小説の前半部では米穀と綿花農業に関する描写に重点を置き、後半部では、工業化が進みつつある仁川という地域の描写に注目する。『人間問題』において姜が捉えてみせた無産階級の現実は、同時代に関する様々な歴史資料を参照することによってより明確になるだろう。

従来の研究の中で本章の関心に最も近いのは、社会学者であるカン・イスの論考である。(4) カンは、植民地期の紡績工場における女性労働の実態を研究してきた立場から、『人間問題』が描いた同時代の状況を解説している。ただしカンは、本作が資本家と労働者の関係を、善悪の構図に単純化している点ではその限界を指摘している。『人間問題』のプロットと人物造形におけるこうした常套性は、これまでの『人間問題』研究においてたびたび指摘されてきたことだが、(5) しかしここで考慮しなければならないのは、この小説が新聞連載小説特有のメロドラマ（物語の偶然的要素と誇張された感情表現を特徴とする、善と悪、受難と迫害、救済と破滅といった二項対立的構図に基づく道徳劇）と、階級の典型としての人間を描くプロレタリア文学との交差の中で生まれたテクストであるという点である。『人間問題』において姜が追求したのは、物語の蓋然性や人物描写におけるリアリティではなく、自らを公的に表現しうる社会的資本を持たない人々に主人公としての強い典型性を与え、彼女／彼らの生を条件づける構造的現実を道徳の感情劇として浮かび上がらせることであった。本章では、以上のことを前提にチョッチェとソンビの移動の物語を追うことで、朝鮮半島工業化の歴史における植民地的起源とその文学的表現を階級の観点から考察することを目的とする。

1　朝鮮の農村における制度化された収奪――チョッチェの場合

龍淵面（「面」は総督府の行政区域の一つ）の大地主であるトクホは、春の端境期に穀物を小作人に貸し付け、秋に採り入れた作物を高利で徴収する方法で暴利を得ている人物である。そんな彼が面長《めんちょう》（面の行政を管轄する長）を兼ねているという小説の設定は、植民地政府と地主の結託を示すものであると言える。植民地朝鮮において地主による土地の所有は、一九一〇年代の土地調査事業と二〇年代の産米増殖計画の施行を経る中で深化し続けた。地主たちは、総督府の制度的な庇護のもと、植民地農政を媒介する主体として小作関係における権限を拡大していった。しかし二〇年代末になるとこうした地主制度は植民地体制そのものの安定を脅かすほど大きな矛盾を来していた。三〇年代に入って産米増殖計画が撤回され農家の収入は減少したが、地主たちは、借用関係における優位を利用して売買差益で利益を保全し、小作農家に経済的負担を転嫁した(6)。世界恐慌と地主制度の弊害による農家経済の破綻は、故郷を離れて都市部で仕事を探そうとする人々を大量に生み出した。

龍淵で展開される小説の前半部には、以上のような地主制度の矛盾がトクホの横暴を通じて描かれている。トクホの経済的、または性的搾取に苦しむチョッチェとソンビの受難は、植民地政策の主要な作物である米穀と綿花農業を背景に描写されている。本節ではまずチョッチェの場合から考察を始める。

　龍淵で最も貧しい家の息子であるチョッチェは、村のあちこちで小作人たちの農作業を手伝って生計を立てている青年である。チョッチェの母は村の男たちに体を売って彼を育てており、この母子の家には、松葉杖をついて物乞いをする李《イ》書房《ソバン》（「書房」は男性の名字の後に付ける呼称）も一緒に暮らしている。村の最下層にあるチョッチェの地位は、例えば次のような場面にも象徴的に示されている。夜中、ソンビのことを思いながら彼女がかつて住んでいた家の周辺をうろつくチョッチェは、人の気配に驚いてその場で腰をかがめ、垣根の内側にいたケットンが放つ小便を顔にかけられる（第二一回）。ソンビがトクホの家に入った後、彼女の家には、小作農民であるケットン（「犬の糞」という意味。身分の低い男性に付けられていた名前である）の家族が移り住んでいるのである。村人の排泄物が出される境界、それが龍淵の階層構造においてチョッチェが占めている場所である。ソンビに片思いをしている彼は、ケットンの小便を浴びる直前に、ちょうど彼女と出会う場面を想像していたところである。このエピソードは、ソンビと結ばれることを夢見ていたチョッチェが彼女との再会を果たせずに村を去るという展開の伏線にもなっている。

　小説では、一九三三年、秋から実施される米穀統制案によって米価が上がることを予測しているトクホが、小作人たちから少しでも安い価格で米を徴収しようと急ぐ場面が描かれている。小作人たちはそうした事情をすでに見抜いている。チョッチェは、ケットンが取り入れたばかりの籾をトクホにそのまま奪われそうになると憤激して、荷車に積まれていた籾俵を他の農民たちと一緒に引きずり下ろす。駆けつけた巡査に捕まって駐在所に連行される彼は、「法というものを知らなきゃならん」（一四七頁）という巡査の言葉を聞いて、その日から法とは何かを考え始める。その疑問とはすなわち、トクホの収奪を庇護し、自分たちの生存のための行動は取り締まる法とは何かという、正義についての漠然とした問いである。

　トクホの寛大なお赦しで拘束は免れたものの、チョッチェはこの事件によってトクホから借りていた田畑を取り上げられる。その直前に彼は、郡守（面より大きい行政区域である郡を管轄する長）の演説会に呼ばれ、農家の生産性を向上させる方法について教育を受けたばかりである。土質の把握、堆肥作り、色付の作業衣の着用、冠婚葬祭費用の節約など、様々な自力救済の方法を説く郡守の言葉は、一九三二年一〇月から実施された農村振興運動の内容をそのまま反映したものとなっている。(7) この運動は、農家経済の破綻を防いで組織的な農民運動の拡散を抑制するという目的で実施されたものであるが、そこで強調される勤勉や倹約といった自己規制の論理は、チョッチェのように土地を失った者にとってはもはや何の意味も持たない。

トクホの恨みを買ったことで小作人たちからも疎まれるようになったチョッチェは、村での仕事をすべて失ってしまう。その後チョッチェの家族は餓死寸前の極貧状態に陥る。小説の第四九回には、空腹を我慢できなくなったチョッチェが、母親が恐らく体を売って貰ってきたであろうご飯を一人で食べてしまう場面がある。チョッチェの母親はその光景を眺め、「道端でなぜ先に自分が一口食べなかったのか」（一五九〜一六〇頁）と後悔し、息子がげっぷをするのを見て、「おまえげっぷまでしたな。〔略〕いっしょに食べようと持ってきたのに、自分だけ食って」（一六〇〜一六一頁）と叫んで嗚咽する。母親が売春で得たご飯を一人で食べてしまう息子と、それをげっぷが出るまで食べたと罵る母親の姿は、地主の収奪に起因する農民の絶対的な貧困を、親子の情まで失わせる極限の飢餓状態を通じて描き出したものである。

やがてチョッチェは、飢えを免れるために人の家から食料を盗み始める。山の木を切って売ろうとしても、山林監視員がそれを許さないからだ。言わば彼は、植民地朝鮮の法そのものによって法の外側に追いやられる人物である。泥棒生活をしばらく続けた後に彼は、「おまえは村を出ろ」「ソウルとかピョンヤンには工場とかいうものがあ」（一七〇頁）るという李書房の助言を聞いて、逃げるかのようにその場で龍淵を去る。以上のようなチョッチェの物語を通して姜敬愛は、農村における制度化された収奪が都市への下層農民の移動を促している様を捉えてみせている。その後、チョッチェが再び小説に登場するのは仁川の埠頭である。そこでチョッチェは、日雇い労働者になっているのである。

2　孤児の受難と旅の物語──ソンビの場合

他方、ソンビがトクホの家に入ってからのエピソードでは、夏休みを過ごすために龍淵へ帰ってきたトクホの一人娘オクチョムと、彼女が汽車の中で出会い同伴してきた京城帝国大学の学生ユ・シンチョル、そしてソンビのあいだの三角関係が、シンチョルの視点から主に描かれている。ソウルの女学校に通うオクチョムはシンチョルに愛情を積極的に示すが、彼の気持ちは、むしろ下女であるソンビのほうへ傾いていく。この三角関係のプロットは、中産階級のエリートでありながら無産階級の生活に関心を持ち、後日左翼の労働運動に入っていくシンチョルの政治的志向を物語化したものと言える。

こうしたシンチョルを中心とする三角関係の物語と同時に展開されるのが、トクホによって性的に蹂躙されるソンビの物語である。ソンビの父親はかつてトクホの家で下働きをしていたが、彼女が七歳の頃、トクホが投げつけた算盤が頭に当たり、そのまま寝付いて世を去った。それから一一年後、肺病を患っていた母親も亡くなり、残されたソンビは、トクホの勧めにより彼の家へ入る。この時点で彼女はまだ、自分の父親がトクホの手によって殺されたことを知らないままである。噂で聞いたそのことが事実であったと気づくのは、父親のような保護者役を自称していたトクホが彼女を襲ってきた時である。

この前半部におけるソンビのエピソードには、ところどころ綿花の栽培と収穫に関する描写が織り込まれている。トクホの家の使用人たちは、六〇〇坪を超える平野で綿花を育てているのである。

この綿花もまた、米や蚕糸とともに朝鮮の農業政策において重要な一部門を占めていた作物である。植民地併合以前である一九〇五年頃から日本政府は、朝鮮で綿花を栽培させる目的で陸地綿の普及とその増産に取りかかった。当時日本の経済を支えていた紡績工業は、その原料である綿花をほとんどインドやアメリカから輸入していたのである。日本政府は、こうした海外依存による外貨流出を防ぐために、植民地を通して原綿を確保する方法を早くから模索し始めた。実際のところ、朝鮮で生産された綿花が日本の紡績産業において占める割合は植民地期を通じて一パーセントにも満たないほど微々たるものだったが、それにもかかわらず朝鮮の農村では、綿花増産計画が継続的に実行された(8)。

満洲事変を契機として日本が一九三三年三月に国際連盟を脱退し、海外からの原綿の輸入が困難になると、植民地における綿花生産はさらに重要な意味を帯びるようになった。同年八月に朝鮮総督府は、南部の六道に陸地綿、京畿道《キョンギド》以北の西部三道に在来綿の栽培を奨励し、一〇年以内に実綿三億斤を生産するという増産計画を発表した(9)。『人間問題』の背景である黄海道もまた、在来綿の栽培奨励区域の一つであった。小説には、ソンビとばあやが昼間摘んできた綿花を選びながら、部屋で会話をする場面が描かれている。そこでばあやは、綿花の中に埋もれていた小さなトウガラシをより出して、「あの畑に綿花を植えずに、トウガラシを植えてみたらよいのに」(一一三頁)と呟く。彼女たちが自給用のトウガラシを綿花畑でこっそり育てている事情には、実は以上のような三〇年代の綿花増産計画が関係しているのである。

しかしソンビたちが採り入れた綿花は、彼女たちの手に残されるものではない。小説の第三四回には、その状況を物語る一つのエピソードが挿入されている。ソンビとばあやがソウルに戻るオクチョムの荷造りを手伝う場面である。そこでトクホの妻は、押入から今年採った綿を出してくるようにとばあやに命じる。「ふわふわした今年採れた綿」(一一四頁)をオクチョムに渡した直後にばあやは、それが卵の下に敷くためのものであったと気づく。ばあやは、自分の手から「奪うように」綿を「もぎとって」去るオクチョムの後ろ姿を眺めながら、綿花を摘んだ去年の秋の記憶を思い浮かべる。

話では六マジギ〔一マジギは一〇〇坪程度〕だというが、六マジギをちょっと超えそうな前原《アプポル》の綿花畑で、ソンビとばあやと柳書房《ユソバン》の三人で日がとっぷり暮れるまで綿を摘んだのだった。うっとりするような綿に魅せられて疲れも知らずに摘んだものだ。白い綿花を一つ一つつまんで、チマの前があふれるほど摘んで集めたあの綿花。綿の木に手を引っかけ、足を怪我しながら集めた綿花。首がもげるほど重いのを頭にのせて運んだあの綿花。自分たちにはチョゴリに入れる綿すらもくれるのが惜しくて、古い綿しかくれないのに、卵の下に敷くのは、ソウルに行くのだからと今年採れた綿を使う。（一一四頁）

綿花を摘んだのはばあやとソンビ、そしてもう一人の使用人である柳書房の三人であるが、地主の娘であるオクチョムが彼女たちの手からその綿を奪い去っていく。ばあやのチョゴリの中には「何年前にとれたものか」「すきま風も防げない真黒な綿」（一一四頁）しか入っていない。しかしだからといって、彼女が自分の手で摘んだ新しい綿を分け与えられることはない。先に触れた後日の綿花選びの場面でソンビは、「今年は少しはくれるでしょう。昨年は綿花を全部売ったからくれなかったけど、今年は売らないでしょう」（同頁）と期待するが、それに対するばあやの反応は次のようなものである。「何言ってんの。夏にオクチョムが持っていった鶏卵の下に敷いたのだって、この綿を敷いたんだ」（同頁）。オクチョムの卵を乗せてソウルへと運ばれる綿は、ばあやのこの言葉の中では、金との交換のために持っていかれる綿への想像と繋がっている。

さらに付け加えるなら、オクチョムの上京の場面におけるこの卵はまた、ソンビが日々の愛情を注いで集めていたものである。ソンビのエピソードに繰り返し登場するこの卵というモチーフは、ソンビ自身の労働が生み出しても所有することはできない財の換喩となっている。小説の第三二回には、オクチョムが女学校で習う刺繍について自慢げに話す場面があるが、そこでオクチョムは、どんなものを縫い取ってみたいかとソンビに聞く。ソンビは躊躇いながら、「わたしは、卵を生むのを……」(10)と答える。卵を生む雌鶏、それは生産者としてのソンビ自身の姿が投影されたものにほかならないが、彼女は、直ちにオクチョムから「まあ、いやらしい」[11]と嘲笑を浴びる。サミュエル・ペリーが指摘するように、そうした性的再生産の場面は、女学生の刺繍には相応しくない主題なのである。[12]ソンビが日々の生活で目にするその場面は、卵をソウルへ持っていくオクチョムにとっては、「いやらしい」ものでしかない。

小説では、ソンビに対するトクホの性的搾取が、こうした彼女自身の労働に対する搾取と重ね合わされている。トクホは、ソンビをソウルの女学校へ入れてやるという口実で彼女に接近する。彼はソンビのことを「本当の娘みたいに思って」（一七六頁）いるという言葉で彼女の警戒心を解こうとするが、実際のところ、自分の財産を継ぐ息子を産ませるために、彼女を妾にしようとしているに過ぎない。彼は、ある晩突如ソンビの部屋を訪れて彼女を強姦する（第五六回）。この場面でソンビはちょうど、ソウルでの勉強のことを考えながら、綿繰り機を回して綿花から種を取る作業をしていたところである。種を取られるこの綿花や、卵を奪われる雌鶏のように、ソンビは、彼女自身の労働が自然に対して行うような侵奪を地主トクホによってされるのである。その日以降、彼女はトクホの妾同然となって、しばらく下女の生活を続ける。

以上のように小説の前半部では、悪徳地主によって性的に蹂躙されるソンビの受難の物語が展開されている。ある場面でソンビは、トクホの望み通り彼の息子を産めば、自分も楽な生活ができるのではないかと期待を抱いたりする。しかし結局のところ、時間が経っても子供はできず、彼女はトクホの妻に虐められたあげくに家から追い出される。それからソンビは、幼馴染のカンナニを頼ってソウルに旅立つ。カンナニもまた、過去にソンビと同じ目にあってトクホの家から出た人物であり、ソンビにトクホが目を付けていることを知って激しい嫉妬に駆られたことさえある。村の中で彼女たちは、トクホの権力に頼ることでしか生きる道を知らなかったのである。

しかしこの二人が龍淵を離れソウルで再会した時、同じ暴力の経験を共有する彼女たちは早速和解する。ソウルの紡績工場で働くカンナニは秘かに労働運動に関わっており、仁川で新しくできた大東紡績工場へソンビとともに就職する。そこで彼女は運動の任務を果たそうとするのである。二人は、仁川へ発つ前に南山《ナムサン》に登ってソウルの風景を眺める。そこは「京城」、植民地朝鮮の資本と権力が集中し、商品と貨幣が目まぐるしく交換される首都である。その風景を見下ろしている際ソンビの頭に浮かぶのは、「この繁華な都市にも、どれほど多くのトクホがいるだろうか」（二九〇頁）という思いである。この場面でトクホの存在は、閉ざされた農村の一権力者ではなく、植民地における資本化された権力そのものを代表する形象となる。このようにトクホの存在が表象する、女性の性的身体と労働力に対する二重の搾取は、次節で確認するように、彼女たちが入る大東紡績工場においても繰り返される。

3 「朝鮮の心臓地帯」、仁川——登場人物たちの階級的覚醒と闘争

ソンビとカンナニが向かう場所は、大東紡績工場が位置する仁川府の千石町である。千石町は、実在していた萬石町（現在の東区萬石洞）の地名を少し変えたものである。[13] この千石町には、左翼の労働運動を志して日雇い労働者に転身したシンチョルもすでに来ており、彼が埠頭で出会って運動へと導く若い人夫は、後にチョッチェであることが明らかになる。こうして『人間問題』の後半部は、それぞれの経緯で仁川に辿り着いた登場人物たちが邂逅することを期待させる形で物語が進行する。そしてそこで実際に描かれていくのは、彼らの労働者としての覚醒と、運動における奮闘の様子である。

その背景となる仁川は、一八八三年の開港とともに近代都市として発達を遂げた地域である。一九三〇年代当時、仁川は、国内で生産された作物を日本へ輸出する一方、工業の原料と商品を輸入し、また加工する結節点として機能していた。小説の中で姜は、こうした仁川を「朝鮮の心臓地帯」（二七〇頁）と呼んでいる。萬石町を含むその海岸一帯には、レンガ倉庫と中小規模の精米所が集まっており、京畿道、忠清道《チュンチョンド》、江原道《カンウォンド》、黄海道など

図①　東洋紡績仁川工場の全景（『設備写真帖――東洋紡績株式会社』東洋紡績、1935 年）

から運ばれてきた米[14]が日本へ送られる前にそこで保管・搗精された。小説には、夜明け前の仁川市街の風景をシンチョルの外部者的視線を借りて描写している箇所があるが、そこには、「手拭を耳元まで垂らし」（二六〇頁）て精米所へと急ぐ女性たちの姿も描き込まれている。他方、その行政的中心部である本町（現在の官洞）には、米穀の先物取引を行う仁川米豆取引所も設置されていた。[15] 大東紡績工場の建築現場でレンガ運びをしていたシンチョルは、隣にいた男から、「あんた、穀物相場で損をしたね」（二六三頁）という言葉をかけられる。投機の場と化した米豆取引所で財産を使い果たして、建築現場へ流れ込んだ者と間違えられたのである。

　工業化政策が始まる三〇年代になると、萬石町には、「内地」から進出してきた企業の新しい工場が次々と建てられていった。その先頭を切ったのが日本の東洋紡績株式会社（以下、東洋紡績と略記）の仁川工場である［図①］。小説では「大東紡績」と名称を変えられている東洋紡績は、三三年五月に萬石町一帯の敷地を買収し、基盤設備にかかる費用を仁川府が負担するという破格の条件で同年六月に工場の建設に着手した。[16] 完工を目前に控えた三四年三月には大阪本社から熟練女工が派遣され、[17] 国内では一三〇〇人を超える職工が募集された。[18] そうして東洋紡績は三四年一〇月に操業を開始する。『人間問題』の連載最中の出来事である。

　日本の紡績企業は、三〇年代前半に朝鮮へ進出してきた独占資本の大部分を占めていた。紡績企業の朝鮮への進出は、「内地」

の紡績連合の干渉を受けずに価格と生産高を決定できる点、また、綿布には移入税が賦課される反面、綿糸の輸入は免税であることから貿易上の保護が受けられる点で利益があった[19]。とりわけ仁川は、中部の農村地域から集まってくる労働者を内地の工場法の制限を受けずに安い賃金で利用できるという点でも企業にとっては魅力があった。一九五三年に日本で刊行された『東洋紡績七十年史』には、仁川工場の設立について次のように記録されている。「朝鮮における工場は、内地とちがって工場法の適用がないので、夜間作業も差支ないし、労務者の賃銀も内地に比べて約半額で事足りた」[20]。一九三〇年代初頭を通じて日本国内の紡績工場では、「産業合理化」を掲げて大量解雇と操業短縮が断行され、その動きに反対する工員たちの労働争議が相次いで起こったが[21]、そうした「産業合理化」の背後には、実は植民地的超過利潤を求めた外地への工場移転があったのである。

この東洋紡績仁川工場をモデルとする大東紡績に、ソンビはカンナニとともに就職する。シンチョルとチョッチェはその工場の建築現場でレンガ運びをしていたが、ソンビがそこで働いていることはまだ知らずにいる。姜はこの設定を通して、労働者同士が知らないうちに互いの搾取のために働くことになる状況を描いている。シンチョルとチョッチェの手で建てられたその工場でソンビたちが経験するのは、機械のリズムに合わせた激しい労働、栄養のない食事、労働のさらなる統制のために工夫された様々な制度――外出の制限、賞罰と貯蓄制度――、そして工場の監督による性的誘惑である。海岸の堤防で土運びの仕事をしていたチョッチェは、近くにある月尾《ウォルミ》島《ド》の遊園地へ向かう女工たちの行列の中からソンビの姿を発見する（第九八回）。女工たちは、会社で買わされた新調の靴を履いて山へ向かっているところである。彼女たちがそこにある神社へ参拝に行くのだと推測したチョッチェは、黒い煙を立てる大東紡績の煙突を眺め、その煙突のレンガを積み上げていた時のことを思い出す。「煙突もろとも、この地上に落ちて死ぬかのよう」な危険を感じながら、その次の日もまた登らなければならなかった「あの煙突！」（三一一頁）。その下で、いまはソンビたちが働いている。

登場人物たちの闘争は、こうした疎外的な労働の状況を乗り越えるための、連帯の通路を見出す過程である。

大東紡績への就職後、真夜中に工場の寄宿舎を抜け出すカンナニは、労働運動のビラを工場へ搬入するための通路を探し始める（第九五回）。しかし「レンガで高く積みあげ、その下の土台は何メートルかコンクリートで固めた」工場の塀には、「針の穴一つ見つ」（三〇一頁）からない。そこで彼女が発見するのは、土台の下に開けられていた、人の手がようやく入るほどの狭い下水管である。そして月尾島のエピソードで明かされるように、その下水管を通してビラを差し入れることになるのはチョッチェである。工場の建設現場で働いた最初の日にシンチョルは、「剰余労働の搾取という言葉が実は無数のレンガの重みなのだ」（二六七頁）と実感するが、剰余労働の蓄積でできたこの壁――すなわち資本――の底辺を横に貫く下水管のイメージは、チョッチェが死の危険の中で一人立たされていた煙突の孤立したイメージとは対照的である。月尾島へ向かうソンビの姿を目撃した時、労働運動にすでに身を置いていたチョッチェは、彼女も「自分が入れておいたあのビラを見て」いるのかと気にしながら次のように考える。「かつてのようにおとなしくて、かわいいだけのソンビでなく、一歩進んで凛々しく強い女子になったなら、〔略〕その時にこそ〔略〕いっしょに歩いていくことのできるソンビとなるであろう」（三二九頁）。さらにそれに続いて彼が思い起こすのは、次のシンチョルの言葉である。「人間とは彼が属している階級をはっきりと知らなければならず、同時に人間社会の歴史的発展のために闘う人間こそ、真の人間だ」（三一九〜三二〇頁）。ここで姜は、チョッチェとソンビのあいだの愛の成就という予想可能な結末を、プロレタリア階級の解放という歴史的発展の一歩、労働者同士の階級的連帯を象徴する事件として期待するよう、読者に促す。

チョッチェが入れたビラはソンビの手にも確かに届いていた。ただしソンビの場合、彼女の階級的覚醒は、このチョッチェとの遭遇を契機として突如呼び起こされるものとなっている。真夜中に寄宿舎の部屋で彼女は、昼間チョッチェの姿を目撃したことを思い出して、彼もまた自分の存在に気が付いていたと確信する。そこで彼女が連想するのは、龍淵にいた頃、胸を病む自分の母親のために朝早くニガキの根を持ってきてくれたチョッチェの純粋な愛情である。「ただ一度でもいい。彼と会うことができないか」と願うソンビはしかし、「清く大事にしてきた〔略〕貞操」（三二一頁）をすでにトクホに奪われている。そしてその向かいにある宿直室には、彼女の綺麗な容貌に目を付けている監督がわざとらしい咳払いの音を立てている。チョッチェとの邂逅を妨害するものとして浮び上がる、トクホの性的蹂躙に対するソンビの怒りはここで、「世の中にはトクホのようなわれわれの敵が多いのだ、それに対抗するには、われわれは団結せねばならない」（三二二頁）というカンナニの日頃の言葉と響き合い、資本の構造的な搾取に対する直観的な洞察へと飛躍する。「泥土を背負った姿のまま別れたチョッチェの背中！　糸を紡ぐためにふくれあがった自分の手！　数多くの背中と手が集って、トクホのような数知れぬ人間と闘わなければならない」と考えるソンビは、それが、「チョッチェと手を握れる唯一の道」（三二二頁）であると悟る。

こうして姜敬愛は、自覚したプロレタリア階級の一員としての二人の成長を、やがて来るべき再会と愛の成就という結末に向かう過程として暗示していく。しかし物語はそこから悲劇へと急速に転じる。チョッチェが参加した埠頭でのストライキが失敗に終わった後、このストライキを裏で指導したシンチョルは警察に逮捕される。他方、工場の労働運動に関わるようになったソンビは、地下活動に入ったカンナニの代わりに工場内の活動を任されるが、過酷な労働によって衰弱してしまい、間もなく肺病を患って工場の床に倒れる。小説の最後の部分においてチョッチェは、病気で東洋紡績から解雇された同志の話を聞いてカンナニの家に駆けつける（第一二〇回）。しかしそこで彼が直面するのはソンビの冷たい死体である。チョッチェはこの死を、留置場で転向（左翼思想の放棄）を申し出たシンチョルが出所後すぐに満洲国へ渡り、就職して金持ちの女と結婚したという噂を耳にした直後に目撃することになる。

ペリーの指摘通り、この最後の場面はチョッチェの視点で描かれている。そこでソンビの死は、「妻に迎え、息子・娘をもうけて暮そうとした」（三七二頁）彼女を資本の暴力によって奪われた、チョッチェの階級的憤怒を通じて語られることになる。肺病で倒れた同志がソンビだと分かった瞬間、チョッチェの頭には、シンチョルの噂とともに次のような怒りの言葉が脳裏をよぎる。「そうだ！　シンチョルはそれだけの余裕があった！　その余裕が彼を転向させたのだ。しかし自分はどうか。〔略〕いかなる余裕もないではないか！」（三七一～三七二頁）。ソンビを妻として迎えることに挫折したチョッチェの悲劇は、警察に逮捕された後にも転向と帝国主義への迎合という選択肢が残されていたシンチョルの苦々しいハッピーエンドとの対比において浮き彫りにされている。ペリーは、この結末が、階級の壁を越えた知識人と労働者の連帯を強調するよりは、労働者階級の視点を絶対化《フェティサイズ》している点で革命小説としての限界を含んでいると指摘している。のみならずペリーは、このように女性の所有をめぐる不平等の認識として階級意識を物語ることは、フェミニズムの観点から見ても問題があると主張する。(22)

先述のようにこのテクストで姜は、チョッチェとソンビのあいだの愛の成就を、労働者同士の同志愛的連帯を象徴する事件として暗示していた。しかしペリーの指摘通り、姜が描いてみせるそうした異性愛的結合の展望が果たして平等なジェンダー関係を想定しているかどうかはやはり疑問が残る。とりわけ、ソンビがトクホから受けた性暴力が、チョッチェとの愛を妨げる「貞操」の蹂躙として意味づけられている点を考えれば、ソンビの死が、この最後の場面においてチョッチェの妻となるはずであった女の喪失として捉えられていることは、女性の主体性を家父長制的性役割のもとで限定しているという意味で明白な限界があると言わざるを得ない。

しかしながら、その一方でこの結末は、階級の壁を越えた連帯の可能性を否定するものとして描かれているわけではない。ハン・ジュンモやルース・バラクラも指摘しているように、シンチョルの転向は、彼を物語から排除することでチョッチェやカンナニのような労働者階級の登場人物を運動の主体として立ち上げるための装置である。(23)チョッチェは始めに、自分を階級意識の覚醒に導いたシンチョルに絶対的な信頼を寄せており、彼が逮捕された時は「母を失った幼子」（三三六頁）のような感情さえ覚えたと小説の中では語られている。しかし運動を指導する知識人とその客体としての労働者というこの二人の関係は、シンチョルの転向を契機として逆転する。姜はこの設定を通して、シンチョルの階級的覚醒における最初のきっかけを提供した人物の位置に留めているのである。なお、ここで強調しなければならないのは、各エピソードにおいてそれぞれ異なる登場人物に語りの焦点を合わせていたこのテクストの意味を、結末におけるチョッチェの単一視点に還元させることはできないという点である。現代の『人間問題』の読者にとってより重要であるのは、このテクストが描くソンビの死を、一人の主体としての女性労働者の死として読み直すことである。小説の最後は、次のような語りによって締め括られる。

この真黒な塊！　この塊はしだいに拡大して、彼の前を真暗にした。いや、人間の歩みゆく前途に横たわるこの塊……真黒な塊、この塊こそ、人間問題でなくて何であろうか。

この人間問題！　何よりもこの問題を解決しなければならないであろう。人間はこの問題のために、何千万年もかかって闘ってきた。しかし、この問題はいまだ解決できないでいるではないか！　とすれば将来、この当面する大問題を解き明かすべき人間は誰か。

（三七二頁）

この引用における「塊」とは、無定形の塊や束、包みなどを意味する「뭉치《ムンチ》」という言葉を訳したものである。単独ではあまり使われることのないこの名詞は、それ自体としては、ある物の正体や用途、または形態を説明する機能を持たず、むしろその不特定性をこそ表す抽象的な言葉となる。姜は、ソンビの死んだ体にこの「뭉치」という言葉を与えることで、資本の搾取によって命が消尽した彼女の亡骸を、もはや何物でもない物、すなわち使用価値を失って廃棄された人間の形象として提示している。「真黒な塊」と化したソンビの死体がしだいに拡大してチョッチェの視野を塞ぐ時、姜は、作者の直接的な声としてテクストに介入し、「この塊こそ、人間問題

でなくて何であろうか」という問いを投げかける。資本による人間存在の完全な物象化、それこそが人間問題である。そこで読者は、チョッチェの眼に映るそのフェードアウトのイメージを想像するとともに、「この人間問題！ 何よりもこの問題を解決しなければならない」という作者の叫びを聞くことになる。「この当面する大問題を解き明かすべき人間は誰か」。それは、植民地朝鮮においていま集団として台頭しつつある労働者階級であり、読者は、この人間問題の解決に向かうための歴史的発展の過程に参加することを呼びかけられているのである。

本章の冒頭で述べた通り、『人間問題』は、両親を失って孤児《みなしご》になったソンビと、法を犯して故郷を去るチョッチェの物語として進んだ。この小説における階級闘争の物語は、怨沼の伝説が伝えるところの、抑圧者と闘ってきた民衆の歴史を、植民地化・資本主義化された一九三〇年代において蘇らせている。ただしソンビの死を以て終わるこの闘争の物語は、決して明るいものではなかった。ソンビは、あたかも彼女の階級的覚醒に対する理不尽な対価であるかのように死を迎え、チョッチェは、愛する人を失った者としてそこに残されている。〈法の違反〉と〈家族の喪失〉という、チョッチェとソンビをそれぞれ特徴づけていた二つのモチーフはここでまた交差する。そしてこの交差によって小説の結末は、また別の意味を帯びることになる。「真黒な塊」と化したソンビの体をチョッチェとカンナニが眺めているこの最後の場面において、彼らはいまようやく、失った人の名を呼んで長者の家に集まった伝説の中の子供たちの姿を反復しようとしているかのようである。『人間問題』の物語は悲劇として終わったが、闘争はまだ終わっていない。彼らはいま泣こうとしているところである。

おわりに

本章では、『人間問題』におけるチョッチェとソンビの遍歴と彼らの階級的覚醒の物語を、同時代の歴史的背景に照らし合わせて考察した。姜敬愛は、一九三〇年代の朝鮮でヒトとモノの移動を促していた資本主義的かつ植民地的要因が無産階級の人々の生をどう条件づけているのか、その搾取的構造を浮かび上がらせている。同時にそれは、労働者としての集団的意識が芽生えていく力動についての物語にもなっていた。

『人間問題』の物語はソンビの死とともに幕を閉じたが、残された者たちの闘争は、まだ続いていたはずである。小説の連載が終了した一カ月後である一九三五年一月一八日、東洋紡績の仁川工場では、守衛の殴打に抗議して工員三〇人のストライキが起こった。翌三六年三月に開かれた裁判に関する新聞記事によれば、争議を主導した田甫鉉《チョン・ボヒョン》・朴永先《パク・ヨンソン》ら、七人の工員たちは、「同工場で一日二、四十銭の賃金を受けてかなり困窮な生活を送りながらも、他方で読書に至極熱中して〔略〕共産主義思想に共鳴するようになり、〔略〕会合を持って賃金の値上げと労働時間の短縮等」の「要求を主張し、〔略〕工場の労働者たちを相手に工場地下活動を展開しようとした」(24)という。小説の連載当時、間島にいた姜が、秘密裏に行われていたこのグループの活動について知っていた可能性はそれほど高くない。しかしそこには、姜が描いたチョッチェやソンビ、そしてカンナニのような、労働者たちの生きた姿があった。『東亜日報』の連載予告において姜は、「私はこの作品で、この時代における人間の根本問題を捉え、この問題を解決する要素と力を備えた人間が誰であるか、またその人間の進むべき道を示そうと努力しました(25)」と述べている。一九三〇年代の朝鮮では、工業化に伴う労働者階級の出現とともに運動の組織化が展開されていったが、小説において姜は、その最中にいた人々を、「人間問題」を解決すべき「歴史的発展」の主体として典型化し、確かな主人公の顔を与えたのである。「人間とは彼が属している階級をはっきりと知らなければならず、同時に人間社会の歴史的発展のために闘う人間こそ、真の人間」(三一九〜三二〇頁)であるという小説の言葉は、『人間問題』において姜敬愛が表現した最も大きな主題としていまも響いている。

（1）一九〇六年に黄海道松禾《ソンファ》の貧しい農家で生まれた姜敬愛は、一九三一年頃から小説を発表し始め、プロレタリア文学的傾向の作品を書き続けた。一九三三年に満洲間島に移住、健康状態の悪化のため三九年に故郷の長淵《チャンヨン》へ戻るまでそこで暮らした。姜の生涯については、大村益夫「解説」（姜敬愛、大村益夫訳『人間問題』平凡社、二〇〇六年）三七三～三七五頁、および이상경『강경애——문학에서의 성과 계급』（건국대학교출판부、一九九七年）一三～七一頁を参照。

（2）本章での引用は、前掲（注1）『人間問題』に拠った。同書底本は初出『東亜日報』。

（3）一九三〇年代の朝鮮の工業化政策については、以下の文献を参照した。전우용「1930년대「朝鮮工業化」와 中小工業」（『한국사론』第二三巻、一九九〇年八月）四六三～五三四頁。河合和男・尹明憲『植民地期の朝鮮工業』（未来社、一九九一年）一五～四六頁。김인호『조선총독부의 공업정책』（동북아역사재단、二〇一一年）一六六～一九八頁。

（4）강이수「식민지하 여성문제와 강경애의『인간문제』」（『역사비평』第二四号、一九九三年八月）三三五～三四八頁。

（5）代表的な論考として以下の論文を挙げることができる。차원현「식민지시대 노동소설의 이념지향성과 현실인식의 문제」（『외국문학』第二九号、一九九一年一二月）一三八～一五五頁。

（6）一九一〇年代から三〇年代にかけての朝鮮における農業政策の変化については、以下の文献を参照。河合和男『朝鮮における産米増殖計画』（未来社、一九八六年）。이영학『일제의 농업생산정책』（동북아역사재단、二〇二〇年）一七八～二七七頁。

（7）農村振興運動の詳細とその限界については、이송순「1930년대 식민농정과 조선 농촌사회 변화」（『현대문학의 연구』第二五巻、二〇〇五年二月）一九九～二二八頁を参照。

（8）朝鮮の綿花農業の実態については、權泰檍『韓国近代綿業史研究』（一潮閣、一九八九年）七二～一八八頁を参照。

（9）朝鮮総督府農林局『朝鮮綿花増産計畫』（朝鮮総督府農林局、一九三三年八月）一～四頁。一九三四年にこの計画は、生産高四億二千万斤にさらに拡大された。前掲（注8）『韓国近代綿業史研究』一一四頁。

（10）前掲（注1）の大村の日本語訳では、「わたし、卵を生む雌鶏を……」（一一〇頁）となっているが、ここではハングル原文に合わせて「わたしは、卵を生むのを……」に修正した。

（11）ハングル原文は「애이《エイ》！ 숭해라《スンヘラ》！」である。大村は「まあ、くだらない」（一一〇頁）と訳しているが、この原文には「醜い」「いやらしい」という意味が含まれている。

（12）Samuel Perry, "The Context and Contradictions of Kang Kyŏng-ae's Novel *In'gan munje*," *Korean Studies*, vol.37 (2013), pp.112-113.

(13) 旧萬石町の歴史と産業については以下の本を参照した。오정윤・추교찬・김현석・김영준・손민환『화수동과 만석동의 기억』（인천광역시문화원연합회、二〇一八年）一〇二～一〇六頁。

(14) 仁川に集荷される米穀の産地（一九三〇年度現在）については、岡本保誠『仁川港』（仁川商公会議所、一九三一年）六五～六六頁を参照。

(15) 仁川米豆取引所については、신세라「인천미두취인소의 운영과 변천」（인천광역시사편찬위원회편『인천광역시사 인천의 발자취――역사』인천광역시、二〇〇二年）六五一～六五五頁を参照。

(16)「東洋紡績仁川工場　設置問題遂実現　十三日府会員懇談会에서仮契約案을承認」（『毎日申報』一九三二年五月一六日）日刊三面。

(17)「棉は山積み　女工さんも入来　仁川の東洋紡績操業の準備整ふ」（『京城日報』一九三四年三月二八日）日刊九面。

(18)「東洋紡績仁川工場에　就職者千三百余名」（『東亜日報』一九三四年三月二八日）朝刊五面。

(19)「朝鮮における大工業の勃興と其の資本系統」（『朝鮮工業協会会報』第二八号、一九三五年五月）二～三頁。

(20) 東洋紡績株式会社「東洋紡績七十年史」編修委員会『東洋紡績七十年史』（東洋紡績、一九五三年）三七七頁。

(21) 東洋紡績も例外ではなかった。特に一九三〇年九月に東京亀戸工場で発生した労働争議（洋モス争議）は、地域全体のゼネラル・ストライキにまで拡大した。一九三〇年代初頭の日本における紡績工場の労働争議に関する実態と洋モス争議の詳細については、鈴木裕子『女工と労働争議――一九三〇年洋モス争議』（れんが書房新社、一九八九年）を参照。

(22) Perry, "The Context and Contradictions of Kang Kyŏng-ae's Novel *In'gan munje*," pp.117-119.

(23) 한중모「해방 전 프롤레타리아 문학과 강경애의 소설」（『강경애、시대와 문학――강경애 탄생 １００주년 기념 남・북 공동 논문집』랜덤하우스코리아、二〇〇六年）一六七～一六八頁、Ruth Barraclough, "Tales of Seduction: Factory Girls in Korean Proletarian Literature," *positions: east asia cultures critique*, vol.14, no.2 (2006), p.362.

(24)「東紡赤化를目的한赤色그릅事件公判　被告들은事実一切를否認　今日京城法院에서」（『朝鮮中央日報』一九三六年三月一一日）夕刊二面。

(25)「新連載小説予告」（『東亜日報』一九三四年七月二七日）朝刊二面。

（付記）本研究は、ＪＳＰＳ科学研究費 22K20004 の助成を受けた。

杉村安幾子

語らぬ少女の語るもの

楊振声「搶親」と『独立評論』

はじめに――楊振声と「五四」

中国の近現代文学史を俯瞰すると、「五四時期」は思想の解放という点でまさに「現代」の起点となるべき一時期であった。

元来、「五四」とは「五四運動」を指し、ごく狭義では「山東半島への日本の帝国主義的侵出に対する中国の民族的抗議運動」を意味する。一九一四年、第一次世界大戦勃発を受け、日本はドイツに宣戦布告、山東半島におけるドイツの租借地と諸権益を接収した。一九一五年、日本の大隈重信内閣は袁世凱率いる北京政府に二一ヵ条要求を突き付け、袁世凱はそれを一旦拒否するも日本側の強圧に屈する。一九一八年、段祺瑞政権が日本との秘密軍事協定に応じ、一九一九年、パリ講和会議にて戦後処理が行なわれ、日本の主張が会議で承認されたのであった。これに強く反発し、五月四日に北京で発生した民族運動が五四運動である。

「五四」はこの政治的意味だけでなく、「中国知識人にとって輝かしい夢、忘れ得ぬ追憶」「思想の自由、個性の解放、理性の回復、永遠なる正義[1]」のように、一種神話化された言説となっている。この時期、雑誌『新青年』において言文一致運動や儒教批判、欧米の文学・思想の紹介や近代小説の創作活動が旺盛に展開された結果、「五四新文化運動」として近代的覚醒の高潮期、中国現代史上のエポックととらえられているのである。その流れにおいて、「一切の伝統的な思想と手法を打ち破る猛将が現われないかぎり、中国には真の新文芸などあり得ないだろう(2)」と些か過激に述べた魯迅（一八八一～一九三六）は、『狂人日記』をもって中国現代文学の父祖となった。

その魯迅と世代をほぼ同じくする作家楊振声《ようしんせい》（一八九〇～一九五六）は一九二〇～三〇年代、貧しい漁民や労働者など社会の最下層の人びとを主人公とした短篇を次々に発表し、魯迅に「極力人民の間の苦しみを描写しようと努めた(3)」と評されている。コロンビア大学とハーバード大学での留学経験を有する恵まれた経歴を持ち、教育行政エリートとしての道を歩んでいた楊は、実は上記一九一九年の五四運動の直接の参与者であった。楊は当時、北京大学国文系に在学しており、五月四日に「二十一ヵ条を撤廃せよ」「売国奴を処罰せよ」とスローガンを叫びつつデモ行進を行ない、官僚公邸であった趙家楼の焼き打ちに直接に関わったことで逮捕・投獄された三二人の学生の一人だったのである。山東蓬莱出身の楊にとって、ドイツや日本による山東半島の接収はすなわち故郷喪失であり、五四運動への参加は専ら故郷を取り戻さんがためであった。楊の民族主義的愛国心は、新文化運動の流れの中で社会の最下層の人びとへの関心・同情心をも喚起し、楊を創作へと駆り立てていった。

楊には「搶親《そうしん》」（一九三二）と「報復」（一九三四）という短篇がある。ともに民国期の漁村における強奪婚をモチーフとしており、元々作品数が多くはない楊の創作において、わずか二年の間に重複したテーマで執筆した珍しい例となっている。本章はこの「搶親」を、発表媒体であった『独立評論』を通して、一九三〇年代の楊と同時代の知識人の問題意識や楊自身の関心の所在と絡めて読むことで、新たに見えてきた風景を論じていく。

1　強奪婚をテーマにした二篇「搶親」と「報復」

「搶親」と「報復」の概要を確認しておこう。「搶親」は、漁師の辛大が趙二の娘小絨を娶ろうとしたものの、脇から周三がより高い結納金を示したことで破談となる。辛大は仲間を率い、松明や武器を手にして趙家を取り囲み、娘を出せと要求する。暴力も辞さない姿勢に、趙二は渋々小絨を辛大に嫁がせる。恐怖に怯える小絨は泣いてばかりいたが、辛大に嫁いだ三日後に漸く笑顔になる。形式的には辛大が主人公と言えるが、心理描写などはなく、男たちが趙家に襲撃をかけ、少女小絨を奪っていく過程が淡々と描かれる。

小絨を強奪するために男たちが趙二の家に押し掛けるシーンを見てみよう。

李三は松明を掲げ、顔を上げると趙二を睨むとこう言った。「俺らが何人いるかはっきり見えるだろう？早く娘を連れて来い」

「俺の娘はもう周三への嫁入りが決まってるんだ」趙二はきっぱりと言った。

辛大が前に向かって罵った。「馬鹿言え、お前は一人娘を二家に嫁入りさせる約束をしたんだ。金に汚ねえや。お前に教えてやるよ、俺らはやるって言ったらとことんまでやるからな、さっさとお前の娘を差し出さねえなら、俺らは〝嫁を奪〟っちまうぜ」

「娘は俺のもんだ。俺がやりたい奴にやる……」趙二は更に何か言おうとしたが、皆の喚き声がその声を断ち切った。

茶髭が叫んだ。「趙二、今回はおめえが悪いぜ。全てのことに先着順ってもんがあらあな。今日こっちに良い顔して、明日はあっちに良い顔するって訳にはいかねえ。早いとこ娘を着飾らせろ。俺らが友好的にお迎えしてやるよ。でなけりゃ、俺らは奪って行くからな、お前もどうしようもねえだろ」

「奪え！　奪え！　奪え！」皆が一斉に声を上げて叫び、松明が激しく揺れた。(4)

一方の「報復」は以下の通りである。漁師高二と少女小翠は結婚が決まっていたが、別の漁師劉五が高い結納金を払ったことで、母親は娘を劉五に嫁がせようとする。婚礼前、高二が小翠を奪い出し、強奪婚を強行、高二と劉五は敵同士となる。ある日、小翠が山中で劉五に暴行を受ける。高二は復讐しようとするが果たせず、その後、暴力は振るわないまでも、妻にも凶暴な振る舞いをするようになった。ある嵐の晩、高二は海中で溺れかけた劉五を助け、劉五は命を救ってくれた高二に恩義を感じ二人は和解する。

楊振声研究史において、創作研究の対象は代表作『玉君』(5)のみに集中している。「搶親」と「報復」の二作については、中国本国における専論はなく、二作を収録した『楊振声選集』でも「「搶親」は漁村における売買婚と武力での強奪婚といった立ち後れた風習、そしてそのような風習を造り上げた原因はまさに貧困なる経済生活にあるということを描いている。一方、同様に強奪婚を描いた「報復」は、人物造型と主題の掘り下げの面で新しい突破口を打ち出した(6)」と簡単に紹介されるのみである。

この二作については既に民国期における強奪婚という視点から論じたが(7)、掲載誌である『独立評論』に着眼し「搶親」を改めて読み直してみると、楊が強奪婚をテーマにしたことには、別の解釈も見えてくる。異なるアプローチによって導き出される解釈は、作者楊振声の創作意図や当時の中国が置かれていた状況をシビアに照らし出している。

2　『独立評論』

「搶親」は『独立評論』第二八号(一九三二年一一月二七日)に掲載された。この『独立評論』とは、一九三二年五月二二日に北平(北京)で創刊された週刊誌であり、編者は楊振声の友人胡適《こてき》(一八九一～一九六二)が務めていた(8)。署名はないものの、胡適によると思われる創刊号の序言を見てみよう。

我々はこの刊行物を「独立評論」と名付けよう。我々がみな、永遠に独立した精神を持ち続けることを望んでいるためだ。いかなる党派にも依らず、いかなる既成概念も盲信せず、責任ある言論で我々各人の思考の結果を発表する。これぞ独立した精神である。

我々数人の知識や見解には限界があり、我々の判断や主張も錯誤を免れ得まい。我々は社会からの批評を切に願い、並びに各方面からの投稿を歓迎するものである。(9)

この序言から、『独立評論』は社会に討論を呼びかけ、国家や社会のありようを考える姿勢を全面的に打ち出し、目指していたことがわかる。また文中では「友人」を中心的寄稿者として設定しているが、その友人たちというのも多くは楊のような欧米留学組であった。『独立評論』を支えていた寄稿者およびテーマの具体例は以下の通りである。

胡適「憲政問題」第一号、一九三二年五月二二日
丁文江「日本的新内閣（日本の新内閣）」第二号、一九三二年五月二九日
蒋廷黻《しょうていふつ》「東北外交史中的日俄密約（東北の外交史における日ロの密約）」第八号、一九三二年七月一〇日
傅斯年《ふしねん》「日寇與熱河平津（日本の侵略者と熱河、北平、天津）」第一三号、一九三二年八月一四日
陳衡哲《ちんこうてつ》「人材與政治（人材と政治）」第二九号、一九三二年一二月四日(10)

数篇を挙げたのみだが、一九三〇年代当時の中国の情勢や社会状況について各方面から分析・考察している論稿であることが窺える。同時代のアクチュアルな問題意識や関心によって、「（1）対日関係、（2）対国民党関係、（3）対共産党関係をめぐる主題群が相互に密接に関連しつつ、『独立評論』の構造を決定」(11)していたのである。それゆえ『独立評論』は、「たしかに三〇年代・中国リベラルズの結集拠点」であり、「「自由主義派」知識人の

結集の場」[12]と称されたのである。

楊振声はこの『独立評論』に「搶親」を除くと「與志摩的最後一別（徐志摩との最後の別れ）」（第四号、一九三二年六月一二日）、「也談談教育問題（教育問題についても語ろう）」（第二六号、一九三二年一一月一三日）、「女子的自立與教育（女子の自立と教育）」（第三二号、一九三二年一二月二五日）、「識了字幹嗎？（文字が読めたらどうなるか）」（第四一号、一九三三年三月一二日）、「関于民族復興的一個問題（民族の復興に関するある問題）」（第六五期、一九三三年八月二七日）、「養材與用材（人材の育成と登用）」（第七〇期、一九三三年一〇月一日）、「為中小学教員説幾句話（小中学校教員のために些か語る）」（第八〇期、一九三三年一二月一〇日）の七篇を寄せている。楊の論稿の主要テーマが教育であったことがわかるが、それは楊の寄稿時期が、国立青島大学校長を辞し、教育部の委託を受け小中学校の語文（日本の国語に相当）の教科書編纂事業に関わり始めた時期でもあることと無関係ではないだろう。[13]例えば、「也談談教育問題」においては、楊は国民の全般的な教育水準を上げるために、まず教育の根本は初中等教育にあるとし、小中学校の教育に注力すべきであると説く。既に清華大学文学院教授や国立青島大学初代校長の経歴を有していた楊が、実際に小中学校の教科書編纂事業に携わるに当たって、国民の教育水準の現状をも見据えて行なった分析と考察である。この楊の姿勢は、『独立評論』の発刊人であった胡適が、中国の前途を切り開いていくための根本的な解決の道を教育に見出していたことと通底しているだろう。[14]『独立評論』における教育問題に関する論稿は、実際に教育に携わっていた寄稿者が多かったこともあり、楊以外にも散見される。[15]大きな過渡期にあった当時の中国社会において、教育問題が知識人の関心事であったことは、教育それ自体が国民国家の創成に直接関わるゆえであり、その意味からはまさに「国家と社会の問題」でもあったのである。

このように、楊および他の寄稿者による論稿の多くが、政治的・時事的あるいは教育的なテーマであるのに対し、楊振声の「搶親」のみが強奪婚を描いた短篇小説であり、『独立評論』において言わば浮いた存在となっている。しかし、果たして「搶親」は本当に旧式婚姻批判の作品に過ぎなかったのだろうか。

3 「搶親」の少女が語るもの——山東半島或いは中国の影

楊は「搶親」の執筆に先立ち、「阿蘭的母親（阿蘭の母親）」[16]では一九二六年三月一八日に北京で発生した反帝国主義デモ運動に対する弾圧事件である三一八事件を、「済南城上（済南の町にて）」[17]では一九二八年五月三日に日中両軍が衝突した済南事件を書いた。どちらも家族愛を通して、愛国心や民族感情を掻き立てる作品であり、楊が近代中国の苛酷な現実と歴史的事象に基づいて創作を行なっていたことを指摘できる。また、ともに事件後すぐの執筆・掲載となっており、三一八事件と済南事件が楊にとって衝撃的な出来事であり、すぐにでも文章化・作品化して世に送り出したかったという発信の情熱の大きさを物語っている。そしてそれはまた、両事件が中国人民に与えた衝撃の大きさでもあった。

三一八事件と済南事件の共通点は、日本や西欧列強による侵出問題、とりわけ日本の脅威を背景としていることである。当時、中国国内では軍閥政権が次々に誕生し、抗争が絶えない状況にあったが、そうした抗争の背後には常に日本や英米などの帝国主義勢力が控えていた。楊は創作の過程で、こうした事件を悲劇的結末にまとめつつも、立ち上がり抵抗する勇敢な中華民族の姿を焦点化していった。一九二二年、胡適は「我們的政治主張（我々の政治主張）」で次のように述べている。

民国五、六年以来、立派な人は手をこまねいて中国の分裂を傍観し、西南が討伐されるのを傍観し、北洋軍閥安徽派の成立と跋扈を傍観し、モンゴルを失い山東が売り渡されるのを傍観し、軍閥の横行を、国家が破綻し、これほどまでに体面を失うのを傍観してきた！——もう十分だ！　この張本人たる立派な人は今こそ立ち上がれ！　立派な人になるだけでは不十分であり、奮闘する立派な人にならねばならない。[18]

楊の創作は、この胡適の呼びかけに対し、楊なりに応えたものだっただろう。

ここで改めて『独立評論』の多数の論稿のうち、対日外交をめぐる問題を主たるテーマとしたものが相当数を占めていたことを確認しておこう。そもそも創刊号掲載の六篇のうち三篇が日本問題に関する論稿であり、『独立評論』全号において直接この問題をテーマとした論稿は一七八篇に及び、テーマ別では最多である。[19]「『独立評論』は何よりも「満洲事変」を契機として、その民族的危機あるいは「国難」に対処すべく発刊され、そして盧溝橋事件に直面して、徹底抗戦を呼びかけつつ終刊した雑誌だった[20]」のである。すなわち、様々なテーマの論稿を掲載し、自由な議論空間を作りつつも、『独立評論』では中国が陥っていた民族的危機にかなりの注意・関心が向けられていた。

このことを前提とし、上記の楊の二作「阿蘭的母親」や「済南城上」の執筆動機をも踏まえ、再度『独立評論』上の小説「搶親」に立ち返ってみたとき、「搶親」は最早単なる「漁村における売買婚と武力での強奪婚といった立ち後れた風習、そしてそのような風習を造り上げた原因はまさに貧困なる経済生活にあるということを描い」ただけの作品であるはずはない。五四運動への参与が楊にとってはスローガンとしての「反帝国・反侵略」などではなく、まさに故郷喪失への必死の抗いであったのと同様に、「搶親」において男二人にモノのように扱われ、何も語ることのないヒロイン小絨には、故郷の山東半島、ひいては今や亡国の危機に瀕した楊の故国中国が投影されているのではないだろうか。

山東半島の運命を辿ると、一八九七年一一月に山東省で起きたドイツ人宣教師殺害事件を口実として、翌一八九八年にドイツが膠州湾を租借する。一九一四年、日本がドイツに宣戦布告し、膠州湾を占領する。一九一九年のパリ講和会議において、膠州湾はドイツから直接中華民国に返還されるべきとする中華民国側の主張は無視され、日本に譲渡されることになり、その結果が既述の五四運動であった。一九二二年一二月、膠州湾は日本から北洋政府の手に返るものの、一九二七年から一九二八年の日本軍による山東出兵を経、一九三七年の日中戦争開始後には再度日本の手に落ちる。膠州湾租借地が最終的に日本など外国の占領統治から解放されたのは、中国人民解放軍が青島に入城した一九四九年六月のことである。この間、一八九八年にはロシアによる大連・旅順租借、イギリスによる威海衛・香港租借、一八九九年のフランスによる広州湾租借、一九〇五年の日本による関東州租借があった。中国は日本および西欧列強の帝国主義的欲望の下、細切れにされていたのであった。

さらに、楊が「搶親」を執筆した一九三二年一一月において注目すべきは、前年一九三一年九月一八日の柳条湖事件に端を発する満洲事変と、三二年三月の満洲国成立および九月の日本による満洲国承認（日満議定書）であろう。足かけ一五年に亘る日中戦争は、日本が大陸侵出を企図したことに始まるが、中国から見れば日本の帝国主義・膨張主義は外部からの蹂躙以外の何物でもない。「搶親」掲載の約二ヵ月後の『独立評論』第三七号には、「今日の中国の日本に対する関係は完全に変態的だ。通常、国際関係は、友好でなければ戦争である。我々の領土が日本に占領されて一年余り、〔略〕我々は宣戦もしていなければ、講和もしていないのだ！[21]」との憤りの文言が見られる。こうした状況下、胡適研究者が「九一八事変の産物[22]」とも称する『独立評論』の論稿が対日外交をめぐる問題に集中し、楊自身も教育問題という現実に則したテーマで論稿を発表していた中で、唯一「搶親」がたとえ批判精神を下敷きにしていたとしても、例外的に旧式婚姻のみをテーマにしていたはずがない。「搶親」において、ヒロイン小絨をめぐり金銭のやり取りが交わされるシーンは以下の通りである。

趙二が再び壁の上に立った。「まずカネと布を出してからだ」と叫んだ。

辛大は驢馬の背からカネの束と布四匹を解くと、趙二に渡した。趙二は亀のように腰を曲げ、金と布を受け取ると、松明の光の中できっちり検め、その後壁から下りると戸を開けた。皆は一斉に押し合いながら戸に入った。松明の光の中で、彼らの顔の緊張が既に得意気な様子に変わっているのが見えた。

趙二の娘小絨は丁度一六になったばかりだった。戸外の叫び声を聞いた時には、恐ろしくて布団の中に潜っていたが、後で父親が簎〔魚獲りのやす〕を持って出て行ったと知ると、又も恐ろしさに震えた。更にその後、強奪婚に来たのだと知ると、小絨は震えは止んだものの、ただ泣くばかりだった(23)。

このシーンにおいて、小絨の意志は問われず、全く重要視されないばかりか、彼女を強奪するために押し掛けた連中の顔が「得意気」に変わる様には、この婚姻が男同士の勝負に取って代わり、強奪婚の成功はすなわち勝負における勝利であることが示されている。小絨は支配と抑圧の対象として、その存在はモノ化され、男性のパワーゲームのコマでしかない。

語ることは一切なく、泣くばかりのこのヒロインが負わされたのは、「その声を聞いてもらうことも読んでもらうこともできない(24)」女性としてのサバルタンの役割であったのは確かであろう。G・C・スピヴァクが述べたように、「だれも女性たちの声――意識（voice-consciousness）を証言したものに出会うことはないのである。もちろん、そのような証言があったとしても、それはイデオロギーを超越したものでもなければ「完全に」主体的なものでもない(25)」。楊は早くから語りを奪われた女性に着目しており、「貞女」（一九二〇(26)）においては死者に嫁がされる奇習と主人公の少女の縊死を批判と同情をこめて描き、代表作『玉君』においては封建的婚姻に異を唱えた。『独立評論』においても、当時の女性の社会的立場の低さを指摘し、女性は職業を持って経済的に自立する必要があり、そのための教育が重要であると唱えた「女子的自立與教育(27)」を発表している。したがって、当時の女性に同情を寄せ旧社会に批判的であった楊の意識のありようからすれば、「搶親」で描きたかったのは貧しくも力強い猟師の男たちではなく、語る言葉を持たない小絨ではなかったか。

さらに第1節で挙げた引用も加えてみると、辛大たちが松明を手にして趙二の家を襲う描写には、楊自身が参加した五四運動での趙家楼焼き討ちを読み込むこともできるのではないだろうか。小絨（＝山東半島）を取り戻すためには趙家（＝売国奴の官僚公邸）を焼くことも辞さないという強い姿勢である。中国においては珍しくない姓とはいえ、どちらも「趙」であることは単なる偶然ではあるまい。

楊は自身の作品についての解説や創作談を残しておらず、こうした解釈はあるいは牽強付会かもしれない。しかし、楊の創作意図の真意は最早関係ない。『独立評論』の主要な論調や楊の一九三〇年代当時の作品のテーマに即せば、複数の男による争いの対象となり、最終的には強奪という荒っぽい手法によってカネとの交換の形で嫁がされる小絨の姿は、翻弄される山東半島、ひいては細切れにされつつあった祖国中国の暗喩として立ち現れるのである。

結び

以上、『独立評論』中の「搶親」において少女小絨は、存在感を欠き、何も語らぬ／語れぬことで侵略される弱小国中国の表象となったことを見てきた。それは、一九三〇年代の中国が直面していた苛酷な現実であっただろう。しかし、それは多分にジェンダー化された眼差しであり、楊が描いてきた同情の対象としての女性以外の何物でもない。『独立評論』の創刊の四ヵ月前には一二八事変（第一次上海事変）も起きており、南京国民政府の及び腰の対応も加えて考えれば、中国人民にとって民族滅亡、亡国の恐怖は現実化しつつあったのだ。当時の中国がなすすべを持たない、か弱い少女として表象されるのも、無理からぬことだったと言えるだろう。

「搶親」の二年後に『大公報・文芸副刊』第二二期（一九三四年一月三一日）に発表された「報復」では、強奪婚によって漁師の高二に嫁いだ一五歳の少女小翠は、同じ漁村内の猟師劉五によって暴行される。明確な描写はないが、山菜取りに行った小翠が髪を振り乱し、負傷して帰宅すると、泣いて家から出なくなるため、劉五によるレイプが行なわれたことは明らかである。何が起きたかを悟った高二は小翠に暴力を振るわないまでも、家内は不穏な雰囲気に覆われる。ブラウンミラーが「女の身体は、勝利者が軍旗を掲げて行進する戦場のメタファーとなる。女の身体に加えられる行為は、男と男の間に交わされるメッセージ――一方にとっては勝利を、他方にとっては敗北を色鮮やかに物語るメッセージなのである」(28)と指摘する通りである。「搶親」と同様に、「報復」のヒロイン小翠に一旦奪われた山東半島が投影されているとすれば、小翠のレイプ被害は、侵略行為の比喩であり、小翠の身体は、ジェンダー化された中国を表象しているのである。「搶親」から二年、中国が置かれた立場の悲惨さが一層強まっている。そして、小翠も「報復」において語る言葉は一言も与えられていない。

しかし、ナショナル・アイデンティティが危機に瀕すると、却ってナショナリティは強化される。一九三〇年代、中国全土では抗日の声が沸き上がり、愛国・民族主義的言説が飛び交っていた。語らぬ少女も、そのまま何も語らないままでおとなしくしていたわけではない。一九四三年、楊は短篇「荒島上的故事(無人島の物語)」を発表した。これは日本人将校に毅然とした態度で対応し、結果として自殺する少女と、その一部始終を目撃し、少女の復讐のために自身の命を賭して日本軍の将兵を死に追いやる漁師の青年を描いている。少女の日本人将校への対応と自殺のシーンを見てみよう。


「オマエ、ドコ人?」

「中華民国の国民だ」その女子は右手で額の髪を右に払い、顔を上げて答えた。

小隊長は鼻の下の歯ブラシのような髭を反り上げ、また尋ねた。

「オマエ、名前、何?」

「中国の娘だ」(略)

「オマエ、キレイ」言いながら小隊長は手を伸ばしてその女子の左頬を撫でようとした。その時、彼女の両頬は既に怒りのあまり真っ赤に燃えていた。パンという音が響き、その女子の右手が既に小隊長の左頬をはたき付けていた。

小隊長は、手でその熱を発する頬を押さえつつ後ろに二歩下がった。両目は凶暴な光を発しており、兵士にその女子の衣服を剝ぎ取るように命じた。敵兵は銃剣の先を前に向け取り囲んだが、不意にこの時、その女子は敵の銃剣の先をめがけて突進し、敵の武器と方法を利用して腹を切って自殺したのだった！[29]

ここには、楊の作品において抗日色が一層強まり、語らず泣くだけであった少女像の大きな変化が見て取れるだろう。少女は自らが何者であるかをはっきり述べ、小隊長を叩いて強い拒絶を示し、凌辱を受けまいと最終的には壮絶な自死を遂げているのである。作品後半では、一部始終を目撃していた漁師の青年が、自分の舟に日本軍の将校や兵士を乗せ、沖に出てから舟を沈める様が描かれる。青年は将校によって銃殺されるが、死ぬ瞬間、彼の脳裏には勇敢に死んでいった少女が微笑む姿が浮かぶのだった。一見、主人公は漁師の青年のようではあるが、前半で死にゆくこの少女の姿こそ、楊において中国が強く勇ましく成長した姿、民族意識の拡張であった。

一九二〇年代に魯迅に「極力人民の間の苦しみを描写しようと努めた」と評された楊の執筆の姿勢は、一九四〇年代には明らかに大きく変容した。そして、一九三〇年代の「搶親」は、その変容の過程の一里程標であったと言えるだろう。一見、強奪婚という女性不在の婚姻を描いた作品に見える「搶親」は、『独立評論』という言説空間に置き直して読むことで、一九三〇年代に中国が置かれた非道な現実を浮き彫りにした。「搶親」のヒロイン小絨に落とし込まれた中国の影は、作者である楊振声がそうした自身の眼差しには一貫して非意識的であったように思われるからこそ、侵略される祖国の惨めで残酷な色彩を却って一層濃いものにしている。学生時代に故郷である山東半島の身売りに憤り五四運動の先鋒となった楊振声は、その後も侵略される祖国の姿を少女に託し、繰り返し繰り返し憤り続けたのであった。

(1) 汪暉著『現代中国思想的興起』下巻第二部、生活・読書・新知（三聯書店、二〇〇四年）一二〇六頁。

(2) 魯迅「論睜了眼看」（『魯迅全集』第一巻、人民文学出版社、一九八一年）二四一頁。初出は『語絲』週刊第三八期、一九二五年八月三日。

(3) 魯迅「『中国新文学大系』小説二集序」（『魯迅全集』第六巻、人民文学出版社、一九九六年）二三九頁。初出は一九三五年。

(4) 楊振声「搶親」（『独立評論』第二八号、一九三二年一一月二七日）二〇頁。岳麓書社版、一九九九年。以下、『独立評論』の引用は全て本テキストに拠り、拙訳を付す。

(5) 楊振声著『玉君』（北京大学現代社、一九二五年）。

(6) 孫昌熙・張華「楊振声和他的創作」（孫昌熙・張華編選『楊振声選集』人民文学出版社、一九八七年）三六二頁。

(7) 拙論「楊振声「搶親」・「報復」と民国期中国の強奪婚――少女は語らない」（『言語文化論叢』金沢大学外国語教育研究センター紀要、第一八号、二〇一四年、八三～一〇五頁）。「搶親」については封建的売買婚を批判した作品であるとし、「報復」については強奪婚を通して男たちの復讐と和解を描いた「男」の物語であるとし、ともに主要な女性登場人物がいながら、婚姻あるいは恋愛の主体としての女性は一切存在しないと結論づけた。

(8) 黎虎主編『黎昔非與「独立評論」』（学苑出版社、二〇〇二年）によれば、『独立評論』は一九三七年七月二五日の停刊まで二四四号を発行、掲載した文章は一三〇九篇に及ぶ。発行数は最多時期に一万三〇〇〇部であった。なお、陳儀深著『「独立評論」的民主思想』（台北・聯経出版社、一九八九年）によれば、実際の収録篇数は一三一七篇であるという。

(9) 「引言」（『独立評論』第一号、一九三二年五月二二日）二頁。岳麓書社版、一九九九年。

(10) 胡適はコーネル大学およびコロンビア大学、丁文江はグラスゴー大学、蔣廷黻はオーバリン大学、コロンビア大学、傅斯年はエディンバラ大学、ロンドン大学、ベルリン大学、陳衡哲はヴァッサー大学に留学経験がある。

(11) 野村浩一「近代中国における「自由主義」の位相と運命（下）――三〇年代・『独立評論』へと至る胡適を中心に」（『思想』二〇〇六年一〇月、第九九〇号）一一八頁。

(12) 同前、一一七頁。

(13) 楊振声の経歴については、季培剛著『楊振声年譜』上冊（学苑出版社、二〇一五年）を参照。

(14) 『胡適全集』第二八巻、「日記」（一九一五～一九一七）、一九一六年一月二五日（安徽教育出版社、二〇〇三年、三〇六頁）。本文は「適以為今日造因之道，首在樹人：樹人之道，端賴教育」。

(15) 例えば、当時北京大学教授であった傅斯年による「教育崩潰之原因」（第九号、一九三二年七月一七日）、山東省政府教育庁長であった何思源による「中国教育危機的分析」（第二一号、一九三二年一〇月九日）、北京大学、東南大学、四川大学などでの教授歴のある陳衡哲による「女子教育的根本問題」（第三二号、一九三二年一二月二五日）など。
(16)『現代評論』第三巻第六八期、一九二六年三月二七日。
(17)『現代評論』第七巻第一八四期、一九二八年六月一六日。
(18) 胡適「我們的政治主張」（『胡適全集』第二巻）四二三頁。初出は『努力周報』第二期、一九二二年五月一四日。
(19) 張太原著『「独立評論」與20世紀30年代的政治思潮』（社会科学文献出版社、二〇〇六年）七七頁。
(20) 野村浩一「近代中国における「自由主義」の位相と運命（上）――三〇年代・『独立評論』へと至る胡適を中心に」（『思想』二〇〇六年七月、第九八七号）四頁。
(21) 丁文江「抗日的効能與青年的責任」（『独立評論』第三七号、一九三三年二月一七日）二頁。岳麓書社版、一九九九年。
(22) 前掲（注8）陳儀深著書、七頁。日本では「柳条湖事件」あるいは「満洲事変」と言われる事件は、中国では「九一八（事変）」と称される。
(23) 前掲（注4）二〇～二一頁。
(24) G・C・スピヴァク著、上村忠男訳『サバルタンは語ることができるか』（みすず書房、一九九八年）一一五頁。
(25) 同前、八二頁。
(26) 楊振声「貞女」（『新潮』第二巻第五号、一九二〇年九月）。
(27) 楊振声「女子的自立與教育」（『独立評論』第三二号、一九三二年一二月二五日）。
(28) S・ブラウンミラー著、幾島幸子訳『レイプ・踏みにじられた意思』（勁草書房、二〇〇〇年）三八頁。「古来、侵略された側の男たちにとって、自国の女がレイプされることはこのうえない恥辱」「そればかりか、男たちは太古の昔から、〝自分たちの女〟が犯されることを、負けた男の悲劇と位置づけ」「敗北した者にとって征服者による強姦は、男としての無力をいやでも思い知らされる出来事」（同三八頁）を受ければ、高二の家庭内における不穏な空気への理解はたやすい。
(29)『世界学生』第二巻第五期、一九四三年六月。初出未確認。前掲（注6）選集に拠る。なお、「荒島上的故事」については以下で論じた。拙論「楊振声『荒島上的故事』における自死する少女」（『日本女子大学文学部紀要』第七二号、二〇二三年三月、五五～六六頁）を参照されたい。

陳　允元／田村容子 訳

一九三〇年代の台湾文壇に交差する二つの前衛

楊逵と風車詩社

1　序文——新文学の出発から二つの前衛へ

台湾における新文学運動の発生と発展は、一九二一年に設立された「台湾文化協会」の盛衰と表裏一体の関係にある。台湾文化協会が設立された主な目的の一つは、「台湾議会設置請願運動」を推進するためであった。文化協会の知識青年たちは、政治運動とは別に、国民に近代化を啓蒙し、植民地の抑圧や封建的伝統の束縛から目を覚まさせることが当面の急務であると認識し、そのため講演会、読報社（新聞朗読会）、夏季学校、映画巡映隊「美台団」など、多くの活動を組織した。同時に、知識青年たちは、その理念を広める媒体として、新文学や文化劇など、さまざまな分野の現代芸術も積極的に発展させた。このような背景のもと、一九二〇年代には、黎明期の新文学は、政治・社会運動の一環として存在しており、強力な有用性と社会性を持っていた。しかし、一九三〇年代に入ると、状況は一変する。昭和初期、日本の左翼運動は、日本における軍国主義の台頭、中国に対する侵略、国内の反政府勢力に対する弾圧などの結果、崩壊した。同時期、植民地台湾の政治・社会運動もまた、繰り返される分裂と弾圧に遭い、大きな挫折を味わっていた。運動の場を失った台湾の青年たちは、活動の重心を文学・文化運動に移した。文学運動も次第に政治・社会運動から切り離され、独自の発展を遂げていった。

新文学運動が変容を遂げた一九三〇年代には、日本語を話す世代の台湾人作家が徐々に姿をあらわし、文壇における中堅となっていた。左翼運動をはじめとする、さまざまな政治・社会運動が崩壊した後も、彼らの中のある者は限られた空間の中で台湾の左翼文学の生命線を維持し、台湾と東アジアの左翼ネットワークを結びつけようとした。またある者は、「中央文壇に進軍」する作家となることを志向し、日本語を媒介として世界の最新の文学思潮を吸収し、文学表現の革新や、芸術の高みと純粋性を追求した。台湾の新文学運動は、その始まりから一〇年を経て、一九三〇年代には次の二つの前衛を発展させた。一つは楊逵《ようき》（一九〇六～八五）に代表される、抵抗精神を重視し、左翼運動の色彩を持つリアリズム文学であり、もう一つは一九三三年に、楊熾昌《ようししょう》（筆名水蔭《すいいん》萍《ひょう》、一九〇八～九四）、李張瑞《りちょうずい》（筆名利野蒼《りのそう》、一九一一～五二）、林永修《りんえいしゅう》（筆名林修二《りんしゅうじ》、一九一四～四四）らによって設立された風車詩社に代表される、芸術的な純度を重視し、シュールレアリズムなどさまざまな文学技法を取り入れたモダニズム文学である。二つの前衛の出現は、台湾の新文学において、次第に政治的、あるいは美学的なスペクトラムへと向かう多様性と、文学発展の成熟を示すものであった。この二つの前衛には、共時的な対位関係も見られる。両者はスペクトラムの両端に位置しており、楊逵は小説を得意とし、風車詩社は詩を主としていたため、一見すると直接の交流はないかのようである。だが、彼らは互いの存在を強く意識し、一九三五年には小規模の論争を起こしてもいる。二つの前衛は、それぞれの出発点から、台湾の新文学の発展を共に刺激したのだ。

小論は、一九三〇年代中期の楊逵と風車詩社の文学言説と小説創作を読み解き、文学と現実との関係をめぐって展開された両者の思考と実践を探り、それによって台湾新文学の二つの前衛を、共時的かつ相互に交渉し、また交錯した弁証法的関係の中で再解釈しようとする試みである。

2　一九三三、三四年の台湾文学界と「文芸復興」

一九三三年から三四年にかけて、台湾の文芸評論家である劉捷《りゅうしょう》（一九一一～二〇〇四）は、「一九三三年の台湾文学界」(一九三三)および「台湾文学の鳥瞰」(一九三四)を続けて発表し、「台湾文学はこの二三年来特に著しく躍進して来た」と述べ、その理由の一つに日本の中央文壇の「文芸復興」による刺激を挙げている。[1] 日本の「文芸復興」とは、昭和八年から一〇年(一九三三~三五)にかけて、プロレタリア文学の崩壊により、一度は沈黙していた既成文壇および芸術派の作家たちが再興したことを指す。[2] すなわち、ファシズムの台頭のもと、昭和初期にはプロレタリア文学、モダニズム文学、および既成文壇の「三派鼎立」の態勢が消長ののち再編され、復活した既成作家に対し、プロレタリア文学とモダニズム文学が「統一戦線」を形成して、「新旧二派抗争」を繰り広げていた。[3] しかし、劉捷は、台湾文学が日本の「文芸復興」の影響を受けていたことを指摘する一方で、両者の文学発展の進行上における違いを、日本の「完成」と台湾の「未完成」という点から捉えている。日本においては、まさに「完成」されていたからこそ、いわゆる沈黙と「復興」がもたらされた。しかし植民地台湾では、一九二〇年代に政治・社会運動に伴って生まれた台湾新文学は、まだ始まってから一〇年足らずで、運動の附属から文芸の独立した発展へと移行しようとしていたところであり、いわゆる「既成文壇」とはいえない状況であった。「革命の文学」たるプロレタリア文学、および「文学の革命」たるモダニズム文学は、曙光としてあらわれ始めたばかりだったのである。

一九三三年から三四年にかけての台湾文学界には、三つの注目すべき文学事件があった。第一に、東京の台湾人留学生が結成し、当初は「日本プロレタリア文化連盟」(コップ)の傘下にあった文化組織が、その路線をめぐって何度かの論争を経たのち、革命性よりも芸術的な色彩の濃い「台湾芸術研究会」として成立したこと(一九三三)、さらに全島が連なり、統一戦線の傾向を帯びた「台湾文芸聯盟」が結成されたこと(一九三四)である。「文聯」の結成後、台湾芸術研究会もその東京支部となった。第二に、モダニズムの旗印を掲げた風車詩社が台南で結成された(一九三三)。第三に、楊逵の小説「新聞配達夫」が東京の左翼系雑誌『文学評論』で小説部門の第二席を獲得したことである。もし前者が「ポスト台湾文化協会時代」の台湾新文学の発展の主流を象徴しているとすれば、後二者は「二つの前衛」が台湾に出現したことをあらわしている。もちろん、この三者の関係は、日本の中央文壇における「三派鼎立」から「新旧両派抗争」への相対的な位置づけや勢力の消長に直接対応するものではないが、三者の間の対話と競合の関係は興味深い。また、彼らは多少なりとも日本における「文芸復興」の風潮と論争を意識し、自身の立場を調整していたのである。

3　二つの前衛の交戦と共感

一九三四年一〇月、楊逵の小説「新聞配達夫」は『文学評論』の小説部門で第二席に選ばれ、台湾人作家として初めて日本の中央文壇で賞を獲得した。この小説の一部は、自伝的な内容である。世界恐慌の時期に東京に行き、働きながら学ぶ台湾人青年の楊君は、新聞配達員として理不尽な規則によって搾取されていた。さらに故郷の家族は、製糖会社が政府筋と結託して土地を低価格で買い上げたため、農村が荒廃し、一家没落にいたる。絶望の最中、楊君は新聞配達所の同僚である日本人の田中に励まされ、ストライキに参加し、オーナーに理不尽な規則を撤回させ、労働条件を改善させることに成功する。最後に楊君は闘争の経験を携えて台湾に戻る。「私は確信に満ちて、巨船蓬萊丸の甲板から、表こそ美々しく肥満して居るが、一針当れば、悪臭プンプンたる血膿の迸りを見るであらう台湾の春を見つめた」[4]。小説の特色は、まさしく研究者の黄恵禎が、次のように指摘する通りである。楊逵は「台湾が植民地主義と資本主義の二重の抑圧から解放されるという希望を、世界中の被抑圧階級の団結に託した」[5]。この小説は、一九三二年に『台湾新民報』に発表された際には「前篇」のみ掲載され、植民地問題を提示した「後篇」は発禁処分となった。一九三四年に『文学評論』で賞を受賞した際には全文が掲載されたが、その号は台湾では販売が禁止された[6]。

楊逵は「新聞配達夫」が東京で受賞したことによって、その中央文壇における知名度と左翼系作家の人脈が揺るぎないものとなり、台湾左翼文学の代表的人物となった。また、「台湾文芸聯盟」の機関誌『台湾文芸』の編集委員も担当した。一九三五年、楊逵は『台湾文芸』および『台湾新聞』に「芸術は大衆のものである」「行動主義検討」「新文学管見」などの論文を陸続と発表し、少なからぬ議論を呼んだ。研究者の白春燕《はくしゅんえん》は、楊逵と同時期の日本の中央文壇の文学理論とを比較し、楊逵が一九三五年前後の日本左翼文壇の理論転換期における文芸の大衆化、行動主義文学および社会主義リアリズムといった論をほぼ即時に吸収し、転化したのち植民地台湾に適用したと指摘する。楊逵はまた、日本の雑誌に投稿し、植民地左翼文壇の意見を積極的に日本の中央文壇に持ち込んだ。(7) 日本や台湾の左翼運動が崩壊してもなお、楊逵が左翼文学の命脈を継ぎ、台湾と東アジアの左翼ネットワークをつなごうと努力していたことがわかるだろう。

楊逵の「芸術は大衆のものである」は、プロレタリア文学の衰退後、純文学および大衆文学が台頭してきたことを受けて、プロレタリア文学の行く末を考察したものである。彼は、無産階級の雑誌は芸術至上主義に向かったり、読者の趣味に媚びて迎合したりするべきではなく、これまで以上に大衆(農民、労働者)を対象とし、彼らを芸術に参与させてこそ、文芸復興の可能性があると主張した。(8) 白春燕によって、この文章は、日本の『文学評論』一九三五年一月号に掲載された「三四年度の批判と三五年度への抱負　新人座談会」における平田小六《ころく》(一九〇三～七六)の「うんといいものは三人判ればいい」、および徳永直《すなお》(一八九九～一九五八)の「僕の考へでは、本来的にすべて高い芸術は非常に単純で素朴で、もつとも簡単明瞭化されたものが、もつとも高いものだと言ふ事を信ずる」という議論に対する応答であることが指摘されている。(9) この議論において、楊逵は徳永直の社会主義リアリズムを支持した。

興味深いのは、台湾文壇でこの文章に真っ先に反応したのがプロレタリア系の作家ではなく、芸術派・モダニズムの風車詩社の詩人である李張瑞であったことだ。一九三五年二月二〇日、李張瑞は『台湾新聞』に「詩人の貧血――この島の文学」を発表し、「台湾文学」が日本プロレタリア文学の形式の模倣に過ぎないことについて、

「台湾の農民、民衆、又は植民地で賓《ママ》〔貧〕あるが故の種種の不平などを、痛切な文字で〔略〕愚痴つぽく書き列べた」と批判した。また楊逵の「芸術は大衆のものである」の主要な論点である「真に芸術を鑑賞するものは大衆である。少数者にのみ理解出来るものは芸術ではない！」に対し、「然し曽てのプロレタリア文学の隆盛はインテリ階級の支持であつたなど何と云ふ皮肉だ。又優れた芸術作品は常に大衆を乗り越える、即ち大衆〔同時代の〕頭脳から飛び離れたものであると言ふ事実を楊逵氏はどう見るだらうか」と疑問を呈した。[10]

李張瑞のこの文章には、二つの重点がある。一つは、プロレタリア文学の発展の矛盾について、プロレタリア文学を主導しているのが知識人であり、無産階級の大衆ではないことを指摘した点。もう一つは、優れた芸術作品には「大衆〔同時代の〕頭脳から飛び離れた」前衛性があることを指摘した点である。前者は、プロレタリア文学がまさしく大衆の読者を失いつつあるという危機を明らかにしたといえる。後者は、李張瑞〔＝文学の革命〕が楊逵〔＝革命の文学〕に対し、同じ「前衛」として共感していたことを示している。李張瑞の論点については、楊逵は「お上品な芸術観を排す」において、こうした見解に「文学をお上品に見る傾向」があるとみなし、芸術の大衆化を改めて主張した。[11] しかし、楊逵はまもなく自身の意見を修正している。研究者の謝恵貞《しゃけいてい》は、一九三五年七月の楊逵の「新文学管見」は、左翼理論を吸収したのみならず、新感覚派の代表人物である横光利一〔一八九八～一九四七〕の「純粋小説論」の影響を受け、自身が当初支持した社会主義リアリズム路線を修正し、大衆の読者に訴える方法を考え直したことを明らかにした。[12] 謝恵貞によれば、台湾の学界はこうした影響を見過ごしており、それは「純文学・芸術派」が、一般に反／非プロレタリア文学陣営の総称とみなされると同時に、新感覚派の横光利一が、プロレタリア文学者と対立する立場に置かれてきたためである。しかし、実際には、「純文学」という言葉には幾重もの意味があり、もしそれを「通俗文学・大衆文学」に対し、読者に媚びず純粋な芸術的感興を軸としてつくられた」厳粛な文学の存在と定義するならば、プロレタリア文学もまた、モダニズムとともに「純文学」の範疇に含めることができる。また、新感覚派の代表者である横光が提言した「純粋小説」

については、「「純文学」と距離を置く通俗小説要素をも取り入れた中間小説である」とみなしている。[13]総じていえば、「文芸復興」期において、プロレタリア陣営とモダニズム陣営は、既成文壇および通俗的な大衆文学に共同で対抗していたという点では、同盟関係を結んでいた。謝恵貞の指摘は非常に重要である。もし「文芸復興」期における日本の文壇の消長と再編を無視するならば、上述のような単純かつ漠然とした二項対立の観点は、一九三五年前後の日本の文壇に対する理解に影響を与え、台湾文学界の路線調整に対する想像をも制限してしまうだろう。

学術界の風車詩社に対する認識は、しばしば同様の二項対立の枠組みの影響を受けてきた。芸術派としての風車詩社には、「詩は現実から離れれば離れる程純粋になる」[14]「一個の「赤い風船」が糸を切断され地上を離れて上昇する時のエスプリの変化を創造することは文学の祭礼の一つである」[15]といった、現実から離れ、純粋性を追求した主張があり、その文学活動は現実とは無縁のように見えた。だが、彼らはプロレタリア文学を批判する一方で、実際には、プロレタリア文学ではない方法で、台湾の植民地の現実を反映することを試みていたのである。

4　風車詩社の文学における現実観

前述した「詩人の貧血」からわかる通り、李張瑞は常に楊逵を意識していた。『台湾文芸』に掲載された「難産」(一九三四〜三五)によって、李張瑞は初めて楊逵の作品に触れ、「この中でさすがに筆は一番達者だと思った」と述べた。[16]彼は「新聞配達夫」も読みたいと思っていたが、島内では発禁であったため、読む機会を逸したという。李張瑞のほか、もう一人の風車詩社の同人であった楊熾昌も、台湾のプロレタリア文学発展の動向を気にかけていた。彼らの背景には、同じ「前衛」としての共感があったことが考えられ、またその一方では、プロレタリア文学を主流とする台湾文学界が彼らに抑圧をもたらしていたことが考えられる。

李張瑞は、「水蔭」こと楊熾昌について、次のように述べる。

水蔭の詩なり、僕の詩は、郷の人々からはエトランゼ扱ひにされてゐる。その人々に僕はここではつきり答えておく。

僕達はそこら辺の人々が書くやうな不平なり反抗心なりが無いのではない。あへてそれを書かないまでの事だ。それがいい事なのか悪い事なのか今の所僕にも分らない。大きな文学と言ふものの見地から考へたら僕達の文学態度も受け容られると思ふ。

小説は或は現実を離れて存在しないが詩は現実から離れれば離れる程純粋になるのである。(17)

同郷の人々から「エトランゼ（異国人）」とみなされ、理解されない状況の一端がうかがえよう。風車詩社はまた、「塩分地帯」と称されるグループの詩人呉新栄《ごしんえい》（一九〇七〜六七）、郭水潭《かくすいたん》（一九〇八〜九五）に「薔薇詩人」と呼ばれ、その文学が現実から逃避していると批判された。(18)「詩は現実から離れれば離れる程純粋になる」が、風車詩社の代表的な文学における現実観であった。彼らは、詩は現実の反映や、感情の表現ではなく、また意味そのものでもなく、「記号」であり、(19)「「頭の中の思考の世界」を造ること」とみなしていた。(20)さらに、詩は政治・社会運動のために役立つべきではなく、「あくまで一つの独立した芸術」と考えていた。(21)しかし、注目すべきは、風車詩社が現実と文学のつながりを否定するのではなく、詩人は主観的な方法と技術によって、現実を記号で構成された文学世界に転化すべきであると強調した点である。楊熾昌は、「詩人はスルドイ爪を用意してセメント壁を掻ぐ〔ママ〕やうに現実からその結晶体たる詩を掻きとれ」という見解を持っていた。(22)彼らの作品は、まさしく大東和重が次のように指摘した通りであった。「台南・台湾という文脈に還元したとき、その詩や短編には、少女・娼婦に託する形で表現された、植民地台湾への凝視が浮かび上がる」。(23)

風車の詩人たちは、詩だけでなく、五つの短篇小説も残しており、楊熾昌の「花粉と唇」（一九三四）、「貿易風」（一九三四）、「薔薇の皮膚」（一九三七）、および李張瑞の「窓辺の少女」（一九三四）、「娶嫁送嫁」（一九三四）がある。その内容は、ほぼ植民地、階級、封建的伝統を題材としており、現実に対する批判や諷刺も含まれているが、モダニズムの手法を用いて書かれている。風車の詩人たちが短篇小説を書いた理由の一つとして、『詩と詩論』およびそこから分裂した『詩・現実』のジャンル観に影響を受けたことが挙げられるかもしれない。『詩と詩論』の編集長であった春山行夫の考えでは、「ジャンル」としての詩と小説は、いずれも「ポエジイ」のもとで統轄されているという。[24]『詩と詩論』は、梶井基次郎（一九〇一～三二）および横光利一の作品を掲載し、この二人はいずれも風車の詩人らの愛読する小説家であった。一九三〇年六月、左傾化したモダニズム詩人である北川冬彦（一九〇〇～九〇）は『詩と詩論』を脱退し、別に『詩・現実』を創設し、同誌において「我々は現実に観なければならぬ。芸術のみが現実よりの遊離に於いて存在し得るといふのは、一つの幻想に過ぎない。現実に観よ、そして創造せよ」と主張し、芸術性と社会性をともに重視した。[25]『詩・現実』は詩と小説を合わせて刊行したのみならず、多くの左翼作家もこの雑誌に発表した。武田麟太郎（一九〇四～四六）、森山啓（一九〇四～九一）、小宮山明敏（一九〇二～三一）、萩原恭次郎（一八九九～一九三八）などである。この雑誌を主導した北川冬彦は、モダニズムの手法と植民地主義批判を兼ね備えた代表的人物であった。研究者の王中忱《おうちゅうしん》によれば、「北川は詩歌革命に尽力する一方で、詩の社会に介入する機能にも注意を払った。〔略〕彼の詩作は、直接的に議論と抒情によって特徴づけられる革命詩人の作品とは異なり、常に高度に洗練された視覚的イメージの特別な組み合わせによって、政治的傾向を表現している」という。[26]風車詩人たちは、社会に介入する詩の機能に反対していたとはいえ、彼らの作品は、植民地の現実に対する批判や諷刺と無縁ではなかった。

日本の影響とは別に、楊熾昌と李張瑞が小説を創作したもう一つの重要な理由は、台湾の現実を書くにはリアリズムだけが唯一の表現方法ではないことを台湾の文学界に示すためであった。楊熾昌はかつて、台湾には「台湾新文学」といえるような作品はないと大胆に宣言した。なぜなら、いわゆる「新」とは、「今日まであった通俗的な思考を破壊し、それを修正した思考を創造することのはずだが、しかし結合された各々の思考はまったく新しくない」ためであるという。[27] 風車詩社の文学における現実観は、楊逵のように現実を反映し、現実に介入することを追求したわけではない。だが、現実とは無縁の、あるいは現実から逃避しようとするものでもなく、現実を転化し、超越しようとするものであった。

5 風車詩社の短篇小説における植民地表象と楊逵の文学路線の微調整

モダニズムの手法によって台湾の植民地の現実を提示した小説の中で、一九三四年に楊熾昌が「柳原喬」の筆名で発表した「貿易風」は、突出した一篇である。この小説の主人公は、台湾南部の港町で娼婦として生計を立てる少女である。小説の冒頭では、少女が一人甲板に立ち、「真黒い夜の東支那海を私の乗つた船は一直線に走つてゐた」という。[28] 彼女には忘れられない男がいるにもかかわらず、生活に迫られ、故郷の台湾を離れざるを得ず、心の中の「新天地」に向かうものの、ついには貿易風(実際には台風)の襲来により海の底に沈むこととなる。題材としては、社会の底辺にいる女性の悲劇的な状況を描く非常に典型的な作品だが、楊熾昌は南方の風土の色彩に富んだ、感覚的・幻想的な筆致でこれを表現した。注目すべきは、階級とジェンダーという二重の抑圧の題材上に、楊熾昌が巧妙に、台湾の植民地状況や日本帝国圏における台湾人のアイデンティティについての考察を重ねている点である。少女が「海を渡る」ことは、実のところ「国境を越える」ことによって、アイデンティティの転換を実現することにほかならない。「台湾の私を捨てるためにこの船に乗つて――さうして新しい東洋の私になる」[29]。この、より自由で開放的な「新天地」は、結局のところどこなのだろう? 東シナ海、貿易風および航路の位置関係から、考えられる選択肢は中国の沿海都市、朝鮮および日本である。しかし、植民地の宗主国である日本や、同じ植民地の朝鮮に向かったとしても、彼女のアイデンティティを大きく逆転させることはできない。だが、もし中国に行くのなら、帝国日本／半植民地中国の間にある不平等な権力構造を通して、自身の「日本の植民地というアイデンティティ」を、より強大な「東洋＝日本というアイデンティティ」に転換することができ、あるいは、民族アイデンティティの二重性と曖昧さによって、自身が故郷で受けてきた重層的な抑圧の構造から抜け出せるかもしれないのだ。

このように、風車詩社の短篇小説は、表現の上ではモダニズムだが、テーマはほとんど台湾の植民地の現実と、封建的伝統に対する批判を描いた。李張瑞の「窓辺の少女」は、男性と出会って恋に落ちながら、別れを告げずに大連に向かう癩病の少女を通して、植民地の文脈においてスティグマとされた癩病とその政策を暗に批判している。(30)「娶嫁送嫁（嫁取りと嫁入り）」は、伝統的な家族制度による若い夫婦への抑圧を提示する。(31)楊熾昌が「梶哲夫」の筆名で発表した「薔薇の皮膚」は、意識の流れときわめて幻想的な筆致を用いて、結核を患う少女が父親の用意した結婚に抗い、やがて理解されない状況のもと死んでいくという物語である。(32)二人の作品は、詩であれ短篇小説であれ、実際には台湾の現実に即したもので、植民地資本主義社会における下層階級の苦悩、あるいは台湾の女性たちに対する封建的伝統の束縛があらわされている。しかし、高度な芸術的転化がなされているため、文学と現実とのつながり、および批判や諷刺の対象を、慎重に解読する必要がある。

一九三五年、楊逵との論争を経た李張瑞は、現実に対する観察と批判をより深め、表現においてもリアリズムに傾倒する兆しを見せた。また、彼の作品も、数は多くはないが、楊逵の創刊した『台湾新文学』に掲載され始めるようになった。(33)興味深いことに、ほぼ同時期に、楊逵の文学観と作品にも微妙な変化があらわれた。これは必ずしも李張瑞との論争が原因というわけではないが、謝恵貞が指摘するように、楊逵の理論が吸収したのはプロレタリア文学に限らず、より多元的であった。もともと徳永直の社会主義リアリズムを支持していた楊逵は、横光の「純粋小説論」の影響により、自身の路線を微調整していったのである。(34)一九三五年七月、楊逵は「新文学管見」の「純粋小説論に就て」において、次のように述べた。「リアリズムの病根はリアリズム自身にあるのではなくて、実に自然主義の亜流をリアリズムと間違へたところにある。〔略〕現文壇に於けるあらゆる流派の運動が、私小説心境小説〔略〕への反逆として生まれたことは、例へその多くがリアリズム反対を唱へながらも、真実なリアリズムへの摸索に終始して居ることは注意すべき現象である」[35]。彼は、文学を単なる「技芸」と見なすことには反対し続けたが、プロレタリア文学の問題の一つは、自然主義の末流としての、ある種の粗雑なリアリズム、あるいは公式主義に陥ってしまったことであり、それを改革しなければならないことも認識していた。では、「真実なリアリズム」とは何か？　楊逵は、横光の「純粋小説論」における「純文学にして通俗小説」という見解に賛同すると述べている。作家は書斎を離れなければならない。芸術もまた、鑑賞者から切り離すことはできない。人間の活動の現実に近づけば近づくほど、通俗性を高めることができる。そして、楊逵は次のように結論づけた。「大衆に真実なものを伝へんとするのは作家の目的であつて、大衆に納得の行くやうに表現することは手段である」[36]。

一九三六年、楊逵は「水牛」「蕃仔鶏」「田園小景」「鬼征伐」などの小説を発表したが、代表作「新聞配達夫」「難産」「死」（一九三五）の自伝的な色彩や悲しみに満ちた筆致から離れ、これらの小説の人物はより多様で、表現は生き生きとしており、しかも一貫して社会主義の理念と現実への観察や批判は保たれている。とりわけ、「文芸の大衆化」という理念を小説で表現したのが「鬼征伐」である。主人公の井上健作は、日本の台湾出兵における戦没者の遺族で、美術学校に通う学生である。卒業後、彼は裸体画によって「帝展」に入選し、その絵画は貴族に高値で購入される。彼は台湾に親族を訪ね、またスケッチをしに出かけると、兄一家が下層階級の日本人や朝鮮人、台湾人と一緒にぬかるんだ路上で生活しており、「美しい宝島」という政治プロパガンダがまやかしであることに気づく。子供たちが遊んでいた空き地は、工場主が占拠し、庭園に改築してしまう。このとき健介は、自分の絵画の価値を疑う。「結局この庭園見たやうなものではないか！　自分はこの庭を造つた職人と同じやうに、彼等有閑者に奉仕したのみではなかつたか——と考へた」[37]。そこで彼は、子供たちが工場主と凶悪な犬を組体操によって倒す絵を描くと、それが子供たちのグループを鼓舞し、団結して「鬼退治」することを促し、ついには遊び場を取り戻すこととなる。小説はこのような場面で終わる。「この手紙を見た健作は一週間ばかりの間笑ひ続けた。彼は愉快で堪らないのである。これこそ真実の大衆の美術だと彼は確信を持ち始めたのである」[38]。芸術が他者を鼓舞して行動を起こさせる、このような結末は、彼が「新文学管見」において繰り返し引用したエルンスト・グローセー『芸術の始源』の次の一節と一致する。「芸術家は唯自己に徹することを目的として製作するのみではなく、又他に対してもさうあるやうに製作する[39]」。

6 結論——二つの前衛のそれぞれの前進と共闘

楊逵と風車詩社の文学言説や小説を読むと、両者はそれぞれ文学のスペクトラムの両端に分かれているが、互いの前衛的な立場には共感もあったことがわかる。そして、互いに意識し、批判し、対話する過程で、プロレタリア派と芸術派は相互に影響を与え合い、自らの路線を微調整していったのである。同時に、彼らは政治的、および芸術的なスペクトラムにおける前衛の立場から、台湾の文学界を主導する「台湾文芸聯盟」の階級意識と美学表現の保守性をそれぞれ批判していた。

一九三五年から三七年にかけて、楊逵と文聯の中心的な幹部であった張深切《ちょうしんせつ》（一九〇四～六五）、劉捷は、「文芸の大衆化」という概念および聯盟の派閥問題や、機関誌の編集方針をめぐって論戦を続けていた。一九三五年末、楊逵は文聯を脱退し、雑誌『台湾新文学』を創刊し、『台湾文芸』よりも一層強い社会主義的志向を継続した。楊熾昌は「新精神（エスプリ・ヌーヴォー）」運動の前衛的観点から、『台湾文芸』および分裂した楊逵の『台湾新文学』を、陳腐で低俗で「新文学」と呼ぶに値しない、「運動」としての明確な目標がないと、次のように批判した。「一九三三年以来〔略〕プロレタリア文学は顕著に後退し、芸術派の広大で茫漠とした畑には、技術的な文学の栽培法が試みられたにもかかわらず、期待された花さえ咲いていない」[40]。両者の意見は、終始一致することも、「統一戦線」を形成することもなかったが、楊逵と風車詩社に代表される二つの前衛は、二つの文学志向がそれぞれに前進し、また共闘することで、一九三〇年代中期の台湾新文学の発展と成熟を共に促したのであった。楊逵、張文環《ちょうぶんかん》（一九〇九～七八）、呂赫若《ろかくじゃく》（一九一四～五〇）といった台湾の作家が中央文壇の左翼系雑誌で受賞した後、芸術派・モダニズムの傾向を持つ翁鬧《おうどう》（一九一〇～四〇）も、「戇爺《ゴン》さん」（一九三五）により、改造社の雑誌『文芸』の第二回懸賞創作で佳作を受賞した。また、一九三七年、龍瑛宗《りゅうえいそう》（一九一一～九九）は「パパイヤのある街」で『改造』第九回懸賞創作の佳作を受賞し、これは当時の台湾人が「中央文壇に進軍」した最高到達点となった。

しかし、台湾の新文学が隆盛期に達した頃、東アジアの戦雲は急速に台湾の空を覆い尽くしていった。この二つの前衛は、一時的にその矛先をおさめ、分散して伏流という形で存在するほかなくなったが、戦時体制下の限られた言論空間の中で、台湾の作家たちが創作活動を続けるための豊かな力を提供したのであった。

（1）劉捷「台湾文学の鳥瞰」（『台湾文芸』創刊号、一九三四年一一月）五八頁。

（2）渡部芳紀「文芸復興」（三好行雄『近代文学史必携』学灯社、一九八七年）一一〇頁。

（3）平野謙の述べた「三派鼎立」から「新旧二派抗争」という枠組みは、近年、すでに研究者によって再検討が試みられている。たとえば、平浩一は、ジャーナリズム・大衆文学、新興芸術派および新進作家など、いずれも考慮に入れる必要があると指摘する。本章は、原則として平野謙の枠組みを援用したが、平浩一による指摘も念頭に置いている。平浩一『文芸復興』の系譜学——志賀直哉から太宰治へ』（笠間書院、二〇一五年）を参照。

（4）楊逵「新聞配達夫」（初出は『文学評論』第一巻第八号、一九三四年一〇月。引用は彭小妍主編『楊逵全集　第四巻・小説巻（Ⅰ）』文化保存籌備処、一九九八年）六四頁。
（5）黄恵禎「送報伕（新聞配達夫）」（柳書琴主編『日治時期台湾現代文学辞典』聯経、二〇一九年）二八〇頁を参照。
（6）検閲制度下における楊逵「新聞配達夫」の創作と発表の顛末については、河原功「十二年間封印されてきた「新聞配達夫」――台湾総督府の妨害に敢然と立ち向かった楊逵」（『翻弄された台湾文学――検閲と抵抗の系譜』研文出版、二〇〇九年）四三～六三頁に詳しい。
（7）白春燕『普羅文学理論転換期的驍将楊逵――1930年代台日普羅文学思潮越境交流』（秀威経典、二〇一五年）九三～九四頁。
（8）楊逵「芸術は大衆のものである」（『台湾文芸』第二巻第二号、一九三五年二月）八～一二頁。
（9）前掲注（7）白春燕『普羅文学理論転換期的驍将楊逵』七一～七二頁。
（10）李張瑞「詩人の貧血――この島の文学」（『台湾新聞』一九三五年二月二〇日五版）。
（11）楊逵「お上品な芸術観を排す」（初出は『文学評論』第二巻第五号、一九三五年五月。引用は彭小妍主編『楊逵全集　第九巻・詩文巻（上）』文化保存籌備処、二〇〇一年）一七一頁。
（12）以上は謝恵貞「一九三二年―一九三六年横光利一受容の概観――楊逵と「純粋小説論」を中心に」（『横光利一と台湾――東アジアにおける新感覚派の誕生』ひつじ書房、二〇二一年）一一～三九頁を参照。
（13）前掲注（12）謝恵貞「一九三二年―一九三六年横光利一受容の概観」一八～一九頁を参照。
（14）前掲注（10）李張瑞「詩人の貧血」。
（15）水蔭萍「炎える頭髪　詩の祭礼のために（下）」（『台南新報』一九三四年四月一九日五版）。
（16）前掲注（10）李張瑞「詩人の貧血」。
（17）前掲注（10）李張瑞「詩人の貧血」。
（18）呉新栄の一九三六年二月五日の日記を参照。および郭水潭「写在牆上」（初出は『台湾新聞』一九三四年四月二一日。引用は羊子喬編『郭水潭集』南県文化、一九九四年）一六〇～一六一頁を参照。
（19）前掲注（10）李張瑞「詩人の貧血」。
（20）前掲注（15）水蔭萍「炎える頭髪」。
（21）前掲注（10）李張瑞「詩人の貧血」。

(22) 水蔭萍「詩論の夜明け（B）」（『台南新報』一九三四年一一月二五日六版）。
(23) 大東和重「古都で芸術の風車を廻す――日本統治下の台南における楊熾昌と李張瑞の文学活動」（『中国学志』大過号、二〇一三年一二月）五二頁。
(24) 藤本寿彦「新散文詩運動」（『コレクション・都市モダニズム詩誌　5　新散文詩運動』ゆまに書房、二〇一一年）六五八～六五九頁を参照。
(25) 「詩・現実」編輯部「編輯後記」（『詩・現実』創刊号、一九三〇年六月）二三五頁。
(26) 王中忱「殖民空間中的日本現代主義詩歌」（『越界与想像：20世紀中国、日本文学比較研究論集』中国社会科学出版社、二〇〇一年）四七～四八頁。
(27) 楊熾昌「土人の口唇」（初出は『台南新報』一九三六年、日付不詳。引用は呂興昌編、葉笛訳『水蔭萍作品集』台南市立文化中心、一九九五年）二二七頁。日本語の原文は散逸しているため、訳稿に拠った。
(28) 柳原喬「貿易風」（上）（『台南新報』一九三四年七月二〇日六版）。
(29) 柳原喬「貿易風」（下）（『台南新報』一九三四年七月二八日五版）。
(30) 李張瑞「窓辺の少女」（上）（下）（『台南新報』一九三四年六月二四日六版、七月一日五版）。
(31) 李張瑞「娶嫁送嫁」（『台南新報』一九三四年一一月四日五版）。
(32) 梶哲夫「薔薇の皮膚」（『台湾日日新報』一九三七年一〇月二八日七版）。
(33) たとえば書簡の返信である「反省と志向」は『台湾新文学』創刊号（一九三五年一二月）に掲載された。詩作「輓歌」と「この家」は『台湾新文学』一巻二号（一九三六年二月）に掲載された。
(34) 前掲注（12）謝恵貞「一九三二年―一九三六年横光利一受容の概観」一二、三〇～三三頁を参照。
(35) 楊逵「新文学管見」（初出は『台湾新聞』一九三五年七月二九日～八月一四日。引用は彭小妍主編『楊逵全集　第九巻・詩文巻（上）』）二九三～二九四頁。
(36) 前掲注（35）楊逵「新文学管見」三〇三頁。
(37) 楊建文「鬼征伐」（『台湾新文学』一巻九号、一九三六年一一月）二五頁。
(38) 前掲注（37）楊建文「鬼征伐」二六頁。
(39) 前掲注（35）楊逵「新文学管見」三〇二頁。

(40) 前掲注(27)楊熾昌「土人の口唇」一三六頁。

田村容子

日中戦争期の被占領地域における演劇

『華文大阪毎日』掲載記事にみる日中演劇交渉

はじめに

『華文大阪毎日』（以下、『華毎』と略記）は、大阪毎日新聞社・東京日日新聞社により、一九三八年一一月一日に大阪で創刊された中国語雑誌である。四五年五月まで、全一三巻（通巻号数で第一四一号）にわたり発行され、四三年までは半月刊、四四年一月の第一二五号より月刊となった。なお、四三年一月、第一〇一号より『華文毎日』と改題している。

この雑誌は、一九三七年七月の盧溝橋事件から一年あまり経過した、日中戦争の初期に創刊された。その背景には、三二年の満洲国成立、三七年から三八年にかけての、日本軍による華北への総攻撃（三七年七月）、上海陥落（三七年一一月）、南京陥落（三七年一二月）、北京に中華民国臨時政府の成立（三七年一二月）、南京に中華民国維新政府の成立（三八年三月）といった、日本による中国沿岸部への侵攻と占領があった。

従来、通覧することが困難であったこの雑誌は、二〇一二年に復刻版の刊行が始まったことにより、その全貌を知ることが可能となった。本章では、その文芸欄にみられる演劇関連記事に注目し、被占領地域における演劇の創作、上演、日中演劇交渉について、初歩的な調査をおこなう。それによって、主要な書き手であった満洲国の創作者による、被占領地域における演劇活動の実態の一端を明らかにしたい。

1 『華文大阪毎日』の基本情報

復刻版の刊行にあたり、監修の岡田英樹ほか、関智英、羽田朝子による詳細な解説が執筆され、牛耕耘による総目録および索引が作成されている。(1) まずはそれらに依拠して、『華毎』の基本的な情報を整理しておく。

『華毎』の判型はB5版で、頁数は、創刊時は四八頁であった。その後、一九三九年七月からは五二頁となるが、戦争の激化にともない、四三年二月より次第に頁数が減らされてゆき、四四年六月には三二頁にまで減少する。定価は一〇銭で、四四年二月より五銭値上げされた。関によれば、『華毎』はカラーの表紙やグラフページがあったにもかかわらず、比較的安価であったと指摘されており、「その色鮮やかな表紙と値段の安さは、『華毎』を批判的にみる中国人にも特徴として意識されていた」という。(2)

発行部数について、『華毎』の編輯主幹であった大阪毎日新聞社常務取締役の平川清風(一八九一～一九四〇)は、一九三九年一一月において、「すでに数十万の多きに達する」と記している。(3) 関は、三九年一二月に刊行された第二七号の発行部数を七万六〇〇〇部と特定した上で、平川の記述を「やや誇大な数字と考えるべきだろう」とし、だが「当時日本国内で発行されていた雑誌と比較しても、『華毎』は大量に発行されていた」と述べる。(4) 一九四〇年前後の日本における、雑誌類発行部数を比較した関の調査によれば、『華毎』の発行部数は月刊誌『文藝春秋』には及ばないものの、『中央公論』や『改造』よりは多かったことがわかる。また、一九四二年九月の『華毎』によれば、上海で影響力のあった雑誌の発行部数について、太平洋戦争開戦後の『万象』が三、四万冊、『小説月報』が一万冊と記されている。(5)

販売地は、満洲国と華北を中心としていた。岡田は、満洲国においては上海、北京を含む関内(山海関以西の地区)の出版物流入が禁止された一方、日本発行の『華毎』は禁止対象とならなかったことが発行部数を支えたと述べ、その販売網は華中・華南にまで広がっていたが、三〇年代前半に抗日文学が盛んであった上海を含む、華中への浸透は容易ではなかったことを指摘する。(6)

編輯体制は、初期は先述の平川清風が主幹を務め（一九四〇年二月に逝去）、この平川、および編輯委員に名を連ねる北京支局長の石川順は、中国通として知られるジャーナリストであった。編輯者には満洲国作家の柳龍光（一九一一〜四九）といった大阪勤務の中国人スタッフのほか、現地支局の中国人スタッフもいた。一九四二年一一月からは、『華文毎日　上海版』が発行され、大阪本社編輯の『華毎』とは別に、上海で編輯した『華毎』の発行が始まり、華中・華南・南洋への販路拡大がめざされた。(7)

『華毎』は、前半が日本の国策を宣伝する評論やニュース、後半が文芸欄という誌面構成で、文芸欄が誌面の三分の一を占め、とくに投稿作品の多さが特徴の一つとなっている。掲載作のうち、中国人作家による小説や詩、文学評論、翻訳に着目し、約八年にわたる文芸欄の変遷をまとめた羽田は、投稿によって、既成作家が流出し、文壇が荒廃していた日本占領下の中国人作家、とりわけ満洲国や華北の作家が数多く集まり、満洲国と華北の文壇の融合を促進したと指摘する。(8)

また、羽田は、「注目すべきは、掲載された文学作品の内容は、基本的に日本政府や軍部の政策に迎合したものはみられないことである。なかには直接的な批判を含まないものの、日本の満洲進出や日中戦争による悲劇に言及する作品も多々あったことから、文芸欄では自由な活動がある程度可能だったことが分かる」と述べ、日本の国策宣揚のためのメディアと目されてきた『華毎』において、「『華毎』同人たちは日本の国策宣揚に加担する危険を侵しながらも、逆にこのメディアを利用して文学を通じた自己表現を行い、ただ組み敷かれるだけの状況から脱する努力をしたともいえるだろう」と、『華毎』の文芸欄が占領下の作家たちの連帯の場でもあった可能性を指摘している。(9)

これらの先行研究をふまえ、次に『華毎』の演劇記事の傾向を確認したのち、とくに文芸欄が拡充に向かう一九三八年から四〇年にかけての投稿作品について、詳しく内容を分析してみたい。

2　『華文大阪毎日』における演劇記事の傾向

伝統劇

『華毎』の文芸欄は、創刊当初は「武俠小説」や「社会小説」と銘打った長篇の通俗小説を数多く掲載していた。こうした通俗路線と呼応するものとして、演劇記事においては、伝統劇に関するものが多数みられることが、その特徴としてあげられる。

たとえば、第一号（三八年一一月）には、凌霄漢閣（徐凌霄、一八八八～一九六一）による「俳優・馬連良について（伶工特記　馬連良）」が掲載される。著者は『京報』『大公報』などの新聞紙上で京劇の評論を多数発表した批評家であり、程硯秋、韓世昌、梅蘭芳といった中華民国期に活躍した京劇、崑曲の名優を写真入りで紹介する連載などを『華毎』に発表した。また、秀華「名優家庭訪問記（名伶家庭訪問記）」（第一〇号、三九年三月・第一三号、三九年五月）は、馬連良、程硯秋の家族写真や人となりを伝える記事である。[10]

伝統劇については、村上知行（一八九九～一九七六）による「友邦における富連成ファン（友邦的富連成迷）」（第五号、三九年一月）のように、日本の中国研究者による京劇俳優養成所の訪問記も掲載されており、貴重な記録といえる。そのほか、演目の紹介や劇評、観劇指南などの記事も多く、中国語読者の伝統劇に対する関心の高さをうかがわせるが、これらは別稿で扱うこととしたい。

現代劇

中国語で「話劇」と呼ばれる現代劇については、伝統劇ほど多くの記事はみられない。これは、京劇が清代末期より隆盛し、一九二〇年代から三〇年代にかけて、すでにメディアとしての確固たる地位を築き、広範な観客を擁していたことに比べ、話劇の成立が一九二〇年代と新しく、多くの観客に浸透していなかったことが考えられる。

一九三〇年代、戦時期の話劇は、上海を中心に左傾化、職業化が進む。たとえば、三三年九月、上海戯劇協社により、フランス租界の黄金大戯院でおこなわれたトレチャコフ『吼えろ、中国！』の上演も、左翼演劇運動の一環であり、明確に日本帝国主義の侵略に抵抗する意図を持っていた。[11]

『華毎』から華北、満洲における話劇関連の記事を拾ってみると、林孖「一九三九年北京の演劇（一九三九年北京的話劇）」（第二九号、四〇年一月）は、北京の話劇が娯楽を脱し、厳粛な方向に向かったと述べる。その一方、第三一号（四〇年二月）の編輯後記は、現在の新しい脚本が、広大な群衆に理解し、受け入れられるような成果を残せていないと指摘する。

季瘋「満洲の演劇（話劇在満洲）」（第四三号、四〇年八月）は、満洲国の首都新京（長春）の業余（アマチュア）劇団であった大同劇団が、三九年春より職業劇団となったものの、その人材が欠乏していると述べる。また、四〇年夏におこなわれた、奉天協和話劇団による曹禺の名作『雷雨』の上演について、内容が大幅に改変されたことに触れる。異父兄妹で近親相姦関係に陥る周萍と四鳳という登場人物の男女が、兄妹ではなくなり、死にいたるはずの二人が救われるなど、原作の根幹に関わる改変について、芸術作品とみなすことはできないとし、技巧の不足を指摘している。『雷雨』は、曹禺がギリシャ悲劇やイプセンの作品をふまえて設計した複雑な家族関係により、封建的な家父長制の崩壊が描き出される近代悲劇であるが、著者は、理想主義的な改変が劇中の緊張感を破壊し、人物の個性を損なったと述べる。[12]

瀬戸宏によれば、同時期は満洲国における演劇の「萌芽期」（一九三二〜三四年）、「発展期」（一九三四〜四〇年）、「統制期」（一九四一〜四五年）のうちの「発展期」にあたる。三四年以降、満洲国当局は社会教化の手段として

の演劇に着目し、各地の協和会という官民一体の民衆教化団体を中心に、劇団を組織し始めた。(13)

大同劇団は、一九三四年に結成され、劇団の幹部や主要な演出家は日本人であった。また奉天協和話劇団は、三八年に業余劇団として成立、三九年に職業劇団となっており、責任者は日本人の上原篤である。四〇年の『雷雨』上演は、この上原による脚色・演出であった。そのため、先述の記事は、日本人である上原が関与した、中国話劇の代表作に対する改変を鋭く批判した内容であるといえるだろう。

こうした、満洲における話劇上演の動向とその進展は、「東亜文芸消息」(第二〇号〜六四号、三九年八月〜四一年六月)という文芸情報欄からも追うことができる。同欄は、日本、中国、満洲、台湾の文芸の情報を掲載し、各地の劇団の上演状況を詳細に報道した。それによれば、満洲ではラジオによる話劇の放送を頻繁におこなっており、たとえば後述する満洲国作家の金音(阿金、一九一二〜?)が、チチハルで「放送話劇団」を設立し、蔓緡作・演出『野宴』、金音『話劇団員及其家族』および『父与女』、蕭林林『潮音』を放送したことなどが伝えられる(第二八号、三九年一二月)。

また、第四二号(四〇年七月)からは、台湾についても、その動向が掲載される。第四二号の同欄では、「台湾新劇聯盟」が前月に結成したことが伝えられ、以後、台湾総督府による皇民化運動の下で設立された星光新劇団、鐘声新劇団といった劇団の上演情報が報道された(第五一号、四〇年一二月など)。「台湾新劇聯盟」は、五つの新劇(現代劇)の劇団によって組織された、皇民化劇の推進を目的とした団体である。(14)

日中演劇交渉

『華毎』読者は、日本の演劇上演状況や劇団についても、先述の「東亜文芸消息」欄を通して知ることが可能であった。日本演劇については、三宅周太郎「日本紹介―日本の演劇(日本介紹―談談日本的戯劇)」(第七号、三九年二月)や貫奇「日本の演劇(日本的戯劇)」(第二五号、三九年一一月)などにより、神楽、能、歌舞伎、舞踊、人形浄瑠璃について紹介された。また、第三号（三八年一二月）には、宝塚少女歌劇団の欧州巡演について紹介した記事もみられる。

そのほか、直接的な日中演劇交渉について報道したものに、大山・太原「大同劇団の訪日公演（日満親善芸術使節　大同劇団訪日公演記評）」（第三号、三八年一二月）がある。これは、一九三八年一〇月から一一月にかけて、満洲国の大同劇団が東京、名古屋、横浜、大阪で、親善劇として『国境地区』（長谷川濬《しゅん》原作、藤川研一脚色）と『王属官』（牛島春子原作、藤川研一作）の二作を巡演した公演の観劇記である。

同公演のプログラム〔図①〜④〕には、大同劇団が「日語（日本語）」「満語（漢語）」「鮮語（朝鮮語）」の各部門に分かれた団員八十余名を有しており、最も発達しているのが満語部の活動であると紹介される。劇団員の多くは満洲国の役人や会社員であり、土日を利用して活動している。その目的は、満洲国建国後の演劇が、「当時の上海映画に影響され、伝へきく上海に興れる支那新劇の流れを汲まんとした」もので、新文化の建設をめざしながら中国政府の政策に近づこうとしていたため、これを是正すべく「建国精神の発揚新文化の樹立を目標とし」たという(15)。

『王属官』は、満洲国成立後の地方の農村を舞台に、成立前の軍閥時代からの悪税に苦しむ農民を描く。満洲国の清廉な役人である王属官が悪吏を駆逐し、「王道楽土」を実現するという筋立てである。日本の観客向けのプログラムには、「それに甘い乙女の満洲国官吏への恋愛と圧政への習慣ですべてを諦めてしまうといふ旧満洲の典型的な農民なども現れて大掛りなメロドラマをなし所謂国策臭に流れず満洲の風物習慣を紹介すると共に如何に今日の国家を樹立する迄に幾多の闘争があつたかを表現したものである」と記されている(16)。

この記事の著者は、一一月四日から六日にかけて宝塚中劇場でおこなわれた公演の初日をみたという。その上で、『王属官』の脚本については、「英雄崇拝のほかに、満洲国人の無知が自嘲されており、現在の満洲国の飛躍的な前進は、劇中に示されるような愚鈍なものなのだろうか」と疑問が呈される。上演については、「完全に失敗した」と述べ、台詞が満洲なまりであることをはじめとし、演技、扮装、照明、舞台装置のすべてにわたって酷評した。この時期の満洲における話劇上演の問題点がうかがえると同時に、満洲国政府後援の親善公演に対し、一切の忖度のない劇評であるといえる。

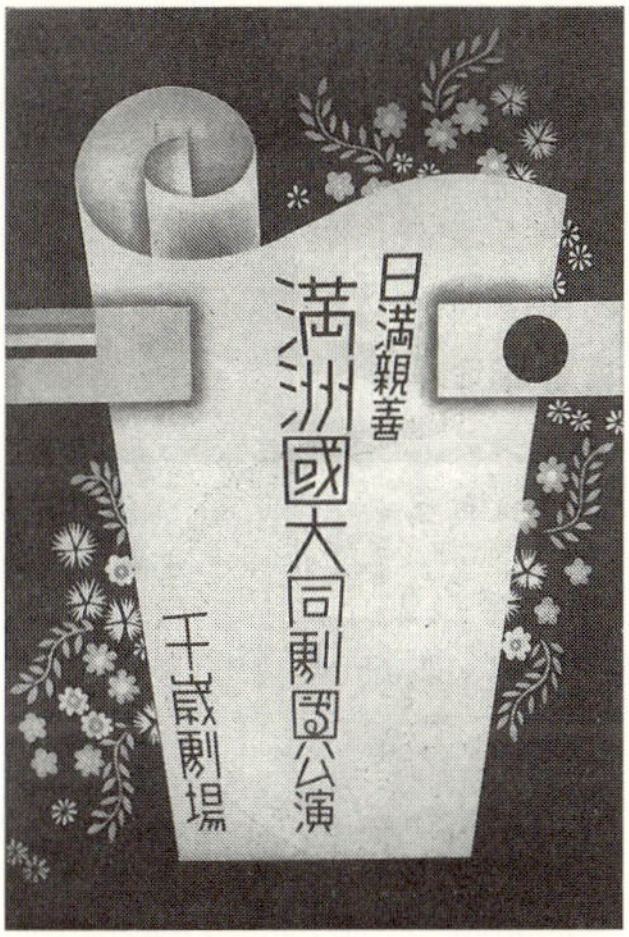

図①　大同劇団訪日公演プログラム（千歳劇場、1938 年 10 月 24·25 日）

図②　大同劇団訪日公演プログラム（東京劇場、1938 年 10 月 27 ～ 30 日）

図③　大同劇団訪日公演プログラム（宝塚中劇場、1938 年 11 月 4 ～ 6 日）

図④　大同劇団訪日公演解説

投稿脚本

『華毎』における演劇関連記事の中では、創作脚本の掲載が重要な位置を占める。『華毎』の文芸欄は読者投稿によって支えられており、しばしば懸賞金つきの投稿作品が募集された(17)。

第一一号（三九年四月）では、話劇と映画の脚本の募集が呼びかけられ、その投稿規定は四〇〇字原稿用紙二〇枚から三〇枚、題材は時代に違わないことというもので、賞金は一等一〇〇元、二等五〇元、選外佳作二〇元であった。当選者は、第二一号（三九年九月）に次の通り発表された［表①］。

四月一日に募集を開始し、六月末日までに四一〇件の応募があったという。このうち、満洲国作家として頭角をあらわしていた白樺《はくか》（田瑯《でんろう》、一九一七〜?）、趙孟原《ちょうもんげん》（小松、一九一二〜?）、阿金（金音）の話劇脚本について、その詳細をみていきたい。なお、白樺こと田瑯については、本書第Ⅲ部第4章の羽田朝子の論考に詳しい。

一等	方之蕙『同命鴛鴦』（映画） 北京雍和宮大街
二等	白樺『歯科医の家族』（『歯科医生的家族』、話劇） 東京市目黒区駒場町第一高等学校
	林火・林凡合作『楊貴妃』（映画） 北京師範大学
選外佳作	趙孟原『書生』（話劇） 新京満洲映画協会
	柳浪『暴風雨』（『雨暴風狂』、映画） 北京安内方家胡同
	楊棣『上海の夜の街』（『上海夜街頭』、話劇） 無錫映山河楊巷
	林風『鉄血情花』（映画） 奉天市大北関硝磺局
	阿金『光と影』（『光与影』、話劇） チチハル女子国民高等学校

表①『華毎』映画・話劇脚本募集の当選者（1939年）

3 白樺『歯科医の家族』

二等となった白樺『歯科医の家族』は、第二二号（三九年九月）に掲載された一幕劇である。登場人物は四〇歳の歯科医陳璧東、三五歳の妻中村里子、一二歳の長女久子と八歳の次女恭子、一歳の長男福児、および小児科医で、時間は現代、場所は東京市近郊と設定されている。東京で歯科医となった陳が、故郷の河北省に帰省している約半年の間に、一人息子の福児が病気になる。この劇は、陳が東京に戻ってきた夜半から明け方にかけて、高熱を出した福児を看病する夫婦の対話を描く。

同号に掲載された作者の談話によれば、当時、東京の第一高等学校に就学していた白樺は、当初はアイルランドの劇作家ジョン・ミリントン・シング『海へ騎り行く人々《の》』（一九〇四年）のような作品をめざし、自然の脅威の代わりに時代の暴風雨がいかに人間を打ち砕くかを描写しようとしたという。だが、学業や病弱のため余裕がなく、結果として、主人公は平凡で老成した人物となり、その妻にいたっては、凡俗で勤倹、家庭の虚栄と子供に対する分不相応な期待を抱く人物となった、と述べる。そして、「私が意図的にこの劇に付け加え提出した問題は、本当のことだ。それは、「彼らの子女」の、父親の郷土に対する無知と隔絶である」という点を強調している。

『歯科医の家族』の中には、陳の妻である里子が中国に行ったことがなく、娘の久子も祖父母の顔を知らないという会話が描かれる。また、故郷では難民が逃げまどい、弟の一人が失踪し、もう一人が北京で苦力《クーリー》となったと家族の離散を語る陳に対し、里子は「北京は平和なんでしょう?」「あちらでは中国人と日本人は仲良くしているのでしょう?」と尋ね、北京で役人の仕事を探すよう求めるといった描写もある。

夫婦の間に横たわる静かな溝は、里子の次のような独白にもあらわされている。「私にも幸せがあったのかもしれない。でも私の得た幸せで、私の受けた揶揄と侮辱を帳消しにできるだろうか? 私が「支那人」に嫁いだと、辱め笑わない人はいない。隣人の前を通り過ぎる時、軽蔑のまなざしで私をみない人はいない!」

里子はまた、病床の一人息子に対し、次のような希望を託す。「おまえが将来、国に帰って偉いお役人になったら、母さんが日本の女で、これまでどんなに苦労しておまえを育て、教育したかを宣言しておくれ。そのときには、私のすべての過去の生活が価値あるものになって、全部正しくて、もう二度とあらゆる人から受けた揶揄と侮辱にとらわれることも、思い出すこともなくなるだろうね」。

『歯科医の家族』は、掲載号の編輯後記では、その構成の技巧が成熟しており、筆遣いに余裕があると評価された。また、紅筆「『歯科医の家族』評」（文評『歯科医生的家族』）」（第二六号、三九年一一月）においては、「描写の技巧は軽やかにして単調ではない。だが、ここでいう軽やかさには享楽や安逸は少しも含まれず、この軽やかさは完全に憂鬱と失意の昇華なのだ」と評されている。

『歯科医の家族』にみられる、虚栄心と息子に対する過剰な期待が同居する母親像や、静かな溝を抱える男女関係、父の不在とその帰宅といった要素は、後述する阿金『光と影』にも共通してみることができる。また、病床の子、あるいは子の死や離別といった要素は、本章で取り上げる白樺、趙孟原、阿金の作のほか、楊棣『上海の夜の街』を含む三九年の話劇の当選作すべてに描かれており、時代状況の反映であるとともに、劇中の緊張感を高める役割も果たしている。その意味で、『歯科医の家族』は、『華毎』に掲載された話劇の創作脚本、とりわけ満洲国作家による投稿作にちりばめられた複数のテーマを一幕劇に凝縮させ、一夜の情景のうちに提示した象徴的な作品といえるだろう。

4　趙孟原『書生』と阿金『光と影』

選外佳作となった趙孟原『書生』（第二七号、三九年一二月）は、新京郊外の荒野に住む夫婦を描いた一幕劇である。登場人物は、夫婦（青年達礼とその妻凱芳）、および旅人で、二日前に子を亡くしたばかりの達礼と凱芳が、悪夢と死、生活の困窮をめぐる観念的な対話を交わす。そこに闖入者としての旅人があらわれ、一夜のうちに不条理な体験をすることで、夫婦は現実を突きつけられる。

劇中、出奔した妻を探すため、満洲北部の山林から新京をめざしているという旅人の出現と、その旅人による凱芳への暴力によって、前半の対話にあった夫婦間の軋轢は緩和される。だが、旅人の「おれは風の中の王、大地の子だが、おまえは文弱な書生で、その女は書生の妻じゃないか」という台詞によって、「書生」たる達礼の無力さが浮き彫りになる。掲載号の編輯後記では、「読後、共感の中に、目前の人生の境地と目的について、空虚と不満を感じ、さらなる探索を深めることができるかもしれない。それこそがこの作品を掲載した意義である」と述べられた。

男性主人公のこうした無力さは、『歯科医の家族』にも描かれている。故郷の貧しい人びとが患う栄養失調、肺病、梅毒や身体障害、そして我が子の病を治すことのできない歯科医の男性主人公は、「ぼくの医術は少しも役に立たない！ 本当に後悔している、どうしてはじめに歯科を学んでしまったんだろう」という台詞を述べる。この両作からは、戦時下における知識人の苦悩を読み取ることができるだろう。

作者の趙孟原（小松）は、『華毎』に「海外の九月（海外的九月）」（第二二号、三九年九月）、「低い庇（低簷）」（第四〇号、四〇年六月）などの短篇小説を発表したほか、「満映編輯」として「本誌主催満洲文化漫談会（本刊主辦満洲文化漫談会）」（第三八号、四〇年五月）にも出席している。

同じく選外佳作の阿金『光と影』は、阿片に溺れて零落する長男とその家族を描く三幕劇である。(18) 第一幕「沈落」が第三一号（四〇年二月）、第二幕「風雨」と第三幕「ある霊魂の生と滅」が第三二号（四〇年二月）に掲載された。登場人物は、長男の戴慕白、次男の戴慕青、三男の慶、戴家の父母、慕白の子である鐘児、慕白のガールフレンド桑彦、慕白の従姉、張経理、警察である。時間は某年の春、場所は都市の家庭と設定されている。

主人公である戴慕白の妻は亡くなっており、息子の鐘児は病弱である。第一幕では、慕白が阿片に溺れていることが家族に発覚する。対話の中で、慕白の育児放棄や、戴家の父もまた阿片に溺れて失踪中といった家族の事情が語られる。突如、見知らぬ差出人からの手紙が届き、その内容は慕白に阿片を絶つよう戒めるものだった。一家がおののくうち、鐘児が病気で意識不明となる。

第二幕は、慕白が寝室で阿片を吸引しているところから始まる。そこに警察が訪れ、阿片の取り締まりを警告する。つづいて従姉が戴家を訪れ、彼女も阿片を絶つために某地に旅立つと告げる。さらに桑彦がやって来て慕白に愛を打ち明け、張経理が債務の切迫について訴えに来る。その後、慕白は弟の慕青が桑彦に横恋慕していると疑い、口論を始める。次々とあらわれる登場人物により、慕白が窮地に陥るこの一幕の間に、鐘児の病状は悪化し、血痰を吐く。

第三幕の冒頭では、鐘児の病が重篤であることが示される。桑彦を探す慕白は、慕青を問いつめ、逆上して銃を突きつける。緊迫した場面で、突然、一人の老人が登場し、それが失踪した父であることが明かされる。父の帰還は家庭内の問題を解決し、阿片を絶った父は、家族に謝罪をする。差出人不明の手紙が、父からのものだと知った慕白は、もう一度人生を生き直すことを誓う。そこに桑彦からの手紙が届き、慕白から離れること、しかし慕白の魂の再生を願い、永遠に待つことが記されている。家族が慕白の再生への希望を抱いたそのとき、鐘児が息を引き取る。家族が悲嘆にくれる中、慕白は警察に連行される。

先述した通り、『歯科医の家族』にみられたいくつかの要素を、この劇にもみいだすことができる。まず母親像であるが、戴家の母は、かつて役人だった戴家の父の阿片を戒めることができず、さらに慕白に無心された借金の二〇〇〇元を、言われるがまま渡してしまう。第二幕では、こうした母親の甘さや体面を気にする行動が、慕白が阿片に溺れる原因であることが、母と弟たちとの対話から明らかにされる。

また、慕白と桑彦は互いに愛を語り合うが、阿片をやめない慕白に対し、桑彦は彼のもとを去るという決断をする。この劇における慕白の放蕩は、長年にわたる父の不在に起因しているが、第三幕においては、父の帰宅とともに問題の一切が解決する。しかし、一家にとって何よりも大切な後継であるはずの鐘児の命は、戻ってこない。

『光と影』は、阿片に蝕まれる家族を題材とし、戴家の父と慕白という二人の「父の不在」を重ねて描く。その点においては『歯科医の家族』と同工異曲の作品であるといえ、このような作品を当選作に選んだところからも、「基本的に日本政府や軍部の政策に迎合したものはみられない」という『華毎』の文芸欄の編輯方針をうかがうことができるだろう。

もう一点、『光と影』にみられる特徴として、従姉と桑彦という、慕白と同世代にあたる女性の描き方をあげておきたい。従姉はみずからもかつて阿片を吸引していたことを隠さず、毅然として阿片を絶つことを宣言する。また、桑彦は阿片をやめない慕白のもとから姿を消し、彼の魂の再生を待つと手紙で告げる。こうした女性が慕白の周囲に配置されることで、『歯科医の家族』や『書生』と同様、男性主人公の無力さが、この作品でも浮かびあがってくる。

作者の亜金（金音、馬驤弟）もまた、『華毎』誌上で一九三九年から四三年にかけてエッセイや小説、詩を発表した満洲国作家である。第四九号（四〇年一一月）で、「教群」という作品が中篇小説の入選作に選ばれ、第五五、五六号（四一年二月）に掲載された。『光と影』は、人物の台詞の量が比較的多い脚本となっているが、上述したように、金音がラジオによる話劇放送の活動に関わっていたせいかもしれない。

一九三八年から四〇年にかけての満洲国における演劇の状況は、上演の現場においては職業化が進められたが、経験の不足や技術的な困難により、当局が期待したような馴致の効果をあげられたかは疑問が残る。瀬戸によれば、「発展期」の満洲国演劇の特徴は、社会の底層で生きる民衆の苦難や腐敗人物、あるいは満洲の地方色豊かな農村や農民を描くことであるという。[19] そうした概況をふまえて比較した場合、『華毎』に掲載された投稿脚本からは、被占領地域の知識人の苦悩が、直接的な日本への抵抗という形ではなく、家庭内の問題を通して表現されるという傾向をみいだせるだろう。

おわりに

一九四〇年末から四一年以降は、四〇年三月に南京で汪精衛政権が発足したことを背景に、『華毎』の文芸欄が「南への拡張」に向かい、誌面に華中の作家があらわれるようになる時期にあたる[20]。先述の通り、「東亜文芸消息」欄においても、華中に加え台湾における演劇情報が掲載されるようになるが、創作脚本の掲載自体は減少していく。この時期には、陳大悲（一八八七〜一九四四）など、汪政権の宣伝部に勤め、中日文化協会で話劇に関する役職についていた著名劇作家の寄稿もみられる（第五一号、四〇年一二月、第七三号、四一年一一月など）。

なお汪政権下では、一九四二年一二月に上海において『吼えろ、中国！』の改編作である『江舟泣血記』が上演されたのち、一九四三年一月に、南京劇芸社による『吼えろ、中国！』が上演されている。これらは「大東亜共栄圏」の国策を鼓吹する目的で、反英米、反共産党の劇として書き換えられて上演されたが、星名宏修は、観客に抗日演劇として「誤読」させる可能性があったことを指摘し、次のように述べる。「日本の支配下において、表立った抵抗は全く不可能であったし、当時もしも「抵抗」が可能であったとすれば、それは「江舟泣血記」がそうであったかもしれないような、屈折したものでしかありえなかっただろう[21]」。

『華毎』に掲載された満洲国作家の話劇脚本にみられる家族の表象、とりわけ不在の父親像もまた、このような「屈折」をはらんでいる可能性がある。それは被占領地域における知識人が、日本の国策宣揚の雑誌上に創作を発表することの隠喩にもなっていると考えられ、直接的な上演活動とはまた異なる、日中演劇交渉の一端をうかがうことができそうである。今後、これらの作家の小説作品ともあわせて分析することで、被占領地域における文芸創作の家族表象について、さらなる検討をつづけたい。

（1）岡田英樹「『華文大阪毎日』の挑戦」、関智英「『華文大阪毎日』とその時代」、羽田朝子「『華文大阪毎日』文芸欄の変遷」、牛耕耘編「総目録」「総目次（日訳）」「作者名索引」「執筆者索引（日訳）」。いずれも復刻版・別冊『華文大阪毎日　解説・総目次・索引』（不二出版、二〇二三年）所収。本章における『華毎』記事の邦題は、「総目次（日訳）」に従った。『華毎』文芸欄に関する先行研究として、張泉『抗戦時期的華北文学』（貴州教育出版社、二〇〇五年）、岡田英樹『続文学にみる「満洲国」の位相』（研文出版、二〇一三年）、羽田朝子「梅娘ら『華文大阪毎日』同人たちの「読書会」——満洲国時期東北作家の日本における翻訳活動」（『現代中国』第八六号、二〇一二年九月）、羽田朝子「『華文大阪毎日』の海外文藝情報欄にみるドイツ占領下のヨーロッパへのまなざし」（『叙説』第四〇号、二〇一三年三月）も参照。

（2）前掲（注1）関智英「『華文大阪毎日』とその時代」一七頁。

（3）平川清風「巻頭語　創刊一週年感言」（『華文大阪毎日』第二五号、一九三九年一一月）二〜三頁。平川清風については、「本刊編輯主幹平川清風先生千古」（『華文大阪毎日』第三二号、一九四〇年二月）七頁も参照。

（4）前掲（注1）関智英「『華文大阪毎日』とその時代」二五〜二六頁。

（5）野丁「上海之文化界」（『華文大阪毎日』第九三号、一九四二年九月）一三〜一六頁。前掲（注1）岡田英樹「『華文大阪毎日』の挑戦」一九〜二一頁、李相銀『上海淪陥時期文学期刊研究』（上海三聯書店、二〇〇九年）も参照。

（6）前掲（注1）岡田英樹「『華文大阪毎日』の挑戦」一九〜二一頁。

（7）前掲（注1）関智英「『華文大阪毎日』とその時代」三二〜三四頁。

（8）前掲（注1）羽田朝子「『華文大阪毎日』文芸欄の変遷」五三〜五四、六八〜六九頁。

（9）前掲（注1）羽田朝子「『華文大阪毎日』文芸欄の変遷」五五、六九頁。

（10）「本刊主辦　北京芸術家座談会」（『華文大阪毎日』第四三号、一九四〇年八月）三九〜四一頁によれば、著者の「秀華」は、『華毎』駐北京記者の林秀華と思われる。

（11）戦時期の中国話劇については、瀬戸宏『中国の現代演劇——中国話劇史概況』（東方書店、二〇一八年）を参照。『吼えろ、中国！』の上演については、邱坤良『人民難道没錯嗎？《怒吼吧、中国！》・特列季亜科夫与梅耶荷徳』（国立台北芸術大学・INK印刻文学、二〇一三年）、星名宏修「中国・台湾における「吼えろ中国」上演史——反帝国主義の記憶とその変容」（『日本東洋文化論集』第三号、一九九七年三月）、満洲国における同作の上演については、何爽『抗戦時期東北戯劇研究』（吉林大学出版社、二〇二一年）を参照。

（12）前掲（注11）何爽『抗戦時期東北戯劇研究』一七九頁は、奉天協和話劇団による『雷雨』の改変の背景に、満洲国政府が家族制度と儒教的な家庭倫理規範を用いて植民統治を維持していたため、劇中の不適切な倫理観が当局の監督に抵触する恐れがあったと指摘する。

（13）瀬戸宏「「満洲国」の演劇」（『戦時下の演劇――国策劇・外地・収容所』森話社、二〇二三年）一六二～一六八頁。満洲国の演劇については、『満洲国現勢』（満洲国通信社、一九三五〔康徳二〕～一九四一〔康徳八〕年）、大久保明男「社会文化の位相から見た中国の都市――旧「満洲国」の都市における演劇活動に関する考察」（『文化表象としての都市のトポスと意味変容』二〇〇三年度東京都立短期大学特定研究報告書、二〇〇四年）、前掲（注11）何爽『抗戦時期東北戯劇研究』も参照。

（14）赤星義雄「（巻頭言）台湾新劇聯盟結成に就て」および楢林鷗遊「台湾新劇聯盟の座談会に就て」（いずれも『台湾芸術新報』第六巻第七号、一九四〇年七月）五～七頁を参照。日本統治期の台湾演劇については、邱坤良『旧劇与新劇：日治時期台湾戯劇之研究（一八九五―一九四五）』（自立晩報社文化出版部、一九九二年）を参照。

（15）大同劇団訪日公演プログラム「日満親善　満洲国大同劇団公演」（千歳劇場〔図①〕）による。

（16）大同劇団訪日公演プログラム「日満親善使節　満洲国大同劇団訪日公演」（宝塚中劇場〔図③〕）による。

（17）前掲（注1）羽田朝子「『華文大阪毎日』文芸欄の変遷」五四頁、岡田英樹『続　文学にみる「満洲国」の位相』の第二章「中国語による大東亜文化共栄圏――雑誌『華文大阪毎日』・『文友』の世界」も参照。

（18）前掲（注11）何爽『抗戦時期東北戯劇研究』二六〇～二六二頁は、満洲国の演劇に阿片吸引者が登場する背景に、一九三二年以降、満洲国政府が阿片の専売制度を実施し、名目上は阿片を取り締まりながら、実際には阿片を統制、合法化したことによる吸引者の増加があると指摘する。

（19）前掲（注13）瀬戸宏「「満洲国」の演劇」一六二～一六八頁。

（20）前掲（注1）羽田朝子「『華文大阪毎日』文芸欄の変遷」六〇～六二頁。

（21）前掲（注11）星名宏修「中国・台湾における「吼えろ中国」上演史」四五頁。

（付記）本稿執筆にあたり、羽田朝子氏（秋田大学准教授）、関智英氏（津田塾大学准教授）より多くのご教示を賜った。記して感謝を申し上げたい。

ブルナ・ルカーシュ

受け継がれる浮浪者の気勢

小林多喜二の初期作品にみるゴーリキーの影響

1　塗り替えられた作家像

一九三六年六月一八日、ロシアの作家マキシム・ゴーリキーがモスクワ近郊の別荘で息を引き取った。その死因については当初から疑問が呈され、近年ではスターリンの指示による暗殺説が有力視されているが、当時は国内外で病死と報道された。言うまでもなく、社会主義リアリズムへの道を開いた先駆者として熱烈な賞賛、そして同じくらい熱烈な批判も受けてきた文豪の訃報は、世界中で話題となり、日本でも多くの読者がその死を悼んだ。

六月二〇日に『朝日新聞』に掲載された追悼記事で、ロシア文学者の米川正夫は、「十九世紀の終りから今日まで四十有五年間、世界文学の穹窿に燦然と輝き続けてゐた巨星が、遂に自己の運行を終へて地に墜ちたといふ事そのもの、中に、万人をして粛然たらしめずに置かぬ壮美が感じられるのは勿論ながら、我々は彼の死によつて、大きな精神的損失を蒙つたといふ心持を禁ずることが出来ない(1)」と、世界文学の「巨星」たるゴーリキーの死を格調高い文体で嘆いた。その後も各新聞が競うように追悼記事を掲載し、複数の雑誌が追悼特集を組んだ。

それだけではない。ゴーリキー逝去の知らせに触れ、歌人の半田良平は「ゴリキーのいのち果てしはきのふにて今日は日食にこころいきほふ(2)」、宮柊二《みやしゆうじ》は「ゴーリキイの死はわれの関りなけど憶ひ痛みゐきこおひい飲みつつ(3)」と、ゴーリキーの死を題材にした短歌を詠んでいる。「この安らかな／死顔を見ろ。これが死の瞬間まで／

確信に満ちた仕事に邁進出来た／人の死顔だ！」などと詠った矢代東村の歌群「ゴリキイの死」(4)もある。ゴーリキーの死は多くの作家たちにも強烈な刺激を与えたことがうかがえる。

　この際に組まれた追悼号で内容がもっとも充実していたのは八月号の『文学評論』であった。目次には中野重治、葉山嘉樹、中條百合子や徳永直《すなお》など、プロレタリア文学の大御所から若手作家までが名を連ねている。しかし、この追悼号で興味深いのは、寄せられた記事の中で、ゴーリキー文学へのやや偏った評価が示されている点である。例を引くと、評論家の新島繁は「一九〇五年以後のロシアのあの「生き苦しい」時代に此の『母』一篇が民衆のエネルギーを正しく強く灼熱したといふことは、一つの作品の果した役割として何といふ感動すべきことでせう(5)」と述べ、小説家の加賀耿二《こうじ》（谷口善太郎）は「『母』は、プロレタリア作家ゴリキイの偉大な発展を示す画期的な作品であると同時に、ゴリキイの良心の激しさ、正しさを示す作品として誠に我々には興味があるのである(6)」と書いている。すなわち、この頃プロレタリア文学のバイブルと見なされていた長編小説『母』が最重要作として推され、その歴史的な意義や影響力が繰り返し強調されている。一方、それ以前の作品に関する言及は少ない。

　ゴーリキーの文学的営為をプロレタリア文学の枠内に位置づける志向は、同号に掲載された中野重治の評論「ゴリキイと日本文学」にも示されている。中野は「明治・大正の文学は非常な大きさでロシア文学の影響を受けた。しかし〔略〕ゴリキイから受けた影響はかなりに小さかつたと思ふ(7)」と述べ、プロレタリア文学が台頭するまで、ゴーリキーの日本文学への影響は極めて限定的であった、という見方を示している。昇曙夢《のぼりしょむ》も「文学の上では自然主義運動や新理想主義文学にも多少の影響がないではないが、特に最近の我がプロレタリア文学はゴーリキイによつてその進むべき軌道を与へられたと言つてよからう(8)」と、ゴーリキーの影響をプロレタリア文学に結びつけている(9)。

　しかし、ゴーリキーはプロレタリア文学一筋の作家ではない。彼が世界で注目されるきっかけとなったのは、強烈な個性を持ち、自由奔放に世の中を渡り歩く浮浪者や泥棒、乞食などの、無鉄砲で向こう見ずな生活ぶりを、青年期の放浪体験をもとに、粗削りの筆致で描いた初期の〈浮浪者もの〉であった。日本でも、日露戦争後に、「チェルカッシュ」や「ふさぎの虫」など、下層社会の人々の本能的かつ暴力的な生活闘争を描いた作品が受容され、同時代の自然主義思潮に通じるものとして評価された。自然主義の退潮とともに、ゴーリキーの文学も一時的に下火となり、大正期に入ってからは、大逆事件後の思想弾圧の影響もあって翻訳作品の点数が著しく減少した。それでも、長編小説『三人』（吉江孤雁訳、早稲田大学出版部、一九一四・二）や『懺悔』（鈴木三重吉訳、博文館、一九一五・一〇）などの重要作が翻訳されており、この時期においてもゴーリキーが忘れ去られたわけではない。

このように、ゴーリキーの文学は明治末期から積極的かつ継続的に受容され、特に〈浮浪者もの〉が注目されていた。そして、その影響は多くの日本の文学作品に表れている。例えば、石川啄木の小説「漂泊」（『紅苜蓿』一九〇七・七、第一回のみ）の主人公後藤肇の人生観・社会観にはゴーリキーの浮浪者たちの「放浪者哲学」が反映されており、啄木の漂泊思想の原点の一つはゴーリキーの〈浮浪者もの〉にあることが既に指摘されている。[10]また、小栗風葉《ふうよう》の「世間師」（『中央公論』一九〇八・一〇）は「ふさぎの虫」から着想を得て構想されたことも明らかである。[11]紙幅の関係で詳述はできないが、有島武郎の「かんかん虫」（『白樺』一九一〇・一〇）、宮嶋資夫《すけお》の『坑夫』[12]（近代思想社、一九一六・一）、宮地嘉六《かろく》の「双六の駒」（『解放』一九一九・一二）や「放浪者富蔵」（『解放』一九二〇・一）などの作品にも、〈浮浪者もの〉の影響がはっきりと見て取れる。

ゴーリキーの初期の〈浮浪者もの〉が明治・大正前期に日本で盛んに受容され、日本の作家たちに多大な影響を与えたのは確かである。しかし、プロレタリア文学の出現に伴い、〈浮浪者もの〉の作家としての側面は戦略的に背景化され、ゴーリキーは『母』や『懺悔』といった社会主義小説を通じて、「プロレタリア文学の父」として親しまれるようになったことも事実である。

共産主義思想に立脚した批評家たちにとって、〈浮浪者もの〉を好意的に評価するのが難しかったのは想像に難くない。問題は主にその題材にあっただろう。マルクス・レーニンは、生産過程や階級闘争に加担していないことを理由に、ルンペン・プロレタリアートを非革命の分子として排除した。階級意識や目的意識を持たない浮浪者(ルンペン)を描きつづけたゴーリキーの初期の作品が積極的に評価されなかった背景には、このような思想上の問題があったと考えられる。

しかし、〈浮浪者もの〉はプロレタリア文学の作家たちによっても積極的に受容され、その中で扱われる様々な問題が内面化され、そして独自なかたちで作品に再生されていったのである。

2 「逞しい文学」を求めて

一九二一年一一月発行の『種蒔く人』の巻頭に掲載された「マキシム・ゴルキーのために」という文章には「マキシム・ゴルキーは常に反抗せる奴隷のための芸術家であつた。〔略〕僕たちは常にプロレタリアの味方であつた芸術家マキシム・ゴルキーを称讃することをもつて、僕たちの意志全部の表現とする」と記されている。このように、日本のプロレタリア文学運動はゴーリキーの名を掲げて出発したといって過言ではない。もちろん、運動史を通じてその評価が一貫していたわけではなく、運動の組織的かつ思想的な変遷に伴い、ゴーリキーやその文学への評価も複雑に変化し、時には強烈な批判を浴びせられることもあった。それでも、一九二〇~一九三〇年代に『ゴオルキイ全集』(全九巻、日本評論社出版部、一九二二・六~一九二三・五)、『ゴーリキイ全集』(全二五巻、改造社、一九二九・八~一九三二・六)と、全集が二度も編纂・刊行された事実から、ゴーリキーがプロレタリア文学運動の内外で一定の評価を維持し、多くの人に読まれていったことがうかがえる。

小林多喜二もその短い生涯を通じてゴーリキーの文学に親しんだが、少なくとも作家としての出発期において、彼は初期の〈浮浪者もの〉に特別な関心を抱いていた。多喜二は後年、ゴーリキーによる影響を吸収しながら文壇に登場した葉山嘉樹について、「日本の文学が今迄決して持たなかった「逞しい文学」をひっさげて登場してきた[13]」と評し、葉山の『海に生くる人々』（改造社、一九二六・一一）を絶賛した。その葉山の出世作が執筆されたのとちょうど同じ時期に、多喜二自身もゴーリキーを読みながら、「逞しい文学」を自分なりに模索していたのである。

一九二六年の日記「折々帳[14]」をみると、当時拓殖銀行小樽支店で銀行員として勤めていた小林多喜二の読書歴や、彼の創作上・思想上の苦心が明白に記されている。この時期、多喜二は外国文学を熱心に読んでいたが、その読書体験は果たして「どの位自分達の「身になる」か」（五月二六日）という疑問に悩まされていたことがわかる。「信念がほしい」（五月二八日）という表現からも明らかなように、多喜二は、目の前の不条理を解明し、このような不条理に直面したときに取るべき行動を示してくれる、確固たる思想を外国文学に求めていたと考えられる。しかし、それを見つけることはもちろん容易ではなかった。

八月一五日、多喜二は「個人の力の強さ、と生活の力の強さのストラグル！　そして、そこにどうしても超人を産み出して救いを出そうとして、出来ぬ気持……。言わばドストエフスキー終生のテーマだった汎愛思想と、超人（人神）思想のストラグルが自分にもあることだ」と日記に記している。多喜二は『罪と罰』の主人公ラスコーリニコフがとった破壊的な行動と、それを促した「超人思想」に強く関心を引かれていたことがわかる。

一か月後、九月一五日の日記では「ラスコリニコフが何故ああおそれなければならなかったか？　世界の法律のためか。こゝにドストエフスキーのある「色眼」が働き過ぎているのではあるまいか。〔略〕自分が今心の中にある汎愛思想と超人思想の問題はこのドストエフスキーの「罪と罰」では解釈出来なかった。まず自分にはこの生活を乗り切って「行ける」超人の存在そのものの可能について疑問を持っているのだ」と記し、再び『罪と罰』にみる「超人思想」について思索を巡らしている。社会の不条理の是正を主張し、殺人さえ辞さなかったラスコーリニコフが頓挫してしまうその結末に疑問を覚えた多喜二は、現代社会で「超人思想」を体現した姿勢を貫くことが果たして可能なのか、と自問している。興味深いことに、この疑問を書きとめた直後、多喜二は「これからゴールキーの作品はこの意味でも是非読んでみたいものだ」と述べ、意識をゴーリキーに向けている。

九月一八日、多喜二は「この罪と罰は超人思想と汎愛思想の本質を語ってはいないことになっている――例えばゴーリキーの「チェルカッシュ」とか「カインとアルテルム」の如きに」と、再び「超人思想」の問題を取り上げ、『罪と罰』とゴーリキーの作品を比較している。「カインとアルテム」は、早くも一九〇五年に二葉亭四迷が「猶太人の浮世」として翻訳したゴーリキーの短編小説であり、「チェルカッシュ」とともに、社会が定める法律にも道徳にも縛られずに放縦な生活を送る「超人」を描いた〈浮浪者もの〉である。さらに翌九月一九日に、多喜二は「読んだもの」としてこの二つの作品の他に「道連れ」「秋の一夜」「廿六人と一人」を列挙している。明治末期から日本で紹介され、一度ならず翻訳された代表的な〈浮浪者もの〉であるが、多喜二が、高木斐川・油川鐘太郎訳『地平の光　ゴオリキイ傑作集』（教文社、一九二三・一〇）を読んだことをここから推測できる。なぜなら、日記に記された作品のラインアップはこの翻訳作品集の収録作品と一致しているからである。

九月一九の日記に、多喜二がゴーリキーのこれらの作品について「貧乏の生活を描く。すると大多数の作家はその生活を「歎く」その中にロシアのゴールキーは全然意表に出ている。〔略〕生活を嘆かない。金に頭をさげない。人生の弱い方面に頭をつっこまない。堂々と生きて行く」と自分の読書感想を記し、最後に「人生が結局どうにもならないものなら、クヨクヨしたってなんのたしにもなるまい」という引用を書き写している。

不平を言わずにまっしぐらに突き進む。ゴーリキーの〈浮浪者もの〉におけるこの側面については、『地平の光』の「緒言」にも「ゴオリキイの短篇には、初期の民衆作家に附きものであつた貧困と不運に対する果てしない愚痴や困憊や絶望は全然見られない。彼の描いた放浪者は愚痴を滾《ママ》さない。彼らの一人がいふ。『如何だつていゝんだ。哭いたり喚いたりする必要があるかい――それが何ともなりはしない。打つ倒れるまでは生きて堪へるんだ。それとも既う疾うにさうなつてるなら――死を待つまでさ。その他に名案も工夫もあるものかい――お前！解つたかい』」と、説明されている。「彼らの一人がいふ」言葉は、二葉亭四迷が訳した「ふさぎの虫」からの引用である。多喜二は明らかにこの「緒言」に導かれながらゴーリキーを読んだ。「緒言」に明記されていないが、じつはこの説明自体は、クロポトキンの『露西亜文学の理想と現実』（アルス、一九二二・二）からの引用である。多喜二の〈浮浪者もの〉の読解は無意識のうちにクロポトキンの評価を内面化していたわけである。そして、「こういう新らしい物の見方を見せつけられ、〔略〕どうしてもこうしてはいられない、という大きな刺激をうけた」と記される九月一九日の日記からも、この読書体験が多喜二に強烈な刺激を及ぼし、彼の創作力に新たな火をつけたことがわかる。

3 「超人」への憧憬と疑問

ゴーリキーの影響がおそらく初めて多喜二の作品に具体化されるのは戯曲「女囚徒」であろう。この作品は一九二七年一〇月発行の『文藝戦線』に発表されたが、日記から、一九二六年九月、つまり、多喜二がゴーリキーを熱心に読んでいた時期に構想されたことが確認できる。また、同年一〇月の日記には「俺の戯曲、「人間様！」（女囚監、改題、）（一幕物）／ゴールキーの影響によって作ったものである」と記されており、多喜二がゴーリキーを意識してこの戯曲を執筆したことがわかる。

「女囚徒」という一幕物は、「監房の一室」を舞台に、状況や生活態度が異なる四人の女性受刑者の会話で構成されている。主役の「前科五犯」の「女A」は、能動的に活動する「強者」の性格を付与されており、それに対して「女B」（空巣覘い）、「女C」（淫売婦）と「女D」（酌婦）は消極的な態度を見せる「弱者」として造型されている。多喜二は「「女囚徒」の自序」の中で、チェーホフの作品に見られるような、「極めて厭世的な無希望のあきらめの歌」と「それ等と対照的に明るく、大胆に、溌剌とした実効的な人生観」という二つの生活態度を対照させて描こうとした、と説明している。自分の人生の舵をしっかり握りながら前に突き進む「強者」と、次々と降りかかる災難を甘んじて受ける「弱者」を横に並べる構図は、「チェルカッシュ」や「カインとアルテム」から借用されたものであると思われる。

女A。夢物語と来てゐるのか。話すことつて云へば夢か愚痴か、それしかないんだからなあ。〔略〕
女A。メソメソ泣言を云つたつて、ちつとも何んの足にもならないんだよ。

現実逃避にしか思えない「夢物語」や「愚痴」を絶え間なく口にしている他の受刑者の無気力に強烈な反感と苛立ちを覚える「女A」の「溌剌とした実効的な人生観」に、ゴーリキーの作品に描かれる浮浪者たちの行動的な生活態度が意識的に採り入れられ、「メソメソ泣言を云つたつて、ちつとも何んの足にもならないんだよ」という、「女A」の決断力と行動力、怯まない反骨精神を端的に表している非難の言葉の中に、多喜二が日記に書き写した「人生が結局どうにもならないものなら、クヨクヨしたってなんのたしにもなるまい」という、『地平の光』の「緒言」の言葉がそのまま反復されている。

多喜二は日記に「ゴールキーのもの、中に出てくる「強者」はガリガリでない。〔略〕彼等強者が弱者と共にいる、そういう意識でも苦しいらしい」とも書き記しているが、「女A」にもこのような面を見て取ることができる。彼女も、他の女囚徒が見せる消極的な保身主義に抑えがたい焦燥と憤懣、軽蔑を覚える。しかし、冷徹で無慈悲な「ガリガリ」の強者ではない。「女C」の「でも親切なところがあるよ。この前町で会つたことがあるの。その時病気でどうにもかうにも行かない時さ、十円位どうにかならないかツて云つたら、ケチケチするなと云つて三十円もくれて行つたよ」という発言から、口を酸っぱくして他の女囚徒の無気力を批難している「女

A」は、彼女たちに深い同情も感じていることがわかる。つまり、日記から確認できる、ゴーリキーの〈浮浪者もの〉をめぐる多喜二の解釈がそのままこの作品に投射されているのである。

それでは、多喜二の「女囚徒」では、ゴーリキーが描く「超人」がそのまま再現されているかというと、そうではない。「女囚徒」は「お前さんの何時か、何時かはねえ、たゞさうメソメソ云つてるだけぢや、馬の糞一つの価ひもないんだよ。何時来るやうに、この手でさ、この手で何んとかしなけアねえ——お向いさん達の真似でもしなけりァ駄目なんだよ」という「女A」の忠告で結ばれている。「女A」はゴーリキーの浮浪者たちと同様に極端な個人主義者に見えるが、この最後の言葉にある「この手で何んとかしなけアねえ」の対象が、自分一人を超える社会に拡大されているとも言える。ここで言う「お向かいさん達」は、向かい側の監房に拘留されている社会主義者のことであり、「女A」は彼女らの姿勢に明らかに親近感を抱いているからだ。

同じ時期に執筆され、同じく「超人」の問題に取り組んだ作品に「最後のもの」がある。この短編小説はまず「師走」として一九二六年三月に同人誌『クラルテ』に掲載されたが、幾度か改作されたのち、一九二八年二月に決定稿となる「最後のもの」が『創作月刊』に発表された。この際に多喜二が使用した「郷利基」という筆名そのものが、ゴーリキーに触発されて執筆された作品であることを示唆している。

再び一九二六年九月一九日の日記を見てみよう。「ゴールキーの中に出てくる人間は、「新しい」「強い」が、実際あゝ強い人間はそう居ないのだ」と記される多喜二の感想に、ゴーリキーが描く超人的な浮浪者に対する疑問が明らかに含まれており、「自分の作「最後のもの」は、ゴールキーの超人に疑いをもって、結局生活の敗残者になるの経路を描いている」とつづく記述から、この疑問が彼に「師走」の改作を促した要因であったこともわかる。

「師走」という短い作品は、大黒柱の父の没後に生活がだんだん困窮していく郁子とその家族を、郁子の愛人の「私」の観点から描き出している。郁子に同情しても彼女を救えない「私」は、結局「郁子が豆撰工場からの帰り淫売をした事実に打ち当らなければならない」ことになる。その時、郁子の淫売は「生きてゆくためには……」不可避的な決断であったと気づいた「私」は、「救われない程痛んでいる郁子の気持をしっかり抱いてやるべきである」と、郁子の思い切った行為の必然性と、その必然性に保証される正当性を自覚していく。

改作の「最後のもの」は、多喜二がゴーリキーの〈浮浪者もの〉に出会ってから執筆され、その影響を明確にうかがわせる作品である。

恵ちゃんに何時か話してきかしたことのあるロシヤのゴールキーといふ人の小説の中では、こんな生活なんて尻眼にかけて堂々生きて行く人間を描いてゐる。まあ「超人」といふところだらふ。けれども考へてみれば、ゴールキーがその超人を持つて来なければならなかつたことは、何を意味してゐるか、結局「持つて来なければならない事」は「持つて来なければならない事」でしかないといふ事だらふ。誰だつてこの世の中の多くの生活を考へてみれば、頭が灰色になつてしまふ。だから、超人でも何でも引つ張つて来なければ、苦しくてたまらないんだ。そしてこの絶対的な人生にとにかく光明らしいものでも持つて来やうとしたのだ。

哲夫が恵子（「師走」の郁子）に送った手紙の言葉である。ゴーリキーが描いた「超人」は、日々の苦しい生活闘争を続けながらも安堵できる場を決して獲得できない人々の荒れ果てた心を慰めるために作られた、生活現実から離れた幻想であると、多喜二が哲夫を通じて主張している。何度倒れても立ち上がり、再び社会との戦いに挑むゴーリキーの浮浪者たちが見せる、決して屈折しない反抗精神を、現代社会の実生活において貫徹することは到底不可能であるとして、ゴーリキーの浪漫主義をここで否定している。「お恵が淫売のために拘留された事」を知った哲夫が「失敗つた、可哀想に！　あ――あ、でもお前が生きて行けなかつたら、何故、何故……」

と、力なく、その救いのなさを嘆くところでこの作品が結ばれるが、恵子が生活の敗残者として映し出されるこの最後の一場面を、「超人思想」の否定として見ることができる。

ここまで確認してきたように、一九二六年にゴーリキーの〈浮浪者もの〉に出会った多喜二は、その読書体験によって形成された思想を投影させながら、「女囚徒」と「最後のもの」を執筆したのである。そして、〈浮浪者もの〉による影響は、その後に執筆され、多喜二の没後に発見された「防雪林」（生前未発表、一九二七年一二月〜翌年四月に執筆）にも明確に表明されている。主人公の源吉が村の仲間を連れて夜中に密漁に行くという、この作品の冒頭場面について、早くも江口渙《かん》が「二つの性格の設定のしかた、極端にちがった側面をもつ、この二つの性格をことさらに対立的におし出して見せたその設定のしかたの中に、私は「防雪林」における「チェルカッシュ」の一つの影響をはっきり見てとるのである。〔略〕そこには、強者と弱者、非凡と凡庸、原始人的な英雄と農奴的な敗北者との二つの型が見るからにあざやかにえがき分けられている(15)」と指摘している。注目したいのは、この「強者と弱者」という物語の構図や、本能的かつ暴力的な、溌溂とした「強者」として映し出される源吉の人物像は、ゴーリキーの〈浮浪者もの〉の系統を引いており、早くも戯曲「女囚徒」や「最後のもの」の中で展開されていることだ。「防雪林」はその延長線上に位置づけるべきものであり、ゴーリキーの「超人思想」の問題に再挑戦した作品と言えよう。

4　〈浮浪者もの〉が「妙薬」に

二〇世紀初頭から一九三〇年代にかけての日本におけるゴーリキーの受容状況を見てみると、初期の〈浮浪者もの〉から社会主義小説へと、文壇と読者の関心が移っていったことが明らかである。一九二〇年代以降、ゴーリキーがプロレタリア文学の指導者として仰がれるようになってからは、この傾向が顕著になったが、実際にはこの時期にも、ゴーリキーの〈浮浪者もの〉が読み継がれていた。

本章では小林多喜二の初期作品に焦点を当てたが、ゴーリキーの〈浮浪者もの〉の影響はその後、多くの作家が転向を余儀なくされた一九三〇年代後半の作品の中にも鮮明に表れている。転向した徳永直が、ゴーリキーの自伝作品を参考に、新たなプロレタリア・リアリズムの手法を確立したと、近年和田崇が指摘しているが[16]、思想弾圧が激化していく時局のなか、ゴーリキーを再発見した作家として、葉山嘉樹の名を挙げることもできる。長編小説『流旅の人々』は葉山が青年の頃に出会った〈浮浪者もの〉への強い意識をはっきりとうかがわせる作品である。

「私は文学を、日本の誰についても学ばなかつた。私の文学の師匠があるとすれば、それは第一にゴーリキーであつた[17]」という葉山は、生涯を通してゴーリキーの作品に親しみつづけ、とりわけ〈浮浪者もの〉を愛読した。「私が一七八の時に、確か、博文館から、ゴリキイ短編集とか云ふのが出た。それを私は読み耽つた[18]」という回想から、葉山は一九一〇年前後に初めてその作品に触れたことがわかる。「ゴリキイ短編集」とは、一九〇九年に博文館から刊行された相馬御風訳の『ゴーリキー集』のことであり、その中には「チェルカッシュ」や「秋の一夜」、「道連れ」など代表的な初期の〈浮浪者もの〉が収録されている。

私は船長にも、チーメーツにも、船主にでも閉古垂れはしなかつた。何故ならば、ゴーリキーが絶えず私に叫びかけてくれたからだ。
「閉古垂れるな！　強くなれ！　お前たち労働者こそ、総ての人間の育ての親だ！　お前たち、いや、俺たち労働者が居なくて地上に生命があると思ふか。卑屈になるな！　強くなれ！　撥ねかへせ！[19]」

葉山はゴーリキーの文学から受けた影響についてこのように語っているが、「閉古垂れるな！　強くなれ！」

「卑屈になるな！　強くなれ！　撥ねかへせ！」という言葉に凝縮して表現されている反抗心は、小林多喜二が絶賛した葉山の「逞しい文学」を養うものとなったと言えるだろう。そして、この精神は『流旅の人々』の中にも引き継がれているように思われる。

『流旅の人々』は一九三九年六月に「生活文学選集」の第七巻として春陽堂より刊行されたものである。作者自身の「飯場生活」をふまえ、天竜川の水力発電所の建設現場を舞台に、建設に携わる土方たちの日々の労働や生活難を描き出している。一九三九年一月に出た「生活文学選集」の内容見本に掲載された「作者の言葉」に葉山は「天竜河畔、木曽河畔の工事場に、転々として私は飯場生活を送った。〔略〕とにかく、そこではどん底にあつても、なほ逞しく生きて行く、驚くほど生活力の強い人々の群があつた」と、執筆背景について述懐を述べている。「逞しく生きて行く」「生活力の強い人々」を「紙上に再現し、喜怒哀楽を倶にしよう」というのは、葉山が自分に定めた『流旅の人々』の目的であった。

ある者は、この土地の岩石を、其の肉体の血で染めながら死に、ある者はこの大地に、その生命の最後の血滴を印しながら死に、ある者はその土地で病を得て蒲莫蓙を腐らせながら死ぬだらう。〔略〕ただその現実の一日一日を、しぶとく、根強く、生きぬいて行く、この流旅の人々。その流旅の人々の中の、俺も一人なんだ。〔略〕何んと言ふ、荒々しい、らんばうな、ふてぶてしい、だが逞ましい生き方だらう。その生活の条件の上に立つて、結婚し、出産し、そして死んでゆく流浪の人々。だが、その多くの流浪の人々は、自分が流浪の旅の途上にあると言ふ事を、なげいたり、悲しんだりしはしないのだ。そのくる日、くる日を、どのやうに逞しく生きぬくかと言ふ事にだけ、心を配つてゐる。

各地の建設現場を転々と渡り歩き、日々の過酷な労働や生活の困窮に打ちひしがれることなく、「逞しい生き方」をつづけている「流旅の人々」、すなわち移動生活をつづける浮浪者たち。その人物像の中には、ゴーリキーが描いた浮浪者たちの態度や思想が大いに取り込まれていることが明らかである。彼らは「ただその現実の一日一日を、しぶとく、根強く、生きぬいて行く」が、「自分が流浪の旅の途上にあると言ふ事を、なげいたり、悲しんだりしはしないのだ」と、語り手が説明しているが、そこに、早くもクロポトキンが指摘し、そして、多喜二が強い感銘を受けた、「愚痴を滾さない」「打つ倒れるまでは生きて堪へる」というゴーリキーの浮浪者たちの強い信念をはっきりと見て取れる。

葉山は『流旅の人々』の「あとがき」で次のように述べている。

現在の時局が、どのやうに有史以来の、重大な時局であるかは、政治家はもとより、勇敢なる将兵はもとより、銃後の生活のどん底に沈んで居る人々の間にまで、浸潤して居るのである。この時、どのやうに生活の苦難に直面しようとも、泣き事を云つて居る場合ではない。〔略〕私はその泣きごとに対する妙薬を、読者諸兄に提供する意図のもとに、この長篇を書いた。〔略〕だがそれらの、他愛もない土方達の生活の建設した所のものは、日本が東洋永遠の平和の為に、必要欠くべからざる重工業の心臓の建設事業であつた。

小田切秀雄はこの「あとがき」について「この長篇は〝素材派〟小説になっていないので、「あとがき」で軍国主義につじつまをあわせて申し開きとした、という性質がいちじるしい(20)」と指摘をし、『流旅の人々』を高く評価している。確かにこの「あとがき」をそういうふうに捉えることも可能であろう。しかし、例えば『海に生くる人々』において前面に押し出される階級意識や批判性が排除され、日々の艱難に耐える労働者を描き出していくところをみると、作品そのものも、時局に「つじつまをあわせて」いるとも言えるだろう。

ゴーリキーの浮浪者たちの行動的な姿勢は、たとえそれが無自覚なものであり、社会を目がけたものではないとしても、彼らの反逆精神を表している。彼らの本能的な生活や暴力性は、形骸化した道徳倫理や社会の腐敗への憤慨の表現に他ならない。しかし、葉山の土方たちには、ゴーリキーの浮浪者の血筋を引くとはいえ、このような反逆心や暴力性を見出せない。このことから、「この小説が生活を叙述してゐるやうで、実際は社会的実在としての生活が追求されず、生活の派生するさとりのうたがうたはれてゐるのだ。懐疑とか忿懣とかせつぱつまつた感情はない。抗議めいたものは所詮『泣き事』なのだらう。余裕綽々、どういふ危機に際会してもすれ違つて衝突することがない[21]」と述べる大井広介の評価が妥当なものに見えてくる。

葉山に「黙々と働く」(『葉山嘉樹随筆集』春陽堂、一九四一・三)という文章がある。その末尾に「私は戦争が好きな訳ではない。平和が好きだが、平和になるためには何でもかんでも勝つて貰はなくてはならぬ。〔略〕この上は、黙々と国策の線に沿つて、馬鈴薯や甘蔗を作らう」と書かれているが、どのような不条理に直面しても声を挙げず、耐えて耐えて働きつづける『流旅の人々』の土方もまた、「黙々と働く」「憂国の士」と見ることができるだろう。そして、当時の読者の中には、国家を支える建設事業を黙々と担う土方たちの「逞しい生き方」を賛美した葉山の『流旅の人々』が、時局に沿って忍耐と沈黙を説く国策小説として映った人も少なくなかっただろう。

(1) 米川正夫「偉大な人間愛　ゴーリキイの死を悼む」(『朝日新聞』一九三六年六月二〇日)。米川がここで「巨星」という表現を使用していることは興味深い。日本で紹介される二〇世紀初頭より、ゴーリキーが文壇に登場してから新時代の文豪として迎えられるまでの期間の短さが注目され、その勢いはよく「新星」(作者未詳「近事片々」『新小説』一九〇二年三月)や「彗星」(樸堂〔伊達源一郎〕『ゴルキイ』民友社、一九〇二年六月)にたとえられた。米川はここで、これらの表現を意識的に踏襲しているように思われる。

（2）半田良平「六月一九日」（『日本短歌』一九三六年八月、のちに『幸木』〔沃野社、一九四八年一二月〕に収録）。なお、この一首について、岡野直七郎の「半田良平氏作「ゴリキーのいのち果てしはきのふにて今日は日食にこころいきほふ」の歌は、作者の頭が一般歌人とは異なり常に広く新しくうごいてゐることの証左にはなるが、一首としてあまりいいものとは思へない」（「昭和十一年度に於ける短歌の諸問題」『短歌研究』一九三六年一二月）という評価がある。
（3）宮柊二『群鶏』（青磁社、一九四六年一一月、初出未確認）。なお宮には他に「蠟燭の赤き焔はゴーリキイの眉を照らしてともりたるや否や」（『小紺珠』古径社、一九四八年一〇月、初出未確認）などもある。
（4）矢代東村「ゴリキイの死」（『日本短歌』一九三六年九月）。
（5）新島繁「ゴリキイについての回答」（『文学評論』一九三六年八月）。
（6）加賀耿二「「母」におけるゴリキイの意義」（『文学評論』一九三六年八月）。
（7）中野重治「ゴリキイと日本文学」（『文学評論』一九三六年八月）。
（8）昇曙夢「ゴーリキイと日本文壇」（『ゴーリキイの生涯と芸術』ナウカ社、一九三六年七月）。
（9）このような評価は戦後にも受け継がれている。例えば、ロシア文学者の原卓也は、「日本のプロレタリア文学全体を深いところでゴーリキーの作品が支えたといってよい」（「日本近代文学とゴーリキー」『日本近代文学大事典』第四巻、講談社、一九七七年一一月）と、プロレタリア文学への影響を強調し、それ以前の日本文学への影響は皆無に等しかったという認識を示している。明治・大正初期を通してゴーリキーの初期の〈浮浪者もの〉が多数翻訳されているにもかかわらず、同時代の日本文学にその影響がほとんど見られないという、プロレタリア文学陣営で共有されていた評価が戦前から定着し、近年に至るまで受け継がれてきたと言ってもよい。
（10）ブルナ・ルカーシュ「自然の「力」への憧憬、社会の「平凡と俗悪」への反逆――石川啄木「漂泊」にみるゴーリキー文学の影」（『日本近代文学』二〇一七年一一月）。
（11）ブルナ・ルカーシュ「木賃宿という舞台、放浪者という存在――小栗風葉「世間師」にみる実体験／読書体験の表現化」（『国文学研究』二〇一五年一〇月）。
（12）ブルナ・ルカーシュ「宮嶋資夫『坑夫』とゴーリキーの〈放浪文学〉――石井金次の人物像の二面性を中心に」（『国文学研究』二〇一二年六月）。
（13）小林多喜二「葉山嘉樹」（『新潮』一九三〇年一月）。

(14) 小林多喜二の日記「折々帳」からの引用は全て『定本小林多喜二全集』(新日本出版社、一九六九年七月)に拠る。
(15) 江口渙「「防雪林」の再評価」(『小林多喜二読本』啓隆閣、一九七〇年二月)。
(16) 和田崇『徳永直の創作と理論――プロレタリア文学における労働者作家の大衆性』(論創社、二〇二三年八月)。
(17) 葉山嘉樹「未知のわが師」(『文学案内』一九三六年八月)。
(18) 葉山嘉樹「ゴリキイを追慕する」(『文学案内』一九三六年八月)。
(19) 葉山嘉樹「郷利基(ゴーリキー)氏へ」(『海上生活者新聞』一九二九年二月一〇日)。
(20) 小田切秀雄「解題――厳寒のなかで熟し、移る」(『葉山嘉樹全集』第四巻、一九七五年一〇月)。
(21) 大井広介「文学伝統の徒花」(『芸術の構想　長篇評論』一九四〇年一一月)。

日米プロレタリア文学の往来

ナップ系メディアと雑誌『ニュー・マッセズ』を中心に

和田　崇

はじめに——日本プロレタリア文学の国際化

　プロレタリア文学運動における日本と海外との関係を考えた場合、筆頭に挙げられる相手国は革命芸術の発信地であったソヴィエト・ロシアであり、その次に挙げられるのが、ロシアでマルクス・レーニン主義に基づいた芸術理論が確立される過渡期にあって、いち早くマルクス主義芸術の理論化を図ったドイツであった。これまで稿者は、主に日本とドイツのプロレタリア文学の交流を中心に考察してきたが[1]、本章では、日本とアメリカとの関係について論じたい。

　第二回革命作家国際会議[2]（ハリコフ会議：一九三〇年一一月六〜一五日開催）に出席した勝本清一郎の「松山敏」なる変名による報告は、日本プロレタリア文学の国際化をめぐって争点とされてきた。その報告の中のアメリカのプロレタリア文学に関する記述に着目すると、勝本は、「特にソヴエート・プロレタリア文学の日本訳は世界のいづれの国とくらべて見ても最も多く」「ドイツのプロレタリア文学、アメリカのプロレタリア文学の翻訳もまたそれに次いだ」と述べており、日本はアメリカのプロレタリア文学をロシアとドイツのそれに次いで翻訳していたことがわかる。さらに、「昨年の終り頃から、我々はドイツ・プロレタリア××作家同盟及びアメリカの同志たちと直接的な連絡を始めた[3]」とも述べており、アメリカの団体との本格的な交流については、一九三〇年頃にまだ「始めた」ばかりであったことがわかる。その交流の実態を探ることが、本章の目的の一つである。

結論を先んずれば、アメリカにおいては、本書の第Ⅱ部第4章で萩原健が論じている千田是也《これや》を中心とした演劇のアダプテーションや、拙稿でかつて論じた徳永直《すなお》の『太陽のない街』の翻訳といった、ドイツにおけるような目覚ましい現象は起きなかった。しかし、交流の中心的な舞台となった日本のナップ系メディアとアメリカの雑誌『ニュー・マッセズ（*New Masses*）』などを確認していくと、日米間の交流は小規模ながら多岐にわたっていたことがわかる。

そこで本章では、日本で紹介されたアメリカのプロレタリア文学作品やその動向、そして反対に、アメリカの『ニュー・マッセズ』で紹介された日本のプロレタリア文学作品やその動向を取り上げながら、日米プロレタリア文学運動の交流の一端を明らかにしたい。

1　日本におけるアメリカ・プロレタリア革命文学の紹介

日本のプロレタリア文学の黎明期にもっとも頻繁に翻訳・紹介されたアメリカの作家は、一九二〇年代前半がジャック・ロンドン（一八七六～一九一六）であり、後半はアプトン・シンクレア（一八七八～一九六八）であったと言える。そして、二〇年代後半に入り、シンクレア受容の中心的な役割を担ったのが、前田河廣一郎《まえだこうひろいちろう》（一八八八～一九五七）である。前田河は、シカゴの製肉産業の不正や労働者搾取の実態を告発した『ジャングル』（一九〇六）をはじめ、シンクレアの著作を次々と翻訳した(4)。

前田河は一九〇七年五月に渡米し、二〇年二月に帰国するまでシカゴとニューヨークを中心に滞在した。中田幸子による評伝を参照すると、彼の渡米は「当時盛んに見られた特権階級や知識階級の「留学」「洋行」とは程遠く、「出稼ぎ移民」に近い」ものであったという。そして、働きながら現地の社会主義者や文学者と知り合うようになった。シカゴ時代には、在米の社会主義者であった金子喜一やその妻のジョセフィン・コンガーと知己になり、夫妻が発行していた雑誌 *The Coming Nation* に、大逆事件をモデルとした "The Hangman"（絞刑吏）という英語小説も発表した。さらに、コンガーを通じて『ニュー・マッセズ』の前身となる『マッセズ（*The Masses*）』や『リベレーター（*The Liberator*）』を編集していたフロイド・デルと親しくなり、ニューヨーク移住後に雑誌へ小説を投稿する際には彼の世話になっていた[5]。このように、約一三年間におよぶアメリカ滞在を経て、前田河は現地の左翼文学者たちとの人脈を築いていった。

前田河がシンクレアの作品の翻訳を手掛けるうえで、彼の英語力だけでなく、こうした人脈も有利に働いたのだろう。実際、『文芸戦線』一九二八年三月号には、前田河宛てのシンクレアの書簡が掲載されており、前田河がシンクレアを日本へ招待したのに対して、長編小説『ボストン』の執筆で忙しく、残念ながら訪日を謝絶する旨が記されていた[6]。

このように、日本の初期プロレタリア文学運動におけるアメリカ文学の紹介は、前田河が中心的役割を担った。日本のプロレタリア文学運動は、一九二〇年代前半におけるいくつかの離合集散を経て、一九二八年にナップ派（戦旗派）と文戦派（文芸戦線派、労農派）の二大勢力の対立におよそ落ち着いたが、彼は後者に属していた。ソヴィエト・ロシアは別格として、それに次ぐドイツやアメリカとの関係は、少なくとも一九二〇年代までは、千田是也や勝本清一郎といったナップの関係者が滞在したことからナップ派はドイツとの関係が強く、前田河が渡米によって培った人脈に基づき、文戦派はアメリカとの関係が強かったと整理できる。

こうした関係性に変化が生じるのが、一九三〇年頃である。文戦派は前田河を中心にアメリカの作家との交流がすでにあったが、ナップ派も三〇年頃に本格的な交流を開始する。その主な要因となったのは、マイケル・ゴールド（一八九三～一九六七）の台頭と、彼が主筆を務めた雑誌『ニュー・マッセズ』を機関誌とするジョン・リード・クラブ（The John Reed Clubs, 以下「ＪＲＣ」と略す）の設立であった。そして、この転換期に、前田河が懇意にしていたシンクレアと、一九三〇年頃に頭角を現すゴールドに関する対照的な人物評が、ナップ派の論客によって書かれた。

当時、ナップ系メディアでアメリカの社会運動やプロレタリア文学に関する紹介や評論の翻訳をしていた柾《まさき》不二夫（山本政喜：一八九九～一九六〇）は、シンクレアについて、「終始一貫清教徒的生活感情を持してゐ」たため「××的なプロレタリヤのそれと完全に同一で有り得なかつた」と指摘した上で、「殆ど例外なしに、彼の小説には自分の階級から分離した、個人、幾分か悔悟した、或は平民化した、或は目を覚した人間が主人公或は主要な人物としてもつて来られ」ており、「彼は決して労働者自身の立場からは書かない」[7]と評している。柾は、『ニュー・マッセズ』誌上におけるシンクレアとベネット・スティーヴンズの論争を紹介する通信文でも、「シンクレアの『精神感応』に凝つてゐることが、既にプロレタリアの戦線から脱落してゐる彼を、更めて曝露する有力な根拠の一つとなつてる」[8]と述べ、シンクレア時代の終わりを強調した。

一方のマイケル・ゴールドは、ニューヨークのイースト・サイドの貧民街に生まれたユダヤ人で、その出自を自叙伝風に描いた『金のない猶太人』[9]（一九三〇）がベストセラーとなった。同じくナップ系メディアの『文学新聞』において、「ゴオルドは、最近非常に活潑になつてゐるアメリカの労働者の文化運動の中でも最も活動的な労働者」で、「労働者出身の彼からは、現実から足のはなれた作品や、抽象的な議論や観念的な議論を受け取る事は出来ない、彼は労働者の作家として労働者らしく活動してゐる」[10]と紹介された。

これらの人物評から、ナップ系メディアにおいては、シンクレアは旧世代の小市民的同伴者で、ゴールドは労働者出身の前衛的プロレタリア作家であると、対照的に評価されていたことがわかる。さらに、ゴールドが創刊時から長く編集者や編集委員を務めた[11]雑誌『ニュー・マッセズ』を母体として、一九二九年一〇月にＪＲＣが結成され、組織活動も強化された。アメリカのプロレタリア革命文学運動において、労働者性や組織活動が前面に押し出され始めたことが、ナップとの関係強化につながったと考えられる。

ただし、一九三〇年頃には、文戦派でもゴールドのことがしばしば紹介されていた。雑誌『文芸戦線』には、

「ミチエール・ゴールド」などの表記によって、前田河を中心に五件の翻訳が確認できる。(12)ナップ派の雑誌『戦旗』に掲載された翻訳が三件であったこと(13)を考慮すると、(発行しているメディアの数や組織再編の問題もあって単純な比較はできないが）実数としては『文芸戦線』の方が早くからゴールドを紹介していた。しかし、前節で触れたハリコフ会議を契機に、革命作家団体としての国際的承認をめぐるヘゲモニー闘争にナップが勝利すると、ゴールドが自作の日本における翻訳の独占権をナップに呈上し、文戦派によるゴールドの作品の翻訳は禁じられたのであった。(14)

こうした蜜月を背景に、ナップ系メディアはゴールドの偉業を中心化しながらＪＲＣの設立過程を日本の読者に伝えた。まず、『戦旗』一九二九年一二月号で、『ニュー・マッセズ』に掲載されたゴールドの檄文「労働者芸術諸団体に檄す」(15)を転載し、アメリカではまだ全国規模のプロレタリア芸術団体が組織されていない現状を報じた。そして、『戦旗』三〇年三月号で松本正雄が、次のようにＪＲＣ結成までの経緯を解説している。

> アメリカに於けるプロレタリア文学は、昨年の春頃までは我が国のそれには、はるかに遅れてゐたが、昨年春三月アメリカ××党が確立されてからは文芸運動の陣営にも、活潑な時代が到来した。左翼文芸の唯一の機関紙「ニユー・マッセズ」はその主筆にマイケル・ゴールドを迎へてから長足の発展をして、次第に我が戦旗に近づいて来た。(それまでは、ニユー・ヨーク在住の前田河の友人など、労農一派のものと関係してゐたが)殊に昨年秋、「ニユー・マッセズ」の主筆マイケル・ゴールドが労働者芸術に関する檄を発してあらゆる社会主義芸術家に呼びかけるに及んで遂に未曽有の進展を示した共と《マヽ》に、同年十一月、ニユー・ヨークにジヨン・リード・クラブなる芸術家団が結成された。(16)

右の引用から、アメリカのプロレタリア革命文学は組織だった活動をできておらず、前田河のような労農派

（文戦派）とも関係するなど日本よりも遅れていたが、ＪＲＣの設立によってようやく対等に付き合えるようになったという認識があることがわかる。こうして、日米の団体間の交流が始まり、その後、『ナップ』（一九三〇年九月号～三一年一一月号）の「国際芸術運動ニュース」や「赤い壁」、『プロレタリア文化』（一九三一年一二月号～三四年一月号）の「国際文化ニュース（国際文化時報）」、『プロレタリア文学』（一九三二年一月号～三三年一一月号）の「国際文学ニュース」といった通信欄を通して、ＪＲＣ（および機関誌『ニュー・マッセズ』）を中心としたアメリカのプロレタリア革命文化団体の活動状況がつぶさに報告された。

こうした通信記事のほとんどは、東京帝国大学英文科卒の柾不二夫や早稲田大学英文科卒の坂井徳三といった英語の読めるナップの成員が、日本で入手した『ニュー・マッセズ』の記事を基に作成していた。しかし、石垣綾子（一九〇三～九六）のように、ニューヨーク在住でＪＲＣとナップ（ないし日本プロレタリア作家同盟）の両方に属したメンバーが、現地の生の情報を送った例もある。石垣綾子はもともと、夫の栄太郎とともに文戦派に所属し、『文芸戦線』一九三〇年六月号に掲載されたマイケル・ゴールドの「金なし猶太人」をはじめ、『文芸戦線』ないしその後継誌『文戦』にアメリカから寄稿していた。しかし、栄太郎が一時除名となっていたＪＲＣに復帰し、夫婦の連名で「労農芸術家聯盟脱退声明書」（『プロレタリア文学』一九三二年一月創刊号掲載）を提出すると、日本の所属もナップ派となった。[17] 以後、綾子は日本プロレタリア作家同盟の在ニューヨーク通信員として、雑誌『プロレタリア文学』の「国際文学ニュース」欄に寄稿した。

これらの通信記事の中から注目すべきトピックを抽出すると、まず、『ニュー・マッセズ』に掲載されたマイケル・ゴールドの「プロレタリア・リアリズム」に関するメモが、[18]『ナップ』一九三〇年一一月号（「海外紹介」欄、柾訳）と三一年一月号（「赤い壁」欄、坂井訳）の二度にわたって翻訳紹介されている。日本に遅れてアメリカでも、本格的な理論構築の動きがあることを伝える狙いがあったと考えられる。次に、日本政府によるナップや共産党への弾圧に対しては、アメリカを含む海外の団体からしばしば抗議文が送られた。『ナップ』一九三一年二月号には、『戦旗』ならびに日本の共産党員に対する弾圧に対して、JRCに参加する二八名の作家・芸術家が名を連ねた抗議文が掲載されている。また、それに対して江口渙《かん》の代表者名で送った日本側の答辞(『ナップ』一九三二年四月号掲載)が、“To American Writers and Artists: From Japan, Kwan Eguti”と題して、『ニュー・マッセズ』一九三一年七月号に掲載された。

アメリカとの関係でいえば、JRCから次々と日本を含む各国へ企画の提案が行われたことも特筆できる。たとえば、五ヶ年計画完成を記念する大展覧会を、ソ連の主要都市で開催することが提案され[19]、一九三二年初頭には、日本の「三・一五」を中心とした三月八日から一八日までを〈汎太平洋プロレタリア文化記念週間〉とし、「日本、中国、朝鮮、台湾、印度、濠州、米国、墨国 太平洋沿岸諸国のプロ文化団体が米国に集る[20]」ことも提案された。

こうした中、日米プロレタリア文化団体の交流のハイライトは、ナップが日本プロレタリア文化聯盟(コップ)へ改組した際に、名誉協議員の一人としてマイケル・ゴールドを選出したのに[21]対して、JRCが一九三二年五月二九・三〇日にシカゴで全米大会を開催した際に、藤森成吉を名誉委員に選出したこと[22]である。藤森成吉は二年間ドイツに滞在した後、三二年二月一八日にニューヨークに到着し、JRC主催の講演会やニューヨーク日本人労働者文化同盟の発会式で講演を行った[23]。特にJRCでの講演の内容は、『ニュー・マッセズ』だけでなく、アメリカ共産党の機関紙『デイリー・ワーカー(*Daily Worker*)』にも掲載された[24]。そして、ロサンゼルスに二ヶ月滞在した後、藤森は五月一九日に帰国した。彼の名誉委員への選出は、これを機縁としたものである。

こうした因縁もあって、藤森が帰国後の六月八日に検挙された際には、七月八日のJRC常例集会でコップに対する弾圧への抗議と、日本プロレタリア文化弾圧抗議委員会を設置することが決議され、駐米日本大使や日本政府へ向けて同委員会名義で抗議文が送られた。抗議文の一部には次のように書かれている。

日本政府による日本の急進的思想をもつ作家の弾圧と検挙は、アメリカの作家の間に深刻な憤懣をよびおこした。殊に藤森成吉の検挙の報道は衝動を引起した。〔略〕合衆国においてその知的功績のために著名な人物を加へた三百名以上の作家美術家が、ニユー・ヨーク・ジョン・リード・クラブの会合において、藤森成吉其の他日本プロレタリア文化聯盟の検挙に対する鋭い反対を言明した。(25)

もちろん、革命的作家や芸術家および階級戦士の投獄への闘争は、国際革命作家同盟〔モルプ〕の綱領によって加盟する各国団体に義務付けられたものではあったが、ナップとJRCのこれまでの結びつき、あるいはゴールドや藤森を介した交流が、アメリカのプロレタリア革命作家たちの憤怒を誘発したとも言える。

2 『ニュー・マッセズ』における日本プロレタリア文学の紹介

『ニュー・マッセズ』は、一九二六年五月に創刊されたアメリカの左翼文芸雑誌である。三〇年に、前身の『マッセズ』から数えて創刊二〇年を迎えた際、当時の編集長ウォルト・カーモンからナップへ『ニュー・マッセズ』の略歴が送られた。それを要約すると以下のとおりである。

『ニュー・マッセズ』の前身となる『マッセズ』は、一九一〇年五月、ニューヨーク社会主義学校に附属するレストランのコックであったピエット・ヴラーグによって創刊されたが、二年後、経済的困難により廃刊した。廃刊後、同誌に関係していた作家や芸術家たちの手によって発行が継続され、マックス・イーストマンが主筆となり、一二年から一七年にかけ、コロラド炭鉱のストライキを支持するなどしてアナーキストや社会主義者などの急進的革命勢力を引き寄せ、アメリカで有名な雑誌の一つとなった。その間、フロイド・デルやジョン・リードが編集助手を務めている。しかし、アメリカが第一次世界大戦に参戦する中、反戦を掲げた『マッセズ』は発行禁止を受け、代わって一八年三月に『リベレーター』が創刊された。同誌には、リードの『世界をゆるがした十日間』(一九一九)の原型となるボリシェヴィキ革命を題材にした作品が掲載された。『リベレーター』の後期は政治的風刺画を描いたロバート・マイナーが主筆を務め、発行は二四年まで続き、その後『ワーカーズ・マンスリー』(*The Workers Monthly*)になった。二六年五月に創刊された『ニュー・マッセズ』は、これら『マッセズ』や『リベレーター』の作家や芸術家も寄稿し、新しい作家も輩出した。創刊当初は労働者や革命運動の本流から離れていたが、マイケル・ゴールドが主筆になるや、新たに労働者の文芸欄が設けられるなど、確固としたプロレタリア的力が漲る雑誌となった[26]。

アメリカで発行された『ニュー・マッセズ』だが、日本にも一定部数が流通していた。JRCからの通信文によると一九三二年初頭の輸出部数は約五〇〇で[27]、『ニュー・マッセズ』同年九月号に掲載された広告文によると、日本では東京・神保町の三省堂が取次店となっていたことが確認できる[28]。また、三二年から三三年にかけては、安寧秩序の紊乱を理由に日本での発売禁止処分を計四回受けていた[29]。これらにより、三二年頃に日本での流通のピークを迎え、その内容も政治的急進性を帯びていったことがわかる。

以上を踏まえ、本節では『ニュー・マッセズ』に掲載された日本プロレタリア文学関連記事を確認していく。なお、稿者はすでに記事の目録をウェブで公開しており[30]、本章で触れない記事についてはそちらを参照願いたい。

『ニュー・マッセズ』誌上で日本のプロレタリア文学に触れた記事を概観してもっとも印象的なのは、日本(ないしソ連やドイツ)のプロレタリア文化運動の先進性に触れながら、アメリカの文化運動の遅れを説いている記事が多いことである。たとえば、ハリコフ会議に出席したアメリカ代表団が会議の様子を伝える記事において、「日本の代表団は、世界でもっとも古く強力なプロレタリア作家の組織の一つを代表していた[31]」と紹介しており、また、一九三一年六月に新しく結成された労働者文化聯盟(The Workers Cultural Federation)の演劇部門は、アメリカ全土の演劇団体の統一を訴える檄文で、「フランス、ドイツ、日本、ソヴィエト・ロシアのような国では、労働者劇場は、経験や素材、意見の交換の機会を提供する強力な国内組織に統一されている。しかし、アメリカでは各団体がまだ孤立している」(32)と、全米の労働者演劇団へ向けて鼓舞していた。

先述したとおり、アメリカではJRCが一九二九年一〇月に設立されたが、これは『ニュー・マッセズ』の創刊から約三年半も遅れてのことであった。また、日本のナップないしコップに相当する労働者文化聯盟ができるのも、JRC設立から二年後の三一年六月のことである。日本の場合は、一九二〇年代中頃に初期『文芸戦線』と『プロレタリア芸術』『前衛』の三誌が揃った頃から機関誌化が図られ、組織活動が強化されるようになっていた。しかし、アメリカの例を見ると、雑誌が先行して寄稿者同士のゆるやかな結びつきが生まれ、それから組織が形成されるという過程が確認できる。ドイツの『リンクス・クルフェ(*Die Links-kurve*)』とドイツ・プロレタリア革命的作家同盟との関係も似た傾向があり、これらのことから、組織体を第一義とする日本のプロレタリア文化運動の特徴が逆照射される。もちろん、日本においても、二〇年代初頭の『種蒔く人』の頃には同人誌的な傾向が強く、米独と似たような経過をたどったが、二〇年代後半にはすでにナップや労農芸術家聯盟が団体間へゲモニー闘争をしていた点において、ある意味で日本のプロレタリア文化運動は先進性があった。

さて、そんなアメリカ・プロレタリア革命文化運動、とりわけその中心を担ったJRCの会合には、移民国家らしく多様な人種が集り、その中には日本人も含まれていた。前掲した石垣夫妻などもその一部だが、これらの日系移民の尽力によって、日本のプロレタリア作品も翻訳されていく。

アメリカにおける日本プロレタリア文学の翻訳を検討する上で、マイケル・ゴールドが日本へ向けた以下のメッセージは興味深い。

ジヨン・リード・クラブには数人の日本人同志がゐる。——また若いアメリカのプロレタリア詩人の数名が、日本のプロレタリア詩人の詩を協同して訳してゐる——ノーマン・マクラウドが最近十程の詩を訳した、そして我々はそれをぢきに使ふつもりでゐる。僕も同志内田と協同して数篇の詩を訳した。／僕は日本人が書く、簡素なリアリスティクな詩が好きだ――最近僕はあまり詩を書かない、しかし僕が書いてゐた頃には、奇妙な様だが――同じコンクリートな方法、物語りの方法、民謡に非常に近い直接的詩のテーマ、を用ひてゐたと僕は信ずる。僕はこれがプロレタリア詩の最も健康な型の一つだと信ずる――勿論、抒情詩　史詩等も好いのであるが。[33]

右の引用から、少なくともＪＲＣのメンバー間では日本の詩が読まれていたことがわかる。そして、実際に『ニュー・マッセズ』誌上にも日本のプロレタリア詩が掲載された。

『ニュー・マッセズ』に掲載された日本のプロレタリア詩の翻訳には、二人の日本人が携わっていた。一人はゴールドの言及した「同志内田」ことＤ・内田で、もう一人は池田正樹である。

Ｄ・内田は、アメリカ在住で『ニュー・マッセズ』の読者であったということ以上の情報は、本稿執筆時点では得られていない。『戦旗』に掲載された文戦派の前田河を批判する記事で、内山登なる人物が、「在ニューヨーク日本人労働者の一人として、またニユー・マツセズに戦旗の詩を翻訳して寄稿などしてゐる」[34]と述べていることから、彼が内田で、内田と内山のいずれかが変名である可能性もある。内田は、上村実彦「立毛押へに抗して」（『戦旗』一九二九年四月号）を単独訳で、滝沢二一「しやつぽをかぶらない農夫等」（『戦旗』一九二九年七月号）をゴールドとの共訳で、それぞれ『ニュー・マッセズ』に寄稿した。

この二つの翻訳のうち滝沢の詩に着目すると、本文末に「Adapted from a Japanese poem in "The Banner" by D. UCHIDA and MICHAEL GOLD.」と記されており、この詩が単純な translated（＝翻訳）ではなく、Adapted（＝翻案）として若干の改編を加えられたことがわかる。細部の異同は割愛するとして、大きな違いとしては、原文の第一連にある農夫が「どんどん土を掘りあぜを作つて」を、直前の「耕してゐた」も含めた「While digging, while hoeing」（土を掘り、耕しながら）という簡潔な表現にまとめた上で、この「digging」と「hoeing」のリズミカルなリフレインを第二連と最終連でも効果的に配置している。さらに、原文第六連の最終行「俺等は力強い組合を作らなければならない」を「To build a strong revolutionary union」とほぼ直訳し、原文最終連の「そして組合のことを毎日考へるのだ」というやや消極的な姿勢を「we must build a strong union」と意訳して、前の連とほぼ同じセンテンスを繰り返すことで力強い表現に改めている。(35) このように、無名詩人の描いたやや冗長さもある感情的な詩は、英訳によって形式的にも整った表現に生まれ変わったのである。

　池田正樹（昌夫：一九〇六〜二〇〇二）は関西の詩人で、戦後は英米文学研究者として、武庫川学院女子大学（武庫川女子大学）の教授となった。池田は関西学院英文科出身で竹中郁《いく》の後輩にあたり、その人脈から関西学院文芸聯盟の弘田競《きそう》が発行した『文芸直線』（一九二七年三月創刊）や日本プロレタリア作家同盟大阪支部の山岸又一が発行した『芸術批判』（一九三二年六月創刊）に参加するなど、ナップ派の成員として関西を拠点に活動した。(36)『ニュー・マッセズ』に掲載された日本のプロレタリア詩で池田が訳した詩は、西沢隆二《たかじ》「私は朝早く」（『ナップ』一九三一年八月号）、森山啓「北平《ペイピン》の風の中で」（『ナップ』一九三一年一〇月号）、伊藤信吉「波止場で」（『詩・現実』第三冊、一九三〇年一二月）、長沢佑「蕗のとうを摘む子供等——東北の兄弟を救へ」（『プロレタリア文学』一九三二年二月号）の四編で、いずれもノーマン・マクロード（一九〇六〜八五）との共訳となっている。また、西沢の詩を除く三編が、Translated ではなく Adapted と記されている。池田がどのような経緯でこれらの翻訳を担当したのかは定かでないが、彼がニューヨークに滞在した事実は確認できないため、おそらくは池田が日本で下訳をしてアメリカへ送り、マクラウドが韻文として適切な英文に整えたと考えるのが妥当なところだろう。

　池田が翻訳した詩の中から森山の「北平の風の中で」に着目すると、まず、「北平の風の中で」が「Storm from Manchuria（満洲からの嵐）」へと作中の表現を採用して地名を変え、プドフキンの『アジアの嵐』（一九二八）を連想させるような、よりスケールの大きなタイトルに改変されている。また、原文では全六連四八行におよぶ比較的長い詩を、全三連二六行に要約的に抄訳している。表現については、原文では最終連に一度だけ登場する「お、北風（O, wind from the north）」という言葉を第一連と第三連にそれぞれ二ヶ所ずつ配置し、詩全体の構成をシンメトリックにすることで、場面の転換や「おれ」の心の動きをよりわかりやすくしている。さらに、原文の結末部は「お、万国の労働者よ／国境を乗り越え怒来《どらい》する波濤を起せ！　おれ中国労働者は信じ希《ねが》ふ／背後から×へ！　軍艦とタンクを」（×＝狙）と、「おれ中国労働者」の視点で描かれているのを、「We will attack the Japanese rear with warships and tanks / And icicles of the storm will bayonet the captains / As we rise from the ranks to establish common cause / With the workers and soviet soldiers of China / Who stand with their backs to a continent.」（おれたちは軍艦とタンクを有する日本の背後を狙い／つらら〔＝銃剣〕の嵐が艦長たちを突き刺すだろう／大陸を背に立っている／中国の労働者やソヴィエト兵たちとの／共通の目的を成し遂げるために、おれたちは戦列から立ち上がる。）と、中国の労働者のために立ち上がる日本軍の一兵卒たちに設定を変えて、労働者同志の連帯意識を強調している。[37]

このように、日本のプロレタリア詩は、本国の日本人と在米の日本人、およびアメリカ人の革命作家との協同を経て、アダプテーションされながらアメリカの読者に届けられたのである。

おわりに――道半ばで終わった日米プロレタリア文学の往来

以上論じてきたように、日本におけるアメリカ・プロレタリア革命文学の受容は、初期の文戦派（前田河）を中心とするアプトン・シンクレア受容からナップ派を中心とするマイケル・ゴールド受容へと移り、その過程でナップとＪＲＣとの関係も強固になっていった。そして、ＪＲＣの機関誌『ニュー・マッセズ』には、日本のプロレタリア文学運動の動向が伝えられ、アダプテーションされた日本のプロレタリア詩も掲載されたのである。特に、翻訳を通じたアメリカにおける日本のプロレタリア文学作品の紹介は、さらなる発展の兆しがあった。

石垣綾子の通信文によると、『ストライキ！』（一九三〇）の著者メアリー・ヒートン・ヴォース（一八七四～一九九六）がヨーロッパから帰米した際に、ドイツでは日本のプロレタリア小説『太陽のない街』や『一九二八年三月十五日』が翻訳出版されていることをＪＲＣのメンバーへ紹介したうえで、次のように檄を飛ばしたという。

日本プロレタリア文学は一九三〇年のハリコフ大会以後、国際的に進出し、アメリカの同志達は、日本の文化運動に対して非常な関心を抱いてゐる。我々は、この席上に紹介された『太陽のない街』『三月十五日』及びその著者について簡単な紹介をし、更に日本プロレタリア作家同盟の最近の活動について、簡単に報告した。そして、日本プロレタリア小説をヂヨン・リード・クラブ会員によつて英訳し、パンフレットとして発行することを呈出した。このことは、直ちに取りあげられ、作家グループ、オークリー・ヂヨンソンは英訳の責任者となることを申し出た。日本プロレタリア小説が、ドイツ語その他の国語に翻訳されてゐる時それ等の一つもが、英語に翻訳されてゐないことは、甚だしい怠慢である。[38]

右の決議が出される以前、日本にいた英語講師のウィリアム・マックスウェル・ビカートン（一九〇一～六六）が「蟹工船」ほか日本のプロレタリア短篇小説一〇篇を翻訳し、一九三〇年に渡米してニュー・マッセズ社のマイケル・ゴールドを訪ねて出版計画を立てていた。実際に出版されたのが一九三三年のことであるため、この決議がその実現を後押ししたとも考えられるが、結局、戦前にＪＲＣが関与した日本のプロレタリア文学の英訳本の出版は、この一冊のみとなった。[39]

日本のプロレタリア文学団体は、一九三三年二月の小林多喜二の虐殺や、翌年二月の日本プロレタリア作家同盟の解散を経て、運動体としては事実上機能しなくなった。しかし、『ニュー・マッセズ』には、ニューヨークの全国学生連盟が一九三三年五月二一日に開催する「小林多喜二大衆葬および抗議集会」の告知が掲載され、ま[40]

た、『デイリー・ワーカー』には、マイケル・ゴールドの書いた小林多喜二への追悼詩(41)が掲載された。アメリカの左翼団体は、日本のプロレタリア文学運動の崩壊直前までその動向を注視し、支援を続けていたのである。

(1) 和田崇『徳永直の創作と理論――プロレタリア文学における労働者作家の大衆性』(論創社、二〇二三年)および同「日独プロレタリア文学の往来――雑誌“Die Links-kurve”を中心に」(『立命館文學』第六五二号、二〇一七年八月)を参照。
(2) ウクライナの首都ハリコフ(ハルキウ)で行われたため、通称「ハリコフ会議」と呼ぶ。
(3) 松山敏(勝本清一郎)「プロレタリア××作家、第一回国際大会に於ける日本プロレタリア文学運動についての報告――その沿革、現勢、および将来」(『ナップ』一九三一年七月号)一五頁。
(4) 前田河廣一郎が翻訳したアプトン・シンクレアの著作は、図書に限っても以下のとおり六作品におよび、『文芸戦線』などの雑誌に掲載されたものも含めれば、さらに多くある。『ジャングル』(叢文閣、一九二五年)、『義人ジミー』(改造社、一九二六年)、『地獄:四幕』(南宋書院、一九二八年)、『ボストン』上・下巻、長野兼一郎と共訳(改造社、一九二九・一九三〇年)、『資本』(日本評論社、一九三〇年)、『協同組合』(第一書房、一九三七年)。
(5) 中田幸子『前田河広一郎における「アメリカ」』(国書刊行会、二〇〇〇年)。
(6) アプトン・シンクレーア「シンクレアからの手紙」(『文芸戦線』一九二八年三月号)一一八~一一九頁。
(7) 柾不二夫「シンクレア評伝」(『綜合プロレタリア芸術講座　第四巻』内外社、一九三一年)三〇〇、三一二頁。
(8) 柾不二夫「〈赤い壁〉アプトン・シンクレアの「精神感応」について」(『ナップ』一九三一年二月号)八八頁。
(9) 日本で同時期に翻訳されたマイケル・ゴールドの著作は、図書に限ると、寺田鼎訳『金のない猶太人』(新潮社、一九三〇年)、柾不二夫・村山知義共訳『一億二千万』(世界社、一九三〇年)、阪井徳三・柾不二夫共訳『アメリカ・プロレタリア文学評論』(往来社、一九三一年)、阪井徳三訳『〈国際プロレタリア叢書〉革命の娘』(ジョン・リードと共著、四六書院、一九三一年)の四冊があり、いずれも一九三〇~三一年に集中している。
(10) 無署名「日本プロレタリア文化聯盟名誉協議員の人々(1)　貧民街出身のプロレタリア作家　米国プロ文化運動の先頭に立つマイケル・ゴウルド」(『文学新聞』第三号、一九三一年一一月二〇日)四面。

（11）『ニュー・マッセズ』創刊号（一九二六年五月）から第三巻第一二号（一九二八年四月）までは、エグモント・アレンスとヒューゴ・ゲラート、マイケル・ゴールドを中心にメンバーを加減しながら三〜六名で共同編集がなされ、第四巻第一号（一九二八年六月）から第七巻第一号（一九三一年六月）までは、ゴールドが編集長を務めた。第七巻第二号（一九三一年七月）からはウォルト・カーモンがしばらく編集長を務めたが、一九三四年に同誌が月刊誌から週刊誌になった後も含めて、ゴールドは引き続きほとんどの号で編集委員に名前を連ねた。

（12）『文芸戦線』で確認できたマイケル・ゴールドの作品の翻訳は以下のとおり。前田河廣一郎訳「釈放（世界プロレタリア文学抄）」（一九二九年八月号）、前田河廣一郎訳「俺らのジヨウの誕生日だ！」（一九二九年一一月号）、大谷政吉訳「ストライキだ！」（一九二九年一二月号）、米澤秀夫訳「飢饉（海外社会随筆）」（一九三〇年五月号）、石垣綾子訳「金なし猶太人」（一九三〇年六月号）。また、『文芸戦線』の後継誌『文戦』にも、前田河廣一郎訳「チヤーレーチヤツプリン行進曲」（一九三一年一月号）が掲載された。

（13）『戦旗』で確認できたマイケル・ゴールドの作品の翻訳は以下のとおり。柾不二夫訳「死の家に於けるヴアンゼツチ——労働者のための朗読詩」（一九二九年一〇月号）、西原みち子訳「詩訳・一億二千万」（一九二九年一一月号）、訳者不明「労働者芸術諸団体に檄す」（一九二九年一二月号）。

（14）マイケル・ゴウルド「〈国際文学ニュース〉アメリカの同志から」（『プロレタリア文学』一九三二年二月号）。

（15）原文は“A Letter to Workers' Art Groups,” *New Masses*, Vol.5 No.4, Sep. 1929.

（16）松本正雄「ジヨン・リード・クラブに就いて」（『戦旗』一九三〇年三月号）一〇五頁。

（17）石垣夫妻の文戦派からナップ派への転換を促したのは佐野碩であった。佐野は一九三一年一一月上旬にニュー・マッセズ社を訪ね、二人を説得した。石垣綾子『海を渡った愛の画家——石垣栄太郎の生涯』（御茶の水書房、一九八八年）一三四〜一三五頁を参照。

（18）原文は Michael Gold: “Notes of the Month,” *New Masses*, Vol.6 No.4, Sep. 1930.

（19）ハリー・アラン・ポタムキン「五ケ年計画完成記念大展覧会へ‼　ナップ及び作家同盟によつて受け入れられたジヨン・リード・クラブからの提案」（『ナップ』一九三一年八月号）。

（20）無署名「日本、中国、朝鮮、台湾、印度、濠州、米国、墨国　太平洋沿岸諸国のプロ文化団体が米国に集る　今度の挨拶週間を機に固く結びあふぞ！」（『文学新聞』第一〇号、一九三二年三月一〇日）一面。

(21) 無署名「文化聯盟結成経過報告」(『プロレタリア文化』一九三一年一二月創刊号) 八四頁。これに対してマイケル・ゴールドは、名誉協議員就任への答辞を返信している(「マイケル・ゴフルドの文化聯盟に送つたメッセイヂ」『プロレタリア文化』一九三二年一〇月号、七四頁)。

(22) Oakley Johnson: "The John Reed Club Convention," *New Masses*, Vol.8 No.1, Jul. 1932, p.15. 名誉委員として他に、マクシム・ゴーリキー、ロマン・ロラン、ジョン・ドス・パソス、魯迅、ヨハネス・ベッヒャー、バイアン・クチュリエ、ラングストン・ヒューズが選出された。

(23) 石垣綾子「国際文学ニュース　アメリカ」(『プロレタリア文学』一九三二年六月号) 四五～四七頁。『紐育新報』や『日米時報』などの新聞記事を調査した佐藤麻衣によると、日本人労働者文化同盟は「片山潜の社会主義研究会から発展した」もので、「1932年2月20日に、ジョン・リード・クラブで発会式を開催して」「当夜は、石垣綾子の会務報告、西村義雄の帝国主義戦争への反対演説、中国人労働者クラブのチャンによる日本の帝国主義打破を説いた演説や、藤森成吉の「ブルジョアに抗戦するプロレタリア文化」と題した講演があった」(佐藤麻衣『ニューヨークの日本人画家たち――戦前期における芸術活動の足跡』六花出版、二〇二一年、一三三頁)。

(24) Seikiti Fujimori: "Workers Art: A Voice From Japan," *New Masses*, Vol.7 No.10, Apr. 1932, pp.28-29. および "Japanese Writer Exposes Japanese Imperialism; Calls for Chinese Masses' Defense," *The Daily Worker*, Oct. 7 1933, pp.1-2.

(25) 日本プロレタリア文化弾圧抗議委員会「コップ弾圧及び同志藤森の投獄に対するジョン・リード・クラブよりの抗議」(『プロレタリア文学』一九三二年九月号) 三七～三八頁。

(26) ワルト・カーモン「国際芸術運動ニュース　アメリカ　ニユー・マッセズ廿年記念」(『ナップ』一九三〇年九月創刊号) 一一九～一二〇頁。

(27) 「国際文学ニュース　アメリカ」(『プロレタリア文学』一九三二年二月号) 一六五頁。

(28) "New Masses Is On Sale Abroad," *New Masses*, Vo.8 No.3, Sep. 1932. に「JAPAN—Sanseido Co. Ltd.,1 Torijimbocho, Kanda, Tokyo.」(p.2) と記されている。

(29) 小田切秀雄・福岡井吉編著『昭和書籍／雑誌／新聞発禁年表　上』(明治文献、一九六五年) を参照すると、『ニュー・マッセズ』第七巻第一〇号・第一二号、第八巻第四号・第五号が発禁処分を受けたことが確認できる。

(30) 和田崇編「New Masses 誌上における日本プロレタリア文学関連記事目録」(https://researchmap.jp/wada_takashi/

works/25883891)。URLは二〇二四年八月三一日現在のもの。

(31) Fred Ellis et al.: "The Charkov Conference of Revolutionary Writers," *New Masses*, Vol.6 No.9, Feb. 1931, p.6.

(32) Dramatic Section Workers Cultural Federation: "To All Dramatic Group!," *New Masses*, Vol.7 No.4, Sep. 1931, p.21.

(33) マイケル・ゴウルド「アメリカの同志から」(『プロレタリア文学』一九三二年二月号)一六六～一六七頁。

(34) 内山登「前田河の無智をアメリカから暴露する」(『戦旗』一九三〇年六月号)一一〇頁。

(35) Niichi Takizawa / Adapted by D. Uchida and Michael Gold: "Peasant Without a Hat," *New Masses*, Vol.6 No.2, Jul. 1930, p.13.

(36) 『芸術批判』同人やナップの成員であった情報は稿者(和田)が補ったが、それ以外については、季村敏夫『山上の蜘蛛——神戸モダニズムと海港都市ノート』(みずのわ出版、二〇〇九年)を参照。

(37) Kei Moriyama / Adapted by Norman Macleod and Masaki Ikeda: "Storm from Manchuria," *New Masses*, Vol.7 No.8, Jan. 1932, p.8.

(38) 石垣綾子「国際文学ニュース　アメリカ」(『プロレタリア文学』一九三二年三月号)一八四～一八五頁。

(39) *The Cannery Boat, and other Japanese short stories*, New York: International Publishers ; London: Martin Lawrence, 1933. ビカートンはニュージーランド出身のイギリス人で、旧制第一高等学校の英語講師を務めながら日本のプロレタリア文学作品の翻訳を秘かに進めていたが、一九三四年に治安維持法違反(共産党への資金援助と国際的宣伝)の疑いで一ヶ月拘留されたのち、イギリスへ帰還した。なお、同書の出版経緯や英米における反応については、堀邦雄『海を渡った日本文学——『蟹工船』から『雪国』まで』(書肆侃侃房、二〇二三年)の「第2章　国際共産主義と「蟹工船」」(四〇～五七頁)で詳しく解説されている。

(40) National Student League / John Reed Club / Japanese Workers Cultural League: "Mass Memorial and Protest Meeting for Takiji Kobayashi," *New Masses*, Vol.8 No.9, May 1933, p.29.

(41) Michael Gold: "<What a World!> A Wreath for Our Murdered Comrade Kobayashi," *Daily Worker*, Oct. 7 1933, p.9.

(付記) 本研究はJSPS科研費 JP19K13053, JP22K00338 の助成を受けたものです。

村田裕和

新築地劇団と劇団築地小劇場

『母』『吼えろ支那』『西部戦線異状なし』の競演と継承

本章では、小山内薫（一八八一〜一九二八）の急死をきっかけとして一九二九（昭和四）年に誕生した「新築地劇団」および「劇団築地小劇場」の競合関係に着目し、同一演目の競演とそのアダプテーション（脚色・翻案）の実態について考察する。新築地劇団は一九三一年五月に日本プロレタリア劇場同盟（プロット）に加盟して東京左翼劇場とならぶプロレタリア演劇の主要劇団となった。一方の劇団築地小劇場は分裂を重ねて三〇年八月の公演を最後に消滅した。旧築地小劇場の分裂とその後の二劇団の軌跡は、一九二九〜三〇年のプロレタリア演劇においてどのような意味を持っていたのであろうか。本章では、脚色・翻案を引き起こす諸条件やその影響・効果などを、当時の台本・プログラム・報告書などを分析し考察する。

1　左翼劇場の誕生と築地小劇場の分裂

一九二八年三月二五日、日本プロレタリア芸術聯盟（プロ芸）と前衛芸術家同盟（前芸）の合同によって全日本無産者芸術聯盟（ナップ）が誕生した。これに伴ってプロ芸の所属劇団「プロレタリア劇場」と前芸の所属劇団「前衛劇場」が合同し、「東京左翼劇場」が結成された。左翼劇場の結成によって、ナップは大衆獲得のための重要な機関をひとまず確保することができた。しかし、左翼劇場の観客の大部分は比較的リベラルな都市中間層であって、働きかけるべき労働者たちはごく少数であった。したがって、ストライキの現場や労働者の多い地域に出かけていく「出動」や、地方の観客を掘り起こすための地方公演や巡業にも注力しなければならなかった。

左翼劇場メンバーによる「出動」はトランク劇場以来の経験もあって数多く行われていたが、問題は地方にまで手が回らないことであった。創立から三年間——新築地劇団がプロットに加盟する三一年五月まで——で地方公演は一九二九年一〇月の関西公演（大阪・京都各二日）一回のみであった。[1] 前身の前衛座・前衛劇場が二六年一〇月から二八年三月までの一年半の間に、地方公演を五回——秋田・新潟・松本・関西（大阪・京都）・関西（名古屋・京都・大阪・静岡）——行ったことと比べれば雲泥の差であった。

こうした中、一九二八年一二月二五日、ナップは臨時大会を開き、略称「ナップ」はそのままに、「全日本無産者芸術団体協議会」への改組を決定した。文学・美術・演劇・音楽・出版の各部門をそれぞれ独立した組織とすることとし、ナップはその連絡協議体として位置づけられた。これに伴い、翌二九年二月四日、「日本プロレタリア劇場同盟」（プロット）が結成された。当初のプロット加盟劇団は東京左翼劇場、大阪戦旗座、金沢前衛劇場、静岡前衛座であった。この後、一九三一年五月までに京都青服劇場、松本青服劇場、高知街頭座、松江プロレタリア劇場、名古屋前衛座などが加盟するが、金沢・静岡・松本・高知・松江の各劇団はプロット加盟から短時日の内に弾圧によって事実上活動不能となった。[2]

ナップの臨時大会のまさにその日、築地小劇場の創立者小山内薫が急死した。小山内の死が引き金となって築地小劇場は運営方針などをめぐり内紛状態となる。一九二九年三月、土方与志《よし》が病気静養を理由に劇団部を退団、これを追うように丸山定夫・山本安英《やすえ》・薄田《すすきだ》研二・伊藤晃一・高橋豊子・細川ちか子の六名の俳優も退団を表明して、事実上、築地小劇場は「分裂」する。退団組は四月五日、「新築地劇団」を結成した。

新築地劇団（以下、「新築地」と略す）の旗挙げ公演は、一九二九年五月三日～一三日、金子洋文作『飛ぶ唄』、片岡鉄兵作『生ける人形』であった。この後、地方公演（大阪・京都）をはさんで、五月二八日から三〇日まで、帝国劇場で藤森成吉作『何が彼女をそうさせたか』などを上演した。帝国劇場公演は第五回まで続いた。一方、地方公演は、その後も大阪・京都を中心に、東京での本公演と交互に実施されて定例の公演パターンとなっていった。これは分裂前の築地小劇場が一九二六年頃に確立したスタイルであった。

一方、築地小劇場の残留組は、七月の第八八回公演まで従来の「築地小劇場」名義で活動し、その後、築地小劇場（劇場）とは決別して、「劇団築地小劇場」（以下、「劇団築地」と略す）として独立した。分裂前からの地代滞納問題が紛糾して一時的に劇場が使用できなくなるというタイミングでもあった。この窮地を救ったのが松竹興業株式会社である。同社と提携することで、旗挙げ公演を八月三一日〜九月四日に本郷座で行うことができた。第八八回公演までは以前と同様に月一回、二週間の興行であったが、劇団築地となってからは一週間に満たない公演期間となり、その間隔はしだいに開いていった(3)［表①］。

林房雄によれば、「本来的新劇」を頑強に守ってきた築地小劇場は、時に左傾したり、右傾したりするが、「その平均点は何時も『桜の園』であり『どん底』」であって、結局は「大学生や、教養ある会社員の演劇の範囲を出ない(4)」（傍点原文）ものであった。だが、その趣味・思想がいつまでも時代の先端に位置しうるものではない。林は、知識階級の解体分化に伴って、新劇もついに新劇以外のものに転化せざるをえないだろうと指摘する。

この林の分析には説得力がある。小山内薫の死は、単に一劇場・一劇団を分裂させたのみならず、かろうじて形を保ってきた新劇運動そのものを分解・流動化させたからである。脱退組（新築地）について林は、むしろ「逆に仲々左傾しなかった人々」であり、新劇の伝統に忠実な近代インテリそのもの、いわば「築地の中央派」だと指摘している。

築地小劇場の分裂は、土方与志らが「脱退」という形をとり、人数も極端に少なくなって再出発するというものであった。しかし、土方は劇団を脱退しても一九三三年まで劇場主であり続けた(5)。ここに、脱退派（しかし実は劇場オーナー）が旧築地小劇場的な左派寄りの中道路線を維持し、残留派（しかし実は看板を背負ったまま小屋を出された団員たち）の一部が急進的に左傾化するという奇妙なねじれをはらんだ競合関係が発生した。『母』と『西部戦線異状なし』の立て続けの競演はこうした状況下で起こった。

	1929（昭和4）年	1930（昭和5）年
新築地劇団	4・17―4・23『心の劇場』新宿武蔵野館 5・3―5・13①旗挙げ公演『飛ぶ唄』『生ける人形』● 5・15―5・17地方公演（大阪・京都） 5・28―5・30②『何が彼女をそうさせたか』他★ 6・26―6・30③**『母』**（5幕20場、高田保脚色・土方与志演出）★ 7・4―7・14地方公演（大阪・京都・豊橋・名古屋・松本・上諏訪） 7・26―7・31④『作者と作者』『北緯五十度以北』★ 9・26―9・30⑤『偽造株券』『密偵』他★ 10・4―10・9地方公演（大阪・京都） 11・11―11・15地方公演（京都・大阪） 11・27―11・30⑥**『西部戦線異状なし』**（5幕28場、高田保脚色・演出）★ 12・12―12・16⑦新橋公演『西部戦線異状なし』他 12・21―12・25⑧浅草公演『西部戦線異状なし』他（＊1）	1・22―2・2⑨『傷だらけのお秋』『都会双曲線』● 2・12―2・13『母』日比谷公会堂 2・15―2・24⑩『蜂起』『母』■ ――中略―― 6・14―6・24⑮**『吼えろ支那』**（9景、土方与志・山川幸世・隆松秋彦演出）▲ 8・29―9・7⑯『ゴー・ストップ』▲ 9・19―9・20『西部戦線異状なし』日比谷公会堂（＊2）
築地小劇場（劇団部）・劇団築地小劇場	4・11―4・30第八五回公演『カラマーゾフの兄弟』● 5・6―5・12地方公演（大阪・神戸・京都・名古屋） 5・18―6・2第八六回公演『ブブス先生』● 6・8―6・26第八七回公演『礫茂左衛門』● 7・6―7・25第八八回公演『故郷』**『母』**（5幕7場、八住利雄脚色、北村喜八演出、村山知義装置）● ――劇団築地小劇場結成―― 8・31―9・4①旗挙げ大興行『阿片戦争』**『吼えろ支那』**（9景、北村喜八補修、青山杉作・北村喜八演出）■ 9・27―10・1②『炭坑夫』『森林』■ 11・22―12・3③『建設の都市へ』**『西部戦線異状なし』**（5幕16場、村山知義脚色、北村喜八・村山知義演出）■ 12・5―12・18『都会覗き絵』を浅草松竹座・新宿松竹座で映画と併演	1・31―2・9④『旅路の終り』『瓦斯マスク』■ 2・24―3・3地方公演（名古屋・京都・宝塚）『吼えろ支那』他 5・5―5・7福井公演『西部戦線異状なし』加賀屋座 6・30―7・3⑤『勇敢なる兵卒シュベイクの冒険』▲ 8・7―8・20『西部戦線異状なし』（3幕8場、北村喜八演出）を浅草松竹座・新宿松竹座で映画と併演 ――以降公演の記録なし――

●＝築地小劇場（定員四六八名）■＝本郷座（定員一二八三名）★＝帝国劇場（定員一四五四名）
▲＝市村座（定員一八二六名）○囲み数字は東京公演の回数（＊1）5幕24場（＊2）5幕27場

表① 新築地劇団・劇団築地小劇場略年表

2　新築地劇団・劇団築地小劇場の競合時代

『母』の競演

新築地劇団は第二回帝劇公演を一九二九年六月二六日〜三〇日まで五日間開催した。演目はマクシム・ゴーリキー作、村田春海訳、高田保脚色、土方与志演出『母』（五幕二〇場）であった。この直後、築地小劇場も、同劇団最後の公演となる第八八回公演（七月六日〜二五日）で、八住利雄脚色、北村喜八演出『母』（五幕七場）を上演した。高田保（一八九五〜一九五二）は、浅草オペラの作者として演劇経験を積んでいた。八住利雄（一九〇三〜九一）は早大露文科卒で後に映画・テレビの脚本家として知られるようになる。

M・ゴーリキーの『母』（一九〇七年）は、労働運動に邁進する息子に感化され、自己の階級的な使命に目覚めていく母親の姿を描いた長篇小説である。高田版（新築地）と八住版（築地小劇場）の脚色は大きく異なっている。

高田版(6)は、工場労働者パーヴェル・ヴラソフの父が亡くなり、母（ペラゲヤ・ニロウナ）が酔った息子に「父と同じように生きてはいけない」と諭す第一幕から始まり、工場裏の沼地の乾《ほ》し上げ事業——労働者の賃金を天引きし、勤労奉仕させるという企み——をめぐって工場主と労働者が対立するさまを主筋として、パーヴェルが労働運動のリーダーとして成長する姿や、母が逮捕された息子に代わって運動に参加してビラを巧みに工場内に届ける場面などで構成されている。息子やその仲間たちの身を案じながらも、裁判で一〇年間のシベリア追放を命じられた息子に向かって「行っといで！」と叫ぶ母。その母が、最後は息子たちを「同志！」と呼び、停車場の群衆の前で演説をして逮捕されるに至る全二〇場の本格的な舞台であり、非合法活動の実態をリアルに再現するような構成は、帝国劇場の観客たちにはきわめて新鮮で興味深いものに映ったであろう。

一方、八住版(7)では、パーヴェルの父がすでに亡くなっているところから話が始まるが、沼地の干拓をめぐって、工場主と労働者たちとの対立を軸に、母の成長を描く主筋は同じである。ただし、場数が少ないため、高田版に比べると息子とその同志たちの活動が大幅に圧縮されている。また、特徴的なのは、日本の観客を意識した脚色である。たとえば、第二幕で「この地上にはロシヤ人や独逸人やフランス人や日本人が住んでゐるのではないのです。さう云ふ区別を信じてはいけません」と、民族概念を否定する文脈で「日本人」という原作にはない言葉が加えられている。第四幕第一場では、刑務所の面会室で母が息子に、「いろ〳〵なむづかしい言葉を覚えたよ。ちあんいぢほう、しやかいみんしゆしゆぎしや、せいけんかくとくろうのうどうめい……」と片言で話す。ひらがな書きの言葉は、戯曲がまさに「日本語」を話す観客に向けて翻案されたものであることを伝えている。

もう一点興味深いのは、女性たちの描写である。高田版では非常に善良な人物として描かれていた隣人マリヤ・コルスノワが、八住版では、窮乏に耐えかねて、秘かに工場主側に寝返っていたという設定になっている。しかも、そのことが理由で労働者の夫から激しい暴行を受ける。また、最後の場面で母ペラゲヤが停車場で演説をして逮捕されるのは高田版と同じだが、八住版ではかつて夫に暴力を振るわれてできた額の古傷を警官にふたたび打たれたと記されている。無知と貧困の連鎖の中で、資本が夫の暴力を誘発する。あるいは夫の暴力の痕跡を政府権力が上書きするように傷つける。家父長制・資本・国家が構造的に一体のものであり、女性たちにその負荷が集中していることを、ごく控え目にではあるが示している。

帝劇の観客に向けて、労働運動の萌芽期をあくまでロシアの問題として再現してみせる高田版に対して、八住版はより啓蒙的・教育的な脚色がなされていた。工場内でパーヴェルとその同志たちが演説を行う場面では、不慣れなためにすっかり興奮してしまい、壇上の仲間同士で喧嘩してしまう姿が示されている。こうした「失敗」の場面は、これから運動に参加する者にとって「役立つ」情報であるだろう。ただし、実践的な意味でこのような場面を必要とした観客がどれほどいたかは疑問である。むしろこうした場面を演劇的見せ場として享受しうる観客が一定数いたということ、あるいは、脚色者がそうした観客を想定して執筆できたということ、そこにプロレタリア演劇勃興期におけるアダプテーションの一条件を見出すことができる。

この競演と同じ年、一九二九年一〇月に東京左翼劇場が大阪で『母』（四幕八場）を上演した。脚本は左翼劇場文芸部脚色となっているが、八住版を「左翼劇場の立場から再編したもの[8]」であった。八住版が元にされたという事実は、プロット（日本プロレタリア劇場同盟）が、分裂後の築地小劇場をより左翼的・プロレタリア演劇的とみなして接近していたことの表れであろう。両公演の舞台装置を村山知義が担当していたことや、プログラムがまったく同じ体裁で印刷されており、共生閣版『ゴルキー全集』の広告も一致していることなどからも、少なくともこの時点で、両劇団がきわめて近い関係にあったことがうかがえる。

『吼えろ支那』の継承

分裂後、築地小劇場（劇団部＝残留組）は、築地小劇場（劇場）に「小屋代を払つて[9]」いた。しかし、松竹との提携が成立したのを機に、劇団部は劇団築地小劇場として独立する。その旗挙げ大興行＝Ⓐ一九二九年八月三一日〜九月四日（本郷座）で上演されたのがトレチャコフ作、大隈俊雄訳、北村喜八補修、青山杉作・北村喜八演出『吼えろ支那』（九景）であった。江馬修作、村山知義改補・演出『阿片戦争』（四幕八場）との併演で、公演プログラムの「解説[10]」によれば、「目覚めざる」中国と、「起つて咆吼する」中国を対比的に提示しようとする反帝国主義的・反植民地主義的意図が明確な取り合わせであった。劇団築地は続いてⒷ一九三〇年二月二四日〜三月三日の巡業で、名古屋御園座、京都岡崎公会堂、宝塚中劇場において『吼えろ支那』を上演した。

一方、新築地はやや遅れて第一五回公演＝Ⓒ一九三〇年六月一四日〜二四日（市村座）と、第一八回公演＝Ⓓ一九三一年一月一日〜一五日（築地小劇場）において大隈俊雄訳、土方与志・山川幸世・隆松秋彦演出『吼えろ支那』を上演した。Ⓒ・Ⓓには左翼劇場が協力した。

Ⓐ劇団築地とⒸ新築地を観た上泉秀信の比較評[11]によれば、前者には「支那的哀調」があり人物の描写には深み

や複雑さがあったが、後者は遥かに戦闘的・イデオロギー的となり、人物の性格は単純化されていたという。劇団築地が求めた芸術性にはオリエンタリズムの反復が付随し、新築地の芝居は性格が平板化されてプロパガンダに傾いていた、そのように解釈することもできるだろう。[12]

その後、Ⓔ一九三三年二月一三日～二〇日に「プロレタリア演劇の国際的十日間」と銘打って左翼劇場・新築地劇団合同の浅草公演がカジノ・フォーリーで行われた。『吼えろ支那』は改題を命じられ、『砲艦コクチエフエル』の題で上演された（岡倉士朗・杉原貞雄演出）。このⒺは村山知義作『全線』（『暴力団記』改題）と併演であった。中国を舞台とする二作品を併演するのは、かつて劇団築地がとった手法であった。さらにその後、プロット加盟の朝鮮語劇団「三・一劇場」が「汎太平洋演劇交歓週間」の一環として、Ⓕ一九三三年一二月六日・七日に築地小劇場で三・一劇場文芸部訳、杉原貞雄演出『砲艦コクチエフエル』を上演した。[13]これには左翼劇場の滝沢修、仁木独人《にきどくじん》らが助演した。

Ⓐ・Ⓑが劇団築地、Ⓒ・Ⓓが新築地、Ⓔ・Ⓕがプロット・左翼劇場系統ということになるが、左翼劇場の支援（俳優の客演）はⒷ以外すべてにみられる。滝沢修は劇団築地に所属してⒶ・Ⓑで火夫《かふ》（無線電信所の苦力《クーリー》）を演じ、その後左翼劇場に移ってⒸ・Ⓓでも同じ火夫役で客演参加し、さらにⒺでも火夫を、Ⓕで初めて実業家を演じた。すべての舞台に出演した唯一の俳優である。一方、新築地（後、左翼劇場）の仁木独人はⒶに宣教師役で客演し、Ⓒ～Ⓕで一貫して通信技師を――Ⓓ・Ⓔでは実業家も――演じた。Ⓑ以外のすべてに関わったことになる。また、Ⓐ・Ⓑで「監督助手」であった山川幸世は、左翼劇場に移ってⒸ・Ⓓでは「演出」者の一人として参加した。これらの『吼えろ支那』公演は時系列的に重ならない。つまり厳密には「競演」ではなく、劇団築地から新築地、左翼劇場へと、演目が継承・伝授された事例である。その最大の要因は、劇団築地の再分裂・解体であった。

築地小劇場の分裂後、新築地は帝劇公演に活路を求め、劇団築地は松竹と提携して本郷座に進出した。分裂はいやおうなく両劇団を大衆獲得に乗り出させた。一方、左翼劇場は第一二回公演『全線』（四幕九場、一九二九年六月二七日〜七月三日、築地小劇場）でようやく本格的な長篇作品を上演して好評であったが、それでものべ観客数は二八五二人にすぎなかった。帝劇を二回満員にすれば上回ることができる数字である。公演頻度も場所も不規則で、安定的な収入の確保にはほど遠い。こうした中でプロット・左翼劇場は、商業演劇の世界でプロレタリア演劇への歩みを進める両「築地」を「プロレタリア職業劇団」と位置づけてコントロールすることを企てた。(14)

一九二九年一〇月に左翼劇場、心座、新築地、劇団築地で結成された「新興劇団協議会」は、プロットの指導の下で、興行スケジュールや演目を調整する機関であった。しかし、一二月三日――『西部戦線異状なし』の千秋楽――に劇団築地が左翼劇場の村山知義をボイコットしようとして混乱、両劇団の関係が悪化する。(15) 興行的な自信をつけた劇団築地と、指導を強めたいプロット・左翼劇場との間の溝は深まるばかりであった。最終的に翌年五月一八日に新興劇団協議会が劇団築地を「除名」し、同日劇団築地も「脱退」を表明、さらに滝沢修・山川幸世らが劇団築地を脱退して左翼劇場に移籍するに至る。(C)の新築地による『吼えろ支那』公演は初日が六月一四日で、この除名・脱退騒動の約一ヶ月後であった。脱退組を介して『吼えろ支那』の経験は新築地へとリレーされた。

旧築地小劇場の分裂とその後の過程において、『吼えろ支那』は左翼的分子を糾合し、大衆の関心を喚起しつつ、劇団員・観客双方をプロレタリア演劇へと導く役割を果たした。しかし、プロットの介入は、かえって劇団築地小劇場の分裂を加速させ、多くの劇団員をプロレタリア演劇から遠ざけることにもつながった。ただし、プロット加盟後の報告書の中で、新築地は(C)について、「プロットの指導正しくなさる」「演劇的効果良」などとみずからを評価している。(16)『吼えろ支那』の継承はプロットの政治主義の帰結であった。

『西部戦線異状なし』の競演

新築地・劇団築地が並び立つ一九二九年後半の新劇界を象徴するのがレマルク作『西部戦線異状なし』（一九

二九年）の競演である。劇団築地は、一九二九年一一月二二日〜一二月三日の第三回公演（本郷座）で秦《はた》豊吉訳、村山知義脚色、北村喜八・村山知義演出の『西部戦線異状なし』（五幕一六場）を上演した。一二月一日までの予定であったが日延べされた。観客はのべ一万六三三九名であった[17]。

一方の新築地は、同年一一月二七日〜三〇日の第五回帝劇公演で秦豊吉訳、高田保脚色・演出の『西部戦線異状なし』（五幕二八場）を上演した。日程は劇団築地と完全に重なっていたが、こちらも盛況であった。左翼劇場や心座の俳優が応援参加した。

両公演とも検閲によって台本は大幅にカットされた。村山版（劇団築地）は、「劇中劇一幕」がすべてカットで全一五場になった。村山は、大衆性を意識して理論を前に出さなかったが、それでも「戦争反対」が原作よりも強く出たことが大幅なカットにつながったと述べている[18]。高田保は「主人公の戦争に対する観点が変つて来る」ところを「主眼」としたと述べ、検閲については「かなり顧慮して書いた[19]」と語っているが、それでも、五八ヶ所・約一万六〇〇字に及ぶ削除を受け、第五幕は全カットであった。

検閲削除によって生じた舞台の穴は、観客たちに積極的な「実践」を促すこととなった。村山知義によれば、ラストシーンでは、パウルがただ口をパクパクさせて、削除されたからしゃべれないことを観客席に伝えた。すると、「観客席からは「わかったぞ！」という叫び[20]」があがり、かえって効果をあげたという。一九三〇年三月の宝塚中劇場での『吼えろ支那』公演にエキストラ出演した平川明（当時関西学院の学生）も同様の回想を残している。平川によれば、カットされた台詞を観客がしゃべり、「声援と昂奮で、舞台と客席は一つ波になつて大きく渦をまいた[21]」という。検閲という外部からの強制的な「脚色」が、観客の参加を促し、舞台と客席との一体化を演出することとなった。

村山版（劇団築地）では、兵士たちの会話の中に「日本の満洲侵略の概要を述べよ[22]」という台詞がある。八住版『母』と同様の日本の観客向けのアレンジである（ただし台本では削除指示[23]）。高田版（新築地）の『西部戦線の台本は未見であり、両者の台本比較は今後の課題であるが、藤森成吉の劇評[24]によれば、主人公パウルの姉は窮乏のために将校に体を売っているという設定になっており、戦争と性にかかわる問題が提起されていたことがうかがえる。

いずれの公演も好評で、プロレタリア職業劇団の存在意義がはっきりとしてきた。だが、この競演の後、両劇団の命運は大きく分かれることとなる。劇団築地は、前述のとおり楽日（一二月三日）に行き違いが生じて、プロットとの関係に亀裂が入り[25]、それがさらに内部分裂に拍車をかけた。一方、新築地の場合は、一二月五日に松竹が帝国劇場を傘下に収め、新築地に帝劇の使用を許可しなくなったため、プロレタリア演劇への道を進むことが、ますます現実的な選択肢となっていった。プロットが押せば劇団築地は割れ、松竹（資本）が引けば新築地は固まったのである。新築地もプロットとの関係は平坦なものではなかったが[26]、『西部戦線』以降も俳優の不足を補い合うという取り組みは続いた。こうした協力関係がプロット加盟の機運を醸成した側面もあるだろう。『西部戦線異状なし』の競演は、二劇団競合時代の象徴でありそのクライマックスであった。流動化した新劇運動の流れは、プロレタリア職業劇団という過渡的形態を経て、表面的には急進的に見えた劇団の解体分化と、中道派に見えた劇団のプロレタリア劇団への転化という結末にたどり着くこととなる。

3　『母』から『父』、『父』から『吼えろ百姓』へ

新築地に所属していた文芸評論家の熊沢復六《またろく》は、一九二九年を振り返り「脚色全盛の観[27]」があったと述べている。その背景にはプロレタリア芸術への関心の高まりと同時に、本格的なプロレタリア長篇戯曲の不足というもう一つの要因があった。もちろん、元をたどれば、旧築地小劇場の分裂後、二劇団がそろって大劇場に進出したことそのものにも原因があった。

しかしこのことが、才能ある脚色家を新劇の表舞台に登場させることにつながった。大衆的な支持を受けた小説が素早く翻案され、日本の観客を念頭に臨機応変に脚色がなされた。そして、時にはそれが新劇の外側へもあふれ出した。

創立期の新築地劇団を支え、脚色全盛の時代を出現させた人物の一人が高田保である。高田は、『母』『西部戦線』以外にも、『生ける人形』や『北緯五十度以北』『アジアの嵐』などの作品に関わっている。この高田のもとを訪れたのが、新派俳優の井上正夫であった。井上は第二回帝劇公演『母』に感銘を受け、テーマを「父」に替えた翻案作品を書いてほしいと高田に依頼した。この依頼に応じて書かれたのが、その名も『父』と題する三幕一〇場の戯曲である。(28)

この戯曲は、庄屋が屋敷の裏にある沼地の埋め立てを農民たちに強要するという設定となっており、枠組みは『母』とほぼ同じである。母子関係は、父「丈助」と息子「修助」の関係に移し替えられている。『父』では、修助の同志たちが捕縛された際に、感情的になって飛び出そうとする修助を、父が「万人の百姓を生涯の苦みから救ひ出すことが、お前の願つた大きな望み」と諭す場面がある。おろおろするばかりの『母』のベラゲヤ・ニロウナに比して、この父は雄弁で強固な意志をもっており、息子を導き成長させる存在である。子が母を成長させるという『母』の主要モチーフは『父』ではほとんど生かされておらず、ジェンダー規範の観点でいえば大きな後退である。

もう一つの大きな違いは、庄屋(『母』の工場主)の横暴が、「御城代」の仲裁で解決に向かうという点である。しかも、その御城代は農民たちに「人別三文の日銭」を課し、それに抗議する修助たちの押し出し(集団請願)を徹底的に弾圧する。修助たちが捕らわれると、父丈助が蓆旗《むしろばた》を取って歩みを続けようとするが、その丈助も捕らわれ、その際に受けた暴行のために息絶える。

ここには『母』と大きく異なる構造が示されている。庄屋の横暴は、より上位の権力によって裁定される。この絶対的な権力と農民の対立が、父をも死に追いやる。親子関係（私的領域）における父の家父長的な「強さ」と、農民の直接行動（公的領域）における父の個としての「弱さ」が際立つ設定である。一方、『母』が示した、肉親の愛情から同志愛への変化というテーマは後景へと退いている。この高田の翻案は、家父長制国家日本の権力構造と〈個〉の脆弱性をたくみに可視化しているという点で意義深いが、それは同時に八住版の『母』や高田版の『西部戦線』が持っていたようなジェンダーと暴力に関わる批評性を捨象するものでもあった。

『父』は一九二九年八月一日から浅草常盤座の八月狂言の一つとして上演された。父丈助を井上正夫が、子修助を河原崎長十郎が演じ、新派の中堅どころの他、仲島淇三（左翼劇場）、伊達信《しん》（劇団築地）、島田敬一・三島雅夫・仁木独人（新築地）らが加わって、類をみない混成旅団となった。井上自身、「松竹の芝居」としては空前絶後だと自賛しており、「芝居をして其の報酬を貰つたのは生れて初めてといふ連中が大部分だつた」[29]などと回想している。新派への進出が、俳優の経済的な支援にもつながったことがわかる。

しかし、当然のことながら、こうした興行資本との結び付きは批判の的となった。後に新築地の脚本家となる土井逸雄は、「資本家松竹は、いま「プロレタリア職業劇団」になつてゐるこの築地小劇場を井上正夫等々の新派俳優のなかへ融かし込むことをしなかったであらうか?」と書いた[30]。『母』から『父』への翻案は、大衆の獲得と経済的安定、そして階級的「正しさ」をめぐるジレンマを左翼陣営の人々に突きつけたのである。

『母』翻案の連鎖はさらに続く。江戸時代に発生した演芸ジャンル「新内節《しんないぶし》」の岡本文弥《ぶんや》（一八九五～一九九六）が、高田の『父』を口演したのである。岡本は勃興するプロレタリア演劇に共鳴して「左翼新内」をみずから創始した。レパートリーは『磔《はりつけ》茂左衛門』『西部戦線異状なし』『太陽のない街』などで、いずれも独自にアレンジしたものであった。現在確認できる最初の出演は一九三〇年一月二一日の読売新聞社主催「新人放送者演芸大会」[31]であるが、そこで『父』が語られたのである。ただし、岡本はタイトルを『吼えろ百姓』と改めた。

『母』の国内初演は一九二九年六月である。そこからわずか七ヶ月の間に翻案劇『父』を経由して――『吼えろ支那』の題名も一部借用して——左翼新内『吼えろ百姓』が生まれた。ゴーリキーとトレチャコフ、新劇と新派、それらが日本の伝統的な語り物の中で一つになった。しかもこれはラジオの公開生放送であった。

左翼新内の口演は一九三〇～三一年にかけて四〇回ほど確認できるが、三一年以降、新作（新翻案）はほとんどなくなり、岡本自身もしだいにプロレタリア演劇から遠ざかった。(32) 高田保の場合は新築地のプロット加盟（一九三一年五月）以後、プロレタリア演劇にはまったく関わっていない。連続するアダプテーションの時代は、プロレタリア職業劇団が都市中間層に支持される中で成立し、劇団のプロレタリア化によって終わりを迎えた。専門的な——イデオロギー的に「正しい」——演目が、翻訳や書き下ろしによって徐々に整えられたことも、自由な翻案を抑制する結果をもたらしたと考えられる。

4 プロット時代の新築地劇団——まとめにかえて

劇団築地は一九三〇年八月に映画と併演のかたちで規模を小さくした『西部戦線異状なし』を上演した。これが記録に残る最後となった。プロレタリア演劇におけるアダプテーションの全盛期は創造性に満ちた時代であり、検閲削除という強制的な改変さえ舞台と観客席を一体化させる即興的なアレンジの効果を発揮した。「プロレタリア職業劇団」の定義には曖昧な部分もあるが、広く大衆を動員しうる左翼的商業劇団という存在は望んでも簡単に得られるものではない。しかし、プロットの性急な指導も一因となって、劇団築地小劇場は消滅してしまった。

一方の新築地劇団は、一九三一年五月にプロットに加盟し、左翼劇場と並ぶプロットの主要劇団として活躍することになる。新築地は一九三四年四月に「五周年記念公演」を開催したが、結成からの五年間に、大小合わせて約八〇回の公演を積み重ねていた。その内、関西公演に注目してみると、旗挙げ公演からプロット加盟までの二年間で関西公演を九回実施している。しかしその後は、三一年六月、一一月、三二年一月の三回のみという結果であった。三三年二月に左翼劇場および関西のプロット加盟劇団との東西合同記念公演「プロレタリア演劇の国際的十日間」が行われているが、これを加えても、五周年までの後半三年でわずか四回しか関西公演を実施できなかったのである。では東京での活動に専念していたかというと、そうではない。東京近郊巡回（三一年七月）、東北・北海道巡回（八月）、東海道・山陽道方面の巡回（三二年四月）など大規模な地方巡回公演を行っている。しかし、いずれも劇団の経済的安定には結びつかなかったものと思われる。(33)

他方、東京左翼劇場は、冒頭で述べたように一九二八年の創立からの三年間で地方公演は一回のみであったが、新築地が加盟した三一年五月以降、北九州地方公演（三一年六月）、東京近郊農村巡回（八月）、第二回関西公演（九月）と、地方公演を畳みかけるように実施することができた。日本プロレタリア文化聯盟（コップ）結成前に、地方の開拓が重視されていたことがうかがえるが、新築地劇団のプロット加盟がなければこれを実現することは不可能であっただろう。

新築地は、劇団築地との競合時代を生き抜き、解体・分化する劇団築地のエネルギーを吸収しつつ、一方では高田保や岡本文弥ら独自の才能を持った演劇人・芸能人たちを巻き込んで大衆を動員できる劇団へと成長した。しかし、プロット加盟によって、劇団はあたかも左翼劇場を補完する「第二左翼劇場」のような存在となり、その独自性を喪失していった。とはいえ、コップ結成以降の厳しい文化弾圧の中で、「プロレタリア職業劇団」というようなイデオロギー的中間領域がいつまで存続できたかは定かではない。プロット加盟の功罪を単純に論じることはできないのである。プロットの解体後、新築地はさっそく東京と関西での交互公演を復活させた。そして村山知義提唱の新劇団合同案には加わらなかった。かつて「築地の中央派」と呼ばれたその位置に立ち返り、一九四〇年八月の解散命令まで奮闘を続けたのである。

(1) 東京左翼劇場およびその前身劇団の公演活動については村田裕和編「左翼演劇公演一覧表」（中川成美・村田裕和編『革命芸術プロレタリア文化運動』森話社、二〇一九年）参照。

(2) 『日本プロレタリア劇場同盟第三回全国大会報告議案』（プロット第三回大会、一九三一年五月一七日）に報告がある。『昭和戦前期プロレタリア文化運動資料集［DVD版］』（丸善雄松堂、二〇一七年［DPRO-1026］）所収。以下、同資料集を参照・引用する場合は、その資料番号［DPRO-四桁数字］のみを記す。なお、本章では当時の日本語の呼称に従って『吼えろ、中国！』を『吼えろ支那』と表記した。

(3) 劇団築地および新築地の公演記録は、前掲（注2）DVD版資料集および倉林誠一郎『新劇年代記〈戦前篇〉』（白水社、一九七二年）、「新築地劇団上演記録」（『新劇の四〇年』民主評論社、一九四九年）および「山本安英舞台年表」（『山本安英舞台写真集　資料篇』未来社、一九六〇年）を参照。

(4) 前掲（注3）『新劇年代記〈戦前篇〉』二五九頁。初出『国民新聞』（一九二九年四月三日）。

(5) 土方与志が一九三三年に渡欧する際に結成された築地小劇場管理委員会の「挨拶状」（［DPRO-1364］）参照。

(6) 関西勤労者教育協会所蔵（大岡欽治旧蔵）台本を参照。

(7) 八住利雄「母（ゴリキイ原作）――築地小劇場上演台本・五幕七場」（『劇場街』一九二九年七月）。

(8) プログラム『東京左翼劇場関西第一回公演「母」』（［DPRO-0643］）。

(9) 北村喜八「新劇運動の歴史とその特質」（『新文芸思想講座』第四巻、文芸春秋社、一九三四年）九六頁。

(10) プログラム『劇団築地小劇場旗挙大興行「阿片戦争」「吼えろ支那」』（［DPRO-0625］）。

(11) 前掲（注3）『新劇年代記〈戦前篇〉』三五六頁。初出『都新聞』（一九三〇年六月一八日）。

(12) トレチヤコフ作、大隈俊雄訳『吼えろ支那　他戯曲二篇　メイエルホリド座上演台本集』（世界の動き社、一九三〇年）。劇団築地「北村喜八改修《ママ》」の台本は『築地小劇場検閲台本集』第一〇巻（ゆまに書房、一九九一年）所収の影印版を参照。

(13) プログラム『朝鮮演劇の夕　三・一劇場公演』（［DPRO-1394］）。

(14) 佐野碩「『築地』及び『新築地』の将来について」（『築地小劇場』一九二九年九月）。

(15) 大笹吉雄『日本現代演劇史　昭和戦中篇Ⅰ』（白水社、一九九三年）三六～四三頁。

(16) 「新築地劇団報告書」（『日本プロレタリア劇場同盟第三回全国大会報告議案』［DPRO-1026］所収）。

(17) 前掲（注9）一〇二頁。労働者券（三〇銭）の購入者は二〇四一名であった。

（18）取材記事「脚色者の戦線【一】」（『読売新聞』朝刊、一九二九年一一月二六日）一〇頁。
（19）取材記事「脚色者の戦線【二】」（『読売新聞』朝刊、一九二九年一一月二七日）六頁。
（20）村山知義「解説」（『村山知義戯曲集』上巻、新日本出版社、一九七一年）五〇〇頁。
（21）平川明「演劇に憑かれて　関西学院の頃」（『暖流』一九四六年八月）。
（22）村山知義『最初のヨーロッパの旗』（世界の動き社、一九三〇年）四一五頁。
（23）前掲（注12）『築地小劇場検閲台本集』第一〇巻、二二五頁。
（24）藤森成吉「新築地の西部戦線劇」（『東京朝日新聞』朝刊、一九二九年一一月三〇日）五頁。
（25）一二月九日付で左翼劇場宛に「決議文」が出された。ガリ版用紙二枚に村山の名を挙げて抗議する内容である（［DPRO-0681］）。
（26）一九二九年七月、事前の約束に反して『蟹工船』（『北緯五十度以北』と改題）を勝手に脚色・上演したとして、プロットの佐々木孝丸・小野宮吉・杉本良吉・佐野碩・村山知義が帝劇に乗り込み、幕開けを妨害した事件があった。この結果、佐々木が文芸部嘱託として新築地に入ることになった。前掲（注15）六三〜六七頁。
（27）熊沢復六「演劇時評　新劇の一九二九年展望」（『劇場街』一九二九年一二月）。
（28）高田保『宣伝』（塩川書房、一九三〇年）所収。初出『祖国』一九二九年九月。
（29）井上正夫「父」（『新築地』第一号、一九三四年六月一〇日［DPRO-1452］）。
（30）土井逸雄「新劇団の位置と方向――一九二九年から一九三〇年へ」（『劇場街』一九三〇年一月）。
（31）会場は日比谷公会堂。『読売新聞』朝刊（一九三〇年一月二二日）九頁。
（32）一九三三年二月二三日の『読売新聞』朝刊に岡本文弥の「転向」が報じられている。ただし、三四年五月の中央劇場（左翼劇場改名）公演『斬られの仙太』にひそかに協力している。岡本文弥編『岡本染之助川津正子一周忌のために』（川津書店、一九三六年）六七頁。
（33）たとえば収支記録の残る東北・北海道公演では、差し引き四六三円六一銭の赤字と報告されている。新築地劇団書記局『新築地劇団東北北海道地方公演報告』（一九三一年九月一日［個人蔵］）。

ホルカ・イリナ

一九五〇年代ルーマニアにおける日本文学

大田洋子著「どこまで」の場合

はじめに――戦前の日本像

ルーマニアと日本は、一九世紀後半という同時期に近代国民国家へと転換し、「西洋」の文化的影響にどう対処するか、ロシアのような強力な隣国に対してどのような立ち位置をとるかなど、類似した課題に直面してきたように見受けられる。したがって、ルーマニアの作家による近代日本に関する初期の記述[1]において、しばしば自国が遠い日本と比較されていることは、驚くべきことではないだろう。たとえば、G・ミハイレスクは、著書『日出づる国からドルの国へ』（一八九二）において、「日本の欧州化と欧州の米国化」に触れ、ルーマニアと日本は同様の歴史的運命を持ち、同様の課題に直面している点を指摘している。それから一〇年後、日露戦争終結後においても、この種の論述は途絶えていない。たとえば、『日本人について一言』（一九〇五）において、ミハイル・ネグレアヌは、「ダキア・フェリクスの地〔ルーマニア〕は、大和の地と同様に美しく豊かである。ルーマニアの人々は勤勉で忍耐強く、日本人のように澄んだ心を持つ」と記している。それでもやはり彼は、戦争が日本の運命を変え、ルーマニアを含む世界の国々における日本の捉え方を変えたと認め、次のように結論づけている。

近年まで劣った黄色人種と考えられてきた日本人は、自らの悪評を世界的名声へと見事に書き換えた。〔略〕

日本人がアジアにおける日本の地位を引き上げたように、ルーマニアの人々も自国の重要性についての確固たる信念、献身的な連帯と犠牲、生まれながらの資質の育成を通じ、いつの日か新ローマ世界におけるルーマニアの地位を引き上げることができると、私は確信している。(2)

日露戦争後の日本は、もはやルーマニアのように世界の列強に対して自らの存在を証明しようとする小国ではない。ルーマニア人にとって日本は対等ではなくなった代わりに、模範になっていき、目指すべき理想となった。そしてその二〇年後、エウジェン・ロヴィネスク(一八八一~一九四三)は『近代ルーマニア文明史』(一九二四~二六)でこの機運をより強く代弁している。

日本の変容は私たちのそれよりもはるかに速く、知的能力をそなえたすべての人々を統治する現代社会との共時性に基づいているため、本質的に進歩的である。日本の変化の結果は全世界にとって明白であるが、同時に日本国内では、この変化が数千年の歴史を持つ有機的な伝統主義と国民性によって迎えられた。(3)

両国間の類似点を描く傾向(主に日本に好意的であるが、必ずしもそうとは限らない)は、ルーマニアにおける論説の主流である。以前に筆者が指摘したように、(4)ルーマニアの研究者や日本愛好家は日本人が持つ自然への愛情を「森の兄弟」と言われるルーマニア人のそれと比較し、また日本の枕詞がルーマニア民謡の定型的な導入部に類似していると述べている(例えば、ミハイ・スタンチェスク『日本』一九二五)。さらには両国の孤立性――日本の場合は地理的に、ルーマニアの場合は比喩的、つまり「スラブ人の海に浮かぶラテンの島」という意味においても類似していると主張した(コンスタンティン・ソレスク『日本、現在進行形の啓示――ルーマニアにおける表象』一九九七)ことが注目に値しよう。

1　ルーマニアにおける日本文学

このような親近感と類似性が指摘されるなかでも、数点の初期翻訳（例えば一九〇六年に訳された徳冨蘆花（一八六八〜一九二七）の『不如帰』や、一九四三年にA・T・スタマティアドによって編纂・翻訳された詩集『絹のスカーフ』）以外に、日本文学のルーマニア語訳は第二次世界大戦後までほとんど出版されてこなかった。一九四〇年代後半から翻訳の出版が増加に転じ、一九八九年まで少しずつではあるが着実に増えていった。第二次世界大戦の終結から共産主義体制の崩壊までの五〇年間における日本と日本文学の受容は、当然のことながら、国内における社会主義イデオロギーの採用と継続的な適応によって形作られた。以下に社会的・政治的状況の概要、および一九四五年から一九八九年までのルーマニアにおける日本文学の翻訳について簡潔に説明しておこう(5)。

ルーマニアのおよそ半世紀にわたる共産主義時代は、主に三つの期間に分けられる。まず一九四五年から六一年にかけては、いわゆるスターリン主義時代であり、その間、ルーマニアは政治的および文化的生活のあらゆる側面でソ連を模倣した。ゲオルゲ・ゲオルギュ＝デジ（一九〇一〜六五）政権下のルーマニアは、スターリンの死後、一九五三年から次第に西側と外交関係を結ぶようになり、また一九六一年以降は明らかにモスクワから距離を置く政策に舵を切る。ゲオルギウ＝デジの死後、ニコラエ・チャウシェスク（一九一八〜八九）政権が成立し、ルーマニアは西側世界に一時的に門戸を開き、ソ連と足並みを揃えることを拒否する姿勢を明確化することで、親西側路線をより顕著にしていった。一方、チャウシェスクが一九七一年に中国や北朝鮮を訪問し、それらの国々において実践されていた共産主義の影響を受けた結果、政権が崩壊する一九八九年までの約二〇年間は、抑圧を増す（自己）検閲、厳しい「文化計画」、および国際主義の皮を被った国粋主義の激化によって特徴づけられるのである。

ルーマニア共産主義の下では、外国の文学作品は国家イデオロギーに沿った形で読まれる場合や、社会主義国家の「より大きな利益」に何らかの形で転用できる場合においてのみ翻訳される傾向にあった。バギウが述べるように、「国際社会主義者と見なされる可能性のある作家の作品は、翻訳する価値があると評価された」。これは、実際に「代替的な文学シーンを作り出しながら、国際的な展望や内容を維持した」[6]。したがって、適切であると見なされた、または適合の可能性があると思われた外国文学モデルのみが、ルーマニア文化に浸透して「制作国のラベル」として機能した。同時に、アントキが指摘するように、何を翻訳するかという「決定の手法は、特定の地理的および政治的領域とどのような関係性が望まれていたかを示すものであった[7]」のである。さらに、翻訳対象の原文に対して、必要に応じて加筆や省略などの変更を加えることや、翻訳者や編集者が序文または後書きを付け加えることで、翻訳作品の欠点を示して検閲の圧力を「和らげる」といった作業も広く行われていた[8]。当時において作者、または翻訳者と読者が常にダブル・ミーニングのゲームに従事し、検閲者を欺こうとしていた。つまり、共産主義の下で出版された書籍は、いわゆるイソップ言語を使って「理解すると同時にその意図を額面通りに受け取らない[9]」ものであり、「パラノイドな読書[10]」の実践であったと指摘されてきた。

次頁に示す表①[11]は、一九四八年から八六年の間にルーマニア語に翻訳され、出版された日本文学の作品を示している。ソ連の同名の出版社を模して一九四八年に設立された国立文化芸術出版社（Editura de Stat pentru Literatură şi Artă, ＥＳＰＬＡ）は翻訳文学の主要な出版社であったが、一九六〇年以降に世界文学出版社（Editura pentru Literatură Universală, ＥＰＬＵ、一九五一年設立、後に Editura Univers へと改名）に取って代わられた。チャウシェスクが最高指導者になった直後の「雪融け」に合わせ、翻訳文学の評価が高まり、ＥＰＬＵが幅広い作品を扱い、発行部数の多い出版社へと成長していった。ディミトリウは[12]、一九六三年に出版された翻訳の一例として、シェイクスピアの戯曲のいくつか、ポーとアーヴィングの短編小説集、バルザック、チョーサー、メリメ、チェーホフなどの小説を挙げている。また、ＥＰＬＵが出版した翻訳書籍の発行部数は数万冊単位であり、これらの多くは、

著者	題名	題名（ルーマニア語）	翻訳者	発行年	出版社
Tokunaga Sunao 徳永直	太陽のない街	Strada fără soare	Emil Fulda	1948	Editura de stat
Tokunaga Sunao 徳永直	静かなる山々	În munții liniștiți	M. Goltz, L. Soare	1954	Editura de stat pentru literatură și artă
Ōta Yōko 大田洋子	どこまで	Pînă cînd	Gheorghe Voropanov, Jacques Costin	1956	Editura de stat pentru literatură și artă
Takakura Teru タカクラ・テル	ぶたの歌	Cîntecul porcului	Gheorghe Voropanov, Jacques Costin	1956	Editura de stat pentru literatură și artă
Takakura Teru タカクラ・テル	箱根用水	Apele Hakonei	T. Malita, R. Hefter	1956	Editura de stat pentru literatură și artă
Shimota Seiji 霜田正次	沖縄島	Insula Okinawa	Ioan Timuș, Pericle Martinescu	1961	Editura pentru literatură universală
Takakura Teru タカクラ・テル	狼	Lupul	E. Naum, N. Andronescu	1962	Editura pentru literatură universală
Abe Kōbō 安部公房	完全映画	Totaloscopul	Iacob Babin	1966	Editura pentru literatură universală
Shimazaki Tōson 島崎藤村	破戒	Legămîntul călcat	Ion Caraion, Vladimir Vasiliev	1966	Editura pentru literatură universală
Hoshi Shin'ichi 星新一	冬きたりなば	Cînd va veni primăvara	Iacob Babin	1967	Revista știința și tehnica
Akutagawa Ryūnosuke 芥川龍之介	羅生門、その他	Rashomon și alte povestiri	Ion Caraion	1968	Editura pentru literatură universală
Abe Kōbō 安部公房	砂の女	Femeia nisipurilor	Magdalena Levadoski-Popa	1968	Editura pentru literatură universală
Inoue Yasushi 井上靖	猟銃	Pușca de vînătoare	Platon și Lia Pardău	1969	Editura pentru literatură universală
Kawabata Yasunari 川端康成	古都	Kyoto	Vasile Spoială	1970	Editura pentru literatură universală
(various)	日本の抒情詩	Din lirica japoneză	(various)	1972-1973	Editura pentru literatură universală
Kawabata Yasunari 川端康成	雪国	Țara zăpezilor	Stanca Cionca	1974	Editura Univers
Natsume Sōseki 夏目漱石	吾輩は猫である	Motanul are cuvîntul	Mihai Matei	1975	Editura Univers
Mishima Yukio 三島由紀夫	潮騒	Tumultul valurilor	Ana Năvodaru	1975	Editura Univers
Sei Shōnagon 清少納言	枕草子	Însemnări de căpătîi	Stanca Cionca	1977	Editura Univers
Toyota Aritsune 豊田有恒	恋の鎮魂曲	Requiem de dragoste	Haruya Sumiya	1979	Editura Echinox

Mishima Yukio 三島由紀夫	宴のあと	După banchet	Stanca Cionca	1979	Editura Univers
Toyota Aritsune 豊田有恒	免許時代	Epoca permisiunilor	Haruya Sumiya	1979	Editura Vatra
Chikamatsu Monzaemon 近松門左衛門	近松戯曲集	Poeme dramatice. Teatru	Angela Hondru	1980	Editura Univers
Dazai Osamu 太宰治	斜陽	Amurg	Angela Hondru	1980	Editura Univers
Natsume Sōseki 夏目漱石	草枕、道草	Călătoria, Șovăiala	Mirela Șaim	1983	Editura Univers
Ueda Akinari 上田秋成	雨月物語	Închipuirile lunii și ale ploii	Mirela Șaim	1984	Editura Univers
Mishima Yukio 三島由紀夫	金閣寺	Templul de aur	Angela Hondru	1985	Editura Univers
Natsume Sōseki 夏目漱石	こゝろ	Zbuciumul inimii	Elena Suzuki, Doina Ciurea	1985	Editura Univers
	竹取物語	Povestea bătrînului Taketori	Alexandru Ivănescu	1986	Editura Univers
	落窪物語	Frumoasa Otikubo	Alexandru Ivănescu	1986	Editura Univers

表①　ルーマニア語に翻訳された日本文学（1948 ～ 1986 年）

労働者階級の読者が手にすることとなった。

表に記載されている日本文学の翻訳のほとんどは、小説または短編小説集である。これは、散文が成熟期の社会主義に好ましいジャンルであったためであると指摘されている[13]。一九五〇年代から七〇年代初頭に登場した翻訳の多くは、日本のプロレタリア文学またはリアリズム小説のいずれかに分類でき、どちらも社会主義リアリズムの理想に適用できるものであった。一方、一九七〇年代後半から八〇年代にかけて、日本の古典や前近代文学など、よりイデオロギー的に中立な作品の翻訳が増加していく。その一方で、国際的な知名度を視野に入れて、翻訳対象の作品の文学性がより重視されはじめる傾向も見受けられよう。たとえば、一九六八年の安部公房『砂の女』の翻訳は、一九六五年にルーマニアで上映された外国映画上位一〇本に選ばれた勅使河原《てしがはら》宏監督による一九六四年の映画の名声[14]を受け、出版される運びとなったと考えられる。さらに、川端康成の『古都』（一九七〇年翻訳）および『雪国』（一九七四年翻訳）のルーマニア語版は、一九六八年の川端のノーベル文学賞受賞を受けて出版されたと思われる。三島由紀夫の人気も、ノーベル文学賞候補になったことをきっかけとして高まったものであろう。ここでは、一九六〇年代後半のチャウシェスクの「小さな雪融け」に伴った西洋への歩み寄りの結果、日本文学の翻訳者が以前に使用していたロシア語の情報源から遠ざかり、「ヨーロッパ」の情報源（フランス語、英語、ドイツ語、イタリア語）を利用するようになったことにも注意しておきたい。

前述の通り、ルーマニア語への翻訳のほとんどが重訳であり（Stanca Cionca による例外的なものを除いて）、また共訳によるものも多い。共訳の場合、一人は原語の専門家として実際の言語翻訳を担当し、もう一人はルーマニアの著名作家であり、文体の調整を担当したと思われる。また、初期のロシア語からの翻訳の場合、ロシア語の専門家がルーマニア語版のイデオロギー的な適切性を確認する任務も負っていたと考えられる。

当初、世界文学を社会主義の規範に合わせるということは、直訳よりも「意訳」を好むことを意味していた。ソビエト連邦と中・東欧では、多くの作家が検閲のために自らの作品を出版することができず、翻訳（特に「意訳」）を「創造的な機会」として捉えていた。同時に出版業界の側では、「意訳」が「原文に対する検閲と介入」を可能にしていたことも指摘されている。[15] その一方で、一九八〇年代にようやく原文に忠実な翻訳が学界の規範として確立し、「意訳」を優先する姿勢は次第に目立たなくなる。[16] この展開は、辞書や翻訳教科書の発行、および言語学者や教員の中からプロの翻訳家が出現したことによって、実務レベルでも支えられた。[17] 要するに、一九七〇年代から八〇年代にかけて、ルーマニア語への翻訳は全体的に忠実性へと重点を置くようになり、原語に直接携わるプロの翻訳家が主流になっていった。

他方で日本文学の場合は、翻訳学のディスコースにおいて短い定型詩に焦点が当てられ、俳句はしばしば「翻訳の限界」を強調する一例として挙げられていた。このように、日本（語）のような「マイナーな言語・文化」は不可解さ・翻訳不可能性や他者性の記号として参考にされ、結果として、日本文学の文脈では重訳・意訳の欠点があまり注目されず、他言語を仲介した翻訳は長く続けられた。その反面、フランス語や英語などを通して日本文学を翻訳することで、ルーマニアの翻訳者は一時的かつ破壊的にヨーロッパ文化への知的・精神的な属性(「我々社会主義者」ではなく、「我々ヨーロッパ人」)を取り戻すことができ、また「マイナーな文化」(日本)に相対する「メジャーな文化」(ヨーロッパ)の側に自らを置くことができたと指摘されよう。

2　一九五〇年代という時代背景

次にルーマニアの社会主義初期の翻訳に改めて目を向け、一九五六年にルーマニア語に訳された二つの短編小説、タカクラ・テル(一八九一～一九八六)「ぶたの歌」(原文は『人民文学』一九五一年一月号に掲載)、および大田洋子(一九〇六～六三)「どこまで」(原文は『小説公園』一九五二年六月号に掲載)に焦点を当てたい。翻訳者はゲオルゲ・ヴォロパノヴとジャック・コスティン(一八九五～一九七二)であり、出典の原語については言及されていない。ルーマニア語版の出版時点では、二作品はロシア語訳のみが存在していたことと、[18] 人名のルーマニア語表記の方法を考慮すると、ロシア語を元にした翻訳であったと推測されよう。

二人のルーマニア語翻訳者のうち前者については、他にも二点ほどロシア語から本を翻訳したという事実以外に、参考になる情報を得ることができなかった。この人物の役割はロシア語の専門家であり、翻訳のイデオロギー的な「適切性」を監督した人物だったと推定できよう。後者のジャック・コスティンは、戦前にルーマニアのシュルレアリスムの発展において中心的な役割を果たした著名な詩人である。[19] コスティンは、反ユダヤ主義によって戦争中に迫害され、モヒリーウ・ポジーリシキのユダヤ人収容所に強制収容された。また戦後も、自身が創作した前衛詩を出版することが禁じられ、翻訳者に転向し、主にフランス文学の翻訳(例えばユゴー『レ・ミゼラブル』など)を手がけていた。[20]

タカクラのテクストは、戦後に共産党の代表として村に戻り、地元の地主とその搾取的慣行を公然と批判する若い農民のイデオロギー的な目覚めの物語であり、一九五〇年代のルーマニアにおいて翻訳されたのは驚くべきことではない。先の表が示すように、タカクラの小説のうち、他にもその直後に二点が翻訳されており、時代との「一致性」が確認できよう。一方、大田の「どこまで」は、現在でもロシア語とルーマニア語訳しか存在せず、一九五〇年代にルーマニア語に翻訳されたことは、ある意味不思議であるといえる。また大田はこの時期に翻訳されたもののうち唯一の女性作家、かつ唯一の非プロレタリア作家であり、「どこまで」は、広島に焦点を当てた唯一の翻訳である。(21) さらに重要なのは、ルーマニア語版には含まれていないが、原作のあとがきに「この小説の素材の一部は、『原爆の子』の子供たちの手記のなかから得たものである」と書かれているように、この短編小説の内容の一部は『原爆の子』(22) に収められた広島の子供たちの手記に基づいているのである。

作品が出版された明確な理由を挙げた文書を特定することはできなかったが、現時点で持つ情報に基づいて、一九五〇年代のルーマニアの「どこまで」を取り巻く受容環境の概要を説明し、翻訳の背景にあったと考えられる動機を探ってみたい。

日本とルーマニアの外交関係は、第二次世界大戦中の一九四四年一〇月三一日に断絶された。日本は一九五四年頃からソビエト圏諸国との関係を正常化する意向を表明し、五四年にポーランド、五六年にハンガリー、チェコスロバキア、ソ連、そして五八年にルーマニアとの外交活動を強化した。(23) ルーマニアと日本の国家外交レベルでの展開は遅かったものの、他の種類の交流が両国間でより早い時期から起こっていた。初期の最も注目すべきイベントは、ルーマニア平和維持委員会のメンバーが第一回原水爆禁止世界大会（広島、一九五五年八月六〜九日）に参加したことである。これに伴い、八月七日にルーマニア主要新聞のひとつであった *Scînteia*（火花）紙上に、日本人への「支援と共感」のメッセージが掲載され、「八月六日の出来事を記念してルーマニアの至る所に多くの集会が開催されており、ルーマニアの人々は「広島」を決して繰り返さないという強い意志を再確認した」という記事が掲載された。

その後数年間、ルーマニアの作家や高官は定期的に上記の会議に出席している。最も注目に値する参加者の一人として、詩人で共産党の熱心な支持者であるエウジェン・ジェベレアヌ（一九一一〜九一）が挙げられよう。ジェベレアヌは一九五六年と五八年に日本を訪れた後、一九五八年に詩集 *Surîsul Hiroshimei*（広島の微笑）を出版した。[24] ここで注目したいのは、ジェベレアヌの詩集に含まれる詩のいくつかが、子供たちの苦しみと母親の嘆願に焦点を当てており、また「殺した人」と「招かれずに私たちの家に入った人」を直接非難し、「殺人者が殺された人の隣にこんなにも長い間座るなんて、誰がこんなことを見たのか」と問いかけている点である。子供とその母親に焦点を当てることは戦後の広島・長崎を描く際に広く使われていたレトリックであるが、一九五〇年代の日本のメディアと社会言説では女性中心の平和政治の言説は、高貴で寛容な犠牲者という広島のイメージの構築に関連づけられたと指摘されている。[25] このイメージ作りにさらに貢献しているのは、原子力科学の平和利用という想いで団結する世界像を目的とした、広島における一九五六年の原子力平和利用博覧会と、一九五八年の広島復興大博覧会の開催である。このようななか、ジェベレアヌは、「調停」を目指していた戦後日本の現状から距離を取っており、日本人に代わって米国に対して、以下のような痛烈な批判を展開している。

八〇〇〇万の声

〔略〕私たちは彼をよく知っている〔略〕
彼は神々の笑顔を押しつぶす
そして、自分の国に送る
手紙のインクの上に
私たちを産んだ人々の灰を散らかす

暗殺者に向けた日本人の言葉

私は千万年が経ってもあなたの友人にはなれない
なろうとしたら、長い爪や硬い鼻を得るだろう
もしなろうとしたら、野獣の鋭い牙を生やすだろう〔略〕

ジェベレアヌの詩集は高い評価を博し、当時のルーマニア社会に潜在していた反米感情、あるいはそれを掻き立てようとするプロパガンダを明確に物語っているのである。この反米感情は、原爆が母親とその子供たちに与えた苦しみに焦点を当て、占領軍の無慈悲さを綴った大田の「どこまで」が翻訳に至った理由の一つであったと考えられる。

3 「どこまで」を通したアメリカ批判

前述した通り、ルーマニア語で出版された際、大田の短編はタカクラの短編と組み合わせられたが、二作は内容や形式上に共通点はほとんどないといえよう。この組み合わせは、批評家ヴァレリウ・リペアヌ（一九三一～二〇二一。世界文学と比較文学の専門家で、一九五〇年代のさまざまな文芸雑誌の編集者であった）による「序文」によって次のように理由づけられている。リペアヌによると、両作品ともに「数百万人の素朴な市民の夢に密接に関わる文学作品として」「裕福な地主に搾取されながらも頑なに働く農民であろうと、戦争の破壊に恐怖する貧しい知識人であろうという」「素朴な日本人の姿」をルーマニアの読者に届けるものである。さらにリペアヌが

言うには、タカクラと大田の短編小説はともに「大衆」や「無実の人」がより大きな悪、つまり貪欲で搾取的な地主または破壊的な世界大国に立ち向かう戦いに焦点を当てた物語であり、「日出ずる国」を象徴する、ある種の有害な「伝説と神話」を取り払う文学であるのだ。二つのテクストに関して、リペアヌは「素朴な人々」という表現を複数回繰り返しながら、広島で「大量破壊兵器」を使用し一般市民に対する無慈悲な行動で多くの悲劇を引き起こした国を暗に批判している。これだけではない。テクストの末尾に描かれる主人公の死について、日本語の原著では事故に関わった車は「黒」で、運転手は単なる「背の高い男」とされ、その国籍が仄めかされるにとどまるが、ルーマニア語版では車は「外国車」で運転手は「外国人」であるとされている。そしてリペアヌの序文では、加害者が「アメリカ人」であると明記されることで、物語の曖昧性の一部が取り払われており、アメリカへの批判が露わにされているのである。戦後の検閲のもとではあったが、大田の短編もすでに原爆とその後のアメリカの占領によって引き起こされた破壊と悲劇を描いていることはいうまでもないだろう。しかしルーマニア語訳やその「序文」によって、「加害者」が明確にされ、米国に代表される「西側帝国主義」の批判を一つの目的としている同時代のイデオロギーの課題に沿うように、「どこまで」の読みを方向づけているのだ。

先行研究で指摘されているように、終戦直後「大田は、自著において犠牲者として自らの体験を読者と共有しようとする際にも、受け手と異なる道徳的権利を守る方法を探して」おり、原爆投下を経験したことのない人々にその事実を「正しく」伝えることの困難さを嘆いた(26)。この差し迫った問題に対する大田の回答は、戦後の執筆方法に証言文学(『屍の街』など)や記録文学(「どこまで」など)を選ぶことであった。どちらのジャンルも、事実を可能な限り忠実に表現することに重点を置いており、大田は広島について書くとき、気まぐれな作りごとや作家の想像力に依存するフィクションの概念を信頼できないと述べている(27)。一般的に、証言や記録文学は文章で著者自身の名前を用いたり、新聞記事や他の被害者の言葉などを引用したりすることで、読者に事実への「直接的な」関連性を認識させる。「どこまで」では、この役割は広島の少年少女のうったえを収めた長田新編『原爆の子』によって担わされているが、前述のように、ルーマニア語版には引用元に関する大田による「付記」が含まれていない。このように「証言」への言及が欠如することにより、日本語の原文と翻訳が根本的に異なるものになっており[28]、後者においてその「作りごと」性が前面化されることで、内容をあるイデオロギーにマッチするように操作することもより容易になるだろう。ちなみにタカクラ・テル「ぶたの歌」の場合も、漢字の使用を最小限に抑え「やさしい日本語」で書かれた文体の形式上の特徴が翻訳から抜け落ちてしまい、テクストの内容と当時ルーマニアにおける社会主義イデオロギーとの親和性のみがクローズアップされていたことも注目に値しよう。

最終的には、大田が適切な言葉を見つけるのに苦労した衝撃的な体験は、日本語以外に（限られた数の）外国語へと、その表現対象や読者層を広げることに成功した。しかし、ルーマニアの読者には「序文」で「ジャーナリズムと文学の境界線上に存在する」テクストとして紹介されていたものの、大田が参考にした証言集への言及が翻訳から削除され、また「どこまで」がタカクラ・テルの短編と一括りにされることで、その記録的な価値は低下しているといえよう。その代わりに、異なる二作の組み合わせは、内的（不公正とされた、旧い社会秩序、ブルジョアジー）と外的（退廃的で帝国主義的な欧米、特にアメリカ）な敵との戦いという社会主義の課題を優先的に前景化しているのである。

「放射能の強烈な光線を見ていない旅行者の眼と魂は、ちがっていた」（『ほたる』一九五三年）と大田は書いている。となると、社会主義イデオロギーと反米感情に捕らわれ、言語的および文化的にも遠い国の読者の目に、大田の物語はどのように映り、「原爆投下」の表象はルーマニア人読者にどのようなインパクトを与えたのだろうか。この問いに対して、一九五〇年代以降のルーマニアにおける「ヒロシマ」をめぐるメディアや文学の言説からヒントを得ながら、今後答えたいと考えている[29]。

（1）これらに関する考察は例えば、Marcel Mitrașcă, “Japan in Romanian Books before World War Two,” *Acta Slavica Iaponica*, Vol. 23 (2016), 241-247. を参考されたい。

（2）Mihail Negreanu, *Câteva cuvinte asupra poporului japonez*〔日本国民についての一考察〕(Călărași: Tipografia Constantin I. Șeicărescu, 1907).

（3）Eugen Lovinescu, *Istoria civilizației române moderne*〔近代ルーマニア文化史〕, (Bucharest: Editura Ancora, 1924-26).

（4）Irina Holca, “Romania and Japan: Real and Imaginary Encounters at the Turn of the 20th Century,” *Analele Facultății de Limbi și Literaturi Străine, “Dimitrie Cantemir” Christian University*, Vol. 16-1 (2016): 178-190.

（5）以後の説明は次の論文に基づくものである：Irina Holca, “Translating ‘Japan’ in Communist Romania: Theory and Practice in the 20th Century,” *Translation Studies: Retrospective and Prospective Views*, Year XII Vol. 22 (2019), 63-86. と Irina Holca, “Minor Exchanges: Romanian Anthologies of Translated Japanese Poetry Published during the Last Decades of the Communist Regime,” *Translation Studies: Retrospective and Prospective Views*, Year XIV Vol.24 (2021), 80-95.

（6）Ștefan Baghiu, “Translating Novels in Romania: The Age of Socialist Realism. From an Ideological Center to Geographical Margins,” *Studia UBB Philologia* LXI,1 (2016), 5-18.

（7）Roxana-Mihaela Antochi, “Behind the Scene: Text Selection Policies in Communist Romania. A Preliminary Study on Spanish and Latin-American Drama,” *in Translation and the Reconfiguration of Power Relations. Revisiting the Role and Context of Translation and Interpreting*, ed. by Beatrice Fischer and Matilde Nisbeth Jensen (Münster: Lit Verlag, 2012), 35-51.

（8）Arleen Ionescu, “Un-sexing Ulysses: The Romanian Translation “under” Communism,” *in Scientia Traductionis*, Vol.8 (2010), 237-252.

（9）Andrei Terian, “The Rhetoric of Subversion: Strategies of ‘Aesopian Language’ in Romanian Literary Criticism under Late Communism,”*Slovo*, Vol. 24-2 (2012), 75-95.

（10）Eugen Negrici, *Literatura română sub comunism*〔共産主義政権下のルーマニア文学〕, (Bucharest: Editura Fundației Pro, 2011).

（11）表①は国際交流基金のウェブサイトの情報に基づいて作成した（参照日：二〇一九年九月三〇日および二〇二三年六月二七日）。 https://jltrans-opac.jpf.go.jp/Opac/search.htm?s=1C9_d6JaCdalK1PL70dQQk8Nhhb

（12）Rodica Dimitriu, “Translation Policies in Pre-communist and Communist Romania. The Case of Aldous Huxley,” *in Across Languages and Cultures*, 1-2 (2010), 179-192.

（13）前掲（注6）"Translating Novels in Romania" 参照。同著において参照されている Ioana Măcrea Toma, *Privilighenția. Instituții literare în comunismul românesc*〔特権とインテリゲンティア――ルーマニア共産主義における文学制度〕(Cluj-Napoca: Casa Cărții de Știință, 2009). の統計によると、散文の翻訳は年間一五〇本、詩の翻訳は年間一〇本から三〇本の範囲で推移している。

（14）Nela Gheorghica, "Romanian Cinematography and Film Culture during the Communist Regime," *Euxeinos*,11 (2013), 6-16.

（15）Ioana Popa, "Communism and Translation Studies," in *Handbook of Translation Studies Vol. 4*, ed. by Yves Gambier and Van Doorslaer (Amsterdam: John Benjamins Publishing, 2013), 25-30.

（16）Magda Jeanrenaud, "Can We Speak of a Romanian Tradition in Translation Studies?" in *Going East: Discovering New and Alternative Traditions in Translation Studies*, ed. by Larisa Schippel and Cornelia Zwischenberger (Berlin: Frank& Timme, 2016), 21-45.

（17）前掲（注12）"Translation Policies in Pre-communist and Communist Romania" 参照。

（18）ソ連では、タカクラの「ぶたの歌」はV・ログノワ訳（一九五三年にソビエト作家協会による『新世界』第三号に掲載）、大田の「どこまで」はI・リヴォワ訳（一九四三年の『国際文学』廃刊後、新たに刊行された『外国文学』第九号に掲載）で出版された。ログノワとリヴォワは日本プロレタリア文学（徳永、タカクラ、小林多喜二、宮本百合子など）の翻訳者として活躍した。

（19）島崎藤村『破戒』のルーマニア語訳（一九六六）を手がけたヴラディミル・ヴァシリエヴとイオン・カラヨンのペアについても類似した役割分担が指摘できよう。詳しくは、ホルカ・イリナ「翻訳の政治学――ルーマニア語版『破戒』／Legămîntul călcat の位相」（『島崎藤村　ひらかれるテクスト――メディア・他者・ジェンダー』勉誠出版、二〇一八年）を参照。

（20）Tom Sandqvist, *Dada East: The Romanians of Cabaret Voltaire* (Cambridge, Massachusetts: The MIT Press, 2006).

（21）中野和典「『屍の街』はどのように読まれてきたか?」（『原爆文学研究』第一四号、二〇一五年一二月）二一〇～二二四頁。大田自身が翻訳を望んだ広島に関する作品がようやく訳されたのは、一九八〇年代以降である。ドイツ語ではヴォルフガング・シャモニによる『半人間』と『海底のような光』が存在し、また英語では、『屍の街』が原民喜の『夏の花』と峠三吉の『原爆詩集』とともに、リチャード・マイニアによる *Hiroshima: Three Witnesses* (Princeton University Press, 1990) に収録されている。

（22）大田が言及している『原爆の子』は、長田新編『原爆の子――広島の少年少女のうったえ』（岩波書店、一九五一年）である。大田は、森で栗を拾い貝殻と一緒に両親の墓に供える孤児（六三頁）、子供たちを家や橋の下に残して行方不明の父親を探しに広島市内に出かける母親（九三〜九五頁）の描写など、子供たちの証言のいくつかを組み合わせたと考えられる。

（23）Ion Scumpieru, *133 ani de relaţii România-Japonia*〔一三三年にわたるルーマニアと日本の関係〕, (Bucharest: Fundaţia Europeană Titulescu, 2013).

（24）本詩集は、一九六二年に多言語翻訳（イタリア語、スペイン語、フランス語、英語、ドイツ語）で出版され、ジェベレアヌの国際的な名声を確かなものにした。しかし意外なことに、日本語には翻訳されておらず、日本では知られていないようだ。

（25）Ran Zwigenberg, *Hiroshima: The Origins of Global Memory Culture* (Cambridge: Cambridge University Press, 2014).

（26）John Whittier Treat, "Hiroshima and the Place of the Narrator," in *The Journal of Asian Studies*, Vol. 48-1 (1989), 29-49.

（27）同前参照。

（28）ロシア語版に付記も含まれているかについては調査がまだ及んでいないが、今後確認する予定である。

（29）広島および長崎の原爆生存者や兵士たちの証言のルーマニア語訳を集めた『地獄の記憶——ヒロシマを繰り返さない』（一九八五年）や Florin Vasiliu『パール・ハーバーからヒロシマまで』（一九八六年）が分析の対象となるだろう。

左翼芸術・文化運動年表（一九一六～一九四〇）

村田裕和（編）

	日本・東アジア	ロシア・ヨーロッパ・その他
1916年（大正5）	1 宮嶋資夫『坑夫』刊行、労働文学盛んとなる 2 平沢計七、野坂参三宅で第一回労働者問題研究会に参加 9 前年創刊の『青年雑誌』、『新青年』と改題（上海） 9 工場法施行	1 ジュネーブで反戦誌『ドマン』創刊 2 チューリッヒにキャバレー・ヴォルテール開店、ダダの運動始まる 2 レーニン、チューリッヒに移る
1917年（大正6）	1 金子洋文、我孫子の武者小路実篤邸に寄寓（～七月） 5 堺利彦・山川均ら、山崎今朝弥邸でメーデー記念集会 5 賀川豊彦、アメリカから三年ぶりに帰国 6 ロマン・ロラン著、大杉栄訳『民衆芸術論』刊行 7 有島武郎「カインの末裔」（『新小説』） 11 武者小路実篤、宮崎県木城村で新しき村の建設に着手	3 二月革命、ロマノフ王朝滅亡 7 ケレンスキー内閣成立 8 ジョン・リードが妻ルイーズ・ブライアントとともにロシアに向けて出帆 10 プロレタリア文化協会（プロレトクリト）創立 11 十月革命、ソビエト政権樹立
1918年（大正7）	7 大石七分、雑誌『民衆の芸術』創刊（～一一月） 8 米騒動 11 島村抱月、スペイン風邪で死去 12 東大新人会創立	3 ロシア共産党創立 8 連合国、シベリア出兵開始 11 ドイツ革命、第一次世界大戦終結 12頃 トレチャコフ、ウラジオストクに到着
1919年（大正8）	3 三・一独立運動（朝鮮） 4 大韓民国臨時政府樹立（上海）／『改造』創刊 5 五・四運動（中国） 7 エロシェンコ再来日、秋田雨雀らと交流 12 望月桂、黒耀会結成（翌年四月第一回展） 12 小牧近江、フランスから一〇年ぶりに帰国	1 スパルタクス団蜂起（前年一二月、ドイツ共産党創立） 3 コミンテルン創立 4 バウハウス設立 6 ヴェルサイユ講和条約 9 アメリカ共産党創立 10 バルビュス、反戦誌『クラルテ』創刊（フランス）

	日本・東アジア	ロシア・ヨーロッパ・その他
1920年（大正9）	1 森戸辰男筆禍事件 2 前田河広一郎、アメリカから一四年ぶりに帰国 5 第一回メーデー（日本） 8 『万朝報』にダダイズム紹介記事掲載 9 未来派美術協会結成 10 ブルリューク、パリモフ来日、未来派展開催 12 日本社会主義同盟結成 12 平沢計七、労働者劇団を組織し大島町五ノ橋館で試演	1 国際連盟成立 2 『カリガリ博士』公開（ドイツ） 3 モスクワに芸術文化研究所（インフク）設立 4 日本軍、ウラジオストク占領（五月、尼港事件） 4 サッコ・バンゼッティ事件（二七年八月死刑） 6 未来派の雑誌『創造』創刊（ウラジオストク） 10 全ロシア・プロレタリア作家協会（ワップ）結成 11頃 トレチャコフ、ウラジオストクから中国へ出発
1921年（大正10）	2 秋田土崎港町で『種蒔く人』創刊 3 皇太子裕仁外遊（〜九月） 4 赤瀾会結成／西村伊作ら、文化学院創立 7 中国共産党創立 8 廉想渉「標本室の青蛙」（『開闢』〜一〇月） 10 『種蒔く人』東京版刊行開始／台湾文化協会結成 この年 郭沫若ら日本で創造社結成（〜二九年二月）	3 ソ連、新経済政策（ネップ）開始 5頃 トレチャコフら『創造』グループ、チタに移る 6 エロシェンコ、日本追放、ウラジオストクに着く 7 赤色労働組合インターナショナル創立 8 国際労働者救援会創立（ドイツ） 9 コミンテルン機関誌『インプレコール』創刊 11 ワシントン軍縮会議／イタリア、ファシスト党創立
1922年（大正11）	1 村山知義、ドイツに出発（翌年一月帰国） 2 エロシェンコ、北京大学に着任 3 種蒔き社文芸講演会『ダントン』公演（当日禁止） 6 ワルワーラ・ブブノワ来日 7 廉想渉「墓地」（『新生活』〜九月、改題『万歳前』） 7 日本共産党創立／有島武郎、農場解放を宣言 10 アクション結成 11 土方与志、ヨーロッパに出発（翌年一二月帰国）	3 ブカレストに日本公使館開館 5 第一回デュッセルドルフ国際美術展に村山知義ら出品 9 ベルリンで永野芳光・村山知義連続個展開催 9頃 トレチャコフ、チタを去りモスクワへ移る 10 第一回ロシア美術展（ベルリン） 10 日本軍、シベリアから撤兵 12 ソビエト社会主義共和国連邦成立 この年 ディエゴ・リベラら、壁画運動開始（メキシコ）
1923年（大正12）	3 種蒔き社主催、国際婦人デー講演会（四〇分で中止） 6 有島武郎自殺 7 村山知義らマヴォ第一回展 7 大杉栄、帰国 9 関東大震災、朝鮮人大虐殺、平沢計七・大杉栄・伊藤野枝ら虐殺、朴烈・金子文子逮捕 12 虎ノ門事件	3 マヤコフスキーら『レフ』創刊（第五号＝一九二四年にトレチャコフの長詩「吼えろ中国」掲載） 4 エロシェンコ、北京出発、モスクワに向かう 5 大杉栄、フランスで逮捕、強制送還される 6 『ナ・ポストウ』創刊（ソ連） この年 メイエルホリド劇場創立／移動劇団「青シャツ隊」結成／トロツキー『文学と革命』刊行

1924年（大正13）	1925年（大正14）	1926年（大正15）	1927年（昭和2）
1 第一次国共合作（中国） 2 トレチャコフ、北京大学に着任 4 朝鮮労農総同盟・朝鮮青年総同盟結成 6 『文芸戦線』創刊／築地小劇場創立 6 中国四川省万県事件（『吼えろ、中国！』題材） 10 三科結成	2 蔵原惟人、ソ連に出発（翌年一一月帰国） 4 治安維持法公布 5 日本労働組合評議会結成／五・三〇事件（上海） 7 東京放送局、ラジオ本放送開始 8 朝鮮プロレタリア芸術家同盟（カップ）結成 9 『無産者新聞』創刊 12 日本プロレタリア文芸聯盟（プロ聯）結成	2 トランク劇場結成（共同印刷争議応援） 春頃 マルクス主義芸術研究会（マル芸）結成 5 ピリニャーク夫妻来日 9 人形座第一回公演 10 『無産者新聞』一周年記念「無産者の夕」開催 10 前衛座秋田公演（一一月、正式結成） 11 日本プロレタリア芸術聯盟（プロ芸）結成 12 日本漫画家聯盟機関誌『ユウモア』創刊 この年 福本和夫の理論（福本主義）全盛	3 金融恐慌 4 千田是也、ドイツに出発 6 新ロシア展開催 6 労農芸術家聯盟（労芸＝文戦派）結成 7 芥川龍之介自殺 9 秋田雨雀、ソ連に出発（翌年五月帰国） 10 上野自治会館で東京地方朝鮮労働者慰安会開催 11 カップ東京支部機関誌『芸術運動』創刊 11 小山内薫、ソ連に出発（一二月帰国） 12 湯浅芳子・中條百合子、ソ連に出発
1 レーニン死去 5 ロシア共産党の文芸政策討議会開催 7 アメリカで移民法（排日移民法）施行 10 ブルトン『シュルレアリスム宣言・溶ける魚』刊行 10 コミンテルン、各国に革命的作家組織の結成を呼びかけ（『インプレコール』各国語版に掲載）	1 ロシア・プロレタリア作家協会（ラップ）結成 1 第一回全連邦プロレタリア作家会議（ソ連） 4 パリで現代装飾美術・産業美術国際博覧会開催 8 トレチャコフ、北京を去りモスクワに向かう 12 スターリンの一国社会主義理論を採択（ソ連） 12 『戦艦ポチョムキン』公開 12 エセーニン自殺	1 メイエルホリド劇場で『吼えろ、中国！』上演 3 プロレタリア文学国際連絡ビューロー総会（ソ連） 3 蔵原惟人、ヤースナヤ・ポリャーナを訪問 4 『ナ・リテラトゥルノム・ポストウ』創刊（ソ連） 5 『ニュー・マッセズ』創刊（アメリカ） 6 コミンテルン、日本共産党再建を決議 10 トロツキー、ジノヴィエフ、政治局員を解任される 11 アントニオ・グラムシ、ローマで逮捕される	1 『新レフ』創刊（ソ連） 1 アラゴン、ブルトン、エリュアール、仏共産党に入党 2 反帝国主義者同盟結成（ベルギー） 2 反ファシズム国際委員会開催（フランス） 7 コミンテルン、二七年テーゼ採択 9 ピスカートア、個人劇場を創立、千田是也が協力 10 ソ連の移動劇団「青シャツ隊」ドイツ巡演 11 モスクワで第一回プロレタリア革命作家国際会議開催 12 小山内薫、メイエルホリド劇場のスタジオで講演 この年 トレチャコフ、『中国』刊行

	1928年（昭和3）	1929年（昭和4）	1930年（昭和5）
日本・東アジア	2 普通選挙（第一六回衆議院選挙）実施 3 平林たい子「夜風」（『文芸戦線』） 3 三・一五事件／全日本無産者芸術聯盟（ナップ）結成 4 東京左翼劇場結成／台湾共産党創立（上海） 5 『戦旗』創刊／済南事件／全国農民組合結成 6 張作霖爆殺事件（奉天＝瀋陽） 7 『女人芸術』創刊 9 『大衆文芸』創刊（上海） 10 国際文化研究所創立（のちプロレタリア科学研究所） この年 日本の中国人留学生、青年芸術家連盟結成	2 日本プロレタリア映画同盟・日本プロレタリア劇場同盟・日本プロレタリア作家同盟など結成 3 山本宣治暗殺される 4 新築地劇団結成／四・一六事件 5 無産者社結成（東京） 8 劇団築地小劇場『吼えろ支那』上演（日本初演） 8 日本ルーマニア協会設立 9 勝本清一郎・島崎翁助、ベルリンに向けて出発 秋頃 上海芸術劇社結成（～三〇年四月） 冬頃 陶晶孫ら木人戯社結成	1 藤森成吉、妻とともにドイツに出発／金解禁 2 左翼劇場、『太陽のない街』上演 3 中国左翼作家聯盟（左聯）結成 4 作家同盟第二回大会、文芸運動のボリシェビキ化決議 4 プロレタリア演芸団結成（三二年二月、メザマシ隊） 5 楊振声、国立青島大学校長に就任 6 広東戯劇研究所『怒吼罷、中国！』上演（中国初演） 7 蔵原惟人、ソ連に密航（翌年二月帰国） 8 中国左翼劇団聯盟結成 11 浜口雄幸首相狙撃事件／湯浅芳子・中條百合子帰国
ロシア・ヨーロッパ・その他	3 移動劇団「赤いメガホン」結成（ドイツ） 4 『サッコとヴァンゼッティ』上演（ドイツ） 4 第一回全連邦プロレタリア作家大会（ソ連） 6 バルビュス主幹、週刊新聞『モンド』創刊（フランス） 8 市川左団次らモスクワで『忠臣蔵』など上演 8 ブレヒト作『三文オペラ』上演（ドイツ） 9 『フロント』創刊（ドイツ） 9 中條百合子、レニングラードでゴーリキーを訪問 10 プロレタリア革命作家同盟結成（ドイツ） 12 バフチン、逮捕される（翌年カザフスタンに追放）	2 トロツキー、国外追放される 5 ドイツ工作連盟「映画と写真」展（三一年、日本巡回） 8 『リンクスクルヴェ』創刊（ドイツ） 10 世界恐慌始まる 10 ジョン・リード・クラブ設立（アメリカ） 10 勝本清一郎ら、モスクワで湯浅芳子と会い『吼えろ、中国！』など観劇、同月ベルリン到着 12 ブルトン「シュルレアリスム第二宣言」発表 12 国際労働者演劇同盟（ＩＡＴＢ）結成	1 ロンドン海軍軍縮会議 2 藤森成吉、ソレントでゴーリキーを訪問 3 メイエルホリド劇場でマヤコフスキー作『風呂』上演 4 マヤコフスキー自殺 6 モスクワでＩＡＴＢ第一回会議開催（千田是也参加） 8 蔵原惟人、プロフィンテルン第五回大会に出席 11 ハリコフ会議（藤森成吉・勝本清一郎出席）、国際革命作家同盟（モルプ）結成、翌年より『世界革命文学』（のちに『国際文学』と改称）を英露仏独の四カ国語で発行 この年 トレチャコフ、『デン・シーフア』刊行

1931年（昭和6）	1932年（昭和7）	1933年（昭和8）	1934年（昭和9）
5 佐野碩、アメリカに出発 6 ソヴエート友の会創立 7 万宝山事件 9 満洲事変 10 日本プロレタリア文化聯盟（コップ）結成 11 林芙美子、シベリア経由でパリに出発（翌年六月帰国） 11 千田是也、帰国 11 荏原無産者託児所開設 12 東京朝鮮語劇団結成（翌年二月、三・一劇場）	1 東京左翼劇場「赤色バラエティ『赤いメガホン』」開催 4 大竹博吉、神田神保町にナウカ社設立 5 五・一五事件／藤森成吉、帰国 5 『独立評論』創刊（北京） 6 労農文化聯盟結成 7 左翼芸術家聯盟（レフト）結成 8 プロレタリア作家クラブ結成 10 唯物論研究会結成 11 楊振声「搶親」（『独立評論』）	2 小林多喜二虐殺 3 日本、国際連盟を脱退 4 土方与志・妻梅子、ドイツに出発（四一年七月帰国） 6 佐野学・鍋山貞親獄中転向 9 上海戯劇協社『怒吼吧、中国！』上演 10 風車詩社結成（台南） 12 勝本清一郎、帰国	2 労農芸術家聯盟（第二次）結成 2 日本プロレタリア作家同盟解散 5 台湾文芸聯盟結成（一一月『台湾文芸』創刊） 8 姜敬愛「人間問題」（『東亜日報』〜一二月） 9 新協劇団結成 10 楊逵「新聞配達夫」（『文学評論』） この年 大同劇団結成（新京＝長春）
6 労働者文化聯盟結成（アメリカ） 6 千田是也、モスクワのIATB評議員総会に出席 7 ルイ・アラゴン、詩「赤色戦線」発表（アラゴン事件） 8〜9頃 佐野碩、ニューヨークの石垣栄太郎夫妻と会う 9 佐野碩、ベルリンに到着し千田是也と会う 11 『リンクスクルヴェ』誌上でルポルタージュ論争起こる 11 佐野・千田、モスクワを訪問 11 マンチェスターで『吼えろ、中国！』上演 この年 千田是也・ヴァンゲンハイムら、劇団一九三一結成	1 ベルリンで革命的アジア人協会結成 2 藤森成吉、ニューヨークに到着 3 革命作家芸術家協会結成（フランス） 3 汎太平洋プロレタリア文化記念週間を制定（アメリカ） 4 ソ連共産党中央委員会、ラップやレフを解散 4 コミンテルン、三二年テーゼ採択 5 革命作家同盟結成（アメリカ） 8 アムステルダム反戦会議（ロラン、バルビュス提唱） 10 佐野碩・勝本清一郎、モスクワに移る	1 ヒトラー、首相に就任、ナチス政権獲得 5 ナチス政権による焚書が行われる 5 土方与志、ベルリンを経てモスクワに入る 6 モスクワで国際オリンピアード開催 7 バウハウス閉鎖／『コミューン』創刊（フランス） 11 片山潜、モスクワで死去 この年 社会主義リアリズムの議論さかん（ソ連）	4 パリに最初の「文化の家」設立（フランス） 5 バルビュス、反ファシズムの大同団結を提唱 8 第一回ソビエト作家大会開催（ジダーノフ、社会主義リアリズムを提唱　佐野碩・土方与志出席）、ソビエト作家同盟結成 10 『レフト・レビュー』創刊（イギリス） 12 セルゲイ・キーロフ暗殺（ソ連で大粛清始まる）

	1935年（昭和10）	1936年（昭和11）	1937年（昭和12）	1938年（昭和13）	1939年（昭和14）
日本・東アジア	2 中井正一ら『世界文化』創刊／天皇機関説事件 4 湯浅克衛「焰の記録」（『改造』） 4 宮本百合子「乳房」（『中央公論』） 5 朝鮮プロレタリア芸術家同盟（カップ）解散 5 朝鮮芸術座結成（東京） 5 第一六回メーデー（戦前最後のメーデー） 8 日本政府、国体明徴声明 11 無政府共産党事件 12 楊逵ら『台湾新文学』創刊	2 二・二六事件 7 能勢克男ら週刊『土曜日』創刊／コム・アカデミー事件 10 魯迅死去 11 日独防共協定 12 西安事件	4 但娣、奈良女子高等師範学校特設予科に入学 7 日中戦争始まる 8 満洲映画協会設立 10 国民精神総動員中央聯盟結成 12 第一次人民戦線事件 12 中華民国臨時政府成立（北京）／南京大虐殺事件 12 内務省警保局、ジャーナリストに戸坂潤・中野重治・宮本百合子らの執筆禁止を指示	1 杉本良吉・岡田嘉子、ソ連に越境 2 唯物論研究会解散 4 国家総動員法公布 11 『華文大阪毎日』創刊／近衛内閣、東亜新秩序声明	3 金南天「緑星堂」（『文章』） 3 岩松淳（八島太郎）、渡米 5 ノモンハン事件 10 映画法施行
ロシア・ヨーロッパ・その他	4 第一回全米作家会議開催、全米作家同盟結成 6 パリで文化擁護国際作家会議開催 7 フランス、反ファシズム統一戦線成立 7 コミンテルン、人民戦線テーゼ採択 8 モスクワで中国共産党代表が抗日民族統一戦線結成を呼びかけ（八・一宣言） 8 スタハーノフ運動始まる 10 革命的知識人の闘争連合結成（フランス） 12 モルプ解散（消滅）	6 フランス、人民戦線内閣成立／ゴーリキー死去 7 スペイン内戦（～三九年四月） 7 ドイツ亡命作家の雑誌『ヴォルト』創刊（ソ連） 8 ベルリン・オリンピック開催 11 アンドレ・ジッド『ソビエト旅行記』刊行	1 全モスクワ作家集会（文学者の粛清を後押し） 4 アントニオ・グラムシ、釈放直後に脳溢血で死去 5 ジョージ・オーウェル、スペイン戦線で重傷を負う 6 佐野碩・土方与志、国外退去を命じられる（八月パリへ） 7 ミュンヘンで頽廃芸術展開催（一三都市巡回） 7 第二回文化擁護国際作家会議（スペイン各地、パリ） 9 トレチャコフ粛清される 9 『ヴォルト』誌上において表現主義論争が起きる	1 メイエルホリド劇場閉鎖 4 ピリニャーク銃殺される 7 キルション粛清される 9 ブルーノ・ヤセンスキー銃殺される	5 エルンスト・トラー自殺 8 佐野碩、アメリカに到着／独ソ不可侵条約 9 第二次世界大戦始まる／鶴見俊輔、ハーバード大学入学 10 杉本良吉銃殺される

1940年（昭和15）	
1 花田清輝・中野秀人ら『文化組織』創刊 1 大田洋子『桜の国』朝日新聞懸賞小説一等入選 3 汪精衛、南京国民政府樹立 6 台湾新劇聯盟結成 8 新協劇団・新築地劇団に解散命令 11 築地小劇場、国民新劇場と改称／小熊秀雄死去	2 メイエルホリド銃殺される 4 佐野碩、メキシコに到着 6 パリ陥落（フランス降伏） 8 トロツキー殺害される 9 ベンヤミン自殺 この年 ショーロホフ『静かなドン』全四巻完結

Asia Center, 2015), 'Reciprocal Assets: Science Fiction and Democratization in 1980s South Korea' (Sunyoung Park ed. Revisiting Minjung : New Perspectives on the Cultural History of 1980s South Korea, University of Michigan Press, 2019)

李　珠姫（イ ジュヒ）
早稲田大学高等研究所・講師。日本近代文学・文化、韓国近代文学・文化。
'A Proletarian Writer in the Showcase Window: The Shifting Representation of 'the Masses' in Sata Ineko's Kurenai' (Irena Hayter, George T. Sipos, Mark Williams eds. Tenkō: Cultures of Political Conversion in Transwar Japan, Routledge, 2021)、「闘争の記録を織りなす――佐多稲子「モスリン争議五部作」における女工たちの表象」（飯田祐子・中谷いずみ・笹尾佳代編『プロレタリア文学とジェンダー――階級・ナラティブ・インターセクショナリティ』青弓社、2022 年）

杉村安幾子（すぎむら あきこ）
日本女子大学文学部・教授。中国近現代文学。
「銭鍾書と呉宓」（宮尾正樹教授退休記念論集刊行会編『文学の力、語りの挑戦――中国近現代文学論集』東方書店、2021 年）、「無名氏『塔裡的女人』――逆照射される男性性失墜の物語」（中国モダニズム研究会編『夜の華　中国モダニズム研究会論集』中国文庫、2021 年）

陳　允元（チン インゲン）
国立台北教育大学台湾文化研究所・助理教授。台湾文学・現代詩・モダニズム。
『日曜日式散步者――風車詩社及其時代』（共編、行人文化實驗室、2016 年）、「紀弦、覃子豪的東京經驗及戰後在台詩歌活動潛藏的日本路徑」（『台灣文學研究學報』第 31 期、2020 年 10 月）

ブルナ・ルカーシュ（BRUNA Lukáš）
実践女子大学文学部・教授。日本近代文学、比較文学・翻訳研究、ジャポニズム研究。
「自然の「力」への憧憬、社会の「平凡と俗悪」への反逆――石川啄木「漂泊」にみるゴーリキー文学の影響」（『日本近代文学』第 97 集、2017 年 11 月）、「日本の近代文学を彷徨う放浪者たち――定住を知らないインテルメッツォの生活」（『神奈川大学評論』第 105 号、2024 年 3 月）

ホルカ・イリナ（HOLCA Irina）
東京外国語大学大学院国際日本学研究院・准教授。日本近現代文学。
『島崎藤村　ひらかれるテクスト――メディア・他者・ジェンダー』（勉誠出版、2018 年）、「共産主義政権下のルーマニアにおける日本詩歌の翻訳アンソロジー――時空間を超えた共同制作の創造性と破壊性」（『日本文学』第 72 号、2023 年 9 月）

年 4 月）

萩原　健（はぎわら けん）
明治大学国際日本学部・教授。現代ドイツ語圏の演劇および関連する日本の演劇。
『演出家ピスカートアの仕事——ドキュメンタリー演劇の源流』（森話社、2017 年）、「築地小劇場と表現主義——揺れ動く時代の演劇的共振」（赤井紀美・熊谷知子編『築地小劇場 100 年　新劇の 20 世紀』早稲田大学坪内博士記念演劇博物館、2024 年）

鳥木圭太（とりき けいた）
立命館大学国際言語文化研究所・客員協力研究員。日本近現代文学。
『リアリズムと身体——プロレタリア文学運動におけるイデオロギー』（風間書房、2013 年）、「メディアとしての身体——葉山嘉樹「セメント樽の中の手紙」の女性表象」（飯田祐子・中谷いずみ・笹尾佳代編『プロレタリア文学とジェンダー——階級・ナラティブ・インターセクショナリティ』青弓社、2022 年）

飯田祐子（いいだ ゆうこ）
名古屋大学大学院人文学研究科・教授。日本近現代文学、ジェンダー批評。
『彼女たちの文学——語りにくさと読まれること』（名古屋大学出版会、2016 年）、『プロレタリア文学とジェンダー——階級・ナラティブ・インターセクショナリティ』（共編著、青弓社、2022 年）

ヘザー・ボーウェン＝ストライク（Heather Bowen-Struyk）
ディポール大学・非正規講師。日本プロレタリア文学・不景気時代のメディア。
Red Love Across the Pacific: Political and Sexual Revolutions of the Twentieth Century, co-edited with Ruth Barraclough and Paula Rabinowitz (Palgrave Macmillan, 2015), For Dignity, Justice, and Revolution: An Anthology of Japanese Proletarian Literature, co-edited with Norma Field (University of Chicago Press, 2016)

羽田朝子（はねだ あさこ）
秋田大学教育文化学部・准教授。中国近現代文学。
「梅娘の描く「日本」——昭和モダニズムの光芒のなかで」（『日本中國學會報』第 69 号、2017 年 10 月）、「梅娘「蟹」と『華文大阪毎日』——張資平「新紅 A 字」との同時連載をめぐって」（『野草』第 112 号、2024 年 3 月）

朴　宣榮（パク ソニョン）
南カリフォルニア大学東アジア学科・准教授、南カリフォルニア大学韓国学研究所・所長。韓国近現代文学・文化。
The Proletarian Wave: Literature and Leftist Culture in Colonial Korea, 1910-1945 (Harvard University

鄢　定嘉（エン テイカ）
国立政治大学スラブ語文学系・副教授。20 世紀ロシア文学、亡命文学、ロシア・アヴァンギャルド。
『納博科夫小説的瘋狂詩学』（国立政治大学、2014 年）、Визуальная поэзия как мировоззрение: о железобетонных поэмах В. Каменского “Танго с коровами”（Русская культура на перекрестках истории, Логос, 2021）

深瀧雄太（ふかたき ゆうた）
京都大学大学院文学研究科博士後期課程。19 世紀ロシア文学、ニコライ・レスコフ。
「レスコフの「クリスマス物語」における「義人」と「贈与」のモチーフ――『怪物』と『けもの』の分析」（『ロシア語ロシア文学研究』第 54 号、2022 年 10 月）、「レスコフ『髪結いの芸術家』再考――「関係様式」の観点から」（『Slavica Kiotoensia　京都大学大学院文学研究科スラブ語学スラブ文学専修年報』第 4 号、2024 年 12 月）

亀田真澄（かめだ ますみ）
中京大学国際学部・講師。表象文化論、現代文芸論。
『国家建設のイコノグラフィ――ソ連とユーゴの五カ年計画プロパガンダ』（成文社、2014 年）、『マス・エンパシーの文化史――アメリカとソ連がつくった共感の時代』（東京大学出版会、2023 年）

西岡あかね（にしおか あかね）
東京外国語大学大学院総合国際学研究院・准教授。ドイツ文学、比較文学。
『Die Suche nach dem wirklichen Menschen』（Königshausen & Neumann、2006 年)、「表現主義のマチズモとアウトサイダー性」（熊谷謙介編『男性性を可視化する』青弓社、2020 年）

中村みどり（なかむら みどり）
早稲田大学商学学術院・教授。中国近代文学、留学生史。
「万太郎の戦時下上海への訪問と観劇――愛国劇『文天祥』をめぐって」（慶應義塾大学『久保田万太郎と現代』編集委員会編『久保田万太郎と現代 ノスタルジーを超えて』平凡社、2023 年）、「同時代小説としての中国文学と創作における日本語――『改造』「現代支那号」（一九二六年七月）について」（松本和也編『翻訳としての文学 流通・受容・領有』水声社、2024 年）

韓　然善（ハン ヨンソン）
北海道医療大学、藤女子大学・非常勤講師。日本近代文学（村山知義、横光利一を中心に）、比較文学。
「〈係争〉としてのハンガリー体験――横光利一「罌粟の中」を中心に」（『横光利一研究』第 9 号、2011 年 3 月）、「村山知義「丹青」における朝鮮表象の多層性」（『層』VOL.6、2013

［編者］
村田裕和（むらた ひろかず）
北海道教育大学旭川校・教授。日本近代文学。
『近代思想社と大正期ナショナリズムの時代』（双文社出版、2011年）、『革命芸術プロレタリア文化運動』（共編著、森話社、2019年）

越野　剛（こしの ごう）
慶應義塾大学文学部・教授。ロシア・ソ連文学、社会主義文化。
『紅い戦争のメモリースケープ――旧ソ連・東欧・中国・ベトナム』（共編著、北海道大学出版会、2019年）、『現代ロシア文学入門』（共編著、東洋書店新社、2022年）

田村容子（たむら ようこ）
北海道大学大学院文学研究院・教授。中国文学・中国演劇。
『男旦（おんながた）とモダンガール――二〇世紀中国における京劇の現代化』（中国文庫株式会社、2019年）、「「椿姫」を演じた男たち――中国演劇における「新派的」想像力の行方」（上田学・小川佐和子編『新派映画の系譜学――クロスメディアとしての〈新派〉』森話社、2023年）

和田　崇（わだ たかし）
九州大学大学院比較社会文化研究院・准教授。日本近代文学・文化。
“Anti-Bourgeois Media in the Japanese Proletarian Literary Movement,” *Humanities*, 11(6), 2022.『徳永直の創作と理論――プロレタリア文学における労働者作家の大衆性』（論創社、2023年）

［執筆者］（掲載順）
スティーブン・リー（Steven Lee）
カリフォルニア大学バークレー校・准教授。20世紀アメリカ文学、比較民族誌、朝鮮研究、ソ連研究。
The Ethnic Avant-Garde: Minority Cultures and World Revolution (2015, Columbia UP), *Comintern Aesthetics* (2020, University of Toronto Press, 共編著)

田村　太（たむら ふとし）
京都大学大学院文学研究科博士後期課程。ロシア文学・文化史。
「ロープシンの影――日本における『蒼ざめた馬』受容の一側面」（『Slavica Kiotoensia　京都大学大学院文学研究科スラブ語学スラブ文学専修年報』第1号、2021年11月）、「テロルの『たそがれのなかで』――ボリス・サヴィンコフの初期作品にみられる「意識」と「スチヒーヤ」の関係をめぐって」（『ロシア語ロシア文学研究』第55号、2023年10月）

越境する革命——『吼《ほ》えろ、中国！』と東アジアの左翼芸術運動

発行日……………………………2025年4月30日・初版第1刷発行

編者………………………………村田裕和・越野 剛・田村容子・和田 崇
発行者……………………………大石良則
発行所……………………………株式会社森話社
〒101-0047 東京都千代田区内神田1-15-6 和光ビル
Tel 03-3292-2636
Fax 03-3292-2638
印刷………………………………株式会社厚徳社
製本………………………………榎本製本株式会社

ISBN 978-4-86405-189-7 C1090

アンソロジー・プロレタリア文学（全５巻）

楜沢健＝編　1920 ～ 30 年代にかけて勃興・流行したプロレタリア文学の名作を、テーマ別全 5 巻に収録。短･中篇小説を各巻 10 本程度、匿名の投稿小説や「壁小説」等、プロレタリア文学特有の形態の作品や、川柳・短歌・俳句・詩なども収める。

第 1 巻　**貧困——飢える人びと**

短歌＝渡辺順三　［Ⅰ］龍介と乞食＝小林多喜二　ある職工の手記＝宮地嘉六　風琴と魚の町＝林芙美子　［Ⅱ］電報＝黒島伝治　濁り酒＝伊藤永之介　貧しき人々の群＝宮本百合子　［Ⅲ］棄てる金＝若杉鳥子　佐渡の唄＝里村欣三　移動する村落＝葉山嘉樹ほか　各四六判上製・392 頁／ 3080 円（各税込）

第 2 巻　**蜂起——集団のエネルギー**

製糸女工の唄＝山中兆子　［Ⅰ］地獄＝金子洋文　川柳＝白石維想楼　女店員とストライキ＝佐多稲子　豚群＝黒島伝治　［Ⅱ］婬売婦＝葉山嘉樹　川柳＝井上剣花坊　省電車掌＝黒江勇　短歌＝清水信　舗道＝宮本百合子　［Ⅲ］交番前＝中野重治　鎖工場＝大杉栄　短歌＝渡辺順三　防雪林＝小林多喜二ほか　400 頁／ 3300 円

第 3 巻　**戦争——逆らう皇軍兵士**

川柳＝鶴彬　［Ⅰ］橇＝黒島伝治　豪雨＝立野信之　［Ⅱ］川柳＝森田一二　鉄兜＝中村光夫　俘虜＝金子洋文　三月の第四日曜＝宮本百合子　入営する弟に＝中山フミ　［Ⅲ］軍人と文学＝中野重治　二人の中尉＝平沢計七　宣伝＝高田保　勲章＝宮木喜久雄　［Ⅳ］川柳＝井上信子　煤煙の臭い＝宮地嘉六ほか　360 頁／ 3300 円

第 4 巻　**事件——闇の奥へ**

雨の降る品川駅＝中野重治　［Ⅰ］転機＝伊藤野枝　砂糖より甘い煙草＝小川未明　［Ⅱ］十五円五十銭＝壺井繁治　奇蹟＝江馬修　骸骨の舞跳＝秋田雨雀　［Ⅲ］不逞鮮人＝中西伊之助　新聞配達夫＝楊逵　平地蕃人＝伊藤永之介　済南＝黒島伝治　［Ⅳ］江戸川乱歩＝平林初之輔ほか　376 頁／ 3300 円

第 5 巻　**驚異——出会いと偶然**

野獣＝大杉栄　［Ⅰ］空中の芸当＝小川未明　琉球の武器＝藤沢桓夫　［Ⅱ］セメント樽の中の手紙＝葉山嘉樹　誰かに宛てた記録＝小林多喜二　［Ⅲ］演歌集＝添田啞蟬坊　工場閉鎖＝「文戦」責任創作　［Ⅳ］雪のシベリア＝黒島伝治　緑の野＝秋田雨雀　［Ⅳ］十三人＝田中忠一郎　地下鉄＝貴司山治ほか　384 頁／ 3300 円